When
Summer
Ends

花开
半夏

九夜茴
作品

C1S 湖南文艺出版社
PUBLISHING & MEDIA   HUNAN LITERATURE AND ART PUBLISHING HOUSE

博集天卷
CS-BOOKY

没人听到过花开的声音

它们有多美丽就有多寂静

但没关系

到了夏天的时候

它们总会开的

我就在这里等着

永远不走

"很多年后，我独自走在那条路上。

上坡，第四个红绿灯的十字路口左转，

在木质电线杆后面，灰色墙内伸出的枝丫飘着淡淡的月桂香气。

我站在那儿，仰头看着某个房间的一点灯光，然后流泪。

金色的花缓缓飘落在时光深处，我静静地想，还有没有人知道，

就在这里，在那年夏半的时候，曾经有两个人，是那么竭尽全力地想要幸福，

是那么不顾一切地狠狠相爱过。"

谨以此书纪念那遗失在 1999 年的少年往事

九夜茴

我不知道我会停在哪个路口，

但我知道，

不管我在哪里，

都有一盏灯在静静地等，

每一夜，

每一夜。

Contents 目录

自序

只要我们记得，他们就还开着

在这个微雨夏夜，提笔写下这行字的时候，我与如风、如画已经结识十余年了。

第一次知悉他们的故事，我才念中学。在台湾亲戚带来的港版杂志上，我读到了如画写给如风的一封信，或者说，是一封遗情书。信很简单，一个女孩子淡淡地诉说着一段少年往事，醉梦江湖。直到落款处，我才发现，她的信寄送地址是天堂，收信人是弟弟。这个故事突然就感动了我，让我第一次动了拿笔写作的念头，随之诞生了我人生中的第一部小说。我还记得我是写在一个红底白色波点的笔记本上的，扉页是它的名字——再爱我一次。而那时的我，完全不会知道，我将与他们有多么深、多么久的缘分。

第一次公开发表文章，依然是如风与如画的故事。总是忘不了他们，总觉得还有很多可以诉说。那年夏天，我在稿纸上陆续写下了少年、宿命、守护、爱这样的字眼，于是如风、如画就又来到我眼前。这个故事叫作"弟弟，再爱我一次"，当年在天涯连载，引起了不小的轰动。彼时笔力尚浅，全凭着一股子的真挚去实实在在地打动人，但也好，总算让很多人记住了他们的名字。这小说便是《花开半夏》的前身，这次再版，也将首次刊出原稿。

而到《花开半夏》时，已经是我第三次记述如风、如画的故事了。这大概源于我对青春近乎偏执的迷恋，以及对少年江湖事的一往情深。年少的光芒与成人世界的灰暗交织成了他们的命运，犹如凛冽的风，犹如娇艳的画。《花开半夏》被称作残酷青春的作品，是的，我的确在用力地描写一段青春怎样发生又以怎样残忍的方式消逝，我的确在深深地思索成长中有多少罪与罚、多少苦难和救赎，我的确在慨叹时光的强大和不可逆，我的确听见宿命的强音，并一一记录它的音符，我的确在表述爱并单纯地相信着它。然而，其实我最终有的是小小的私心。我不想让他们就这样消失，不想让明明那么鲜艳又悲伤的夏天，像什么都没有发生一样，被人们忘了。

最初做《花开半夏》的影视，就是抱着这样的念头的。制片人婉姐（李小婉）对我说，读这本书的时候，她哭了无数次，一边哭一边坚定地觉得，要让更多的人知道这两个孩子的故事。拍戏时我去厦门探班，申申（林申）和沁沁（李沁）两位主角入戏太深，不愿辜负了这样一段感情。于是越来越多的人来成就这个故事，带他们走到很远很远的地方。

如今，这部作品即将化为影像与大家见面了，而小说也完成了十几年来的第十几次修订，再次出版。

感谢所有为之守护、陪伴、纪念、付出、落泪的人。

感谢如风，感谢如画。

生如夏花，他们却只花开半夏。

但请相信。

只要我们记得，他们就还开着。

九夜茴
2012 年夏至于北京

引子

　　叶向荣走进警局大厅的时候，正好看见一个女警察领着一对小孩往外走，她一边叮嘱着"要听阿姨的话"，一边停下来朝叶向荣行礼。而那对孩子显然不懂叶向荣的官衔，仍然自顾自地说话。小女孩绑辫子的丝带松了，小男孩踮起脚替她系了个歪歪扭扭的蝴蝶结，两个人你看我看你，呵呵地笑了。

　　那样童稚的笑容，让叶向荣狠狠恍惚了一下。他径直走过去，蹲下来看着他们问："小朋友，你们多大啦？是姐姐和弟弟吗？"

　　小女孩有点儿羞涩，小男孩抢前一步挺着胸膛说："我十一岁，姐姐十二岁！"

　　"他们是前一阵走私案犯留下的孤儿，今天联系好可以收养的福利院了，正要送过去呢。"女警察在一旁毕恭毕敬地解释说。

　　叶向荣点了点头，摸摸男孩子的头说："要听话，好好念书，姐姐要照顾弟弟，弟弟要保护姐姐。"

　　小男孩看着叶向荣，转了转眼睛，突然指着他说："你有枪吗？"

　　叶向荣一怔，下意识地摸入怀里问："干什么？"

　　"给我吧！"小男孩大大咧咧地伸出手。

　　"为什么要枪？"

　　"有枪很厉害，这样就再没人欺负我们了！"

　　女警察的脸色一下子变了，忙拉住小男孩说："哎呀，这孩子！怎么能要那种危险的东西呢！乖乖听话就不会被欺负！"

　　"我们之前很听话啊，可是照样被欺负。"

小男孩嘟起嘴，看女警察的眼神有点儿怀疑和冷漠。叶向荣看着他，紧紧握住他的肩膀说："小弟弟，记住，如果有人欺负你们，可以来告诉我，发生任何事都可以来找我，我的名字叫叶向荣。"

"找你就行吗？你帮我们？"小男孩专注地看着他问。

"嗯，找我就行，我帮你！"叶向荣重重地点了点头。

"好！"

小男孩露出了灿烂的笑容，女警察看了看门口，有些为难地对叶向荣说："叶队，车已经来了。"

"走吧小弟。"女孩子很懂事，伸手拉住恋恋不舍的男孩，向叶向荣鞠了一躬说："谢谢您。"

小男孩一边往前走一边回头看他，快走到大门口的时候，突然大声地喊："找你真的行吗，叶向荣？"

"真的行！找叶向荣！"叶向荣朝他挥手，那小小的身影在他脑海里与另一个身影重叠起来，令他禁不住心酸。

送走那两个孩子之后，叶向荣去了局里的档案室。

熟悉他的人都知道，刑警队叶大队长总是爱去档案室遛一圈。有人说那里记录了叶队手里办过的最大的西街码头"10·29"案，所以他喜欢在那里寻找力量；也有人说那是让他声名显赫的案子，所以他喜欢在那里标榜荣誉。

不管是寻找力量还是标榜荣誉，那个震惊海平市的大案都是带着历史的厚重感而真实存在着的。

叶向荣望着那一排落了些尘土的整齐档案盒，不自觉地皱起了眉头。其实来这儿并不是个舒服的过程，每次想起那些化为简单干瘪文字的往事，叶向荣都觉得自己心底某个地方硬生生地疼起来。

随着档案一起被尘封埋葬的，不仅仅是他为之奋斗十多年的鲜活青春与生命，不仅仅是海平最大走私贩毒案的侦破，还有令他至今也无法释怀、曾经在他眼前真实发生又真实泯灭的故事。

阳光照射着尘埃，扬起了搅乱光阴的迷雾。叶向荣闭上眼睛，仿佛还能见到那个满身雨水的小男孩怔怔地看着他。那目光并没有因为岁月的累积而模糊，反而穿过绵长久远的时光深深地烙印在他的心里，让他永生不忘……

Chapter 1

十二岁 ...... 遇见

即使知道后来会发生什么，即使重新选择一百次，

也许他们还是会期盼，

在十二岁那年的那场相遇……

1。
约定

　　说起叶向荣的履历，在那个轰轰烈烈的西街码头"10·29"大案之前，他最先其实是从祥叔的案子崭露头角的。

　　那时候他是刑警队的栋梁之材，年轻有为，跟了不少大案要案的专案组。他干得也格外拼命，事无巨细地一直坚持在最前线，盯点撒线都亲力亲为。在他心里一直有一种坚定的信仰，他站在正义的一边，而他所面对的，毫无疑问是邪恶的。

　　或者说，应该是邪恶的。

　　那一年祥叔折腾得有点儿不像话了，狂妄的结果就是接二连三地出现小纰漏。螳螂捕蝉，黄雀在后。人只有一双眼，只能望着前面。不管做什么事情，不管得意还是失意，都要记得看看身后。百密仍有一疏，而这一疏往往决定胜败。就像小伤口亦会致命的道理一样，祥叔也在不知不觉间走向末日。

　　总局已经安排好了收网的时机，逮个最终现场是必不可少的。线人的消息，左右不过这两天，就快有动静了。一般传来的话总有点儿含糊，祥叔混这么久了，老东西老奸巨猾，鼻子灵得很，叶向荣他们也吃过暗亏。但这次线人很肯定，所以局里更加重视，几个点都是三人值班，叶向荣直接盯最要紧的 A 点。

　　A 点在海平市临海的地方，那里最早只是一个小渔村，后来随着海平经济的发展，慢慢成了个热闹的地方，因为挨着海平最大的祁家湾码头，所以龙蛇混杂。但是贫富之间的差距在那儿画了一条不着痕迹的线：既有新盖起来的公寓楼，也有几十年不变的低矮民房；既有衣冠楚楚的新贵大款，也有仍靠出海讨生活的渔民。

　　快入秋了，天气却还带着夏末的余热，天闷热得像憋在罐子里，傍晚前下起了雨。

　　A 点只剩下了叶向荣和一个新来的刑警，和他一起的老搭档吴强去和女朋友约会了。那家伙三十多了，典型大龄剩男，这主儿也是个玩命的，之前的女朋友都因为工作的原因吹了，这次好不容易谈了个能谈婚论嫁的，是说什么也不会轻易放过了。吴强临撤之前，拍着叶向荣的肩膀一脸了然地说："老叶，我知道你最爱的是案子不是女人，你喜欢祥叔胜过东歌的小姐！所以我保家你卫国，艰巨的任务交给你了！"

"妈的，搞个屁呀！"

想到这里，叶向荣狠狠吸了最后一口烟，抬手扔烟蒂的时候，目光被楼下垃圾堆前一个淋着雨的小小身影吸引住了。

那是个游荡在这儿附近的小男孩，叶向荣已经看见他好几天了。显然他是孤儿，不管什么原因，总之是被父母和社会抛弃了。这在海平市并不特别奇怪，处于经济高速前进、道德缓慢倒退的年代，两者之间形成了足够的空间承载这样的人生，叶向荣已经看过太多了。这是世界的问题、政府的问题，甚至上帝的问题，但不是叶向荣的问题。他一个刑侦警察，管不了这么多。

只不过那个在雨中固执地寻找食物的孩子，有着坚强却单薄寂寥的影子，那影子像一根刺似的扎在了叶向荣的心里，时不时地拷问他的良心，让他难以忍耐下去。

叶向荣瞥了眼对面筒子楼仍半掩着帘子的窗户，已经三天了，还是没有动静。他又转头看了看楼下的小男孩，终于还是叮嘱了新刑警两句，拿起伞和饼干跑下了楼。

叶向荣走到小男孩的旁边为他撑起了伞，孩子很警觉，瘦削的肩胛骨一耸，马上转过了身，狐疑地看着眼前这个高大的男人。

"吃吧，别捡那些脏东西。"叶向荣把手里的饼干递过去。

小男孩有些犹豫，但眼睛始终盯着那半袋威化饼干，咽了口唾沫，还是小心翼翼地接了。

"你叫什么名字？"叶向荣看着小男孩问，小男孩狼吞虎咽地吃着，原本冰冷的眸子里闪出了小孩子眼中应有的幸福感。

"魏……"小男孩咬字不清地说。

"姓魏？名字呢？"

"不记得了。"

"家在哪里？"

"不记得了。"

"那怎么到这儿来了？"

"被骗子骗来的，我跑出来了。"

叶向荣皱了皱眉，人贩子他也抓过不少，这些人最可恶，一个人就能毁掉几个家庭，有的小孩从海路被运走，在船上就可能被折腾死。这些人简直丧失人性，令人发指。叶向荣看这孩子也不像完全无家可归，摸摸最近抓的人贩子的底，没准儿还能找到小男孩的家人。

"还有吗？饿……"转眼间那袋饼干已经见了底，小男孩向叶向荣伸出了手。

"有，等我上去再给你拿……"叶向荣指指楼上，就在那一瞬，他突然愣住，A点那道半掩了三天的窗帘严严实实地拉上了，这和线人提供的暗号一模一样！

叶向荣下意识地向楼内跑去，他跑了几步又慌忙折返回来，一把拉住小男孩焦急且严肃地说："我现在有事，必须走了。你听着，这两天哪儿都不要去，就在这周围等着我，我会来找你，送你回家！记住了，我叫叶向荣。"

小男孩格外认真地听着他说话，仿佛字字句句都刻在了心里，他使劲点了点头，重复了一遍："等着你，叶向荣。"

"对！记住了！"叶向荣迅速站起来，把雨伞塞在小男孩手里笃定地说。

在风雨中叶向荣高大的身影透着一种坚定，小男孩摸着那把尚带体温的伞，觉得这个男人真的会带着自己找到家，记忆中几乎不存在的幸福也即将到来。想到这里，他脏兮兮的小脸上露出了一丝羞怯的笑容。

可是小男孩的想象很快被一个尖锐的声音打断了，他惊恐地抬起头，看见旁边一幢住宅楼三层的窗户猛地打开了，暗蓝色的窗帘被风雨吹散。一个人从窗户里跳了出来，落地时显然崴了脚，但仍疯了一样跌跌撞撞地朝巷口跑去。

然而他的奔逃还是失败了，随着又一声枪响，他的小腿被击中，扭成了不自然的形状，子弹入肉的声音在小男孩的耳畔被无限放大，要命地清晰，红色的血和雨水融在一起，一直缓缓流淌到小男孩的脚边。

小男孩早就扔掉了手里的伞，他捂着耳朵蜷缩在墙角，惊恐地看着血腥的场面。顺着刚才的枪声，他在那个有暗蓝色窗帘的窗口看见了另一个人，那个人还是那么坚毅，只是他的手中稳稳地握着一把手枪。小男孩知道的，那个男人刚才告诉他，他叫叶向荣。

小男孩颤颤地爬起来，顺着墙根飞快地向远处跑去。风雨浸湿了他的衣裳，却怎么也冲不去空气中那股浓浓的血腥味……

2。
弟弟

那天之后，小男孩还是怀着恐惧去那个垃圾堆附近等叶向荣了。但是他没有站在明处，枪声与血腥对他的刺激十分深刻，他害怕自己也会突然面对那个黑洞洞的枪口，可他又不甘心失去这个机会。叶向荣给他的承诺太美好了，从来没人跟他说过，他还可以回家。

然而他等了三天，直到把夏末的最后一场大雨等完，直到闷热的空气变得冰凉，他也没能见到叶向荣的身影。

在第三天的傍晚，他几乎站立不住的时候，一只手突然伸到了他的面前。他半惊半喜地抬起头，却没看到他想象中的面孔。一个老奶奶站在他面前，脸上的皱纹很深，她笑着说："孩子，别站着啦，累坏了。"

小男孩失望地摇摇头，继续往远处望去。这个老奶奶他认得，也经常在垃圾场捡东西，偶尔还会给他一些吃的。

"在等谁啊？我看你站在这里好几天了。"老奶奶问。

"等叶向荣。"小男孩仿佛自言自语。

"叶向荣？哪个呀？"老奶奶边扒拉开垃圾边问。

"他说送我回家。"小男孩有些向往地说。

"你知道自己家在哪里吗？"老奶奶扭过头问。

"不知道。"

"那他怎么带你回去？"

"不知道……"

"唉……"老奶奶叹了口气，"别是骗子啊，这年头什么人都有，谁知道他是好人还是坏人。"

听她这么说，小男孩不由得又想起了那天的血迹，身体抖了抖，仿佛失了力气一般，一下子坐到了地上。

"没地方去了吗？"老奶奶弯下腰说。

小男孩含着泪点了点头。

"可怜啊，要不……跟我回家吧。"

"回家？"小男孩茫然地看着她。

"回家吧，不是什么好地方，但有个地方睡，有口饭吃。"老奶奶费力地直起身，一只手拿着两个空饮料瓶，一只手伸向小男孩。

老奶奶的话似乎充满魔力，小男孩不自觉地握住她的手，两人慢慢地前行而去。走到巷口的时候小男孩回了一下头，在那个约定的地方，叶向荣最终还是没有出现。

小男孩对家的第一印象不是老奶奶那间古旧的小屋，而是那个看到他们回来就迅速从小屋里跑出来的女孩。

女孩的眼睛干净美丽，雨水打在她的睫毛上，一滴滴地滚落，就像流泪了一样。可女孩丝毫不在意，只是一眨不眨地、温和地盯着他瞧。

"奶奶，这是谁啊？"小女孩指着小男孩问。

老奶奶有点儿咳嗽，呛着声说："好几天了，一直在垃圾堆那边，太可怜啦，一起过吧，好歹是个男孩子。"

"你叫什么？"小女孩丝毫不嫌脏，紧紧拉住小男孩的手说。

"魏……"小男孩怯怯地回答。

"魏什么？"

"不为什么！"

小女孩"扑哧"一下笑了出来，明媚的笑脸仿佛雨后的彩虹。小男孩从没看过这么温暖好看的笑颜，使劲瞪着眼睛，生怕错过她一点儿表情。小女孩凑到他眼前说："不是为什么，是你叫魏什么！"

"不知道……不记得了。"小男孩惭愧地低下头。

"那叫如风吧，魏如风！我叫夏如画，你听，很合适的！"夏如画又笑了起来。

小男孩怔怔望着她的笑容，不由自主地点了点头。

"先来洗洗脸！"

夏如画拉着魏如风进到屋里，自个儿冒雨跑到院子的缸里舀了半盆凉水，又颤巍巍地拎着暖壶兑了半盆开水。

魏如风很久没洗过脸了，在她的注视下，有点儿别扭地把那盆清水都洗浑了。

可夏如画一点儿没察觉魏如风的小小尴尬，反而很兴奋，捧着他的脸，抹开眉间鬓角的泡沫说："这里，这里还没洗掉。"

魏如风洗了三盆水才彻底干净了，夏如画很满意地看着他。魏如风脸有点儿红，偷偷瞟她一眼，指着她的脸说："你……那儿碰脏了。"

"哪儿？"夏如画拿袖子蹭了蹭脸。

魏如风摇摇头，夏如画说："我瞅不见，你帮我擦掉。"

说着她就闭上了眼，魏如风小心翼翼地伸出手，用指肚去擦她的右眼眼角，那里有一个小黑点。可这一下并没擦掉，魏如风又凑过去吹了吹，还是没掉。

夏如画"咯咯"笑起来说："痒痒！"

"就在眼角，你揉揉！"魏如风着急地说。

"那个啊？"夏如画如梦方醒，"那个是痣，擦不掉的！我生下来就有，我奶奶说，那叫泪痣，所以我爱哭，要流好多好多眼泪。"

魏如风似懂非懂，夏如画有点儿小小的沮丧，使劲揉了揉眼角说："不好看吧？"

魏如风连忙摇摇头。那颗痣隐在她眼角下，确实有点儿像泪滴，也许别人有，魏如风觉得不好看，但是夏如画有，他就觉得好看。

夏如画乐起来，高兴地拉着魏如风走进屋里，就像献宝一样地把自己的东西摆给他看。

"你看这是我的娃娃，奶奶从垃圾场捡来的，别看她少了胳膊，可还是很漂亮对不对？她叫莉莉，你也可以和她玩。还有……喏，这是我的皮鞋，好看吧！也是奶奶捡的。稍微大了点儿，但我长大一些穿就好了！你看还有红色的蝴蝶结呢！不过这个不能给你了，你是弟弟，不能穿女生的鞋！"

"弟弟？"魏如风抬起清亮的眼睛说。

"是啊！你刚刚来啊，所以就是弟弟，我是姐姐！"夏如画理所当然地说。

"可我比你大呢？"魏如风有点儿不服气地说。

"不可能！你看你个子还没我高呢！不信咱俩比！"夏如画站起身，挺直了腰杆说。

魏如风偷偷瞟着他们的肩头，不好意思地别过了脸。他向四周看了看问："你爸爸妈妈呢？"

"没有了，出海去就没回来，你的呢？"夏如画撇了撇嘴说。

"我不知道，也没有了吧。"魏如风茫然地摇了摇头。

"没关系，我还有奶奶，现在还有你！你也是！有奶奶，还有我！"夏如画拍了拍床边，笑盈盈地示意他挨着自己坐过来。

魏如风愣了愣，然后毫不犹豫地蹿上了床，紧紧挨着夏如画坐下了。

晚上，夏奶奶在原本不宽敞的小屋子里挂了条帘子，魏如风睡原来夏如画的小木床，夏如画和奶奶睡在另一边。

上床的时候，夏如画揭开帘子对魏如风说："害怕吗？害怕就到我们这边来！"

魏如风揪紧了被子摇摇头说："不怕。"

夏如画"哦"了一声转过身去，狡黠地转转眼珠，想吓唬他一下，又突然从帘子那边钻出来，大声地喊了一嗓子。魏如风吓得缩成了一团，背靠着墙惊恐地看着夏如画，清秀的小脸变得惨白。

夏如画没想到他会吓成那样子，内疚不已，忙爬到那边安慰他说："不怕不怕，是我不是鬼！"

魏如风抿着嘴唇，闭紧了眼睛，他想起了不久之前的那声枪响，还有和血混合在一起的那场大雨。

夏奶奶训斥了夏如画两句，又拍了拍魏如风，这才慢腾腾地上了床。夏奶奶很满意，夏如画的父母死得早，她不知道能看护孙女到什么时候。现在家里收养了魏如风，对她来说只是添副碗筷的事，对魏如风却是养育恩情。虽然现在他还小，但在这里，只要能出海就能讨生活。夏奶奶身体向来不好，所以才和夏如画过得这么苦，而魏如风以后能出海了，就算她不在，夏如画也不至于没了着落。老太太想着，安心地睡了。

这边魏如风却睡不着，他躺在床上，终于有了家的踏实感。突如其来的幸福，让他既兴奋又惶恐，他生怕有一天眼前的一切会消失不见。小时候人

贩子承诺他糖果，结果他从家里被骗到了完全陌生的海平市。从人贩子手中
辗转逃出来之后，叶向荣承诺带他回家，结果却失约。如今，帘子另一边慈
祥的老奶奶和笑容漂亮的小女孩承诺他一起生活，他不知道会不会再次失落。

　　晚上屋里一片漆黑，夏如画听得仔细，知道魏如风来回翻身，她悄悄地
把手伸到他那边，小声说："别害怕，把手给我，我拉着你睡！"

　　魏如风开始并没有反应，夏如画的小手在被窝外面有点儿凉了，她委屈
得刚想收回来，魏如风却轻轻地拉住了她。夏如画很开心，偷偷笑了，紧紧
地攥着他的手，满足地闭上了眼睛。而魏如风也终于放松了下来，手心传来
的温度让他觉得，这个女孩是一定不会骗他的。是夜，他们相识的第一晚，
就这样手拉手地睡着了。

　　那年，夏如画十二岁，魏如风不详。

3。
疑点

　　在魏如风住到夏如画家之后的第三天，叶向荣回到那个垃圾场来找他了。
可是他没能找到魏如风，向周围的人打听了一下，谁也没注意这么一个脏兮
兮的流浪儿，稍微有点儿印象的也只是说，这两天都没怎么见到他了。叶向
荣想了想，没准儿小男孩那天看见了逮捕现场被吓跑了。他只好叮嘱一下负
责那片的警察，如果看见类似的流浪儿再通知他，后来时间一长，这件事也
就不了了之了。

　　而当时的叶向荣根本不会想到，再见魏如风的时候将会是什么样的情景。

　　叶向荣之所以没能遵守约定按时把魏如风接走，是因为这些天都在突击
审查祥叔的那个案子。那个案子其实一点儿都不麻烦，甚至可以说非常顺利，

当天运毒的甲犯很痛快地承认了是从祥叔名下的金宵练歌房拿的货，因为逃跑而挨了一枪的乙犯和甲犯的口供完全吻合。就在吴强他们都欢呼庆贺的时候，叶向荣却觉得有哪里不太对劲。

他苦苦思索了一晚上，从最初开始，线人的消息拿得很准确，正是他们需要的人赃俱获那种——案发时间很恰好，正是他们打算收网的时候；毒品数量很恰好，正是可以判重罪，即便不是全灭也至少重创的克数；甚至连乙犯逃跑的时机都很恰好，还没等警察这边喊"不许动"呢，他就先掏出了家伙，"呼啦啦"掀了毒品的袋子，从窗户跳下去了。

这一切就像……就像是被谁精心设计好了一样。

叶向荣凭借自己多年来的探案直觉，还是在这表面没有丝毫纰漏的审查中嗅到了不寻常的味道。

第二天一早起来，叶向荣就奔向警局，刚一进去就迎面遇见整理完笔录正准备回家的吴强。

"够早的啊！带早点没？我快饿死了！"吴强摇摇晃晃地冲叶向荣摆摆手说。

"正好。笔录做完了吧？你拿给我看看，我觉得这里面有问题！"叶向荣一把扯住他，就往楼上跑。

"哎哎哎，什么问题啊？你先让我把饭吃了……"

吴强被他拽得跌跌撞撞的，两人进到屋里，吴强甩开叶向荣的手，揉着肩膀说："老叶，你别总怀疑行不行？我跟你说，我弄的笔录，这案子绝对没问题！"

"我就想跟你说这个，你做笔录时感觉怎么样？"叶向荣扔给他一支烟说。

"顺啊！"吴强点着了烟说，"没费太大劲儿，两人说的都对上了。"

"有出入没有？比如描述事件的顺序。"

"没有啊……"吴强说着突然顿住了。

"你不觉得这是一份完美笔录吗？"叶向荣把本子往桌上一放说，"比咱们的教材都标准！可是，对于两个毒贩来说，其中一个还因为逃跑被打伤了腿，这未免太严丝合缝了吧？"

"你的意思是……"吴强沉吟起来。

"好比说咱们想要一个蛋糕，刚想去定做，马上就有一个蛋糕出现在咱们面前，甚至连口味都是咱们喜欢的那种，那么这种情况下你会怎么想？"叶向荣认真地比画着说。

吴强看着叶向荣成圆形的手指，眼睛一亮说："有人故意送给咱们的！"

"就是这样！"叶向荣一拍手说，"我的直觉，祥叔之后还有一条鱼！"

"会是谁呢？如果你分析得对，这人很不简单啊！既了解我们的动向，又熟知祥叔的做事规则，还买通了那两个犯人拼命，真狡猾啊！用我们的手为他干事，坐收渔翁之利啊！"吴强狠狠一捶桌子。

"我昨晚想到这里就进行不下去了。"叶向荣掐了烟头说，"祥叔栽了跟头，得利的人太多了，咱们即使发现了不对也很难查到，所以这个人才能这么放心地安排这个局。喂，你想想看，有没有什么觉得别扭的地方，一点点也行。"

"你要说别扭也不算……只是……"吴强托着下巴走来走去地说，"带粉儿的那个人第一次见我的时候，眼神有点儿不对劲儿……"

"怎么不对劲儿？"叶向荣忙凑前一步说。

"就好像见过我似的……躲躲闪闪的……"吴强皱着眉头说。

"那你见过他吗？有印象吗？"叶向荣眼睛一亮。

"你等我想想……"吴强揉揉头说，"我脑袋里有个影儿……但就是抓不住！就这几天的事……你提醒一下，我这几天都干吗了？"

"盯点。"

"不是。"

"和你女朋友约会。"

"不是……哎，我上回跟你怎么说来着？"吴强猛地抬起头说。

"说这次一定得结婚。"

"不是！还有什么？"

"说你保家我卫国，我喜欢案子不喜欢女人，喜欢祥叔不喜欢东歌的小姐……"

"对，东歌！"吴强一下子蹿起来，紧紧拉住叶向荣说，"我知道我在哪里见过他了，就是在东歌夜总会！"

叶向荣看着吴强，两人兴奋地相视一笑，异口同声地说："程豪！"

程豪那时候在海平才刚刚冒头，是这一带纷繁混杂的生意圈中新近崛起的一支。说他是生意人其实有点儿不准确，在海平市内，谁都知道在金宵练歌房隔一条街的地方开一家同种经营项目的夜总会有点儿不一样的意思。周围的那些店多少都和祥叔有点儿关系，只有程豪的路子看起来简单单纯，而在这界上，按吴强的说法，简单不了。可是程豪他就有本事让自己看上去仿佛踏踏实实地做生意，又能在祥叔的身边悄然崛起。

所以当叶向荣把程豪的照片放在侯队长面前的时候，侯队长深深地皱起了眉头。

"向荣，程豪的资料看上去可没问题啊！"

"您也说了，是看上去没问题。"叶向荣像小伙子一样有点儿要赖地说。侯队长快退休了，在局里德高望重，但他一直栽培年轻人，很照顾手下的刑警，比起领导更像是长辈，因此私底下叶向荣对侯队长偶尔有些没大没小。

"去，少嬉皮笑脸的，你们都让我惯坏了！你这样，吴强也是，上回厕所碰见了，还管我要手纸，这都像话吗！"侯队长愤愤地说。

叶向荣偷偷低头一笑，赶忙正色说："侯队，笔录您也看了，吴强虽然平时不靠谱儿，但瞎话肯定不会说。而且祥叔那老狐狸这次可有点儿失态，死活说是别人栽赃他，连和犯人对质这种话都说出来了，我认为这事绝对有必要跟一下！"

侯队长沉吟了一会儿，慢慢抬起头说："现在市里在重点抓经济发展，程豪是去年的优秀企业家，咱们办案子，也不能随便就去查人家，这样不好交代。"

叶向荣不服气地嘀嘀咕咕："优秀企业家就不查啦？王子犯法还与庶民同罪呢，姑息养奸就好交代了？"

"少胡说八道！"侯队长把笔录使劲扔到一边，瞪着眼说，"你这浑脾气给我收着点儿，什么态度！"

叶向荣还没被侯队长这么嚷嚷过，心里很不舒服，他觉得自己并没说错，所以仍旧梗着脖子顶嘴："那您说呢，睁一只眼闭一只眼，等着出更大的事？"

"叶向荣！"侯队长指着门口说，"你现在马上给我出去，回去好好反省一下你的态度！祥叔这案子你也别管了，让吴强接着审。"

"走就走！"叶向荣愤愤地站起往门口走去。

"你是一个警察，你得明白你的职责，更要明白为什么行使自己的权力，应该怎么行使自己的权力！如果只是觉得有蛛丝马迹就蠢蠢欲动，那你就是失职，我们不是在玩警匪游戏，你懂不懂！"侯队长在他身后大喊。

叶向荣握着门把的手顿了顿，默默关上门走了出去。

4。
年少梦轻

忙于案子的叶向荣渐渐忘记了魏如风，而魏如风自己也习惯了新的角色，融入了新的生活。

魏如风和夏如画在一起的日子是简单快乐的，他们依然贫穷，在世人眼中可能是不幸的，但是他们心底有一点儿微光，足以互相温暖。对于他们来说，没去过天堂，地狱也是好的。

那时港口的村子还没有日后那么繁华，平日里大人都出海做事，孩子们一放学就扎堆玩闹。夏如画兴冲冲地把魏如风带到了小伙伴中间，扣着他的肩膀说："他是如风，是我弟弟！"

孩子们围过来，看着这个又黑又瘦的陌生男孩。魏如风被他们盯得不自在，瞪大眼睛，警惕地看着他们。

"你弟弟哪里来的？"

"怎么从来没见过？"

"长得一点儿也不像你。"

孩子们七嘴八舌地议论，夏如画支支吾吾地说："奶奶带来的，原来……原来没准儿在市里呢！"

"你弟弟会背诗吗？"

"你弟弟去没去过大桥？"

"你弟弟有变形金刚吗？"

夏如画卡了壳，眼巴巴地望着魏如风。魏如风垂下脑袋，摇了摇。

突然谁喊了一句："我见过他，他在垃圾山那边捡过吃的，是捡破烂的！"

大家顿时哄笑起来。魏如风紧紧抿着嘴唇，一声不吭。夏如画红着脸急得嚷嚷："如风才不是捡破烂的呢，他是我弟弟！"

"那你弟弟会什么？什么都不会，我们就不和他玩！"

"他……他会跑，跑得快，咱们玩逮人！"夏如画殷切地看着魏如风，这次他缓缓地点了点头。

夏如画如释重负地笑了起来，大家闹着围成一圈，魏如风站在中心。他很紧张地回头，只看向夏如画一个人。夏如画走过去蒙住他的眼睛，小声说："没事，逮不到他们，就逮我，我偷偷跑慢点儿！"

魏如风忽闪着眼睛，似懂非懂的样子。夏如画冲他眨了眨眼，跑进了圆圈里。

然而夏如画作弊的小伎俩并没用到，刚喊完"一二三跑"，魏如风就蹿了出去，他对面的小孩还没跑出几步，就被他一把揪住了。所有人都愣住了，他死死攥住那个小孩的胳膊，笑着朝夏如画喊："姐，我逮住了！"

夏如画惊讶地看着他，欢呼着跑过去拉住他的手晃悠着说："如风，你真厉害！真厉害！"

孩子们看魏如风的眼神稍稍变了些，有人不服气。夏如画骄傲地拍了拍魏如风的肩膀说："如风，来，再玩一盘！"魏如风也骄傲地挺起胸，狠狠点了点头。

几盘下来，魏如风次次都能抓到人。他手很紧，只要抓住就不放开，任凭踢打，四处张望着喊夏如画来看，很是欣喜。

小伙伴看他总是赢，渐渐没了兴致，不知谁大喊："不玩了，不玩了！"大家就都停了下来，有的干脆坐在地上喘气。夏如画高兴地拉着魏如风凑过来，两张小脸都跑得红扑扑的。

夏如画乐颠颠地问："那玩什么？"

"寻宝。"有人叫。

"对，玩寻宝去！"孩子们纷纷应和。

说是寻宝，其实不过是村西口修房子，运来了一车沙子。孩子们觉得新鲜，在里面挑好看的小石子当"宝石"。后来来找宝石的人多了，宝石分不过来，大家就出主意，轮流把自己的一个小玩意儿当作宝贝埋在沙子里，谁最先找出来这个宝贝，谁就把宝石都拿走。

小伙伴们呼啦一下往村西跑去，魏如风也跃跃欲试地想跟上去，可夏如画坐着没动弹。

"如风，咱们回家吧。"夏如画没精打采地拍拍屁股站起来说。

"姐，怎么不跟他们寻宝去啊？我跑得快，还能跑。"魏如风甩了甩胳膊，做了个向前冲的动作。

夏如画笑了笑说："傻，寻宝不用跑。"

"那怎么玩？"

"得拿宝贝埋在沙子里，找到就有宝石。"

"姐，咱们去吧，我给你找宝石！"

"去不了。"夏如画失落地说，"咱们没有玩具当宝贝，找到宝石也只能给别人。"

"不是有娃娃吗？"魏如风不甘心地说。

"娃娃就是他们扔的，我拿去他们会笑话……"

夏如画沮丧地说，小小的眉头皱在一起。魏如风也失去了刚才的斗志，他明白了，即使他跑得再快，他们也还是没有宝贝。

两个人站在那儿，艳羡地看着一帮小伙伴跑离他们的视线。夕阳照在他们瘦弱的身上，远远看去就像两根孤零零的小火柴棍，刻着落寞的标记。

回家的路上，夏如画没有说话，魏如风紧跟着她。夏如画的小泪痣若隐若现，一颤一颤的，就像要坠下来的样子。她有些悲伤的眼角深深地印在了魏如风年少的心里，他暗自许愿，以后一定送给她很多很多宝贝，让她像玩逮人那会儿一样开心。

魏如风的愿望没多久就实现了，他陪奶奶去给小卖部进货的时候，捡到了一套十二生肖的瓷玩具。那玩具必然不是好的，牛少了犄角，老虎没有尾巴，整套里唯一没有磕碰的就是小鸡，虽然鸡冠掉了点儿颜色，但还是完整的。

魏如风用报纸包好，一路捧着。一进家门，魏如风就献宝似的把玩具递到夏如画眼前。夏如画拆开纸包，惊喜地叫了出来。两个人小心翼翼地把那些缺尾断肢的生肖摆在桌子上，趴在旁边紧紧盯着，好像生怕它们长了翅膀飞走。

魏如风把小瓷鸡托在掌心说："姐！咱们也有宝贝了！"

"嗯，明天咱们也玩寻宝，要把那些宝石都赢回来！"夏如画兴高采烈地说。

第二天傍晚，他们早早地就招呼来了小伙伴们。夏如画握着小鸡，在每个孩子鼻子尖下扫了一遍，说："看见没？你们都没有吧，这个就是今天的宝贝！谁找到它谁就得宝石！"

孩子们都没见过这样新鲜的玩意儿，争先恐后地把小鸡埋在了沙子里，生怕被别人占了便宜，抢了先机。夏如画站在沙堆的最上面，抹平了他们踏过的痕迹，偷偷瞅着魏如风，魏如风朝她点点头，夏如画笑了起来，神气地喊："预备！开始！"

孩子们争先恐后地拥上去，魏如风也混在中间。夏如画从沙堆上跳下来坐在一边，数着罐头瓶子里五颜六色的小石头，笑眯眯地挑最好看的攥在手心里。

然而夏如画慢慢笑不出来了，时间过去了很久，可是小鸡还没被找到。很多孩子都不耐烦起来，又过了一阵，有的嚷嚷着要尿尿，有的被爸妈喊去吃饭了。后来夏如画也着急地加入寻找小鸡的队伍，没人说她犯规，因为人家都没力气找了。

到最后沙子堆前只剩下了夏如画和魏如风两个人，他们身上都沾满了泥沙，一边翻一边呜呜哭着。夏如画的小辫散开了，她也顾不上扎，只是哽咽着念叨："我的小鸡呢？小鸡哪儿去了？"魏如风抹着她脸上的眼泪说："姐，别急！我给你找，一会儿就找到了。"

那天他们一直找到了晚上九点多，但还是没有找到那只小瓷鸡。夏如画抱膝坐在地上，魏如风靠在她的旁边。

"找不到了，咱们的小鸡丢了。"夏如画吸着鼻子说。

"姐，别哭了，以后我再送你，送你好多好多。"魏如风拉起她说。

"骗人，你又没钱！"夏如画撇撇嘴说。

"长大就有了！我要挣钱，把你想要的，都送给你！"魏如风一板一眼地说。

"那你什么时候长大？"夏如画挑起眼睛看着他。

"快了，就快长大了！"魏如风使劲挺了挺瘦弱的背脊。

夏如画看着他保证的样子，"扑哧"一下笑了，她指了指沙子堆说："咱们在这做个记号吧，别把它忘了，它等着看你长大呢。"

两个人认真地垒了个小小的土堆，夏如画找了根树枝插在沙子里。回家的时候，他们恋恋不舍，一步三回头地看。

那会儿他们还小，魏如风的梦想微小到只要替夏如画找到一个让她开心的宝贝就好。而在那个地方，不仅埋下了他们少年时代珍爱的小小玩具，还埋下了日后情深义重的种子。

5。
只有一个

慢慢地，夏如画长成了附近最漂亮的女孩子，再也没人因为她没有好的玩具而不和她玩。人不应只看外貌的，但长得好的人会让人更愿意了解内在，于是更容易被发现优点，更被大家喜欢。夏如画就是如此被街坊邻里的人们理所应当地宠爱着。

然而，魏如风对她的美丽很漠然。每当邻里间笑着称赞夏如画时，他都在一旁默然不语，对于夏如画拿回的那些别人送的小零嘴、小礼物也都不屑一顾。有一次还因为他死活不吃后院虎子送的糖果，和夏如画闹了两天别扭。没人特别注意魏如风，在鲜花一般的夏如画旁边，这个留着寸头瘦瘦的小男孩就像一块石头一样，丝毫不起眼。也只有夏如画总是回过头冲他笑笑，喊着他的名字，和他走在一起。

稍大一些的魏如风不和其他的小孩玩了，而那些孩子也都不喜欢魏如风。夏如画从没特别仔细地在意这些，直到偶然看见那场男孩子之间的小小战争，才隐约明白了为什么大家都不和魏如风玩。

那天夏如画放学回来，在巷口看见魏如风拦住了阿福。阿福住在临街，他妈妈是南方人，口音软软地唤他阿福，于是小伙伴们也都这么叫起来了。阿福总送给她漂亮的玻璃珠子和雨花石，但是从没给过魏如风什么，两人也没在一起玩过。

夏如画刚想走过去，却在听到如风的话时不自觉地停了下来。

魏如风清晰响亮地说："你别来我家了。"

"为什么？我去找你姐又不找你！"阿福瞪了他一眼。

"别来找我姐了。"魏如风说。

"你管得着吗？我就爱找你姐玩！"阿福扬着眉毛说。

"我姐只爱和我玩。"魏如风梗着脖子说。

夏如画微微有些吃惊，阿福笑了起来，指着魏如风说："得了吧，谁都知道你是夏奶奶捡回来的！我们从小一块儿玩的时候，你还不知道在哪个垃圾堆旁边找吃的呢。我们谁都不爱和你玩，如画也是看你可怜才和你玩的……"

阿福仍继续说着，但他还没有说完，就被魏如风打倒在地。

"你疯啦！"阿福怒气冲冲地爬起来，挥起拳头就向魏如风打去，转眼间两个人就扭打成了一团。夏如画惊讶地站在一旁，却没跑过去拉开他们，因为她看到虽然阿福比魏如风高大，却是魏如风占了上风，他打得狠，简直像拼命一样的凶狠。还有，夏如画也很想知道，为什么魏如风为了不让阿福找她而打架。

不一会儿，阿福就告饶了，如风的脸也肿了起来，他不依不饶地说："不许再找我姐！"阿福连连答应，战战兢兢地走出小巷。拐过巷口的时候，他看见了默默站在那里的夏如画，忙低下头红着脸跑走了，居然都没敢说一句话。

夏如画没瞧阿福一眼就走到如风身边，摸摸他肿胀的脸说："疼不？"

魏如风摇摇头，皱了下眉头，避开了她的手。

夏如画有点儿生气，讨厌他不理人的态度，板着脸说："干吗跟阿福打架？回家奶奶肯定会骂你！"

魏如风不吭声，夏如画更生气了："谁说我只爱和你玩了！你和人家打架，他们都不和我玩了怎么办！"

魏如风抬起头，望着夏如画，眼底里有一种无法触摸的寂寞，他一字一句地说："姐，你是觉得我可怜吗？只和我一个人玩不行吗？只有我一个不好吗？"

他的眼神纯净且坚定。

夏如画怔怔地和他对望。

她没觉得和魏如风玩多么有意思，因为他不如虎子主意多，也没阿福会逗人。但是和魏如风在一起，她觉得特别舒服，因为只有魏如风是会一直陪着她的，不仅在学校能看见，不仅吃完晚饭可以看见，而且是每时每刻都能看见的人。

魏如风会用攒了好几月的一分、两分的钢镚儿，买夏如画最爱吃的豆沙粽子回来。其实夏如画从来没说过自己喜欢豆沙，能有粽子吃还挑馅料是很奢侈的事情，只是很久以前那次吃粽子，她唯独吃了豆沙的那两只，魏如风便默默记下。

魏如风会为她去摘各种各样的花，春天有一串红，夏天有喇叭花，秋天有海棠，冬天有小雏菊，因此夏如画简陋的小床前，总飘着甜甜的花香。

魏如风每天会在学校门口等夏如画放学，很自然地拿过她的书包，为她撑伞，踮起脚把奶奶给他的围巾围在夏如画的脖子上。

魏如风会在夏如画噘着嘴洗碗时，走到她身边把她挤开，粗手粗脚地在池子边干起来。当夏如画不小心把盘子摔坏的时候，会大声对奶奶说："是我不小心！"

夏如画那天突然发现，原来瘦瘦小小的魏如风一直站在她身边，当虎子、阿福都不在时，他也永远站在那里。而夏如画有些偷偷欢喜，其实她心底里很喜欢魏如风这样子。

"好吧，只有你一个。"夏如画笑着捧起他的脸说。魏如风很害臊似的躲开她的手，但眼神里是说不尽的快乐，两个人嘻嘻哈哈地一起跑回了家。

就这样，儿时不以为然的承诺悄然埋下，随着他们的成长慢慢生成坚韧的结，命运也许那时就开始纠缠，只不过，他们谁也没能看透。

傍晚，阿福妈带着阿福来他们家告状，魏如风立在旁边一声不吭。夏奶奶不住地道歉，颤巍巍地塞了好几个豆包到阿福怀里。阿福妈说了个够，走的时候还愤愤地啐道："来路不明的衰仔也敢往家领，哎哟，长大变狼害了你们！"

夏如画生气地瞥了阿福一眼，声音清亮地说："我弟弟才不是狼！"

魏如风也抬起头，他一对眸子冷冰冰的。阿福妈看着有些发颤，忙搂着阿福走了。

夏奶奶没说如风什么，她总是不说他的，只是默默摇头。夏如画以为雨过天晴，没有半点儿不高兴。而魏如风却悄悄走到夏奶奶身边说："奶奶，我以后不打架了，但是我一定会保护姐姐的。"

夏奶奶低下头，看着这个眼神坚定的孩子，轻轻叹了口气。

6。
编号 1149

　　侯队长的问话让叶向荣足足思考了几天。

　　这些年来，叶向荣一直在私下关注着程豪的动向，他亲眼看着程豪慢慢走到社交界的前面，一副温文尔雅的样子，还冠冕堂皇地开了贸易公司，涉足影视，投拍了不错的电影，和知名的女明星传了绯闻，使得所有人都慢慢抬起头，仰望着这个精明的企业家。

　　而叶向荣明白，程豪用一笔来历不明的资金演绎了这番辉煌，而辉煌又足够遮蔽人们的目光。这个看似温良的人，毫不客气地蚕食了祥叔的一些产业，甚至比祥叔更为贪婪，现在他正笑眯眯地舔着爪子，不知道下一步会吞下什么。

　　这些疑惑和研究最终都化成了厚厚一摞报告，摆在了侯队长的办公桌上。

　　叶向荣被侯队长叫来的时候心里很忐忑，走在办公楼里，手心脚心都出了汗。进到屋里，侯队长抬头看了他一眼，也不说话，只是指指远处的椅子让他坐下，拿着他的那份报告细细看了起来。

　　屋里老掉牙的挂钟响着"嘀嗒嘀嗒"的声音，叶向荣咽了口唾沫，感觉比出现场还紧张。

　　侯队长终于翻完了最后一页纸，呼了一口气说："没想到你小子还挺能坚持的，偷偷摸摸搞了不少东西嘛！局里对程豪这个疑点很重视，现在市里决心严厉打击上游犯罪，坚决不让犯罪分子借着发展经济的机会，实施犯罪活动。你说说你的具体想法吧。"

　　"真的？我就说一定得查下去。程豪绝对不是好鸟！"叶向荣十分兴奋，一扫刚才拘谨的样子，冲到侯队长办公桌前说。

　　"回去坐好了。刚想夸你这回表现不错，就又一副毛毛躁躁的样子。怪不得吴强都要娶媳妇了，你还耍单儿。就你这样，能找到对象吗！"

　　叶向荣被说得有些不好意思，讪笑着说："呵呵，我还以为您又不让我查了呢，其实咱们又不是捣乱抓人，为的不也是能有公平、合法、稳定的经济发展环境吗？"

侯队长摇摇头说："你这种查法肯定不行，别说局里不通过，你折腾到市里去也一样不让！"

"啊？您什么意思，到底查还是不查啊？"叶向荣一下慌了神，愣愣地说。

"你就不能换个思路，非走正门和人家硬碰硬不可？"侯队长另有所指地说。

"正门不走您还让我走后门啊……"叶向荣说着一下子停住了，眼前一亮说，"侯队，我明白了，我知道怎么做了！"

侯队长扯着嘴角笑笑，坐在椅子上说："你说说。"

"卧底！"叶向荣凑到侯队长桌前说，"安排个卧底进去，彻底摸摸程豪的脉，把问题给他解决在老窝中。咱们海平绝对不能再出一个祥叔了！"

侯队长缓缓点了点头，严肃地看着叶向荣："叶向荣，我委派你负责这个案子！你再出一份详细的报告。卧底单线对你，你单线对我，注意保护卧底安全，查清程豪的经营状况和幕后黑手，决不姑息违法行为！"

"是！"叶向荣满脸红光，利落地敬了个礼。

叶向荣第一次见 1149 是在海平市的一家地下旅店里。他进来的时候带着楼道里的一股霉味，让叶向荣忍不住打了个喷嚏。

"坐。"叶向荣腾了个地说。

卧底警察"嗯"了一声，随意地靠在了那卷成一团有些泛黄的被子上。叶向荣看着他，怎么也觉不出他和自己是同一类人。

"侯队说，你以前做过六年卧底？"叶向荣压抑住自己的疑虑，认真地问。

"嗯。"他不以为然地点点头说，"知道这事的也只有侯队了。"

"侯队亲自和你联系？"

"不是，和我联系的那个人牺牲了。"他有意无意地瞥了叶向荣一眼，看得叶向荣心里一阵别扭。

"案子侯队跟你交代了，我想咱们还是要沟通一下……"

叶向荣还没说完，卧底警察突然一下子站起来，拉开门朝外面喊："妹子，给俺打壶热水中不？"

就站在他们隔壁房间门口的服务员态度冷淡地说："自己去服务台拿壶

去！"

"嗯，嗯！"卧底警察畏首畏尾地应着，一点儿也看不出刚才的冷静。

叶向荣有些惊讶地看着他，不由自主地压低声音说："你耳朵真灵！"

卧底警察恢复了漠然，淡淡地说："习惯了。"

"你有什么想法？"叶向荣暗自咽了口唾沫说。

"做调酒师，然后找机会获得信任。程豪现在是用人的时候，东歌夜总会前一阵分别招了三拨人进去，但前天就辞退了两个。程豪很冷静，而且心思细腻，所以不能操之过急，要慢慢来。"卧底警察说。

叶向荣没想到，他已经这么详细地调查了程豪开的东歌夜总会，甚至连最近的人事变动都清楚了，不由得对眼前这个看上去岁数不大的年轻人更加有了一丝敬意。不过叶向荣仍有点儿不太喜欢他，可能是和吴强待惯了，他觉得自己的同事都该是有着满腔热血，靠近一点儿就能给焐暖的人，而不应是眼前这位这样，冷淡得分不清好坏。

"现在主要还是争取能靠程豪近点儿，有事我会联系你，你注意保护自己。"叶向荣看看手表说。

卧底警察点点头，丝毫看不出认真的样子，拎起水壶说："嗯，我先打趟水去。"

"哎！"叶向荣叫住他。

"嗯？"卧底警察回过头。

"你要是不想做，我就跟侯队说。你放心，局里那边还比较尊重个人意愿的，你已经做了这么久了，不会有什么事的。"叶向荣微扬着头小声说。

卧底警察愣了愣，张嘴动了动唇角。

叶向荣也愣了愣，随即笑着说："兄弟，俺叫你啥啊？"

卧底警察瞥了眼门口说："就1149吧！"

不一会儿，叶向荣就听见了楼道里1149那熟练的带着点儿乡土味的西北话，他看着房间门上漆涂的1149号牌，不禁弯起了嘴角。

1149刚才的那个口形是说：我也是警察。

叶向荣走出小旅馆的时候满怀着憧憬，那年海平的冬天格外冷，可他的脸兴奋得通红。然而连他自己都没有想到，就从这个让大海浮冰的日子开始，会慢慢发生那件震惊海平的大案。

Chapter 2

十七岁 ...... 雷雨

十七岁是雨季，不知道别人的雨季会不会下这么大的雨。

在夏如画的雨季，电闪雷鸣，

铺天盖地，一下就是一辈子……

1。
奶奶走了

　　魏如风和夏如画终于慢慢长大，外面世界的风起云涌，他们没有丝毫感受到，只是他们的日子也不平静，因为就在那年年末的时候，夏奶奶没有任何征兆地离开了他们。

　　开始老太太只是有些感冒，不停地咳嗽，夏如画劝她去医院，但她死活不肯，念叨着说："明儿就好了，去花什么钱，你以为那些大夫就医得好？检查费要花好些个，不如多喝些水哩。老天爷真要收人，那谁也拦不住。"

　　夏奶奶的"明儿"迟迟不来，末日却临近了。那天傍晚他们放学回来，夏奶奶已经在弥留之际了。她盯着魏如风看了很久，最后看了夏如画一眼，仿佛预见了什么，叹了口气，没说一句话就睁着眼睛离开了。夏如画当夜哭得死去活来，魏如风一直攥着她的手，片刻不离。

　　办完夏奶奶的丧事，夏如画从未深刻感觉到的生活压力，严酷地摆在了她面前。她不像魏如风，她没过过颠沛流离的日子。以前只是穷，没有好的享受，但可以吃饱穿暖。房子是早就有的旧屋，原先她爸妈能出海时境况还不错，但海难去世后家里就马上窘迫起来。夏奶奶这两年在门脸弄了个小卖店，勉强能够维持一老两小的开销。但夏奶奶去世后，小卖店没人照看已经不能开张了。夏如画和魏如风混混沌沌地过了几个月，终于到了弹尽粮绝的时候。

　　奶奶去世的时候，兜里有一包用手绢包着的钱，想是她最后回光返照，怕两个孩子找不到积蓄而特意放的。夏如画一直舍不得动，可是肚子越饿越空，也不能就这么生生饿死。忍了几天，夏如画还是翻开手绢，抿抿嘴唇，把钱揣在怀里去了菜市场。

　　市场就在村子东口，魏如风回来时正看见夏如画蹲在一个菜摊旁边讨价还价。她穿了一件她妈妈留下来的衬衫，衣服有些大，她在袖口挽了好几圈才露出细白的手腕。那衬衫已经很旧了，背部还有一个钩破的小洞，小洞随着夏如画翻腾的动作，露出一些细嫩皮肤的颜色。

"这么少总行了吧？"菜贩有点儿无奈地把手里的几根扁豆又拿出去了一点儿。

"再少点儿。"夏如画摇摇头说。

"小妹，哪儿有你这么买菜的？这点儿还不够猫吃呢。"菜贩把扁豆都扔回摊里，拍了拍手起身，不想再做她的生意了。

"叔叔，我家就我和弟弟两个人，我们没钱。"夏如画怯怯地说。

菜贩看了看眼前这个瘦弱漂亮的孩子，叹了口气，从摊子上抓了一把扁豆，塞给夏如画说："得了，给你拿点儿。走吧走吧，甭给钱了，看着怪可怜的。"

夏如画看着怀里比刚才要的还多的扁豆，笑开了花，她说了好多个"谢谢"，红着脸转身跑回了家。魏如风没跟上去，他看着夏如画乐颠颠地跑远，看着她后背那若隐若现的破洞，狠狠吸了吸鼻子。

晚上吃饭时，隔壁院子的王奶奶端了盘菜过来。魏如风忙起身给王奶奶让了座，夏如画接过菜说："王奶奶，您不用老给我和如风拿吃的，我们俩够。"

王奶奶瞥了眼桌上的一小盘炒扁豆说："我和你们奶奶是好几十年的老姐妹，就别客气了，快吃吧，唉，正是长身体的时候……"

两人都饿了，又道了谢，就闷头吃了起来。

王奶奶看着心酸，说："如画啊，要不你跟你弟还是去福利院吧。我听市里的人说了，挺好的，你们俩这么凑合着，太苦了。"

夏如画拿着筷子愣住了，还没等她回答，魏如风猛地抬起头说："不！王奶奶，我们不去！我们两个能行！"

魏如风的目光很坚定，夏如画看了他一眼，也跟着点点头说："嗯，王奶奶，我们都大了，去那地方不合适，人家也不一定愿意要我们，觉得不好管。赶明儿我去找点活儿干，我们也不要怎么着，好歹能混口饭吃就成。"

夏如画冲王奶奶笑了笑，王奶奶长叹了口气，又叮嘱了他们几句方才走了。魏如风扒拉了两口，把两盘菜都推到夏如画面前说："姐，你吃吧，我饱了！"

"你吃那么少哪儿够啊，再吃点儿！"夏如画又推回去说。

"不用，我在学校吃同学的饼干了！"

"瞎说，刚才还听你肚子叫呢！"

魏如风笑了笑，固执地把菜都拨进夏如画的碗里，拿起自己的空碗，去水槽旁边刷了。他很高兴夏如画能和他想法一致，他是坚决不会去福利院的，因为他潜意识里抵触和夏如画分离的可能，他恨不得自己能承担夏如画的所有生活，即使在现实面前他不免有点儿无能为力。

那天后，夏如画连着几个晚上都盲目地在巷子里转，她想学着周围的孩子出去打工，却没有地方要她这样还要念书的零工。天黑透的时候下起了雨，各家小店都打了烊，夏如画一无所获。她觉得很无助，一天都没怎么吃东西，很饿，淋着雨，浑身都湿透了。那种冰冷的感觉让她想起了奶奶，她以为自己大概也快死了。快到巷口的时候，夏如画隐约看见了站在雨帘里的魏如风，他默然不语，举着伞朝她走过来，小心地站在她身后。

"别跟着我了！"夏如画突然扭身冲魏如风喊，"跟着也没用，我找不到工作，我们要饿死了，我们怎么办？你说我们怎么办……"

饥饿让夏如画失去了有限的理智，她语无伦次地大喊大叫，魏如风一直举着伞跟着她，把她护在雨水淋不到的地方，自己却淋得透湿。夏如画茫然地抬起眼，眼泪像决堤一样混着雨水流下。

魏如风深吸了口气，抓着夏如画的肩膀，斩钉截铁地说："姐，我不上学了，明天我就打工去，我绝不会让你饿死！我们俩要一起活得好好的！"

夏如画哽咽着，惊讶地望着他。

她突然发现，不知道从什么时候开始，魏如风已经高过她一头了，原来瘦瘦小小的男孩竟然变得很强壮。还有，他的唇边长出了毛茸茸的胡子，而她也鼓出了小小的胸脯。他们都长大了，从男孩子与女孩子向男人与女人跨进。命运不由选择，时间不能重置，现在的他们即使没有了奶奶，也必须要坚强地活下去。

魏如风的手臂很用力，夏如画的肩膀在他手里显得格外单薄，他眼神坚定地看着她，夏如画张张嘴却没能说出什么。在现实面前，夏如画终究还是比他软弱。

两个人挨在一起慢慢走回了家，魏如风走在夏如画旁边，她感觉不是那么饿了，也不哭了。那个在巷子里快乐嬉戏的小女孩终究不可避免地成了过去。魏如风也不再是恳求待在她身边、默默无闻的小男孩了。

那时，的他们虽然走在同一条路上，但未来已经不知不觉地把这两个人分开了一点点。至少，魏如风已经从夏如画的身后走到了她身边。

而此时的 1149 沉寂了相当长的一段时间，仿佛真是做起了踏踏实实的打工仔，弄得叶向荣有点儿不知所措，找他也不是，不找也不是。

就在他踌躇为难的时候，那边却突然有了消息，很简单的三个字：有问题。

叶向荣收到消息立马跟打了鸡血一样，一蹦三跳地跑到侯队长的办公室汇报。侯队长沉思了一会儿，手指有节奏地敲打着烟灰缸边缘，叶向荣紧张地盯着他的指尖，等着他下新的命令。

就这么过了一刻钟，侯队长才慢慢地开口说："让他继续盯下去，争取打入内部，但不用急于一时，合适的时机我们这里可以配合他。还有，一定要注意安全。唉……他可能以为会早点儿结束呢，我答应他的事又要拖一拖喽……希望在我退休之前，他能完成这次任务。"

"是！侯队，1149 是不是有什么顾虑啊？"叶向荣想起那个有些阴暗沉重的身影，疑惑地问。

"他没有顾虑，他的顾虑在上次任务时已经没了……"侯队长转向窗口，指着远处的大街说，"就在那里我答应过他，下次让他堂堂正正地戴上警徽，可是我食言了，而那个想看他戴警徽的人也永远都看不见了。向荣，我们必须坚守我们的信仰和职责，因为这就是我们活着的勇气和力量。1149 是一名出色的警察，却不是一个出色的……算了，不说了！"

叶向荣有些迷惑地看着侯队长，那时候他并不能完全理解这些话，却仍然体会到了一种悲壮。

又过了一阵，1149 仍然在东歌夜总会不咸不淡地干着，可是东歌门口又贴起了招调酒师的告示。1149 明白，自己已经处在游戏圈的边缘，如果不迈进，就将被剔除。回给叶向荣消息那天，他抽了一宿的烟，最终下了决心。

半年后，1149"不小心"招惹了祥叔的人，因聚众闹事被拘留十五天。

表面上程豪给足了祥叔面子，1149 刚一出来，就被东歌不客气地开了。那一个月间，1149 被围殴四次。最严重的一次，肋骨折了一根。

1149 从医院里偷跑出来，连夜回到东歌，再次苦求程豪收留，一口咬定祥叔收拾他，是不给程豪台阶下。程豪默不作声，但替他偿还了在祥叔那边欠下的债单。

潜入东歌两年后，1149终于向前站了一点儿。叶向荣拿到的消息渐渐明朗，这次更简单，只有两个字：走私。

2.
两个人的世界

魏如风最终还是辍学了，他在祁家湾码头找了份工作，做搬运工。海平市这两年经济发展迅速，码头那边最缺人，男孩子比女孩子好找工作。魏如风个子高又强壮，包工很爽快地就接收了他，一个月500元，管一顿中午饭。

这点儿钱好歹够姐弟俩活下来了，但日子比以前还要苦一些。夏如画本来也不想念书了，要和魏如风一起出去打工。但是魏如风死活不同意，他知道夏如画的功课好，也爱读书，肯定能考上大学，而且他也不愿意让夏如画去受那份罪。在码头干了几天，他就明白了，讨生活不容易。

魏如风在码头遇见了阿福。他中学还没念完就出来打工了，夏奶奶还没死时，就总听阿福妈过来显摆她儿子能养家。阿福已经在码头干了两年，和码头仓库的仓管队长已经混熟了，在一群工人中很有点儿头头的架势。

魏如风来这里的第一天，阿福就认出了他。虽然两人自童年时代之后就再没什么接触，但那场架让阿福很咽不下这口气，因此处处为难魏如风，不是少算箱子，就是克扣饭菜，还挑拨着其他工人一起排挤他。但魏如风既不反抗，也不抱怨，默默都忍了下来。他打小就受过苦，不在乎这点儿小把戏，况且他也明白，现在挣钱比争气重要。阿福折腾了几天，觉得没什么意思，也就作罢了。

夏如画继续上学，她念书很刻苦，因为她知道是魏如风的付出才让她有了坐在窗明几净的教室里的权利，而她自然要将这份权利发挥到极致，恨不得把魏如风那份也一并学下来。她常对如风说，她一定要念大学，然后毕业挣了钱再送他回去念书。魏如风总是笑笑不说话，他很清楚自己已经不可能再走回那条路了。

偶尔魏如风收工早，也会像以前一样到夏如画学校门口去接她，照例替她背书包，再从怀里掏出各式各样的点心给她。魏如风骑着破旧的自行车，夏如画坐在后面，两人一边聊着天一边慢悠悠地回家。

那时候，挺拔的魏如风已经很引人注目了，只是夏如画还没注意到这点。

有一回，夏如画的同桌林珊就跟她念叨起来："总来校门口等你的帅哥是谁啊？你男朋友？"

夏如画做着习题，扭头随口说："你说如风啊？他是我弟弟。"

"哈，是弟弟！真棒啊，这么帅的弟弟！哎，他有没有女朋友啊？"林珊兴奋地说。

"他才多大？哪儿来的女朋友。"夏如画从没想过这样的事，不自觉地摇了摇头说。

"切，都十几岁了，谁没有个喜欢的人啊！你以为都像你，从画里走出来似的，一天也不说几句话，只知道做功课，哪儿有机会认识男生。这样吧，你把你弟弟介绍给我，我再介绍别的男生给你，怎么样？"林珊蹭着她的肩膀，笑眯眯地说。

"我才不要！"夏如画一下子脸红起来，林珊拉着她好一阵笑。夏如画狠狠瞪了她一眼，她这才拍着胸脯说："好了好了，不逗你。我知道你是好学生！不过，下次你弟弟来一定要叫我，你别忘了啊！"

"好吧。"夏如画随口应道，这件事她根本没放在心上。

从此以后，每次放学林珊都盯着窗外的校门，生怕与魏如风错过。她还总问夏如画关于魏如风的事情，他的生日、血型、喜爱的颜色、偶像等。但很多问题夏如画回答不上来，在他们的生活中，一切只是在自然而然地继续，根本没有喜好、挑选的权利。

终于，不久后的一天，当魏如风的身影出现在校门口时，林珊总算美梦成真。她把夏如画拉到卫生间，用带着波点蝴蝶结的皮筋重新绑了辫子，对着镜子照了又照，兴奋地说："如画，好看吗？"

　　"好看。"夏如画望着林珊娇俏的脸蛋说。她从来没买过什么装饰自己的小玩意儿，衣服也每天只穿校服，对漂亮并没有什么追求。然而看着林珊美丽的样子，想想她即将款款地走向魏如风，夏如画心里突然有点儿难受。

　　夏如画也照了照镜子，镜中的她因为营养不良而显得有点儿瘦弱，脸色略显苍白，大大的眼睛很清澈，五官的线条亦很美，却没有身边人来得新鲜健康。

　　"林珊，我好看吗？"夏如画问。

　　"好看，同学在私底下都说你是美女。好啦，咱们快走吧。"林珊拉着她跑出卫生间，而镜子中的夏如画表情很落寞。

　　魏如风看见夏如画从学校里出来，开心地挥了挥手，走过去接过她的书包。夏如画望着他还带着泥土的脸说："今天累不累？"

　　"不累。"魏如风说，"姐，你猜我今天给你带了什么？"

　　夏如画摇摇头说："不知道，什么啊？"

　　他神秘地从破旧的牛仔服中掏出一个纸包递到夏如画面前，笑着说："小粽子，豆沙馅的！"

　　"哇！"夏如画开心地叫着，"好久没吃过了！"

　　林珊在一旁干站着，不耐烦地咳嗽了一声。

　　夏如画这才想起来，把林珊拉到身前说："如风，这是林珊，我的同学。"

　　"你好啊！我常听如画说你的，你是他弟弟如风，对吧？"林珊甜甜地笑了笑。

　　"你好，"魏如风点点头，跨上自行车，扭身对夏如画说，"姐，咱们回家吧。"

　　"哦，好。"夏如画应道。

　　"一起玩会儿再走吧！干吗那么着急？你家不是只有你们姐弟俩吗？咱们去学校旁边吃羊肉串吧！"林珊拦住他们说。

　　"不了，我们回家吃，家里还有剩的菜呢。"魏如风摇摇头，往前蹬了两步说，"姐，上车。"

　　"哎！"夏如画稳稳蹲上了车，回头冲林珊摆了摆手。她心里美滋滋的，一路上哼着歌。

"怎么啦，今天有什么好事，这么开心？"魏如风回过头问。

"没什么，哎，回头。"夏如画剥开一个粽子，自己咬了一口，剩下的塞到了魏如风嘴里。

"豆沙太甜，我不爱吃，别给我了！"他皱着眉嘟嘟囔囔地说，"你快吃，别喝风啊。"

3。
吵架

林珊对她和魏如风的匆匆会面很不满意，过了几天，她问清了魏如风打工的码头，放学后直接跑去了祁家湾。

在阳光的照耀下，魏如风淌着汗的脸就像镀了一层光，即使混着尘土，仍然显得清新俊朗。

"如风！"林珊眯着眼睛，远远地喊。

魏如风慌忙放下手里的活，跑过来说："怎么了，我姐出事了？"

"没有没有。"林珊摆摆手说，"我从这里路过，就来看看你。忙不忙，上那边坐会儿？"

"哦，挺忙的，晚上要把箱子都装完。你自己去吧，我回去干活了。"魏如风松了口气说。

林珊看他不冷不热的态度，想自己大老远过来不禁有点儿委屈，一把拉住他说："你先别走，我问你点儿事。"

魏如风皱着眉说："什么事啊？"

林珊撇撇嘴："你是不是讨厌我啊？我就是想和你交个朋友，大家一起玩，没别的意思。"

魏如风有些尴尬地看着她说："我真的挺忙的，你们那么多同学，你和他们玩不就行了？"

　　林珊红了脸，赌气说："那你就一个朋友都没有？"

　　魏如风摇摇头说："我和我姐在一起，还要朋友干吗？"

　　"那不一样！再说了，你姐能陪你一辈子？"

　　"那怎么不行？"

　　"不可能！你姐不结婚不嫁人啦？你不娶老婆啦？"

　　"那是我们俩的事，你管得着吗？"魏如风有些气恼地说，他也不再理会林珊，扭头走了。

　　林珊看着他的背影，愤愤地说："有毛病！"

　　第二天一上学，林珊就劈头盖脸地跟夏如画说："你弟弟有问题吧，看着挺有模有样的，怎么说话办事都和正常人不一样啊？"

　　"如风才没问题呢！"夏如画不高兴地说。

　　"还说没有？我问他要不要做朋友，他居然说和你在一起就行了！喂，你是他姐姐吧？我怎么觉得他对你有点儿不一样啊！"

　　"林珊，你胡说八道什么呢！他是我弟弟，我们俩从小一起长大，这怎么了？你别乱讲！"夏如画涨红了脸说。

　　"嚷什么啊，心虚啊！谁知道你们怎么着呢！我看你们都有毛病！"林珊嘟嘟囔囔地坐在座位上。

　　那天，夏如画第一次没好好听课，心"怦怦"地跳得厉害。

　　晚上回到家，夏如画板着脸没理魏如风。一开始魏如风还没察觉，后来见她做饭都不吭声，走过来帮忙说："姐，我择菜吧！"

　　夏如画躲开他，盛了菜往屋里走。魏如风在门口拦住她，担心地问："怎么啦，不高兴？"

　　夏如画无处可躲，抬起头看他，突然发现魏如风模样秀气，但手长脚长的，这屋子已经快放不下他了。

　　魏如风见她看着自己出神，有点儿不自在地说："看什么啊，问你呢，怎么不高兴了？"

　　夏如画推开他，把菜盆放在地上说："你都和林珊乱说什么了？"

　　"她啊，来找我，说交个朋友什么的，我不乐意跟她打交道。她跟你说了？"

魏如风一听是林珊的事，并不以为意，随手抓了根黄瓜，蹭了蹭就吃起来。

"你不爱和她玩，说我干什么！什么一直在一起，让人怎么想！说都说不清楚了！"夏如画心里不舒服，说不清是因为林珊偷偷见了魏如风后说的话，还是因为魏如风见了林珊后说的话，那感觉很别扭。

"我没撒谎，我心里就是那么想的。"魏如风认真起来，看着夏如画说。

"瞎……瞎说！"夏如画心跳又快了起来，别过头不去看他。

"那你是怎么想的？"魏如风一下子站起来说。

"吃饭吧，不说这个了！"夏如画觉得心乱得厉害。

"不行，你得答应我，咱们不能分开！"魏如风抢过她手里的碗，定定地看着她说。

夏如画突然感到他目光的灼热，这种热度带着执拗的迫切，透过魏如风的双目传到她全身，让她有种被点燃的感觉。

"好了好了，我答应你。"夏如画恍惚地应道，她并不明白魏如风的这个要求到底意味着什么，只觉得他的态度和平时很不一样。可能有一些事情在她懵懵懂懂时发生了，而魏如风一定懂得了一些她不懂的东西，至少那时候夏如画还不懂。

魏如风如释重负，露出了孩子般灿烂的笑容，他自己盛了一大碗饭，吃得很香。

其实，魏如风比夏如画更害怕变成一个人。他无法想象离开夏如画的生活，那对他来说可能根本就不叫生活了。

4。
欺负

夏如画没想到，林珊和魏如风短短的一次接触会使她的学生生活发生如此大的改变。之前夏如画在班里人缘挺好的，她长得漂亮，学习又好，念书时这种女生很吃香，虽然不一定和同学关系很亲近，但总是被崇拜的。

可是自从林珊见过如风以后，她就不怎么理夏如画了，中午不再一起打饭，下课放学也不找她一起走了。最初夏如画还没觉得怎么样，但后来发现，班里的女同学都渐渐跟她疏远了。不仅如此，她经常看到几个女孩子时不时地聚在一起小声说点儿什么，眼睛一个劲儿地往她身上瞟，神情里满是轻蔑。

这让夏如画很憋气，她从小就是好强可爱的孩子，渔村里的孩子都爱和她玩，只有她不理别人，从没有别人不理她的时候。虽然奶奶病故后，因为早早承受生活的压力，她的性格内敛了许多，但也仍是平和亲切的。林珊她们的举动伤害了她小小的自尊心，让她难以忍受。因此，过了一个礼拜，夏如画主动把林珊叫了出来，她想好好地问问，究竟为什么要集体孤立她。

午饭后，夏如画有点儿紧张地站在操场后面的树下。微风中带着大海的咸腥，腻乎乎的，老样式的的确良衬衫贴在背上，勾勒出她细小的身板。夏如画看着林珊满不在乎地慢慢走近，不自觉地握紧了手。

"什么事啊？还特意写纸条叫我出来。"林珊有些不耐烦地说。

"我就想问问你，最近你怎么了，你们为什么都不跟我说话？"夏如画直视着她，有点儿委屈地说。

"也没有啊，没什么可说的。"林珊嘴里说得轻巧，脸上不自觉地露出了嘲弄的表情。

"你故意的，对不对？"夏如画生气地问。

"这可是你说的，我没说啊！"林珊很无赖地说。

"我是好好问你的，你不说就算了，你这样子，我也不稀罕搭理！"

夏如画愤愤地转身走了，林珊在后面高声叫着："你不稀罕？你当自己是什么，大家都觉得你恶心呢，和你说话都脏了自己的嘴！呸！"

夏如画停住了脚步，愣在了原地。从来没人这么责骂过她，更没人说过她恶心。虽然她的家境比班里的同学都差一些，她没有漂亮的衣服、时髦的文具，但是她学习非常努力，成绩名列前茅，她真诚地对待每一个同学，因此她从未被人瞧不起，她相信自己不比任何人差，走路的时候总是仰着头。

"恶心"这个字眼对她来说太沉重了，夏如画不知所措地看着林珊，远远的，那张年轻的脸庞上显现出狰狞残酷的表情。

"你和你弟弟是什么关系，你们有毛病，你们乱伦！"

她的声音就像诅咒，一字字打在夏如画的耳膜上，随即刻在了她心里。她觉得自己快要爆炸了，气愤、羞耻、伤心这些复杂的她甚至都没经历过的情绪一下子涌了出来。夏如画剧烈地颤抖起来，连手指尖都不受控制地颤动着，她走了回去，挥起手狠狠甩了林珊一个耳光，红着眼睛说："你胡说八道！"

林珊没想到夏如画会动手，她愣了两秒后毫不犹豫地扑了上去，一边踢打她，一边嘴里不干不净地骂着。夏如画骂不过她，勉强和她拉扯着，又因为要小心护着衣服不被拽坏，所以挨了不少拳脚。

最终林珊胜利而归，而夏如画过于狼狈，以至于平生第一次逃了课。她一路哭着回家，哭着洗好带脚印的衣服，哭着去菜市买了菜，哭着完成了功课。

魏如风回来时她已经哭不出来了，她没告诉魏如风发生了什么事。夏如画不知道怎么开口，更不想和魏如风相依为命的关系因为那可耻的"乱伦"两个字被生生破坏。最重要的是，在与林珊的对峙中，她萌发了一点点恐惧感，就好像被戳破了心底最隐蔽的秘密，这让她害怕，连她自己都说不清究竟是为什么。

因此，夏如画选择在哭过之后微笑着给魏如风夹菜，她把苦恼隐忍了下来，只不过在走进学校的时候，她不再仰着头了。而林珊也把行为上的排斥表露得更加过分和明显。班里的女生不再和夏如画说一句话，她的课桌和课本经常被涂抹得一塌糊涂，时不时还蹦出些"乱伦""不要脸"的字眼。没人在意说出或写下这些侮辱的话，群体行为会像感冒一样彼此传染，往往会让恶行淡化。有些女同学以前根本不知道夏如画还有个弟弟，就理所当然地加入了林珊的行列。年纪尚小的她们不懂得这会深深地伤害到别人，甚至比单纯的肢体暴力更严重。

夏如画因此痛苦万分，她因为课本被画得乱七八糟而不得不买新的，十几元钱的书费是压在她心上的一块大石。那些钱是魏如风在码头风里雨里一元一元挣出来的，因为这样的事情花费掉，让她非常难过。在书店门口，她一次次地蹲下来，抱着崭新的教材掉眼泪。

夏如画只能节食省出钱来，她变得越来越消瘦，越来越孤僻，连学习成绩都节节下滑。老师特意找她谈话，教导她不要骄傲自满，没有父母和老师的督促也要严格要求自己。夏如画茫然地点头应着，每天忍受着噩梦一样的生活。

这段日子并没有持续很久，即使林珊她们都渐渐忘了去欺负她，曾经那个美丽优秀的夏如画也还是消失了，她简化成教室里的一个阴影，沉寂于曾给予她希望和梦想的校园中。

5。
毁灭

那一阵魏如风很忙，以至于他并没发现夏如画的忧郁。其实他自己也正被阿福他们欺负着，这是两个孩子共同的可悲之处，没有谁能裁决林珊、阿福的行为，唯一对此有衡量的只是被欺负那一方的心。

码头来了不少批货，一趟船接一趟船，魏如风常常半夜才回家。而且正赶上盛夏，动不动就下场大雨，有时候他回来就被淋了个透心凉。

和魏如风相处惯了，独自在家时，夏如画总觉得心里空落落的。同学们的抵触让她越来越依赖魏如风，她慢慢体会了为什么魏如风执拗地坚持一定要两个人在一起。在这个世界上，只有他们两个人永远不会伤害对方，是可以信任、可以相守的。没有魏如风的陪伴，好像夜晚都会变长好几倍。

那天又下起了雨，屋顶有点儿漏。夏如画拿了一个小盆接着，她听着那"滴答滴答"的声音，心里怎么也平静不下来，干脆取了伞，打算去巷口迎迎魏如风。

夏如画想不到，就在她开门的那一刹那，她的命运会彻底改变……

她开门的时候，恰巧两个男人骑着车从狭窄的巷子里飞驰而过，随着一声尖锐的刹车声，几个人摔作一团。

"操你妈，没长眼哪？"为首的那一个站起来指着夏如画骂道。夏如画的腿被撞伤了，身上也被大雨淋湿，沾了很多泥，狼狈不堪。她听声音就觉得来者不善，赶紧挣扎着爬起来，低着头忙不迭地说"对不起"。

"我们这是新买的变速车！海上运过来的！坏了你赔得起吗？"一个染着黄头发的人说。

他们一身酒气，黄毛不客气地推了夏如画一把，她又摔到了地上，伤腿被重重地撞到，疼得动弹不得。

"等等！"就在黄毛准备再补给她一脚的时候，另一个人喝住了他。

"你是……夏如画？！"他诧异地说。

夏如画惊讶地抬眼望他，辨认了好久，失声叫道："阿福？！"

阿福忙搀起来她，说："没认出是你啊，好多年没见了，你还在念书吧？"

夏如画点点头，疼得轻哼了一声，阿福说："哟，伤到腿了吧？来来来，我扶你进屋！"

阿福揽着夏如画的腰进到了屋里，却迟迟不愿放开。夏如画觉得别扭，轻轻拨开了他的手。

大雨淋湿了夏如画的衬衫，勾勒出她渐渐发育的身条。阿福显然还没彻底醒酒，打了个嗝，毫不掩饰地盯着她的胸脯说："如画，你比从前还漂亮！"

夏如画尴尬地侧着身子，默默不语，隐隐感到一种恐惧。

阿福坐到她身边说："腿疼不疼？我帮你看看。"说着就把手伸向她的裙子。

夏如画急忙闪开说："不用了！你们还有事吧？不用管我，快去忙吧！一会儿如风就回来了。"

阿福哈哈笑了一声，对黄毛说："她是魏如风那小子的姐姐，也是我的初恋情人！当初那小子还为她跟我打了一架呢。"

黄毛吹了声口哨说："他还有这胆量？你们俩也算是旧相好了，今天还不叙叙旧？"

阿福肆无忌惮地靠过来，夏如画紧贴着墙惊恐地看着他，阿福把手放在夏如画大腿上说："那是，今天要好好叙叙旧。"

夏如画使劲推开他，大声喊道："别碰我，滚出去！"

阿福却觍着酒精作用下醺然的脸，凑近一步说："不要那么见外嘛！来，咱俩好好说说话，我是真喜欢你啊！"

黄毛识趣地往外走，带上房门说："你动作快点儿啊！今晚说不定还有事呢！"

阿福"嗯嗯"地应着，开始动手动脚。夏如画惊恐地望着阿福，她知道他想做什么了，从未有过的恐惧浸透她的全身，她疯狂地把床上的东西扔向阿福，却根本阻止不了他的兽行。

阿福毫不费力地就把夏如画压在了身下，受伤的腿使她根本无法挣扎，她使劲地呐喊，却被雷雨声淹没。阿福喘着粗气，紧紧捂住她的嘴，一把撕扯开她的衬衫，乱摸着她柔软的身体。

闪电之下，那因欲望而兴奋得变形的脸像妖怪一样在夏如画眼前晃来晃去，在被他穿透的一刻，夏如画被捂住的嘴唇中隐隐叫出了一个名字：

"如风！"

魏如风一回来就发现了不对，房门半掩着，屋里没开灯，他走进去时差点儿被掉落在地上的炒勺绊个跟头。魏如风感到莫名的心慌，忙不迭地进到里屋，拉开灯绳的那一刹那，是他和夏如画人生中最黑暗的时刻。

昏黄的灯光映照出了她被强暴后的惨状，长时间黑暗之后的光亮，使夏如画干涩的双眼一下子流出了眼泪。

"姐！"魏如风疯了一样扑过去，紧紧抱住夏如画，红着眼睛颤声说，"怎么了？这是怎么了！"

夏如画仿佛从噩梦中醒了过来，一阵抽搐，她死命抓住自己残破的领口，愣愣地看着魏如风，"哇"的一声哭了出来。

两个人抱在一起，时间如同被悲伤凝固，他们曾小心翼翼珍藏的活下去的勇气和希望消失殆尽。魏如风的眼泪滴落在夏如画脸上，沿着她眼角小小的泪痣滚烫地晕开。夏如画淡淡地说："我们就一块儿死在这儿吧，好吗？如风，我们干脆一起死吧。就这么一起死了也挺好的，这样就永远都不会分开了。"

"姐，我们死也不分开！"魏如风额上暴起青筋，狠狠地说，"你告诉我，是哪个混账王八蛋干的！是谁！"

夏如画哆嗦了起来，她想起了那张因色欲迷醉的脸，捂着脸惊恐地说："阿福……是阿福！"

魏如风觉得像是被雷劈了一道，他从码头出来的时候碰见了阿福，阿福样子慌慌张张的，不小心撞上了他，要是往日，阿福肯定会就此闹点儿别扭，刚才他却像畏惧什么，一句话都没说，急匆匆地就跑走了。魏如风心里烧起了火，眼睛红得瘆人，他恨自己当时怎么没宰了阿福，想立时回去把他千刀万剐。

"姐，你在这等着我！"

魏如风脱下 T 恤，裹在夏如画身上，猛地站起来，光着上身就冲了出去。夏如画蜷缩在床上，呆呆地看着他的背影，窗外打了一声响雷，白色的闪电照亮了门前的一角，夏如画的眼睛越睁越大，她跌跌撞撞地爬下床，一边喊着魏如风的名字一边往外跑。

在那道闪电里，她清楚地看见，魏如风手里拎着一把明晃晃的菜刀。

6。
选择

那天晚上在祁家湾码头还有三批货要到，但是魏如风和大部分人都被替换下去了。平日里喧嚣的码头有一种特别的严谨秩序，可是魏如风根本没注意这些，他紧紧握着手里的菜刀，朝他和阿福平时待的 4 号库走去。

黄毛守在仓库后窗户边的过道上，看魏如风气势汹汹地过来就心知不妙，刚要上去说话，就被魏如风推到了一边。

"魏如风，你别发疯！我可告诉你，今天晚上有大事，闹起来谁也甭想好好过了！"

黄毛看他一副拼命的样子，也不敢上前，只是瞅着后边，大声嚷着，希望能多叫些人过来。

"我今天来就是不想好好过了！"魏如风冷冷地看了他一眼，转身一刀劈开窗户，翻了进去。

魏如风进来的时候，阿福正在抽烟。他酒醒了一大半，刚才完事看见夏如画的泪眼，让他心里特别扭。阿福第一回干这样的事，有点儿兴奋也有点儿害怕。他心里明白这不对，也担心会不会被人抓起来。可是他琢磨着夏如画家里只有姐弟俩，没人撑腰，女孩子脸皮薄估计不会说出去，魏如风越大越尿，也不敢和他作对，所以这事应该闹不大。没人告诉他其实他已经犯了法，所以阿福扬扬自得起来，甚至还想着，能不能就此和夏如画交朋友，让一切变成理所应当。

魏如风第一眼看到的就是阿福这个表情，脸色微红，眼睛眯起来，就像食髓知味，回味着什么。阿福抬眼看见魏如风，心里一虚，又大着胆子迎上去。

"你别找事啊！今天我忙，回头我再……啊！"

阿福还没说完，就被魏如风狠狠砍了一刀。他躲得快，但还是伤了半边肩膀，魏如风下手极狠，皮肉一下就翻了。阿福吓得屁滚尿流，他这才反应过来魏如风是拼命来了，一边跑，一边声嘶力竭地大喊："救命啊！杀人啦！"

程豪正和他的助手老钟在仓库的一间小屋里亲自验货，这批是他到现在为止走得最多的一船烟，转出去的话，利润高达千万。为了这批货，他前后设计安排了半年的时间。现在一切如他所愿，货很正，路很顺。就在程豪安心地准备悄然离开时，他听见了外面的喧嚣。

"老钟，这怎么着？成心弄点儿动静让人摸上门啊？"程豪冷冷地说。

老钟也紧张得厉害，一边擦汗一边说："哎，我这就看看去！"

老钟往外没走两步，就被冲进来的黄毛一把撞到。老钟上去就一嘴巴，压着声音骂道："小兔崽子，你们都活腻烦了是不是？想吃牢饭直说，我保证送你进去待一辈子！"

"老钟，不是我，是魏如风那小子！阿福把他姐给办了，他来找阿福拼命呢！你快瞅瞅去吧！"黄毛吓得哆哆嗦嗦地说。

"操，赶他妈这时候发春！回头我就把他骗了！"

老钟怒气冲冲地走出去。库里一片凌乱，阿福正被魏如风抓住撂倒在地上，他吓得已经哭走音了，正拼命地挣扎大喊，而魏如风眼睛眨都不眨，够着手边的菜刀就要往他身上砍，那眼神，老钟看了都觉得瘆得慌。

老钟刚要招呼人上去拦，就看见斜冲过来了一个瘦弱的身影，那是个脸色有点儿苍白的女孩子。她抱着魏如风，紧紧攥住他的手哭喊着说："如风！你撒手！你不能这样！你撒手啊！"

魏如风眼里的戾气慢慢消散，手里的菜刀"哐当"一声掉在地上。夏如画抱着他哭起来，阿福已经吓得翻了白眼，躺在地上喘粗气。

老钟隐约猜到了夏如画的身份和遭遇，但他管不了这些，在他眼里无论他们之间有什么过节儿，这里都不是他们闹的地方。

"这是怎么回事？"

老钟刚张了张嘴，话音还没出来，就被身后另一个声音打断了。

"程总，你走吧，这里我来处理……"老钟忙凑上去说。

程豪没理他，径直走到魏如风和夏如画面前，神色凛然地问："你是在仓库干活的？那应该知道规矩吧？"

魏如风搂紧夏如画，抬头看着他说："我明白，但是我得替我姐报仇。"

夏如画"嘤咛"一声哭了出来，程豪把目光慢慢移到她的脸上，她衣衫凌乱，眼神空洞涣散，轻轻颤抖着，双手紧紧抓着魏如风的手臂，就像一只受伤的小动物。

魏如风按住了夏如画的头，那张没有生机却十分美丽的面孔躲进了魏如风的臂弯里。程豪又看向魏如风，两个人的眼神对峙着，谁也没放松一点儿。

"你有种！但是你太小看这世界的规则了。你不该用这种方式保护她，因为吃亏的是你们。你知道吗？我现在可以打电话给警察局，不管阿福干了什么，你都得进局子，而且我保证你在里面待的时间比他长。幸好你刚才没弄死他，不然我想你这辈子都看不见你姐姐了。"

最终还是程豪先开的口，他的话让魏如风愣住了，他从来没想过这么多，原来从一开始他就站在了输家的位置上。

"不！不是这样的！如风他并不想这样！您不要叫警察！我求求您，千万不要！"

夏如画从魏如风怀里挣脱出来，她跪在地上，紧紧地抓着程豪的裤脚，恳切地哭求。

程豪蹲下来，脱下了自己的西装披在她身上，看着她柔声说："放心，你弟弟不会有事。"

他捡起散在地上的烟，拆开盒，抽出一根点燃，把剩下的递给魏如风说："来一根？"

魏如风摇摇头，说："我不抽烟。"

程豪笑了笑，又点了一根，塞在魏如风的嘴里说："男的哪儿有不抽烟的？这是万宝路，抽抽看。"

魏如风吸了一口，有点儿咳嗽，茫然地看着程豪。

程豪站起来，背对着他们说："周四早上十点，你来东歌夜总会找我。老钟，你把这里收拾收拾，弄干净点儿，我最讨厌这种事情。"

老钟唯唯诺诺地应着，程豪头也不回地走出了仓库。魏如风远远地望着他，一直坚定的表情迷茫起来，而夏如画的目光渐渐散开。随着天空的一声惊雷，就好像魂魄又回到了她的身体中，今晚发生的一切在她的脑中渐渐清晰，夏如画猛地抽搐起来，晕倒在魏如风怀里。

那年，夏如画十七岁，魏如风不详。

Chapter 3

十九岁 ...... 依稀少年

他们还没长大，但是他们的爱情已经长大了，
繁迷绚烂，枝繁叶茂，
美得让人想立刻死掉……

1。
东歌夜总会

那个雨夜之后，阿福连同他的家就像从来没在这个世界出现过一样消失得干干净净。夏如画甚至产生错觉，那个说着南方话爱显摆的女人和她那个会送玻璃球的儿子只是她自己的南柯一梦。

可是她知道那不是梦，她不可能忘了那场雷雨，不可能忘了那天的血和泪，不可能忘了那种绝望的感觉。是的，一切都是真实存在的，她的生命已经被荼毒了，而且没有挽回的余地。

夏如画在经历了残酷的强暴后彻底地消沉了。原来她的性格算是安静，现在则完完全全地变成了阴郁。魏如风很细心地呵护她，不让她有一点点的触动，也没有任何人再向她提起那件事，仿佛那个夜晚随着阿福一起消失了。夏如画也努力地想恢复成以前的样子，可是她变得有些神经质，会反复做着同一件事，切土豆会毫无知觉地一直切成泥，洗衣服也会反复地搓洗，直到双手都搓红搓破。魏如风无数次地把她从这种茫然无措的情境里拽出来，夏如画总是扯着嘴角笑笑，说忘了，忘了。

她一天天地灰暗下去，虽然看上去还是那个漂亮的女孩，但是内心已残破不堪。每逢雷雨，夏如画都会像那晚一样痉挛并大声地哭喊，不让任何人接近，直到昏死过去。大夫说，这是因为强烈的精神刺激，没有好的治疗方法，只能耐心地疏导。

每当这样的雨夜，魏如风都会默默地在门口守候着她，夏如画在屋里大声地哭，他则在屋外静静地流泪。小屋门框上的斑斑血迹，是魏如风用拳头无望地捶打所留下的。他为没能保护夏如画而深深自责，那种无能为力和夏如画的绝望一样痛苦，然而他默默地连同夏如画的痛苦一起承担了下来。

魏如风希望夏如画能一直依靠他，他暗暗发誓绝不让夏如画再受一点儿伤害。可是他发现夏如画有些抗拒他，甚至不敢看他的眼睛。其实夏如画不是单纯的躲闪，她是畏惧，畏惧魏如风那纯净而坚定的目光，她隐隐觉得自己承受不起了，她早就知道自己比魏如风懦弱，而现在不仅仅是懦弱了。

但是不管怎么样，还是要活着。他们没有饿死，没被人害死，没被警察抓走，那么就要活下去，因为他们一直是这样紧紧依靠着对方，为了活着而坚强地活着的。

人也许就是这样，并不是为了什么高尚的理想、远大的目标而活着，而是在活着的某些时候恰巧有了这些而已。

没人来抓捕魏如风，因为他星期四准时赴了程豪的约。

走进东歌夜总会的大门时，魏如风深深吸了一口气，他抱着一种复杂的心情，虽然不是特别明白，但是他能隐约地感觉到这扇门意味着什么。门的两边，有生活的希望，也有未来的黑暗。

魏如风是由老钟亲自带进来的，程豪正接着电话，他看了眼魏如风，示意他坐，老钟带上门出去了。

程豪在电话里一直在说货和渠道的事，没有丝毫避讳，而魏如风下意识地不想听那些话，可他又无法避开，一些敏感的字眼就那样一字不漏地进到了他的耳朵里。

程豪打完电话，看了看魏如风，站起来说："喝点儿什么？茶，或者咖啡？"

"不用麻烦……"魏如风有点儿不知所措地摇了摇头说。

"茶还是咖啡？"程豪似乎没听见，仍旧问他。

"咖啡。"魏如风感觉到了一种独特的压迫感。

程豪泡好了一杯咖啡，摆在他面前。魏如风拿起喝了一口，深深皱起了眉。

"怎么了？"程豪问。

"苦……"魏如风抹抹嘴说。

"咖啡就是苦啊，你没喝过？"程豪剥开一块方糖，扔进了魏如风的杯子里。

魏如风红着脸，摇了摇头说："没喝过，但想试试……"

程豪笑着说："你这孩子很有意思！"

"程总……"魏如风坐好了，郑重地开口。

"你怎么知道我姓程？"程豪饶有兴趣地问。

"我那天听老钟这么叫的。"魏如风诚实地回答。

"哦？在那样的情形下，你还挺冷静的。"程豪点点头说，"那你还知道些什么，关于我的，随便说。"

"你是这里的老板。"

"没错。"

"你挺有钱的。"

"还好。"

"老钟听你的话。"

"嗯，我雇的他。"

"你有货从码头走。"

"哦？什么呢？"

"烟，万宝路……"

魏如风觉得自己好像被程豪的眼睛吸住了，他不自觉地跟着程豪的节奏，一步步地说出了程豪想要的答案。

程豪哈哈笑了起来，他点了一根烟递给魏如风说："没错！但我告诉你，不只有万宝路，还有三五；不只是香烟，还有别的。"

"程总，我不太明白，你今天叫我来做什么？"魏如风犹豫地接过烟说。

"你觉得呢？"程豪自己也点了一根烟，吐了口烟圈说。

"嗯……那天谢谢你，没人来找我们麻烦。我不是忘恩负义的人，我不知道……我能做点儿什么来……报答你。"魏如风说出了自己思考了几天后的结果，他相信程豪不会白白地帮他们，在救助之后，他是需要回报的。只是那时候的他还是太天真，他根本不知道，程豪真正想要的是什么。

"你放心，以后也不会有人去找你们麻烦。你姐姐以后的学费，由我来付。而你呢，也不要在码头做了，来东歌这里吧，一个月1500元，夜班单算，我让他们带带你。"程豪眯着眼睛说。

魏如风惊讶地看着程豪，嗫嚅着说："为……为什么？你为什么要这么帮我们？"

"你愿不愿意？"程豪并不回答他的问题，反问他。

魏如风直直地盯着程豪的眼睛，过了好一会儿说："我谢谢你！"

程豪笑着点了点头，他把老钟叫进来说："带他在店里转转，先在台子那跟着做，就和阿九一起吧。"

老钟应着在前面带路，魏如风跟他走到门口，他回头看了程豪一眼，而程豪却没看他。魏如风抿抿嘴唇，毅然转过了身。

魏如风不知道前方会有怎样的路在等着他，但他朦胧地感到，对他来说，可能从一开始就已经没有了选择的余地，只能闷着头走下去。

2。
禁忌

东歌夜总会有上下三层，最下面是酒吧，半层有个舞池，再往上是包厢。程豪的办公室在最里面，那里的颜色很低沉，可是打开门，迎面而来的就是一片纸醉金迷的绚烂颜色。魏如风跟着老钟，小心地在人群中走着。他第一次来这样的地方，刚进来时因为紧张而没好好看，现在在重新注视这里，有种不一样的感觉。可能是第六感，魏如风觉得他注定会和这里有不可分离的关系。

老钟在吧台和一个长头发的男人说了点什么，男人看着魏如风笑了笑，兑了一杯酒递给魏如风说："我叫胡永滨，你叫我滨哥就行。"

魏如风看着面前五颜六色的酒，有些迟疑。

"喝吧，用舌头在嘴里转一圈，记住味道。"滨哥很自然地说。

魏如风如他所说，抿了一口，味道很特别，和他喝过的酒和果汁都有点儿像，但又都不一样。

"你是调酒师？"

"No，boy.（不是的，孩子。）我替阿九，那小子又偷懒了。"滨哥摇摇头说，"但愿别惹祸。"

"啊，我忘了说，我叫魏如风，我是……"魏如风突然想起来，他还没介绍自己。

"OK，不用说，我知道了，这里只需要名字就够了，我叫你如风可以吧？"滨哥收回了魏如风的酒杯，眨了眨眼说，"再来一杯？"

魏如风摇摇头，他有点儿迷茫地看着舞池里舞动的人群，问："我该干点儿什么？"

"干该干的，别干不该干的。"滨哥凑到他耳边说，冲他笑了笑。

"滨哥，你是不是又逗人玩呢？这就是我爸新找来的人？"

魏如风还在琢磨滨哥的话，就被另一个声音打断了思路。他扭过头，看见一个女孩笑盈盈地站在自己身后，她容貌明艳，年纪看上去不大，手里却夹着一根细长的烟。

"秀秀，这孩子特好玩！"滨哥笑着招呼她，熟练地给她兑了一杯暗红色的酒。

秀秀很自然地接过来，一口喝了半杯，饶有兴趣地看着魏如风说："喂，你叫什么名字？"

"魏如风。"魏如风不卑不亢地回答，他已经猜出了这个女孩的身份，她应该是程豪的女儿。

"钟叔说的在仓库砍人的人就是你？"程秀秀惊讶地说，"看不出来是那么有胆量的人啊！"

魏如风淡淡地别过了脸，没再说话。

"喂，你怎么不问我是谁啊？"程秀秀不满他的漠然，把杯子使劲地放在台子上，说道。

"你是程先生的女儿吧。"魏如风毫不在意地说。

"我爸跟你说过我了？"

"没，猜的。"

"哼，还不笨。"程秀秀撇撇嘴，上下打量起魏如风来，刚要再说些什么，被滨哥一把拉住了胳膊。

"怎么了？"程秀秀不解地问。

"你上楼吧，祥叔那边的人来了。"滨哥神色凝重地说。魏如风顺着他的目光，看见那头的舞池里有几个人推推搡搡起来。

"你带她上去！"滨哥跟魏如风说了一句，就走了过去。程秀秀不服气，也想跟过去，却被魏如风拦住了。

"你干吗啊？"程秀秀仰着头气呼呼地说。

"别闹，添乱。"魏如风拉着她往楼上走，程秀秀抿着嘴唇，象征性地拧巴了两下，还是跟着他走了。

"各位，想喝点儿还是想跳舞？来这都是图个乐儿，咱别找不痛快。"滨哥拦住了带头捣乱的人，满面笑容地说。

"滚蛋！你没看见他们挤着我了？"那人话横着就出来了，一看就是来找碴儿的。

"嫌挤回家找你妈去！你妈肚子里宽敞，就你一个！"

滨哥还没说话，就又从外面插进了一个男人。他的头发一半红，一半黑，叼着半截儿烟卷，一脸痞气。滨哥皱了皱眉说："阿九，你别惹事啊！"

"操你妈！"

阿九的话惹得周围的人一片笑，找碴儿的人一下子就被惹恼了，他骂着就抄了拴裤子上的金属链子抽了上去，一下子招呼在滨哥脸上，瞬间就进了一道大血口子。

吧台那边魏如风看见了，马上掩住了程秀秀的眼睛。程秀秀一慌，伸手挠了他一下，魏如风吭都不吭，闷闷地说："别睁眼！女孩子家少看血！"

他抓起程秀秀的手，按在了她自己脸上，扭身就和其他的夜场应侍一起冲了过去。程秀秀从自己的指缝中看着魏如风的背影，愣愣地站在了原地。

那边已经动起了手，东歌的人也不是吃素的，毕竟在自己的地盘上，没闹太大动静就把人都扭住了。魏如风和阿九一起跟着滨哥把人从后门扔了出去，滨哥也没处理伤口，只是脸上那层笑不见了。他冷冷地说："帮我跟祥叔打声招呼，东歌最好的包厢给他留着，下回来玩不用带家伙，我们去金宵接老爷子。"

那几个人屁滚尿流地跑了，阿九笑嘻嘻地凑到滨哥面前说："哥哥哎，您这苦肉计不划算，把面皮都蹭了，要让 Linda 看见还不心疼死，我看着都心疼！"

"滚蛋！没你捣乱至于吗？你别乱跟祥叔那边犯冲行不行？上回那两个月医院白住啦？"滨哥打掉他的手，皱着眉说。

"切，说得就跟你没干过这事似的……"阿九哼了一声。

"有药吗？先回去上药吧！"魏如风插嘴说。

"你新来的？身手不错啊！"阿九毫不认生地揽过魏如风的肩膀说。

"是不错，你没看，砍自己人的时候手更快！阿福半拉胳膊都差点儿被他卸了！"黄毛跟在他们身后，不痛不痒地说。

魏如风冷冷地瞥了他一眼，一把把他按在墙上，一字一句地说："你再敢提那天的事，信不信我弄死你？"

黄毛看他眼神都变了，吓得不敢吭声，连连摇头。

滨哥怒喝道："都他妈别闹了！回去！"

阿九上去拽开魏如风，扭头对黄毛说："阿福什么德行我知道，你别欺负人新来的！以后他就是我哥们儿！"

魏如风感激地看了他一眼，阿九笑了笑，拉着他走回了东歌。

那天之后，魏如风自然而然地在东歌夜总会立住了脚，他听话，肯吃苦，干活也机灵有眼力，和大家相处得都很好。滨哥很照顾他，阿九和他亲兄热弟一样，程秀秀也总时不时地来找他玩。除了黄毛，基本上东歌的人都肯定了他的存在。甚至于没过多久，他就出现在了叶向荣的视线中。

1149给的最新消息就是魏如风的名字和一个大大的问号。

3。
惦念

叶向荣拿到魏如风的照片，总觉得有点儿面善。和魏如风的照片叠放在一起的是夏如画的照片。叶向荣因她的美丽而惊艳了一下，照片上的女孩朴素清秀，盈盈笑着，就像一朵一尘不染的水仙，标准的好孩子面庞。姐弟两人的履历加起来不足半页纸，那么简单明了，怎么看都不像会和程豪有交集的样子。

叶向荣还特意去夏如画的学校走访了一趟，一切都和他掌握的资料一模一样。夏如画学习很好，文静少言；魏如风是被领养的孩子，中途辍学，没有什么让人特别注意的地方。最终，叶向荣把写着魏如风名字的纸片和照片一起夹在了笔记本里，合上了事。

而叶向荣的调查却在夏如画的学校里掀起了一点小小的波澜，先是老师关切地问她家里是不是出了什么事，后来林珊又跑到她面前添油加醋地说了一遍，直问她，魏如风在外面是不是犯了事。

"你弟弟看着就阴沉，现在还在夜总会上班，估计认识不了什么好人。你可要小心点儿，看紧他，不然出了事你可要做小寡妇了！"林珊轻蔑地说。

夏如画抿着嘴唇，紧紧攥住了手中的笔。

她知道魏如风在程豪那里做事之后，心里总有些隐隐的不安。虽然程豪帮了他们很大的忙，但她还是觉得不踏实，难以心安理得。那个残忍的雨夜在她心里投下了抹不去的阴影，而身处其中的程豪，同样也让她感到畏惧。夏如画问过魏如风，东歌夜总会是不是一个不好的地方。魏如风没有回答，只是让她放心，说没事。

那天一下午的课，夏如画都没上好，放学后她破天荒地第一个冲出了教室。她决定亲自去东歌夜总会，看看那里到底是个什么地方，竟然会让警察找到学校来。

夏如画摸索着走到了东歌，闪亮的霓虹灯让她有点儿睁不开眼。她好奇地走进大门，挤在形形色色奇装异服的男女中间，一点点向里挪动。夜总会里高于室外的温度让她有点儿喘不过气。夏如画不喜欢这里震耳欲聋的音乐，不喜欢混杂着烟酒味的混浊空气，更不喜欢人们看到她时的那种奇怪的眼神。她的脚步越来越慢，甚至想回头逃走了，魏如风每天工作的地方，她一点儿都不喜欢。

"嘿，跳舞吗？"夏如画踌躇的时候，身后一个人突然拍了下她的肩膀。她诚惶诚恐地看过去，一个半边红头发、半边黑头发的男人正笑眯眯地盯着她看，还冲她吹了声口哨。

夏如画警惕地退后一步，咬着下唇，紧紧抓着书包一言不发，这男人的样子让那些不好的回忆渐渐浮现。

"Linda，最近中学生都流行来咱们这儿玩吗？"男人对身旁一个穿着超短裙、钉着唇环的妖艳女孩说。

夏如画刚进来时，看见这个叫 Linda 的女孩在舞台上唱歌，不由得求助似的往她身边靠了靠。

Linda 从上到下地扫了她一遍说："是来找小男朋友的吧？乖乖回家去，这可不是你玩的地方！"

男人哈哈大笑，突然揽过夏如画的肩膀说："哥哥喜欢你，来，喝一杯！算我的！"

"放开！"夏如画惊声尖叫着，把他狠狠推开。

男人很是生气，刚想抓住她，就被另一个人拦住了。

"阿九，你又惹事是不是！"一个脸上有道浅浅疤痕的男人说。

"滨哥，这小妞太不识抬举！来这里玩，连打个招呼都叫唤！"阿九愤愤地说。

"你不看看自己什么德行，把人家吓着了！"滨哥瞪了他一眼。

"那是，你多温柔啊，见到嫩的，眼都移不开。"Linda 在一旁不咸不淡地接嘴说。

滨哥没理她，转身问夏如画："学校不许你们来这种地方吧？快回家吧！"

"我……我来找我弟弟……他在这里上班。"夏如画低着头说。

"你弟弟是谁啊？"滨哥皱着眉说。

"魏如风……"

"靠！你是那小子的姐姐？！怎么显得比他年纪还小啊！"阿九一下蹦起来，"刚才对不住了！我跟你闹着玩呢，你别跟他说啊！"

"Linda，你去把如风叫来，顺便跟他说，以后家里人别随便往这带！"滨哥冷冷地说。

"不用我叫，一会儿他就过来。"Linda 点了根烟说，朝吧台那边点了点下巴，"程秀秀在呢，他们俩不老往一块儿腻吗？"

滨哥一把抢过了她手里的香烟，把烟头弹掉说："当抽烟好看啊？寒碜死了！"

Linda 瞪了他一眼，转过头却偷偷笑了。

夏如画顺着吧台的方向看去，果然看见了魏如风。他从容地站在远处高高的台子上，周围簇拥着很多人，显然他是焦点，在人群中格外耀眼。他身边站着一个鬈发、高挑的女孩，女孩在他耳边说了些什么，如风点了点头，他又指着舞池中对女孩说了些什么，女孩轻轻扶着他的肩膀，笑得花枝乱颤。

那一瞬间，夏如画觉得心里像被针刺了一下，微微疼了起来。

"嘿，如风，秀秀，这边！"阿九挥着手大声喊。

魏如风抬头看见了夏如画，慌忙从台子上跳下，程秀秀跟着他，一起走了过来。

"你怎么来了？都这么晚了怎么不说一声！"魏如风满脸焦虑地说。

"没事，就想来你上班的地方看看。"夏如画小声嘟嚷。

"看什么看啊，外面这么黑，你自己走过来？这边很乱，你知不知道！"魏如风生气地吼道。

夏如画低着头不说话，旁边人都被如风唬得一愣一愣的，他平时做事安安静静的，很少这么发火。

程秀秀打破了沉默，她目光不善，盯着夏如画问："如风，她是谁啊？"

魏如风愣了一下，结巴地说："她，她是……"

夏如画抬起头，望着魏如风，一字一句地说："我是他姐姐。"

魏如风搓了搓鼻子，鬈发女孩眼神立刻柔和起来，她笑呵呵地拽住魏如风的胳膊说："如风，算了，你别发脾气了啊，你姐不就是来看看嘛。咱们这又不是老虎洞，怕什么！这么着，让阿九先送她回去……"

"滨哥！"如风打断程秀秀，拨开她的手说，"我今天请一下假，我送我姐回去了。"

程秀秀愣住，尴尬地抬着手。滨哥皱着眉说："有事就快走，都来这找人，还做不做生意了！今天祥叔在里头，你们出去时小心点儿。"

魏如风点点头，紧紧拉住夏如画，往后门走去。

4。
生死之间的吻

夜风很凉，淅淅沥沥地下起了小雨。两人一走出门，夏如画就把魏如风的手甩开了。魏如风怔怔地看着她，夏如画站在路灯下，一句话都不说。

"姐，下回你别来这样的地方，这边人杂，我怕你出事。"魏如风接过她手里的书包说。

"这样的地方是什么地方？你自己也知道不好？你看看里面都是些什么人……你和他们混在一起，和……和阿福又有什么区别！"夏如画含着泪，仰头看着他说。

"姐，我没本事，程豪帮了咱们，我来这里替他做事也是应该的。他待我不薄，我没干坏事。"

"可是今天警察都跑到学校来问了！如风，咱们不干了行不行？大不了我也不念书了，咱们一起打工，凑钱还他这个人情债！"夏如画紧紧拉住他说。

"姐……"

魏如风刚要说些什么，突然停了下来，他搂住夏如画，一下子缩到路灯背面的黑影中，藏进一条狭窄的小巷子里。

夏如画纳闷地看着他，魏如风冲她比画了一下嘘声的手势，随即两个男人的声音传了出来。

"好像有人？"

"小年轻谈恋爱吧！已经走了。"

"哎，阿福说的准不准啊！"

听到阿福的名字，夏如画不禁颤抖了起来，魏如风紧紧抱住她，捂住了她的嘴。

"那小子在这跑了这么久，不会错。"

"前面有动静了吗？"

"还没，有了你就看紧点儿，别让程豪从这里跑了！他的样子你记熟了没? 别伤了祥叔!"

"废你妈话, 早记熟了!"

两人话音刚落, 东歌前门那边就传来了"轰隆"一声, 天边映出了一片灰红色的火光。夏如画吓得软软地偎在了魏如风怀里。

魏如风心里一惊, 拉住夏如画, 慢慢往巷里走了几步, 到一个垃圾堆前停下。他在夏如画身边摆了些破筐烂袋, 遮住了她的身体, 小声说: "在这里待着, 外边没动静了再出来, 然后回家里等着我, 千万不能被别人发现!明白吗?"

夏如画茫然地点点头, 魏如风把他的外套脱下来裹在她身上, 不舍地看了她一眼, 站了起来。

夏如画突然回过神, 一把抓住魏如风说: "你去哪儿? 如风, 你别走!"

魏如风转过身, 他不敢看夏如画的眼睛, 只把背影留给了她。他长长呼了一口气说: "程豪救过我们, 我不能眼睁睁地看他出事, 我必须得回去告诉他。你放心, 我不会有事。我帮他一次, 就算和他两清, 我以后就不在东歌干了!"

"那你带我一起走! 我不能让你一个人去玩命! 死也要死到一起!"夏如画猛地站起来, 死死地攥着他的手。

魏如风的背颤了颤, 雨水滴答滴答地击打在他们身上, 黑夜显得格外阴沉。两人心里都很害怕, 仿佛站在了生死之间。

沉默片刻, 魏如风咬咬牙, 甩开了夏如画的手, 猫着身子往前跑去。

"如风!"夏如画忍不住喊出声, 她挣扎着爬起来, 想去追赶着他, 却一下子摔倒在地。

渐行渐远的魏如风突然站住, 他扭身跑了回来, 夏如画张开双臂, 魏如风紧紧地把她抱在怀里。他们狠狠地拥抱, 就像要把对方吸到自己身体里一样。

魏如风捧起夏如画的脸, 还未等她反应, 就深深地吻了下去。夏如画惊呆了, 天空漆黑一片, 掺杂着雨水的吻湿漉漉的, 一种奇特的感觉慢慢涌出。月光交织灯光, 在泥泞肮脏的小巷里投下了连在一起的一对影子, 夏如画慢慢地闭上了眼睛。

那是他们的初吻, 贪婪、热烈又带着一点点的绝望。

不知过了多久, 魏如风终于松开了夏如画, 他们望着彼此呼呼地喘着气。

"夏如画。"魏如风的声音有些颤抖。

"嗯？"夏如画如坠梦中，魏如风第一次这么称呼她的名字，让她微微
清醒。

"我爱你！"魏如风盯着她的眼睛坚定而低沉地说。

魏如风转身向巷口跑去。夏如画坐在地上，呆呆地望着他慢慢远去的
背影。

雨水不见了，月光不见了，一切一切犹如瞬间消失，她的耳边只轰鸣着
那三个字：

我爱你。

魏如风不管不顾地从后门冲了进去，正赶上程秀秀要往外跑，魏如风拦
住她。程秀秀满脸惊慌，看见魏如风有点儿惊喜，她反手抓住魏如风大声说："你
怎么回来了？是不是看见前面着火了？甭管了！快走吧！我爸说从后门撤！"

"这门不能出！有祥叔的人埋伏着呢！"魏如风焦急地喊，"你爸呢！"

"我爸？我爸还和祥叔在包厢呢！"程秀秀愣住了，慌乱地说。

魏如风转身就往楼上跑，程秀秀紧跟着他，他们半路遇见了滨哥、阿九
和Linda。魏如风把程秀秀推给阿九说："你带着她在二层随便找个包厢，
从窗户走！"

"好！我一会儿上去接你们！别往前边去，乱着呢！"阿九拉住程秀秀，
点点头说。

"我不！"程秀秀挣开阿九的手说，"那你和我爸怎么办？"

"你一女孩子在这瞎捣什么乱啊！快走！"魏如风急了，冲程秀秀吼了
起来。

阿九给Linda使了个眼色，两人一起拽着程秀秀就走。程秀秀大声喊着
如风的名字，还是被拖进了包厢。

"到底怎么着了？"滨哥问魏如风。

"阿福跑的消息，祥叔安排的，我听见他们的人说话了！"魏如风一边
说一边踹开了程豪和祥叔的包间，里面两拨人也正剑拔弩张。

祥叔扫了魏如风一眼，哼了一声，对程豪说："这又是唱的哪出呢？"

"程总！他找人暗算你！前门着火了！他们的人就在后门蹲着呢！"魏

如风指着程豪说。

"让你说话了吗？这里还没你出头的份儿！"程豪把魏如风吼了回去，他抬起头笑着冲祥叔说："我们新来的小伙子，不懂规矩，祥叔你别跟他计较。有没有事咱们都得走，再在这里杵着，烟就上来了。我相信祥叔不会干这么小孩子气性的事，今天这么多人看着呢，要是我程豪出点儿事，不都算您头上了吗？"

程豪上前一步挽住了祥叔的胳膊，祥叔脸色很难看，皮笑肉不笑地说："那是，我们都是做正经生意的，不办那下三烂的事！"

两个人对视一笑，一起走出了包厢。魏如风在后面跟着，程豪看了滨哥一眼，滨哥偷偷点了点头。

楼下舞厅已经乱成一片，人四处乱跑，时不时就撞成一团。魏如风心知不对劲，眼睛四处看着，他刚扭过脸，就看见一道明晃晃的光朝程豪的方向刺了过来。

"小心！"魏如风抢前一步蹿到程豪面前，他只觉得自己身体右半边刷地凉了一下，手不自觉地往下一摸，热乎乎的全是血。

这样一来东歌夜总会就更混乱了，模糊中，他仿佛看见了祥叔的震惊和程豪的冷峻。晕倒之前他紧紧抓住程豪，挣扎着在他耳边说："我……我要是死了，帮我照顾我姐！"

"放心，一定！"

魏如风听见他的回答，才安心地闭上了眼睛。

程豪的这句承诺，魏如风死了都不会忘。

5。
失望

魏如风在医院整整躺了一天一夜才醒过来，而在这段时间里，外面的世界天翻地覆。

他清醒那天，程豪带着一帮人亲自来了。魏如风张嘴就问："我姐呢？"

程豪说："你隔壁房间躺着呢，没事，只是惊吓过度。不过，大夫说她精神不太好，以前受过刺激。"

"老毛病。"魏如风松了口气，想坐起来，"我看看她去。"

"哎哟，你别动！大夫说现在还不能让你下地！你姐没事，现在睡觉呢！"程秀秀拉住他，魏如风被扯了下伤口，龇牙咧嘴地喊疼。

滨哥在旁边笑了，说："你放心，程总帮你出头，这回祥叔肯定栽了。"

魏如风"哦"了一声，没再说话，他心里想着，什么时候好好跟程豪说清楚，自己真是不想干了。

几个人正说着话，门口的阿九突然嚷嚷起来。程豪朝门口看去，只见叶向荣和吴强正怒气冲冲地往里走。

"程先生，我记得我通知过你吧，证人醒了要先接受询问，你不能和他接触，你们刚才硬闯进来算袭警知不知道！"叶向荣青着脸，站在程豪面前说。

魏如风看着叶向荣的脸愣住了，几年前的事飘飘忽忽在他眼前掠过，心里不由得百感交集。

"叶警官，真是不好意思，我是太担心我的员工了，毕竟要不是他，我现在有没有命都不好说。我不打扰你了，你们可以随意谈。"

程豪说得很恳切，吴强狠狠白了他一眼说："废什么话啊，带着你的人赶紧都出去，麻利地啊！"

程秀秀很不服气，程豪拉住了她，临走前，他安然拍了拍魏如风的肩膀说："如风，那天怎么回事你照实说，警察会替你做主。"

魏如风点点头，吴强关上门，和叶向荣一起坐在了他面前。

魏如风忍不住盯着叶向荣看，他心里翻腾起了好多事，甚至想现在找这个警察，他还会不会帮他们。叶向荣却一点儿没认出他来，沉着脸问："你今年多大了？"

"不知道。"魏如风摇摇头说，心里对他的遗忘微微有些失望。

"耍浑蛋是吧？别跟我们来这套啊！"吴强憋着气说。

"我真不知道，我是被领养的，不知道自己几岁，他们说我看着有十七八了吧。"魏如风皱着眉说。

"程豪教你这么说的吧？你别以为说自己未成年就能什么都糊弄过去

啊！"吴强冷哼一声说。

"我也不想糊弄。你们不是能查吗，那能帮我查查我爸我妈在哪儿吗？我一直想找他们呢！"魏如风看着叶向荣说。

"你……"

吴强刚想说话，就被叶向荣打断了。

"我们不负责找失散人口，你要想找，就去找民警，我们是刑警。"

"哦。"魏如风淡淡地别过脸去，表情冷漠。

"我问你，你见过这个人吗？"叶向荣拿起一张照片递到魏如风眼前说。

"见过。"魏如风瞥了一眼说。

"在哪里见的？"

"东歌夜总会，就是他把我刺伤的。"

"那以前见过吗？"

"没有。"

"他为什么要刺你？"

"他不是要刺我，他冲程总去的，我帮他挡了一下，所以才刺中了我。"

"你为什么帮程豪挡？他让你这么做的？"

"没有啊。"

"那为什么。"

"他是我老板。"

"没别的原因？"

"没有。"

"你知道这人叫什么名字吗？"

"不知道，但我知道他是祥叔指使的。"

"你怎么知道？"

"我听见他们说话了，他们说祥叔让他们对程老板下手。"

"他们？还有一个人？"

"对。"

"是谁？"

"不知道，我没看见脸。"

"你在哪儿听见的？"

"东歌后门。"

"你当时干吗呢？"

"送我姐回家。"

"那你姐也听见了？"

"……是……哎，你们别找我姐去，她还睡着呢！"

叶向荣和吴强对视了一下，点了点头。

叶向荣合起本子站起来说："你好好休息吧，我们可能还会找你问一些问题，希望你能积极配合我们，如果想起了什么，要第一时间和我们联系。我把电话写给你，我叫……"

"叶向荣是吧？"魏如风接话说。

叶向荣愣了愣，点头说："对，我叫叶向荣，有事你就打这个电话，找我就可以。"

叶向荣和吴强走出了病房，魏如风看着他留给自己的纸条，揉成纸团，扔进了垃圾桶里。

叶向荣走出来，迎面看见了程豪。程豪胸有成竹地冲他笑了笑，说："希望魏如风的证词能帮你们尽早破案，找到幕后黑手。我不想再发生这样的事，我们夜总会被骚扰不是一次两次了，再这样下去，我的生意其至我的人身安全都得不到保障。我想这对咱们海平市的发展很不利，这样的环境很难吸引更广泛的投资啊！"

"你放心，我们一定会尽全力揪出真正的幕后黑手，还海平一个纯净的大环境！"叶向荣看着他，一字一句地说。

"没错，我们这就去询问另一个证人，没准儿马上就真相大白了！"吴强恨恨地说。

"哦？还有证人？"程豪挑起眉毛说。

"对，请你继续回避吧！"叶向荣推开他，走入了夏如画的病房。

夏如画刚刚醒，正要起身去看魏如风，就见两个警察开门走了进来。她有些胆怯，猛地又害怕起来，跑前两步说："我弟弟，我弟弟他怎么样了？"

"他醒了，好着呢！"吴强没好气地说。

"哦。"夏如画放下心，小心翼翼地问，"那我能去看看他吗？"

"可以，但先要回答我们几个问题。"叶向荣态度温和地说。

夏如画点点头，攥着衣角站在一边。叶向荣笑了笑说："坐床上吧，你不是刚醒吗？"

"嗯。"夏如画谨慎地坐了下来。

叶向荣说："别紧张，你照实说就行，就像你平时回答老师问题那样，你学习不是挺好的嘛！我看你总考九十多分呢，问题都能答对吧？"

"您……您去过我们学校吧？"夏如画抬起头，眨着眼睛问。

叶向荣犹豫了一下，说："嗯，对，你见过我？"

"没有，听我同学说的。你是问如风的事吧？我弟弟……他做坏事了吗？"夏如画忧心忡忡地说。

"这还不好说，你先把那天晚上的事说一遍吧！你去东歌干吗了？"吴强打开本子，严肃地说。

夏如画在他们的询问下把那天的情景从头到尾讲了一遍，和魏如风一样，她没提阿福的名字，因此也没提向程豪报恩，那是她埋在心里一辈子都不愿去说的事。

夏如画和魏如风的描述基本一致，叶向荣紧锁眉头，和吴强一起收拾东西往外走。夏如画突然怯怯地喊住他们："那个……如风他没事吧？"

叶向荣转身看着她，夏如画一脸纯净，漂亮的眼眸里满是担心，他不禁有点儿心疼她，又走回来说："这样，我把电话留给你，如果你觉得有什么事，你可以来找我，我叫叶向荣。"

叶向荣又写了一张纸条放在夏如画的手心里，夏如画攥好，点了点头。

6。
她不是我姐姐

叶向荣他们刚走，魏如风就蹿进了夏如画的病房。他的伤口缝合不久，每走一步都扯得生疼，两间病房的距离，就让他出了一身虚汗。夏如画看见他，忙跑过去一把扶稳了说："如风，你……你没事吧！"

"没事，不太疼。"魏如风龇着牙说。

"有你这样的吗？不要命了！我那天一直等着你，心都凉了！最后也不见你出来，东歌里面一片混乱，还是Linda告诉我你出事了！我到了医院，就看见他们站在手术室门口，身上都是血，说……说都是你的……"

夏如画一边说一边颤抖起来，魏如风搂住她，以别扭的姿势轻拍她的后背。伤口很疼，可能已经裂开了，但是魏如风心里很温暖。这个世界上有一个人非常在乎他的生命，他是如此被需要着。这让他头一次觉得，即使像他这样卑微地活着，也是有意义的。

夏如画呜咽了很久，身体的触感让她终于心安，可是手心的温度渐渐让她想起了些什么。那个雨夜的吻对她来说过于沉重了，那时候的夏如画并不是不爱魏如风，她虽然没有深刻地理解爱是什么，但在她心里，世界上的人只分为两类，魏如风和她是一类，其他人都归于另一类，甚至没有性别的区别。爱情产生于男女之间，她想，她和如风是不能那样的。夏如画不是爱得不够，而是恨得太多。她因自己身体的残破而自卑，因林珊她们无情的嘲笑而害怕。虽然她是那么依赖着他，被他吸引着，但是有一种无形的规则在约束着他们。曾经无数次出现在她课本上、书桌上的那些字眼和十七岁那场倾盆大雨时刻提醒、鞭笞着她，魏如风，只能是弟弟。

夏如画越想心越乱，她抹抹眼泪，错开身子坐到床边。魏如风也坐下来，笑眯眯地看着她。

"你回去躺着吧，好好歇歇。"夏如画站起来去扶他。

"不，我想和你待会儿。"

"不行，你得好好休息。"夏如画淡淡地说。

"好，那你陪着我。"魏如风撑起身子。

"不，我要回家。"

"啊？"魏如风愣住了，"你不是没好吗？"

魏如风去摸她的额头，夏如画闪开说："你什么你！叫我姐！"

"你什么意思？"魏如风神色渐渐黯淡下来，他一把拉住她，直勾勾地盯着她看。

"别没大没小！"夏如画甩开他的手说。

"你什么意思！"

魏如风伤心地喊，他的目光让夏如画不敢对视，她别过脸说："没什么意思！"

"夏如画，我那天说的是真的！"

"叫我姐！"

"我说爱你是真的！"

这句声嘶力竭的呼喊，一下击中了夏如画的心底，某个柔软的地方裂开了，甜蜜的疼痛让她眼里盈盈盛满了泪水，泪珠滑过她那颗小小的泪痣滴下来。她闭上眼睛擦擦眼角说："你让我走吧，咱们住在这医院，要不少钱，我不想再欠程豪什么了。今天警察都找我了……"

"那警察是个骗子！"魏如风烦躁地说。

"不管他是不是骗子，你都不能再和他们牵扯不清！这次是受伤，谁知道以后会不会没命！"

"好，我答应你！我打工还程豪的钱！你是因为我在东歌干活所以才不愿意的，对不对？那我马上去和程豪说，我不干了！"魏如风紧紧抓住她的手说。

"不是，如风，咱俩不行，我是你姐姐，别人会怎么说咱们啊……"

夏如画抽出她的手，跌坐在床边呜呜哭了起来。魏如风梗着脖子，半天说不出话。他根本不怕别人说什么，对他来说，只有夏如画才是至关重要的，其他都可以忽略不计。可是夏如画不行，她经历过强暴，非常敏感。她害怕被轻视，任何一个不友善的目光都可能会伤害她。她羸弱的身体承担不起违背社会伦理的爱，只能慢慢消化过去留在她身上无法挽回的恨。

魏如风颀长僵硬的身躯和蜷缩成一团的夏如画构成了一幅饱含绝望的画面，程秀秀跑进来时，看到的就是这样一个场景。她疑惑地走到魏如风面前说："你和你姐姐嚷嚷什么呢？我在楼梯上就听见动静了。"

"她不是我姐姐！"魏如风红着眼睛，冲程秀秀吼道。

"你胡说什么呢，脑子烧糊涂了？她就是你姐姐吗？"程秀秀不可思议地看着他说，"快回病房，医生说你得歇一阵呢！你也让你姐踏实点儿，你看看，纱布上又有血印子了！"

　　程秀秀絮叨着扶魏如风走了出去，回到魏如风的病房里，程秀秀帮他躺好，伸手去按床边的护士铃。魏如风拦住她说："别叫人了，我想出院。"

　　"出院？你才算度过危险期，开什么玩笑！"程秀秀白了他一眼，按了下去。

　　"我们没钱付住院费。"

　　"嘿，这你不用担心。"程秀秀笑了笑说，"我爸已经跟医院结了，还押了一笔押金呢，绝对够用，你放心住着吧！"

　　"我不想欠程总的情。"魏如风冷冷地说。

　　"这怎么算你欠我爸的？是你救了他一命啊！他掏钱是应该的。"

　　"你爸以前也救过我们，这次算两清了。秀秀，你跟你爸说一声，我谢谢他。我姐的学费，还有现在的住院费我都会还给他，以后我不跟着他干了。"魏如风看着天花板说。

　　"你说什么？什么叫不干了？"程秀秀瞪圆了眼睛，茫然地看着他。

　　"就是不去东歌上班了，我要辞职。"魏如风想坐起来，他腰里一阵阵地疼，脑袋晕乎乎的，怎么也使不上劲。

　　"不行！你不能辞职！"程秀秀按住魏如风挣扎的身体，慌乱地说，"你躺着别动，一会儿护士就来，等你好了再去东歌，那里不是好好的吗？我保证不会让你再受伤，啊，你要是愿意多歇歇也没关系，你别乱想……"

　　"秀秀，我已经决定了。"魏如风拨开她的手，疲惫地说。

　　"不要，如风，你别离开东歌！"

　　"秀秀，我真的不想再干下去了，你别晃，我头晕……"魏如风揉着额头说。

　　"如风，你别走，求求你，就算……就算为了我，行吗？"

　　魏如风手指的动作骤然停止，他睁开眼，讶异地看着程秀秀。程秀秀紧咬着嘴唇，脸颊染上了一片红晕。

　　程秀秀是喜欢如风的，然而究竟是从什么时候开始，她却说不清楚。

　　也许是第一次见面，他捂住自己的眼睛说女孩了不要见太多血时；也许是他小心翼翼地收起她送的进口巧克力，一层层包好说是回家带给姐姐尝时；也许是他昏迷不醒，自己攥着他染满鲜血的双手，涌出那种深深的恐惧时。

　　程秀秀就在这么多个也许中奉送了自己的爱情，她期待地看着魏如风，希望从他的嘴唇中吐露出和她一样心思的话语。

魏如风的喉结上下移动着，终于，他轻轻开口说："秀秀，对不起。"

程秀秀脸上的红晕慢慢变成苍白，她盯着魏如风的眼睛，不由自主地说："为什么？"

"因为，我答应她不在东歌干了。"

"她是谁？"程秀秀有点儿颤抖地问。

"如画。"

"你姐姐？"程秀秀挑起眉。

"她不是我姐姐。"魏如风沉静地说，"是……我喜欢的人。"

"你疯了？你们不是姐弟吗？"程秀秀惊恐多于伤心，她怔怔地看着魏如风说。

"我们没有血缘关系。"

魏如风垂下眼睛，程秀秀垮了一样呆坐在原地，过了一会儿，她才晃晃悠悠地站起来说："如风，不管怎么样，我都不会让你离开我，大不了我也让你欠我一个人情。你等着，你会喜欢上我的。"

"秀秀……"魏如风无奈地轻喃。这时护士走进了病房，她检查了一下魏如风的伤口，大呼小叫起来，忙去找医生。

程秀秀被轰出了病房，她茫然地在医院楼道里走着，心里堵得难受。她忽又想起了什么，匆匆折回了夏如画的病房。

夏如画仍以抱膝的姿势缩在床上，程秀秀打开门的声音吓了她一跳。程秀秀站在门口，抿着嘴唇看着她，夏如画不知所措地回望。

"我不会把魏如风留给你的！你们俩没戏！妄想！"

程秀秀一字一句地大声说，她说完就扭头走了。夏如画看着空荡荡的大门，心里微微酸痛了起来。

从医院出来，吴强先回了警局，叶向荣独自去了他和 1149 约定接头的小旅馆，门口的标志显示 1149 已经到了。

"这到底是怎么回事？前一阵祥叔惹的那些鸡毛蒜皮的事还没摆平，这回又加了一条买凶杀人！嫌疑犯当场抓获，人证物证俱全！这么一来，祥叔是必倒无疑！我就不信程豪在里面没做手脚！"叶向荣抽着烟说。

"嫌疑犯就是程豪的人，他早知道祥叔要动手，事先就买通了。当天那情景，只要程豪出事，是人都觉得是祥叔干的。祥叔有那么傻吗？他已经暗自下令收手了，但是没想到程豪借此机会来了个干脆的。再加上魏如风那小子一搅和，这戏就跟真的一模一样了。"1149平静地说。

"妈的！怎么感觉老子像是替程豪干活似的！"叶向荣踩灭了烟，狠狠地说。

"得了，祥叔这案子好歹算结了。往后局里集中力量侦查程豪，总能抓住他把柄。"1149说，"我这边也盯着，他太贼了，始终不让我接近。但我总觉得魏如风要往下走，我也许能旁敲侧击一下。还有，下次你别这么急着叫我，今天我好不容易才出来！"

"成！我一定要亲手抓住程豪这个老王八蛋！"

叶向荣看着地下室的小窗户，日光如炬。

那天之后，法院很快就提审祥叔了。审判很顺利，证据确凿，横行海平好几年的祥叔大厦终究倾覆。

然而，对所有人来说，这只是个开始……

那年，夏如画十九岁，魏如风不详。

Chapter 4

二十岁 ...... 他与她

总有一些人，携着宿命与机缘，不经意地走到你身边，

说几句话，做几件事，

然后就改变你的一生……

1。
煎熬

魏如风因为伤口感染不得不继续住院，夏如画则一早退了病房。她没再请假，正是准备高考的时候，功课不能再落下了。其实她心里还有点儿逃避，现在的情形让她不敢面对魏如风，她不敢也不能接受魏如风的心意。而捅破了这层窗户纸，她与魏如风的关系终究不能像以前那样自然了，所以夏如画一直躲着和魏如风见面。魏如风住院后，夏如画每次去送换洗的衣物都被程秀秀半路拦下，她虽然心里不是滋味儿，但也很无奈。

不过即使这样，夏如画心里还是很惦念着他，她很担心魏如风的身体，却只是隐忍着向医生和护士打听一下。

就这么过了一个多月，魏如风眼看也要出院了，夏如画又收拾了点儿东西给他送去，她一从家出来，就看见住在周围的邻居们正围在一起说着什么。夏如画打了招呼，刚想往巷里走，就被隔壁的王奶奶拉住了。

"你弟弟怎么样？快好了吧？"王奶奶热心地询问。

"嗯，要再住两天。"夏如画含混地说，她没敢说魏如风是因为刀伤住院，只说是做个小手术。

"有病别怕花钱！身体最重要！原来前头住的阿福，你还记得不？"

夏如画身体不自觉地一颤，微微点了点头。

"这才搬走多久！得病死啦！"王奶奶叹着气说。

夏如画打了个激灵，猛然睁大了眼，她惊恐地拉着王奶奶问："您……您说什么？他死了？"

"是啊，我去车站那边，碰见了阿福妈，她说要回南方老家去。我问她阿福，她就说得急病死啦。哎呀，你没看她，人都瘦了一圈，脸灰白灰白的，可怜啊！"

夏如画觉得自己脑袋嗡嗡响了起来，她随便应了两句话就恍恍惚惚地走了。她觉得莫名地心慌，强暴、死亡、警察、阿福、魏如风、程豪，这些人和事在她脑中纠缠成一片，千丝万缕、若有若无的联系在她心底升腾出一种恐惧，阿福的死，是否和他们有关系？

夏如画就这样一脚深一脚浅地急匆匆赶去了医院。在魏如风的病房前，夏如画迎面遇见了程秀秀，她不想和程秀秀多说，错过身想闪进去，却被程秀秀拦住了。

"我找他有事……"夏如画焦急地说。

"如风刚打了针，睡了。"程秀秀斜靠在墙上说。

"我进去等他醒。"夏如画绕开她，程秀秀后退一步又挡在了她身前，夏如画叹了口气说，"你放过他吧。"

"这话应该我来说吧！"程秀秀瞪圆了一双凤眼说，"你知不知道，你们是姐弟！就算没血缘关系，也是写在一个户口本上的姐弟！"

程秀秀反复强调着"姐弟"，她咬字很重。夏如画神色黯然，她垂下眼睛说："我知道。"

"知道就好！"程秀秀弹了弹手指甲说，"东西给我，你回去吧。"

"秀秀，是不是我姐来了？"

魏如风的声音从房间里传了出来，程秀秀无奈地应了一声，眼睛却一直盯着夏如画。夏如画没看她，擦着她的肩膀，走了进去。

他们以前日日夜夜都守在一起，现在却已经隔了一个多月没见面了，两人遥遥地望着，心里都是百感交集。

夏如画在魏如风炽热的目光下垂下了头，魏如风微微叹了口气说："我以为你把我扔下，不管我了。"

魏如风的话让夏如画心头一酸，她走近两步坐在魏如风旁边说："说什么傻话！我当初认了你当弟弟，就永远……永远是你姐姐！怎么会不管你呢！"

魏如风的目光黯淡下去，他闭上眼睛，夏如画看着他，心如刀绞，两人又静默了一会儿。夏如画猛地想起阿福的事，慌忙抓住魏如风的胳膊说：

"对了，如风，阿福死了！"

魏如风惊诧地抬起头说："什么？他死了？"

"嗯……说是得急病……可是……可是……如风，他的死和咱们没关系吧？那天在东歌后门不是听见他们说阿福什么了吗？难道是因为咱们告诉了程豪，他……他就……"夏如画不自觉地颤抖起来，结结巴巴地说。

"不会的，他死了也是恶有恶报！和咱们没关系。"魏如风轻轻拍着她的肩膀说，眉头却紧紧地皱了起来。

在魏如风的劝慰下，夏如画的情绪稍稍平复了一些，她担心地说："如风，不管怎么样，你千万不要再去东歌了！我真的害怕，总觉得那个程豪挺恐怖的，我都不敢看他的眼睛！如风，咱们走吧，现在就走！哪怕去外地，也不能再和他们混在一起！"

"嗯，好，我会和程豪说清楚的。我不怕他，身正不怕影子斜。"魏如风坚定地看着夏如画说，"你放心吧，别想那么多了，不是快考试了吗？你先回去，我这两天也要出院了。"

夏如画放下了悬了很久的心，她点点头，又觉得尴尬起来。两个人谁也没再说话，夏如画帮魏如风收了在医院里的衣物，就回家了。走到门口时，她担心地回头看了魏如风一眼，魏如风冲她勉强笑了一下，夏如画觉得心里微微踏实了点儿，扭头走了出去。

而夏如画刚走，魏如风就沉下了脸，他想了想，把程秀秀叫了过来，让她带自己回一趟东歌夜总会。程秀秀以为魏如风不会再去东歌，听他主动要回去，很是高兴，马上大张旗鼓地张罗起来，又是叫人又是叫车。

回到东歌后，魏如风支走了程秀秀，独自走进了程豪的房间。程豪坐在宽大的老板椅上，惬意地看着窗外，他笑着朝魏如风做出了"请坐"的手势，就像一直在等他一样。

"阿福死了。"魏如风开门见山地说。

"哦。"程豪不置可否。

"是你干的吗？"

"你觉得呢？"

"我不知道。"

"他死了你不高兴吗？这样夏如画的事不就永远不会有别人知道了吗？"

"还有你知道。"

"你想让我死？"

"没有。"

"你知道吗，你刚才那句话被警察听见的话，一定会被怀疑。你很希望他死，不是吗？你希望所有知道你姐姐的事的人都死掉。她的精神问题，是因为受过强暴后的刺激吧？她不能再受打击了是吧？所以如风啊，其实应该由我来问你才对啊。什么来着？'阿福死了，是你干的吗？'"

程豪拆了一包烟，抽出一支后又递给魏如风。魏如风看着他，两人对视了很久，魏如风最终慢慢伸出手，接过了程豪手里的香烟。

"希尔顿，味道很不错。"程豪笑了笑说。

"这些好烟都是你走私来的？"魏如风吸了一口说。

"哟，这都知道了。"

程豪毫不在意地说，魏如风没有答话，程豪接着说："这样来的钱不好花啊。如风，你不介意帮我花点儿钱吧？"

"程总，我不明白，你救了我们，我也拿命替你挡了一刀，咱俩已经两清了，为什么……为什么一定是我呢？"魏如风眼神空洞地说。

"你会明白的。"

程豪的嘴角绽开了一个隐秘的笑容，他桌上的电话响了起来。他按下了免提键，老钟的声音传了出来："程总，魏如风的姐姐来了，她说有事和您说，让她上去吗？"

"哦？让她来吧！"

程豪饶有兴趣地看了魏如风一眼，魏如风脸上一点儿表情都没有。虽然不明白为什么，但是他已然听出了程豪的弦外之音。其实魏如风并不怕程豪把阿福的事栽赃到他头上，他怕的是程豪对夏如画的威胁。为了夏如画，他什么都豁得出去，包括人生。

老钟带着夏如画一起走了进来，推开门那一刻，夏如画前下了很大的决心，她是来求程豪放开魏如风的，她已经想好了，退学打工来还他这两年多的资助，只要他肯答应不让魏如风在东歌继续做下去，那么她宁愿在高考之前放弃学业。

夏如画看见魏如风时吃了一惊，程豪笑着招呼她说："坐吧，如风，去给你姐倒杯水。"

　　魏如风听话地站了起来，夏如画不明所以地说："不用了，程总，我今天来是想求您件事。"

　　"你说。"程豪瞥了眼魏如风说。

　　"我弟弟……他年纪小，不懂事，我想他在您的夜总会干活也帮不上什么忙，这次还出了这样的事。所以……所以我不想让他再做了。您这两年给我们的钱，还有如风的工资，我们都会一点点还给您的！请您……请您答应我吧！"

　　夏如画给程豪深深地鞠了一躬，程豪笑着看向魏如风。魏如风抿着嘴唇一言不发，心里却硬生生地疼了起来。

　　"这个呢，你不用问我，如风他要是想走，我肯定不会拦着，毕竟他救过我一命，你说是吧，如风？"程豪不慌不忙地说。

　　夏如画猛地抬起头，她欣喜地看着魏如风，漂亮的眼睛里仿佛放出了光彩。魏如风看了她好一会儿，他觉得这时的夏如画美极了，他舍不得开口说话，因为他知道自己会亲手打碎这份美丽。

　　"如风，你说话啊！"夏如画忍不住催促道。

　　"姐……我还想在东歌做下去。"魏如风缓缓地说。

　　夏如画的笑容凝固了，她一脸的不可置信，颤颤地问："你说什么？"

　　"我要留在东歌。"魏如风低下了头。

　　"你……你胡说！"夏如画蒙了，"你不是答应我不再干了吗？你说啊！快和程总说啊！"

　　夏如画一遍遍地追问，甚至捶打着他，哭了出来，可是魏如风始终没再开口。

　　最终夏如画绝望地走了，魏如风忍不住去拉她，却被她狠狠地甩开了。夏如画灰心的样子让魏如风恨不得立时把她抱在怀里，可是他连腿都没迈，只是看着她一点点地走远。

　　程豪在这个过程中一言未发，他沉静地看着魏如风，直到魏如风也向外走，才开口说："我觉得你的实际年龄至少超过了二十岁。"

　　"天知道。"

　　魏如风冷冷地回答，他厌恶地走出程豪的办公室，狠狠关上了门。

　　老钟有点儿不屑地看着他的背影说："老板，这小子不老实啊！别在窝里养条蛇！"

　　"呵，这蛇的七寸在我手里呢，他只有听话的份儿！"程豪淡淡笑了笑说。

　　老钟觉得自己脖子一紧，嗫嚅地应着，退到了程豪的身后，没再吭声。

2。
触不可及

　　魏如风那天晚上被程秀秀一路护送回了医院，可他根本放心不下，夏如画灰心的表情在他的脑海里反复回放，让他的心一阵阵地揪起来。半夜里，他还是忍不住煎熬，从医院偷偷跑了出去。

　　魏如风轻手轻脚地打开门锁，却发现推不动房门，他借着月光往门缝看，发现大门被几个纸盒子从里面堵住了。魏如风看着心里一阵酸楚，他知道夏如画是在害怕，阿福的事永远成不了过眼云烟。这么想着，他又开始怨恨起自己，怎么没能保护她，现在还把她一个人扔在了家里。魏如风一边琢磨着明天一定要办出院，一边一点点地推开房门。

　　纸箱摞得太密，魏如风挤进去时还是不小心碰倒了一个，他忙朝里看，夏如画没被这动静吵醒，她和衣躺在床上，想是一直在床上靠着，熬不住了才没换衣服就睡着了。魏如风慢慢走过去，蹲在床边凝视着她，夏如画在睡梦中还微皱着眉头，她脸上泪痕未干，右眼的小泪痣在月光的映照下，闪着单薄的微光。

　　魏如风就这样痴痴地望了她很久，这个触手可及的人却仿佛离他很远，任他拼尽全力都够不到一丝一毫。他们之间掺杂了太多让魏如风始料不及的东西，结果就是越来越把他们隔离开来。就像最初夏奶奶在他们中间挂起的那道帘子，薄薄的一块棉布，却还是分隔开了他们的世界。魏如风的爱就这么被禁锢在一边，不知何去何从。

　　魏如风不知道他在那间小屋里待了多长时间，直到东方泛白，直到他深刻地记下了夏如画的睡颜，直到他不得不离开，他才站起了身。两条腿早就麻了，他不得不一步一挪地轻轻往外走，在门口他收拾起了进来时碰倒的箱子，那里面装的是夏如画的课本。魏如风捡起来往里放，然而一本散开的书页让他愣住了，那里面不知道为什么被画满了横道竖道，连书上的文字都看不清楚。魏如风拿起来翻了翻，那些林珊等人涂抹上的不堪入目的字眼就这么展现在他面前。魏如风强忍着惊讶和震怒，一本本地翻看了写满"变态""姐弟恋""乱伦"等等文字的课本。他数了数，有两本代数书、三本语文书、一本政治和一本英语。

　　翻到最后一页的时候，魏如风的手都抖了起来。他从没想到夏如画在学校中竟被人这么辱骂欺负过，他也从没想到夏如画因为自己而背负了这么沉重的苦痛。他无法想象，每天早上夏如画微笑着和他分别后要度过怎样屈辱的一天，他觉得自己的心尖都被戳疼了。魏如风开始疯狂地自责，他甚至痛恨起自己那深沉绵长的爱，他想起以前夏如画在东歌门口向他哭诉的话。原来他真的和阿福没什么不同，阿福的爱让她毁坏了身体，而他的爱让她毁坏了心灵。

　　魏如风不知不觉泪流满面，他压抑着呜咽的声音，默默收拾好了纸箱。临出门之前，他再次走回到夏如画身边，俯下身子，在离夏如画嘴唇只有几毫米的地方停住，闭紧眼睛，轻声说："夏如画，我爱你……"

　　魏如风的眼泪滴落在夏如画的脸旁，就像是一个仪式，他绝望地封存了带给夏如画痛苦的爱，把它深深埋在了自己的心底。魏如风最后望了夏如画一眼，站起身，头也不回地走出了家门。

　　当夏如画醒来的时候，魏如风已经走了有一阵了，她看着被挪动过的箱子和空荡荡的屋子，心里突然涌上一股莫名的悲伤。

　　魏如风第二天就跟程豪说要替夏如画转学，程豪也没多问，一口答应了，还说顺便给他们找一套新房子，让他们从那小破平房里搬出去。魏如风知道这是程豪恩威并施的手腕，他也顾不上那么多了，一口答应下来，只要能让夏如画离开那令她伤心的学校，他无所谓程豪做什么。

　　从学校转走那天，夏如画还在生着魏如风的气，他不肯脱离东歌让她格外失望，因此从程豪那里出来后，夏如画都没和他说话。

两人一起去教务处办齐了手续，夏如画心里松了口气，虽然她不知道魏如风怎么会突然要搬家又突然要她转学，但是能逃离这所学校，逃离林珊他们，夏如画还是高兴的。路过她的教室时，夏如画一步不停地往前走，虽然是课间，但她也没有一丝去和同学们告别的意思。而魏如风却径直走了进去，夏如画惊讶地愣住，她忙也跟着走进去，只见魏如风正走向她的课桌。那上面果不其然也有用圆珠笔写下的侮辱的话，魏如风默不作声地搬起了那张桌子，顺着二楼窗户就扔了出去。全班同学都被课桌与地面巨大的撞击声吓住了，坐在夏如画邻桌的林珊甚至颤抖起来。魏如风静静地扫视了班里一圈，声音响亮地说："谁再敢说我姐一个字，我就把他也从这里扔下去！都给我记住了！姐，咱们回家！"

夏如画被魏如风拉出了教室，走出校门的时候，她"哇"的一声哭了出来，这些年埋在心里的痛苦悉数释放，魏如风一直轻轻拍着她的后背。在回家的路上，夏如画终于和魏如风开口说话了。两个人没再提程豪那里的事，也没再提医院的事。魏如风混沌地喊着夏如画"姐"，夏如画混沌地应着，这称呼使他们看上去就像最初一样，只是一对相依为命的姐弟。

在他们心底却远不似曾经那样平静，最初纯粹的爱恋混入了不可忽视的干涩的沙，柔软的心间就像蚌一样仔细吞纳了这尖利的疼痛，在沉淀多年之后，终于慢慢化成了珍珠。

3。
秘密约见

魏如风和夏如画搬离了十三平方米的房子，住进了市区内程豪租的公寓楼，分室而居让他们逃离了夜晚的尴尬。魏如风变得很冷漠，他没跟夏如画再提起一句关于那天的事，不管是爱还是那个意外的决定。他仿佛在刻意禁锢着自己，夏如画解释不出到底是为什么，有时她甚至希望魏如风能继续探究，哪怕就像原来那样大声地嚷出来也好，可他没有。夏如画难以抑制地灰心、失望、忐忑、难过，但她还是和魏如风一起搬了家。他们不能离开彼此，不管是亲情还是爱情，他们已然被深深牵绊在了一起。

程豪的胃口越来越大，在金宵练歌房的旧址上，他开了海平市第一家浴场。然而这依然只是繁华的表面，程豪比谁都清楚这些钱来得不明不白，他必须及时"打数"。随着现金流的源源而入，他也开始着手于输出的途径。从赌场到地下钱庄，黑钱经过一轮轮的漂洗，最终变白。企业家、慈善家、电影人、儒商……程豪被冠上了一个又一个耀眼的头衔，谈笑间隐藏了巨大的贪婪，席卷着整个海平市。

魏如风彻底进入了程豪的黑幕之中，他主要在码头那边，跟着老钟盯货，像打手一样做放风的人。如程豪所说，他走私的不只是香烟，还有很多国家明令禁止的货物。老钟很贼，每每"有事"都让魏如风去。魏如风也不推辞，他知道自己早沾上了腥味儿，洗不干净了，程豪颠倒了他的世界，而在他颠倒的世界中，只要还有一块纯净的地方就行。

夏如画就在那个地方，被魏如风默默地保护着。

那年夏天，夏如画考上了海平大学，学中文。其实学什么对她而言不再有深刻的意义，当初她执着地想让魏如风读书的念头已渐渐模糊，他们的未来都是模糊的了。

夏如画常常怀念小时候，怀念那间一贫如洗的小屋，怀念以前那个穿着破旧的牛仔服、揣着点心站在她学校门口的魏如风。

而如今，魏如风已经不可能再去学校门口了，他经常夜不归宿，除了下雨天，夏如画都不能肯定他什么时候会出现在这个所谓的家里。他们现在过得不错，魏如风特别舍得为她花钱，想吃什么就吃什么，想买什么就买什么。然而舒适的生活并没有让夏如画感觉幸福，摆脱了饥饿与贫穷，富足却让人茫然。

夏如画没办法踏实地享受，她总有一些隐隐的担忧，现在的日子过得来路不明。魏如风不和她说自己在做什么，只说还在东歌，偶尔跑跑祁家湾码头。但是夏如画觉得不会这么简单，她不相信程豪会让一个普通打工仔住这么好的房子，也不相信在夜总会工作钱包里就能装着一沓沓的现金，更不相信在码头帮忙就能开上高级轿车。魏如风最初只挣 500 元，后来是 1500 元，这才是他应该有的价值，而现在显然他用什么换取了更高额的报酬。

夏如画最常看的是法制节目，海平市最近开始严打，总是报道一些缉私、缉毒的案件，看着看着，夏如画会不自觉地就吓出一身冷汗。她害怕魏如风犯罪，那种感觉时时刻刻煎熬着她，最终，这种恐惧让她找到了以前收起来的一张纸条，她犹豫再三，还是拨通了叶向荣的电话。

叶向荣和夏如画约在他们学校附近的一家咖啡馆见面，夏如画早到一步选了个角落坐好，叶向荣一进门就看见了她。她比上中学时更漂亮了，那时清淡的水仙已经长成了明艳的蔷薇，即使在昏暗的灯光下，也还是让人眼前一亮。

这样的想法让叶向荣有点儿不好意思，他从一开始就对夏如画很是怜爱，虽然他清楚在办案子的时候，这种怜爱显然不太合适。

夏如画看见了叶向荣，她局促地站起来，叶向荣挥挥手让她坐下。

"不好意思啊，稍微晚了点儿。"叶向荣坐下来说。

"没关系，您工作忙，能来见我，我就很感谢了。"

夏如画还是有些拘谨，叶向荣笑了笑，看看四周说："这地方都是你们这些大学生来吧？你瞧，他们都看我呢！你就别这么客套了，显得我多老似的。甭您您的了，你就叫我叶向荣吧！"

"那怎么行……"夏如画慌忙摇头说。

"那就叶大哥。"叶向荣一边说一边喝了口果汁，他没看夏如画，话一出口，他自己都觉得脸红。

"叶……叶……"夏如画结结巴巴地轻喃。

"随便你吧！"叶向荣咳嗽了一声说，"你怎么来找我了，是不是魏如风出了什么事？"

"他没什么事，只不过还在东歌夜总会。"夏如画轻轻皱起了眉。

"嗯，这我知道。"

叶向荣点点头，最近 1149 给他的消息里，有很多涉及魏如风。他和吴强都认为，魏如风已经越过 1149，接触了程豪走私的一些边角。一个二十岁左右的青年就这么不知轻重地陷入了罪恶，这让刑警队的人都有点儿叹息，连1149都直摇头。可是他们不会因此而纵容他。叶向荣有一种预感，他最终会把这个初次见面就感觉面善的男孩，亲自送进监狱。

"你说说吧，到底发生什么事了。"叶向荣点了一根香烟，看着夏如画说。

"叶大哥……你能告诉我什么是走私吗？如果走私，怎么能看出来？很有钱吗？"夏如画有些迫切地问。

叶向荣笑了笑说："走私呢，简单说就是不按国家法规私自携带货物出入境。走私贩当然都很有钱，他们之所以走私，就是为了要捞钱。至于怎么能看出来，呵，天网恢恢，疏而不漏，只要做了坏事，就一定会留下痕迹。"

夏如画抖了抖，说："会判刑吗？"

"会。"

"那会判死刑吗？"

"严重的话，会。"

"如果是帮着他们走私呢？"

"以走私共犯论处。"

"也判刑？"

"当然了。如果走私军火，或者抗拒缉私，也会判死刑。"

夏如画"砰"的一声碰翻了杯子。叶向荣眼疾手快，忙拉开了她，一边喊服务员一边扭头对她说："小心点儿啊！"

夏如画愣愣地站在座位旁，思绪不知飘到了哪里。叶向荣的话丝毫没能缓解她的担忧，反而让恐惧加深了。

"你觉得魏如风在走私吗？"叶向荣的话打断了她的思绪，夏如画慌忙摇着头说："没有没有！我只是看了节目，如风他好好的呢。"

夏如画开始后悔来找叶向荣，虽然他是正义的，是善意的，但他可能把魏如风从她身边带走。而夏如画不想把魏如风交给任何人，更不要说是蹲监狱、判死刑，她不能失去她的弟弟，情感超越了所有理智，虽然那情感本身就纠缠不清。

"叶大哥，我要回家了。"夏如画没等服务员收完桌子，就急急忙忙地说。

"如画，你得明白什么对、什么是错，有些事你袒护不了。"叶向荣拉住她说，"你要是真觉得魏如风做了错事，就别让他继续错下去，而他做错的那些事，他必须承担后果。"叶向荣看着她，有些严肃地说。

夏如画抿着嘴唇低下了头，她没看叶向荣，也没道再见，扭头走了出去。

叶向荣看着她寂寥的背影渐渐消失，这个看上去一片纯白的女孩就像一览无遗的美丽风景，他那时莫名地自信，夏如画是会站在他这一边的。所以当他昂首走出咖啡馆时，根本不会想到，自己也是别人眼里的风景。

4。
小红莓之恋

那天午后的咖啡馆里，有一个女孩在一直看着叶向荣和夏如画。她身边的胖女孩顺着她的目光看去，说："苏彤！你看那女的，好漂亮啊！"

苏彤眯着眼睛说："是不错，可惜比我差了点儿！"

胖女孩大笑："你？未免差太远吧！"

苏彤狠狠瞪了她一眼说："女人，不光是长相，智慧也是一种美！"

胖女孩不理她，迷恋地说："得了吧，如果能长成她那样，就算是个白痴我也愿意！"

苏彤不以为然："你看她，目光呆滞，一副丧气的样子！和那男的拉拉扯扯的，说不定就是个第三者，红颜薄命，肯定活得不开心！"

胖女孩打了她一下说："你这嘴也太损了吧，你看看，都是你说的！人家走了。"

"喂喂，别闹！"苏彤拉住她的手说，"她刚才是坐在那儿吗？有个包，是不是她的？"

胖女孩赶紧走了过去，捡起地上的手提袋说："是她的！这可上哪儿找去！"

苏彤说："看看里面有没有记着她名字的东西什么的。"

胖女孩打开袋子，啧啧地说："嗯……课本，哇！是海大的！咱俩的校友啊！夏如画，你听说过吗？"

"没有，名字还挺好听的。"苏彤摇摇头说。

"等等……这里有个记事本，里面有电话簿。"胖女孩欣喜地说。

"拿来我看看！"

苏彤翻开记事本，脸色一变："好怪……"

胖女孩忙抢过来看，她惊讶地叫道："哎，这电话簿上怎么……怎么只有一个人的名字啊！"

苏彤沉思着默念："如风……这名和如画倒是挺搭配的。"

两个人对视一眼，苏彤说："是呼机号，去呼这个人一下吧！"

她们出门找到一个公用电话亭，苏彤照着记事本拨了号："麻烦呼一下99699……苏彤……夏如画的包在我这里，请复机。谢谢！"

几秒钟后魏如风就打了回来，他听了留言之后脑子都大了。最近有一股暗藏的势力在和程豪对着干，东歌前一阵被人闹了两次，连祁家湾码头的仓库都差点儿出了问题，货在海上漂着，却没地方靠岸。他们也说不准是同干走私的人对他们的挑衅，还是警察那边的动作，不过人人都小心了起来。魏如风害怕夏如画被人暗算，他经不起再一次的惊吓，往回拨的时候手指头都颤抖了，电话一通，他就焦躁地说："你是谁？她在哪里？她的包为什么在你手上！"

"她把包忘在咖啡馆了，我们捡到了。你是她朋友吗？能不能来替她取一下？"

苏彤皱了皱眉，这人一上来就语气不善，让她颇有些反感。

魏如风稍松了口气说："是这样啊，你在哪儿？等我一下，我马上就去。"

苏彤说了大致方位便挂上了电话，她对胖女孩说："等会儿吧，那个什么如风说要过来找，他有点儿神经质，紧张得不行！"

胖女孩说："是她男朋友吧？"

苏彤摇头说："不像……说不清。"

不一会儿如风就开车到了这边。胖女孩看着枣红色的小轿车，紧紧抓着苏彤的手臂兴奋地低语："我的天！太帅了吧！"

苏彤迎上去，故意翻开本看看说："你是……如……风？"

魏如风点点头说："对，我是。她的包呢？"

"光说是就行了？拿身份证看看，万一冒领呢？"苏彤挑着眉说。

"没带身份证。"魏如风皱起了眉，冷冷看了她一眼。

"户口本。"苏彤看他拿不出来，觉得有意思，嘴角一扯说。

"我没户口。"魏如风冷笑着说。

"得啦得啦，刚和人通过电话，抬什么杠啊！"胖女孩一把扯过苏彤手里的包，递给魏如风，笑着说，"就是这个，你看看。"

"谢谢。"魏如风接过包，转身走向汽车。

"等一下！"苏彤叫住他，向前一步说，"就这么走了吗？我们等了这么久，至少要请吃个饭吧！"

魏如风停住，他定定地望着苏彤，苏彤也不怕，笑盈盈地跟他对视。

胖女孩被魏如风的气势吓住，她轻轻拉了拉苏彤说："你干吗呀，欠那一口啊……"

"上车吧。"魏如风拿下巴指了指车子说。

苏彤拽着胖女孩，欣然坐上了魏如风的车。

路上，魏如风时不时透过后视镜看一眼苏彤。镜子里的苏彤就像没看见他的目光一样，只和胖女孩一块儿朝窗外指指点点。魏如风觉得这女孩子很特别，精灵古怪，倒不惹人讨厌，但也摸不准是什么路数。他之所以带她们走，就是想看看她到底要耍什么花招，是不是冲夏如画去的。

Linda 惊讶地看着魏如风带着两个女孩走进东歌，魏如风虽然在一片灯红酒绿中，但身边是从来没有女孩子的。她忙扯过滨哥说："你盯着他们，我去告诉秀秀！"

"不就带了两个姑娘嘛，干吗那么紧张！"滨哥不屑地说。

"你少啰唆，你敢带两个来给我看看！"Linda 瞪了他一眼。

远处苏彤和胖女孩一起东张西望着，胖女孩很兴奋，大呼小叫地说："哇噻，这就是传说中的东歌夜总会啊，我从来没想过真的能进来！"

苏彤也很好奇，她观察着人们对魏如风的态度，眼睛转了又转。

魏如风打开一间包厢的门说："请进吧。"

胖妹惊呼一声坐了下来，拍拍旁边的沙发说："苏彤，快来快来！真皮的呢！"

苏彤白了她一眼，走过去说："你兴奋什么啊？踏实坐着，反正今天有人埋单！"

魏如风坐在她们对面，抬头看了苏彤一眼，把服务生拿来的菜单递过去说："随便点吧。"

两个女孩头碰头一起叽叽喳喳地翻看，就是普通学生的样子。魏如风觉得心里放松了点儿，可能是最近形势不好，自己紧张过度了。

"我能要一份翅皇羹吗？没吃过……"胖女孩怯怯地抬起头说。

"点呗！"苏彤抢先魏如风回答，"我要'小红莓之恋'，乳酪蛋糕，谢谢。"

"'小红莓之恋'，拿破仑饼。"魏如风把菜单交给服务生，目光落在苏彤身上。

苏彤微微一笑："看不出来，你酷得跟大冰块似的，竟然喜欢吃甜食！"

魏如风不自然地低下头，点了一支烟，把烟盒摆在左边，与打火机形成了一个十字。在海平市，这动作是黑话，互报来路的意思。苏彤瞥了一眼，不动声色地轻轻用搅拌棒搅着饮料。

"夏如画是你女朋友吗？"胖女孩一边大吃一边说，"美女啊！"

"不是，"魏如风面色微微一变，他吐了一口烟圈，有些落寞地说，"她是我姐姐。"

"是姐姐？你们长得可不像啊。"胖女孩摇摇头说。

魏如风沉下脸，苏彤突然开口说："不是吧？"

胖女孩和魏如风一起抬起了头，她盯着如风的眼睛说："你们不是亲姐弟吧？"

胖女孩惊讶地望着苏彤，苏彤脸上浮现出狡黠的笑容。

魏如风目光中露出一丝寒气，他突然推开桌子，一把拎起苏彤，冷冰冰地说："说！你到底是谁！"

胖女孩塞满食物的嘴大大地张开，她不可思议地望着如风，没敢叫出声音。

苏彤脸色苍白，她抓住魏如风攥着她脖领的手，大口吸着气说："你不用一再地试探我了。我不知道你把我当成了什么人，我，苏彤，只是海大广告系的一名学生而已！"

苏彤指了指随身背包，歪着头对胖女孩说："把我的学生证、身份证都拿给他看！"

胖女孩哆哆嗦嗦地掏出了苏彤的证件，手抖得几乎拿不稳，眼前的魏如风不再是个酷酷的帅哥，而像头暴戾的野兽。魏如风看着深蓝色学生证上那张灿烂的笑脸微微一愣，他很熟悉这个小本，他曾经在深夜里摩挲过夏如画的学生证，和这个一模一样。

一种绝望的无处发泄的情感使他的心里溃开一角，他松开了双手，黯然地说："对不起，我失礼了，你们随意玩吧。"

魏如风走了出去，苏彤跌坐在沙发上，一直盯着他消失。胖女孩咽下口中的食物，使劲拍着胸口说："他，他没事吧……怎么突然跟疯了似的？都赖你，胡说八道什么！人家明明是姐弟俩。"

苏彤的腿微微发颤，她举起桌上还剩的半杯"小红莓之恋"一饮而尽，自言自语："他们要真是姐弟，他就不会这样了。你看看，他那像是弟弟对姐姐的样子吗？他和那个夏如画，绝对有问题！"

5。
回不去了

魏如风一走出包厢，就迎来了程秀秀。

他皱了皱眉说："怎么又往这儿跑，你爸不是不让你来了吗？"

"他说不就不啊，我爸是我爸，我是我，你能不能把我们分开对待啊！"程秀秀烦躁地说。

她能感觉出魏如风对她的疏远，也听老钟他们说过，虽然魏如风跟着她爸干事，却像焐不热的石头，不亲人。程秀秀想，魏如风肯定是被她爸强留在东歌的，所以他不高兴，顺带着就对自己不冷不热了。

程秀秀是个直来直去的人，她不信拿真心换不回真心，即使魏如风亲口告诉她他喜欢夏如画，她也难以放弃。更何况，程秀秀和她爸说起这事时，程豪特笃定地说，魏如风和夏如画不可能。她信她爸，从小就信，凡是她爸说的事，无一不成，因而程秀秀继续天天腻烦着魏如风。

"你爸说得对，一姑娘，天天一身烟酒气，像话吗？"魏如风心正烦，不想和她多纠缠，闪过身往楼下走。

程秀秀也没跟着，冷笑一声说："你不喜欢还把姑娘往这儿带？怎么着，是放弃你'姐姐'了吗？！"

"秀秀，这么说话有意思吗？"魏如风定住，背冲着她说。

"没意思，没意思到家了！可你好好跟我说话？"程秀秀生气地走到他对面，直视着他说，"上回我爸说送我出国，你在旁边使劲说好，可我不乐意，你知不知道？就算你见着我就躲，不想跟我往一块儿凑，也不能就这么把我往外轰啊！我还有口气呢，和你姐一样，也是个人！"

程秀秀说着说着眼圈就红了，魏如风心里软了下来。程秀秀对他是没得说，但他不可能回报些什么，程豪也不可能让他回报些什么。程豪一直有意无意地隔开魏如风和程秀秀，魏如风在一旁看着，心想老狐狸也有糊涂的时候，他不可能和程秀秀在一起的，程豪防范得实在多余。所以程豪安排程秀秀出国的事，他是完全支持的。一是不想让程豪误会，二是不想让程秀秀也蹚浑水。

"最近不太平，有人在暗暗动手脚。"魏如风拍了拍程秀秀的肩膀说，"你爸怕你出事，所以才想送你出国，我也是这么想的。"

程秀秀被魏如风少有的温柔弄恍惚了，她红着脸说："那你不告诉我！可我还是不想走，我还怕你们出事呢！"

魏如风笑了笑说："你爸出不了事，我保证。"

"你呢？"程秀秀担心地问。

"我不能出事。"魏如风想起了夏如画，深吸了一口气说。

"不说这个了，晚上陪我吃饭吧！对了，你和那俩姐没关系吧，也不好看，不像你喜欢的类型啊！"

"不了，我今天晚上回家，我姐刚才呼我了。"魏如风摇摇头，掏出呼机看了看说，"那两个女孩捡了我姐的包，我怕有问题，就带东歌来探探，你别为难她们。"

程秀秀酸酸地说："就那么在乎她吗？"

魏如风没有回答，往楼下走了两步，顿了顿说："秀秀，算了吧。"

"我不！"程秀秀望着魏如风的背影，狠狠地甩头而去。

魏如风开车回了家，打开门时屋里是暗的，他心里一紧，忙走进去，却看见夏如画静静地坐在沙发上。

魏如风松了口气，按开灯的开关说："你怎么不开灯啊！下回记着，在家留个亮，要不让人着急。"

魏如风很忌讳黑暗，甚至晚上睡觉都打开客厅的灯，那个血腥味的雨夜也给他留下了阴影，他怕那种黑暗中不可知的恐惧。

"如风，你干过违法的事了吗？"夏如画幽幽地看着他说。

魏如风动作一顿，把夏如画遗失的袋子放在茶几上，转过身说："又乱想什么呢，你看你，迷迷糊糊的，把包都丢外头了。"

夏如画腾地站起来，走到魏如风面前说："如风，你从不对我撒谎，你老老实实跟我说，你到底在干什么？是不是违法的事！"

"我累了，你让我歇会儿……"魏如风扭过头，闪开身说。

"魏如风！你就告诉我一句话，好也好，坏也好，你让我知道，我才能帮你啊！"夏如画拽住他，带着哭腔说。

"姐……你早就帮不了我了……谁都帮不了我了……"魏如风惨淡地笑了笑说。

夏如画的眼泪一下子滑出了眼角，她松开了魏如风，斜靠在墙边低喃着说："为什么……为什么啊？咱们怎么变成现在这样了？为什么就不能好好地过日子了呢？到底是为什么啊！"

魏如风走到夏如画身边，她紧闭着眼，右眼角的泪痣随着她的抽泣，一颤一颤的，更显得忧伤。魏如风不知不觉地抬起手，想抚摩那小小的黑点，为她拭去泪水。可就在指尖要碰到她的时候，魏如风停住了。他一寸一寸地收回了自己的手，转握成拳，轻轻地说："姐，这不是别人的错，是我自己的错。你救不了我，我也不用你救。"

魏如风走进自己的房间，关上了门。门锁"咔嗒"一声，将夏如画留在了另外一边。夏如画慢慢滑坐在地上，号啕大哭。她觉得自己的世界一点点地崩塌了，冥冥中她有种感觉，好像正是她的存在才把魏如风推到了现在这个无路可退的地步，而他们已经再也回不到从前。那只曾经被她握紧的小手，渐渐松开了她的掌握，失去了最初触手可及的温暖。

魏如风静静地听着夏如画哭泣的声音，眼泪顺着他冷峻的眼角滴落下来。夏如画隐忍的痛苦让他更为难受，他想如果不是他爱上她，她可能不会被原本清晰的世俗法理、黑白是非所束缚，因而也不会这么苦苦煎熬。魏如风想，他不能这样下去了，他自己的人生怎么样都无所谓，但夏如画一定要好好的。那么，他就去当她的弟弟，或者去当任何无关紧要的谁谁谁。就算孤独冷漠，只要能让她好，魏如风甘愿埋葬自己的爱和幸福。

那天晚上，他们在同一个屋子分处两地，各自悲伤。漫漫时光中，发生了点儿什么，滋长了点儿什么，又掩埋了点儿什么。

6。
酸涩的雨天

第二天一早，夏如画醒来时，魏如风就又不见了踪影，她呆呆地坐在沙发上，心里隐隐作痛。她已经不能分辨这种刻骨的疼痛源于什么，究竟是亲情还是爱情，但是她能确定，不管是什么，她都不会让魏如风孤独地走下去。

那天夏如画一直在呼魏如风，"速回电话""回家吧""我等你"……到后来，寻呼台的小姐甚至一听她的声音就直接问："夏女士，你这回要呼多少次？"

可是魏如风始终没有回音，夏如画一直坐在电话旁，而电话以沉默消化了她的所有留言。

　　傍晚的时候，夏如画径直去了东歌夜总会。因为对那里的厌恶和愤恨，所以她没有进去，只是固执地站在门口。东歌门前的侍应有人认出了她，也不便轰她走，只能看着她站在那儿，死死地盯着里面。

　　魏如风是从外面回来的，他跟着程豪的车，下来时先为程豪和程秀秀打开车门。他们好像刚去了什么热闹的地方，程秀秀拽着魏如风的手臂笑得很欢。魏如风没太避嫌，稍微错了错身子，把她拉到程豪身边，和她说了几句话，回过头才看见夏如画。

　　那时夏如画的眼睛里已经含了泪，魏如风的眼神飘忽起来，始终没有落在她身上。程豪饶有趣味地看着他们俩，朝夏如画笑了笑，拉着程秀秀往东歌里面走去。路过夏如画身旁的时候，程秀秀冷哼了一声。魏如风就跟在她后面，却只是低着头，没有说一句话。

　　夏如画伸出手拦住魏如风说："如风，跟我回去。"

　　魏如风停了下来，吸了口气说："你先回去吧，我还有事。"

　　"你看见我呼你了吗？"夏如画仍平举着胳膊说。

　　"看见了，我那会儿正忙呢。"魏如风侧过脸说。

　　"忙什么？忙得连个电话都打不了？"

　　夏如画的声音有一丝沙哑，魏如风皱了皱眉说："你回去，有什么事以后再说。我晚上不回家，你自己吃饭吧。"

　　"如风，进来啊！"程秀秀扭过头朝他喊，魏如风答应了一声，随即闪开夏如画，向里面走去。

　　夏如画空张着胳膊，愣愣地站在门口。她觉得刚才走过她身边的魏如风是那么陌生，她不信承诺要和她一直在一起的人会是这样子，即使那张面孔如此冷淡，她也绝对不信。

　　长久的站立使她十分疲惫，夏如画不理门口侍者诧异的目光，靠着东歌的外墙坐了下来。天空慢慢下起了小雨，夏如画抱着肩膀，眼睛一眨不眨地看着东歌里面，继续等待着魏如风。

　　魏如风跟着程秀秀一起进到吧台，他管滨哥要了两杯纯威士忌，一口气喝了下去。刚才夏如画哀怨的眼神几乎要把他的心绞碎，他很想走过去拉着她的手跟她一起走，可是他知道，他已经脏了，离夏如画太近的话，只能把她也染脏，就像她课桌上的字一样，带给她更沉重的痛苦。

魏如风望向窗外，并没有看到夏如画的身影，他松了口气，心里却更加难受起来，又闷闷地喝了几杯，就上了楼。程秀秀跟着他一起往上走，魏如风却把她拦在了门外。

"干吗不让我进呀？"程秀秀不满地说。

"我心烦，想自己待会儿。"

魏如风不客气地关门，程秀秀抵着门板说："你烦你的，别往我身上发邪火！我进去喝杯水不行吗？"

"楼下管滨哥要去。"魏如风紧锁眉头说。

"我就想管你要！"程秀秀毫不示弱。

"我没这义务！"魏如风被她纠缠不休，"砰"的一声关上了门。

程秀秀一直开着玩笑，完全没想到他这么绝。她狠狠踹了房门两脚说："魏如风，你别因为夏如画跟我犯病！你对我没义务，对她就有义务了？我告诉你，有义务也是姐弟义务，你们就是好不了！"

程秀秀气冲冲地冲下了楼，她甩开两边问候的人，直接走出了东歌。看到仍然在门口的夏如画，程秀秀愣了一下。想起刚才魏如风的怠慢，程秀秀怒从心生，她打着伞愤愤地走到夏如画面前说："魏如风不会出来见你了！你应该明白，他进了这门就意味着什么，他根本离不开东歌！你在我们门口守一宿也没用！伞你拿着，快走吧！"

夏如画看着程秀秀递过来的红伞，没有伸手接。苦涩的酸楚在她心中蔓延，她没想到魏如风竟然会让程秀秀出来赶她，夏如画惨淡地笑了笑，缓缓站了起来，推开程秀秀的手，走向雨中。

天空响起了一声惊雷，夏如画哆嗦了一下，手不受控制地颤抖起来，脚下一软，就歪在了地上。程秀秀不知道阿福的事，更不了解她的旧疾，慌张地扯住她说："喂！你怎么了？没事吧？"

"你放开我！不要碰我！"夏如画如触电一样，尖叫着蜷缩成一团。

程秀秀被她的样子唬住了，忙招呼门口的侍者："还看什么啊？快来把她抬进去！"

几个人忙走过来，七手八脚地拉住夏如画。夏如画拼命挣扎，哭着喊："求求你！放开……放开我！"

"你们都他妈的给我放手！"

魏如风在楼上听见外面的动静，从东歌里跑了出来。看见夏如画的样子，一瞬间他几乎疯了。他冲过去把程秀秀一把推开，没有丝毫的怜香惜玉，力气很大，程秀秀直接跌在了地上。旁边的侍者都愣住了，魏如风从他们手里抢过夏如画，紧紧抱在怀里。夏如画神志仍不清醒，微喘过一口气，瑟缩在他颈窝，喃喃喊着"不要，不要"。

魏如风没和程秀秀说一句话，他用衣服裹住夏如画，抱着她向远处走去。程秀秀从没见过他这么歇斯底里过，她痴痴地坐在地上，红色的伞绽开在她脚边，就像一朵凋谢的花。雨水沿着她的手指一直凉到她的心间，在渐渐模糊的薄雾中，把魏如风冰封住了。

魏如风一路抱着夏如画，她初时很焦躁，一直叫嚷着，几次想从魏如风的怀里挣出去，而魏如风一直没有放手，甚至当夏如画一口咬在他脖子上，他都没吭一声。后来夏如画渐渐安静下来，她仿佛感知到了魏如风的温度，乖巧地窝在他怀里，半梦半醒。

魏如风把她放到床上的那一刻，她突然紧紧抓住了魏如风，迷迷糊糊地说："如风，别走，你回来。"

魏如风攥住她的手，摩挲着说："嗯，不走了，就在这儿陪着你。"

夏如画朝他微微笑了笑，安心地闭上了眼睛。看着她沉静的睡颜，魏如风想，他再也不会把她留在其他地方了。

他终究还是放不开她，即便万劫不复，他也认了。

7。
纯真

夏如画那天之后大病了一场，魏如风一直陪在她身边，带她去医院，给她做饭，看着她吃药。两个人都没再说那天的事，有时候魏如风接到电话会出去一趟，夏如画也不问他去了哪里。她知道他一定还在东歌，而她自己可能已经无法简单地把魏如风从那里带出来了。他不再是那个瘦瘦小小的男孩，她说跑，就会飞快地跑出去，她说回来，就会义无反顾地朝她而来。成长掺杂了太多不可控的痛苦，人生也不一定只如初见，不想失去就只能忍耐。

夏如画明了魏如风真的在走私之后，一直过得混混沌沌的。叶向荣的电话她再没打过，叶向荣倒是给他们家里打过电话，问她有没有发现些奇怪的事，比如家里是不是突然有大量现金，比如魏如风是不是常去码头。夏如画一口咬定没有，还说自己的弟弟肯定没问题，她确认过了，让叶向荣不要再找她。

夏如画态度的转变让叶向荣很挫败，还被吴强嘲笑图谋不轨，以权谋私。叶向荣闹了个大红脸，心里却不禁晃荡了一下。

叶向荣承认自己对夏如画有好感，但这是因为对她处境的怜爱。这个女孩从小就失去了父母，生活贫困，和弟弟相依为命，但是坎坷的经历没有让她颓败，她坚强地成长为一个优秀的女孩。如果没有魏如风的离经叛道，那么夏如画会过得很好。叶向荣认为，魏如风之所以在那么小的年纪就参与到程豪的犯罪活动中，是因为他对高级世界的向往。他一直身处阴暗的被人忽视甚至唾弃的角落，所以他更容易被引诱，去追求物质享受。而夏如画显然不是这样，她曾对叶向荣说过，讨厌过现在这种心里没底的日子。她不在乎贫富，只想要一份安安稳稳的平淡生活，而魏如风的空想将她拉入了痛苦之中。

因此，叶向荣很想快一点儿结束这个案子，不仅为了海平市，为了侯队长，为了1149，为了和他并肩的缉私反黑警察们，还为了能把幸福和平安还给这个善良、纯洁、美丽的女孩子，让她绽放如花。

夏如画躲开了叶向荣，却躲不开魏如风已经违法犯罪的事实。她去图书馆查了很多法律资料，无一不显示了走私的严重性，三年、七年、十年、无期甚至死刑……走私罪的量刑很重，夏如画无法判断出魏如风够判多少年，她不敢想下去，因为魏如风的那句"谁也救不了我"总在她耳边回响，她怕永远地失去魏如风。

夏如画幻想过出逃，和魏如风一起去一个谁都不知道的地方，默默生活下去。在那里没人知道他们是姐弟，没人知道她曾被强暴，也没人知道魏如风犯过罪。他们可以相爱，可以朝夕相处，可以永不分离。

这个想法源于艺术课的一个赏析，教授谈起了贝克特，并由此说起阿尔卑斯山。他说在阿尔卑斯山下有一个村庄，全村只有二十六户人，世世代代以牧羊为生，他们的生活安详宁静。

夏如画听到这里的时候被旁边坐着的男孩打断了，她抬起头茫然地看着他。男孩文质彬彬的，声音很温柔，他关切地说："同学，擦擦眼泪吧，你怎么哭了？"

夏如画这才发现，原来她已不知不觉地流下了眼泪。教授讲述的村庄对她来说就像一个天堂，她想和魏如风去那里，躲开尘世的烦恼，哪怕放一辈子羊也乐意。

"没什么，有点儿感动。"夏如画忙擦干眼泪说。

"没想到你还挺感性的，我看你平时上课都特别安静。"男孩笑了笑说。

夏如画勉强笑了下，扭过头继续看书。

"哎，你喜欢话剧吗？"男孩看着她手里萧伯纳的《圣女贞德》问。

"还行吧。"夏如画敷衍着说。

"那你有没有兴趣加入校话剧团？"男孩看着她，满心期待地说。

"我……"夏如画刚想拒绝，就被教授的咳嗽声打断，这是他的老习惯，课堂纪律不好时，就咳嗽两声以示警告。

两个人忙都闭了嘴，男孩偷偷摸摸地朝夏如画做了个鬼脸。

一下课，夏如画就收拾了东西往外走。旁边的男孩忙追上来，叫住她说："同学，你等一下！"

"什么事？"夏如画望着这张陌生而俊秀的脸，有些紧张地说。她不住校，因此很少和同学交谈，也没什么知心的朋友。仔细想起来，除了魏如风和叶向荣，她几乎就没什么谈话的对象。

"我刚才说的啊，你忘了？加入校话剧团吧！你很感性，而且天生有忧郁的气质，很适合出演古典戏剧！"男孩很诚恳地说。

"对不起，我……"夏如画摇了摇头，男孩不等她说完，就急忙接着说：

"千万别说不!"

他举起双手,比成一个相框的形状说:"要是你现在开口说:'如果没有的话,希望上帝能赐予我;如果我已得到,希望上帝仍给予我。'那你就是圣女贞德!"

夏如画愣愣地看着他,阳光透过窗户照在男孩的脸上,更加映衬出他干净而灿烂的笑容。恍惚间,她仿佛见到了魏如风小的时候,那时他的笑容也是这样的,让人浑身都暖洋洋的。可是,现在的魏如风没有了那种纯真,他的眉目间更多的是阴霾和戾气。

"那么就这样说定了,下次活动我会叫上你!"男孩放下手,伸到她眼前说,"我叫陆元,大写的六,一元两元的元,所以他们给我起外号叫六块钱。你呢?叫什么?"

"夏如画。"夏如画被他逗笑了,轻轻伸出手,和他握在了一起。

这个男孩给她留下了很好的印象,他亲切而真诚,至少让她觉得安全。陆元是无数大学生中的一个,带着阳光的香味和青草的清新,简简单单地和她说着话,很自然地做着大学生活中应该做的事。大概每个夏如画这样年龄的女孩子都会有这样的机会,然而这是她从未接触过的。

于是,她就像躲在壳子里的蜗牛,偷偷地向外伸出了一点儿触角。

其实那天在同一间教室里,除了陆元之外,还有一个人一直在注意着夏如画,那就是苏彤。

经历了在东歌夜总会堪称奇特的际遇,出于好奇,以及对魏如风的兴趣,苏彤开始注意起夏如画。经她的观察,她发现夏如画和魏如风很不一样,一个单纯简单得如一张白纸,另一个则心思缜密深不可测;一个安静地过着普通的大学生活,另一个却在鱼龙混杂的东歌夜总会里占据着很不一般的位置;一个感情生活空白,一个有丰富的感情却隐忍;一个忧伤,一个绝望。

苏彤仔细对比着他们俩,始终找不出他们交集的所在。看着陆元和夏如画并肩走出教室,她也跟着走了出去,并且毫不意外地在楼道的拐角看见了一个戴棒球帽的男孩。

苏彤瞥了他一眼,想了想,还是无可奈何地走过去说:"喂,三个礼拜了,你不腻我都腻了！你回去告诉魏如风，要是他还觉得不放心，就让他明天自己来跟我！"

男孩尴尬地瞪了她一眼，灰溜溜地跑下了楼。苏彤摇了摇头，魏如风的谨慎小心达到了一种近乎偏执的程度。在学校里，苏彤实在看不出夏如画能受到什么伤害，魏如风却因为她的偶然出现而这么紧张，那么只能说明两个问题：一，曾经发生过什么，让魏如风过于害怕了；二，魏如风太看重他姐姐了。而这第二点，让苏彤有些失落。

棒球帽男孩叫小宇，是魏如风身边一批人里比较机灵的一个，他年岁也不大，才十八九，职高毕业就到东歌夜总会了。小宇看魏如风打过一次架，那天是解决祥叔手里来东歌闹事的余孽。魏如风出手狠，不管不顾的，比滨哥和阿九都能打，小宇一下子就崇拜起他来，天天"风哥、风哥"地叫着，跟在魏如风背后。

这次魏如风让他盯苏彤确实是怕她对夏如画不利，谨慎起见，宁可多留点儿心眼，也不能把危险漏在夏如画身边。小宇没完成好任务，被苏彤看破很不甘心，他嘟嘟囔囔地跟魏如风申请："风哥，我再去盯她几天，不信要不了这臭丫头。"

魏如风摆摆手，他想起苏彤那双机灵狡黠的眼睛，不禁浮起了一些笑意，他明白那女孩聪明得紧，小宇可能一早就被她发现了，耗了这么长时间，就是逗他玩呢。

"不用了，下回我亲自去跟她聊聊。"魏如风已经大概想到，苏彤和他们不会是一个路数的人，她没什么深厚的背景，只是凭着自己的那点儿俏皮劲硬要掺和进来。魏如风想再见她，也有点儿被摆了一道不服气的意思。

"我姐呢，在学校还好吧？"魏如风随口问。

"如画姐挺好的。哦，对了，今天我看见她和一个男的出去了，好像是同学。"小宇想起了陆元。

魏如风的目光凝重起来，他心里突然有些不舒服，不知道为什么，他觉得夏如画离开他，走远了一点点。

8。
拥挤

　　魏如风听完小宇的话就想回家，可还没走出东歌门口，就被阿九叫住了。

　　"上楼，程总找你呢。你没接电话，他直接打吧台来了。"

　　"哦。"魏如风点点头，往回走了几步，又折回来说，"哎，有空跟我喝两杯。"

　　在东歌里，他和阿九关系最好，可是最近阿九对他态度有些不冷不热的。魏如风想，也许现在自己做得太多，让阿九都看不过去了，他不想失去这个直爽的伙伴，总会刻意亲近点儿。

　　"我有的是空，就看你忙不忙得过来。"阿九笑了笑，脸色果然缓和了些，魏如风也笑着说："你随叫，我随到。"

　　"得，仗义！"阿九抛起了酒杯，耍了个花活，吧台一阵叫好。魏如风竖了竖拇指，走上了楼。

　　程豪的办公室很宽大，每次走进去，魏如风都觉得坐在老板椅上的那个人不很真切。程豪挥了挥手，招呼他坐下说："今儿怎么这么早就走啊？"

　　"嗯，有点儿累。"魏如风随口说，程豪这样温情的把戏，他早已懒得应付。

　　"你姐最近怎么样，书念得还好吧？"程豪不以为然，仍以长辈的样子话家常，"你平时不回去，让她照顾好自己，上回我一见，比高中那会儿还瘦了！这哪儿成啊，不行家里雇个人吧。"

　　"再说吧，我们俩住惯了，多一个人不习惯。"魏如风摇摇头说，他可不想让他们最后的生活也被程豪介入。

　　"呵，你看着办吧。"程豪无所谓地笑了笑说，"明天你去一趟祁家湾，有新东西来，老钟都安排好了，你盯紧了，这回仓库那边不能再出问题了。"

　　"成。"魏如风点点头，他已经习惯了每次都提前一天得到程豪的指派，而且都是老钟安排，他去仓库。他也不在乎，什么信任、责任在他这儿早就没了意义，他只是尽量地自保，自保的目的也仅在于为夏如画提供好的生活和安全的保障，这种日子挨一天是一天，只要程豪能保证不动夏如画，保证让阿福的事情永远沉寂，那么让他干什么，他都毫无怨言。

"最近要小心点儿啊，张青龙你听说过吧？"程豪抖了抖雪茄的烟灰说。

"知道，前一阵在西街那边闹事来着，有一个库被封了。"魏如风皱起眉说。张青龙是他的诨号，这是个不要命的主儿，纯粹拼起来的，据说国外有点儿门路，能搞到不少好东西。越是这样的人越和程豪不对付，张青龙就曾放话说过，都是做同样买卖的，流氓和儒商没差别。所谓秀才遇到兵，有理说不清，程豪被他弄得很别扭，但也不好像他一样，撕破脸对着骂街，所以颇感棘手。

"嗯，就是他，上次咱们的库就是他在里边捣的乱。他玩命，咱们不和他硬碰，但也不能总让他占便宜。祁家湾这次你看死点儿，再出事，我就没脸干了！"程豪敲出火，深吸了一口说。

"明白。"魏如风知道程豪这次是下了决心，心里也盘算起来，到明天下午还有一天的时间，他得好好安排。

"还有啊，秀秀的事我一直想要抓紧办，她不愿意出去，和我闹别扭呢！"程豪看了眼摆在办公桌上的程秀秀的照片，说，"你劝劝她。我不想她跟着添乱，你平时干事，少带着她。"

"你放心，她什么都不知道。"

程豪拿起相框说："这孩子，脾气倔，像她老子。她出去也能带一笔钱呢，你叫老钟去安排一下。"

"这个……我觉得不好。"魏如风摇了摇头说，程豪斜眼看着他，他毫不回避地对视，"不差这点儿，没必要让她出去把钱洗白了。"

魏如风其实心里明白这是程豪对他再三的试探，但他的回答一半是应付，一半也是真心，他是真不愿意把程秀秀扯进来。

程豪满意地点了点头说："你年轻头脑快，想得周全。忙去吧，对了，老钟那有个大哥大，给你的，以后联络方便。"

"嗯。"

魏如风退了出去，走回自己的房间，窗外夜色正浓。他看着那片黑色，只觉得自己仿佛已融入其中，难以分辨。

第二天，码头的事圆满完成。完事之后魏如风也顾不上疲惫，直接去了夏如画的学校。在学校门口站了会儿，魏如风看着完全陌生的大学校园，不由得有些落寞。那些洋溢着青春笑容的学生，一个个从他身边走过，他们聊些什么，喜欢什么，魏如风一点儿都不知道。他想，夏如画就是在过这样的日子，或许他曾经也可以，但是现在，他们远离了对方。

魏如风正发愣，突然感觉被什么抵住了后脑，他本能地一把扭住了，回过头，却看见苏彤正红着脸，盯着他看，她纤细的手还在比着手枪的姿势，龇牙咧嘴地说："乓！你玩儿完了，撒手吧！"

魏如风松了手劲，苏彤假装扣动扳机，俏皮地笑了。

"你神经病吧！"魏如风拍下苏彤的手说。

苏彤揉了揉自己的手背说："真开不起玩笑！你不是怀疑我是干这个的吗？"

"你像吗？"魏如风挑起眉说。

"当然不像了，你才真是像呢。我说，你不会是黑社会的吧！"

"我要说是呢。"

"那我就赶紧跑呗！"

"我是，你最好跑远点儿，别惹我，更别惹我姐！"

"我又不想跑了。"苏彤翻了个白眼说。

"你这人怎么这么无赖啊！一个女孩，这样不丢人啊？"魏如风被她噎得没辙，蹿起一股气说。

"我没你丢人！我是无赖，但好歹我和你没什么亲缘关系。你呢，喜欢自己姐姐不痛苦啊？"苏彤毫不示弱，扬起头说。

魏如风一下子沉下脸，他猛地拉住苏彤，就往路边走去。苏彤不明所以，挣扎着说："魏如风，你干吗啊！"

魏如风东张西望了一会儿，伸手拦了一辆出租车，一句话都不说就把苏彤塞到了车里。

"麻烦把她拉走！"魏如风甩上车门对出租车司机说。

"魏如风，我对你姐没什么兴趣，你别发疯！"苏彤拍打着窗户喊。

"给拉哪儿去呀？"司机皱着眉头说，他以为是学生谈恋爱，吵起架来耽误他生意，"你们俩商量好再拦车吧！"

"随便你，扔海里也成！"魏如风掏出钱包，给了司机一百元钱说。

司机接了钱，眉开眼笑地启动了车说："得，这就走，扔海里我可不敢，回头你女朋友出了毛病，还得找我拼命。"

魏如风也不搭茬儿，冷冷地说："快走！"

司机踩了脚油门，扭头冲苏彤说："你也不用争了，吵架嘛，有什么大不了的，女孩就得拿着点儿，过两天他气消了，肯定屁颠屁颠地来找你。"

苏彤脸红了一下，她也不辩驳，往前凑了凑说："师傅，你倒回去一下，我跟他说一句话，然后您再送我回家。他的钱，不花白不花！"

司机笑着看了看后视镜，倒了回去，车在魏如风身边停下。魏如风气势汹汹地看过来，苏彤摇下车窗，微笑着说："刚刚你没让我说完，其实我想说，现在我对你很有兴趣！"

苏彤也不等魏如风说些什么，拍了拍出租车司机座位的围挡说："师傅，开车吧，我要回家。"

魏如风愣愣地看着红色的出租车绝尘而去，他越来越不知道这个精灵古怪的女孩在想什么了，不过在刚刚的一瞬，在她的脸上，仿佛出现了那么一点点的羞赧。

9。
远去

魏如风送走了苏彤，又在校门口站了一会儿才等到夏如画。确切地说，还有一个人，那是个看上去挺活泼的男孩，正在夏如画旁边举着个本子说着什么，夏如画听得很认真，甚至走到魏如风旁边时都没发现他。

"姐……"魏如风低声喊住了她。

夏如画听见魏如风的声音一下子顿住了，刚才脸上温和的表情消失了，她猛地回头，快步走到魏如风跟前说："你……你怎么来了？是不是出什么事了？"

"没，顺道过来看看你。"魏如风苦涩地笑了笑。

夏如画松了口气，紧紧地抿着嘴唇。陆元探过头，看着魏如风说："如画，你朋友？"

听着陆元对夏如画的称呼，魏如风心里有些微微的痛楚，他清楚地记得，他是那么努力地呼唤过这个名字，而夏如画拒绝了他。

夏如画慌忙摇了摇头说："不，他是我弟弟。"

毫无意外的回答还是让魏如风的目光黯淡了下来，陆元丝毫没感觉出姐弟间的微妙，他伸出手说："你好，我是她的同学，我叫陆元，你姐都管我叫六块钱，你随便叫吧！"

"我没叫过你六块钱……"夏如画瞥了他一眼，嗔怪的表情挺可爱的。魏如风看在眼里，酸在心里，他面无表情地握住陆元的手说："你好，我是魏如风。"

"如风啊……呃？你们俩不是一个姓？"陆元反应过来，扭头冲夏如画比画，"一个跟爸姓，一个跟妈姓？"

夏如画皱着眉摇了摇头，魏如风淡淡地回答："不是，我们俩没血缘关系。"

夏如画的眉毛皱得更紧，陆元有点儿尴尬地搓了搓鼻子，说："哦，这样啊……"

"如风，你晚上回家吗？"夏如画询问道。

"不了，有事。"魏如风垂下头说，他其实没什么事，码头一忙完他就跑到海大来了。因为听了小宇的话，他心里不舒服，想见见夏如画，但是他一点儿都不想看现在的情景，如同看着夏如画一点点地抛弃他，现实比小宇的话语更让人难受。

夏如画已经习惯了魏如风有事，她涩涩地说："多小心。"

"嗯，你晚上早点儿回家。"魏如风也不和陆元道别，叮嘱完夏如画就扭身走了。

夏如画看着他渐行渐远，心里皱成一团。魏如风孤寂阴沉的背影慢慢融在傍晚的余晖中，就像快要消失了一样。

"如画，你怎么了？"陆元纳闷地看着夏如画有些悲伤的表情，说。

"陆元，你有弟弟吗？"夏如画抹抹眼角，吸了口气说。

"有一个堂弟，但和我不亲，就逢年过节的时候在爷爷家见一面。"

"呵，是吗？我弟和我可亲了。他呀，从小就不和别人说话，只和我玩。别的小朋友都不喜欢他，可我就喜欢。其实他不是故意不理人，他很小的时候被骗到海平来，颠沛流离受了不少苦，要不是奶奶救他回来，他可能就死在这里了，所以他不相信别人，心特别重。可是他很懂事，帮奶奶做家务，对我也特别好。他知道我喜欢吃豆沙粽子，就一分一分攒钱买给我。我分给他，他也不要，就站在一边看我吃，傻乎乎地乐。还有一次，我淘气跑到隔壁人家棚子上，下不来了，就使劲地哭。那时候如风还没我个子高，他一直在下面看着我，急得不得了。最后还是他上去拉我，我们都掉下来，我没事，他却被摔坏了膀子，绑了好几个月的石膏板，现在走起路，左肩还比右肩要高一些……后来奶奶死了，我们俩相依为命，他才那么小就出来打工了，码头多累啊。有一次回到家都半夜了，他也不叫我，自己热着饭靠在灶台边上就睡着了，结果粥溢出了锅，他胳膊上烫了一大块……而他这么做就是为了让我继续念书，我一直是他供着，玩命供着。我考上了大学，他却再也不可能过这种日子了……陆元，你明白吗？这个世界里我只有他，他也只有我，可是我最对不起他……你能明白吗？"

夏如画在温情脉脉的回忆中缓缓流下了眼泪，她想冲破心底禁锢的爱，大声地唤回魏如风，可是发生过的那些事就像把她塞进了玻璃罐子里，她困在其中，只能看着魏如风寂寞的背影，却发不出一点儿声音。

陆元温柔地揽住她的肩膀说："如画，你弟弟很伟大，但我相信他是心甘情愿这么选择的，你也应该相信他未来会走得很好。你不是对不起他，你们是姐弟啊，即使没有血缘关系，你们的感情也不比任何一对亲姐弟差，这是永远不会改变的牵绊！而你呢？你知道吗？你纯粹得像一张白纸，可是人生不应该仅仅是一张白纸。不管是你还是你弟弟，你们的人生都是要有颜色的，而且会是五彩缤纷的！世界会慢慢改变，总有一天你们不再只有彼此，甚至可能会分开，你们必然会有自己独特的色彩，可能漂亮，也可能不漂亮。但是不管怎么样，都是属于自己的人生！"

陆元其实还想说，我想亲自为你涂上一片明亮的色彩，可是他没说出口，因为夏如画哭得更厉害了，甚至颤抖了起来，他只好轻轻拍着她的背，努力舒缓她的情绪。

陆元以为自己的劝慰能解除夏如画对魏如风深埋多年的愧疚，可是他不知道，现实根本不像他想的那么简单美好。夏如画的人生早已落满尘埃，魏如风也不可能会走得很好，他口中那永远不可改变的姐弟牵绊，正是束缚魏如风和夏如画的枷锁。这道难以破解的咒语，深深地折磨着他们，推动着他们一步步走向命运的劫数……

就在那个夏天，1149终于接近了他苦苦追寻的东西，程豪放他去接管老钟手下一些渠道的事了，也因此他带给了叶向荣一个震惊了海平公安局的消息。那就是程豪竟然在偷偷地运作毒品的走私！

市里和局里紧急开会，非常重视这个案子。为了不打草惊蛇，一举侦破这个目前海平最大的走私贩毒案，1149被派了更复杂的任务——得到关于毒品走私交易的消息。

海平市刑警队和缉私缉毒队一起全力合作，叶向荣跃跃欲试，仿佛胜利就在眼前。而他们谁也想不到，在光明来临之前，竟会是那么黑暗……

那年，夏如画二十岁，魏如风不详。

Chapter 5

二十一岁 ...... 在一起

人生不如意者十之八九，快乐永远比悲伤多一点点，

但是为了那余下的一二，

已经足够欣慰活过……

1.
带我走

苏彤自作主张地去了东歌夜总会，这种地方她以前就来过那么一次，如果不是因为魏如风，她肯定不会再来。海平市的老百姓都对这种娱乐场所有种小心的疏远，随着经济的发展，这些灯红酒绿的地方渐渐代替了城市中原本的朴素和平静。

魏如风在吧台远远地就看见了苏彤，她一脸清朗的样子很像初次来这里的夏如画，然而不同的是，她比夏如画要从容许多。

Linda 没等苏彤靠近吧台就拦住了她，她知道程秀秀一定不喜欢这个曾被魏如风带来的女孩子，她本人也不喜欢像这样学生模样的女生。因为滨哥喜欢，而她自己已永远找不到学生时代的清纯，从骨子里她对自己的职业和处境都有些自卑。

Linda 睥睨着苏彤说："小姐，我们这里有最低消费的，你是来玩吗？"

苏彤完全没把 Linda 放在眼里，她笑笑说："我来找魏如风。"

"找谁也不行啊。拜托！你不是大学生吗？那应该认识门口那几个字吧？我们这里是夜总会，消遣的地方！不负责找人啊。"Linda 丝毫不让步。

苏彤也不理她，老远就冲魏如风挥起了手。魏如风看着 Linda 气急败坏的样子不由得笑了起来，他穿过人群走过来说："Linda，她是我朋友。"

"你女朋友呀！秀秀知道吗？"Linda 不甘心地退到了后边，咬牙切齿地说。

"我朋友她就一定都认识？"魏如风冷淡地说，他拉起苏彤径直走上了楼。

苏彤跟着魏如风走入一间包厢，微笑着说："你刚才够拽的，那唱歌的女的，一下就被你吓唬住了。"

"你来干吗？"魏如风坐在沙发上问，"上次那司机没给你扔海里去啊！"

"靠，你这人太心狠了！至于那么想杀人灭口吗？我是来送这个给你的！"苏彤把手边的塑料饭盒放在桌子上。

"什么啊？"魏如风打开饭盒疑惑地问。

"提拉米苏！意大利点心，苏彤出品！"苏彤俏皮地笑了笑。

"我们夜总会不让自带食品！"魏如风把饭盒推回到苏彤面前。

"你……你真没劲！"苏彤饶再大大咧咧，脸上也有点儿挂不住。

魏如风看着她难得羞涩的样子，笑着揭开了盒盖，拿出点心尝了一口说："味道不错。"

苏彤顿时乐了起来："我就知道你会喜欢！在海平我这可是独一份儿，别看你们东歌这么高级，还真没有！我求了我们系里那意大利老太太半天，她才教给我的！"

魏如风顿住，放下了手里已拿起的另一块点心。

"怎么了，不好吃？"苏彤疑惑地问。

"不是，很好吃。我想带回家给我姐尝尝，她从小就爱吃甜的。"魏如风扣上盖子说，眉目间满是温情。

苏彤心里酸酸的，她轻轻揪扯着装盒子的袋子，低着头说："你这么在意她，她知道吗？"

魏如风脸上的温情渐渐凝固，他抬起头叹了口气说："在她心里，我只是她的弟弟。"

"你……告诉过她吗？"苏彤试探地问。

"我已经让她很难受了。"魏如风寂寥地笑了笑，他从没向谁说过自己的心意，而面对眼前这个善解人意、聪明机灵的女孩，他终于压抑不住多年的情感沉淀，慢慢说了出来，"算了，做弟弟也不错，至少还能在她身边。"

"那能永远都在她身边吗？姐弟，听上去挺坚不可摧的关系，长大了还不是一头向东一头向西各自飞。你怎么那么傻啊！"苏彤愤愤地说。

"能陪多久陪多久吧。我这命不值钱，趁现在替她多挣点儿，她过好了，我闭眼也不怕，不都说吗，二十年后又是一条好汉！"魏如风调侃着说，可苏彤一点儿都笑不出来，她眼睛里涩涩的，使劲眨了眨说："你到底干什么呢？老把生啊死啊挂在嘴边，真当自己是黑社会啊！"

"我真当自己是黑社会。"魏如风丝毫没有玩笑的意思，认真地看着苏彤说。

苏彤慢慢睁圆了眼睛，有些愤怒地说："魏如风！你明白自己在干什么吗？你以为黑社会好玩啊！"

"好玩！但不是你这个大学生玩的，我早跟你说过，别跟我往一块儿混！"魏如风烦躁起来，他拉起苏彤说，"谢谢你的提拉米苏，你早点儿回家吧！"

"魏如风！你这是自己跟自己过不去！你现在真应该拿面镜子看看自己的表情！你知道我为什么第一次见你就缠上你吗？我不是对你姐姐有什么想法，也不是没去过高级饭店非要讹你一顿，而是我觉得好奇！我就想看看，明明是姐弟的两个人怎么就那么别扭，明明挺光鲜亮丽的样子怎么就那么阴沉！你别装酷，也别逞强！你其实根本就不想这么过日子，对不对！"苏彤甩开魏如风的手，大声说。

魏如风愣愣地看着她，两个人对视着，各自眼底里都蕴含着很多说不清道不明的情愫。这时，房间的门被突然推开了，滨哥走进来，瞥了眼苏彤，又看了看魏如风说："如风，出来一下，码头有点儿事。"

滨哥说完就带上门走了，魏如风回过神，应了两声急匆匆地往外走。苏彤心里明白，他们嘴里的事肯定不会是好事，她上前两步一把拉住魏如风说："你别去！"

"别闹，回来再说，现在我有事。"魏如风听了她的话有些心软，拍拍她的胳膊说。

"别走！"

苏彤没松开手，反而张开双臂从身后紧紧地抱住了魏如风。魏如风僵住了身体，苏彤用额头抵着如风的背，轻轻地说："知道提拉米苏是什么意思吗？"

魏如风垂着手，茫然地摇头。

"带我走。"苏彤一字一句地说，"在意大利语里，提拉米苏就是'带我走'的意思。如风，你要是不想像现在这样这么痛苦地煎熬着，我就带你走，从这破地方走出去！我愿意……我愿意永远陪着你！"

苏彤一口气说了出来，她的脸很红，好在背对着魏如风，不会被看到。

魏如风半天都没有说话，苏彤闻着他身上那种淡淡的清新味道，慢慢闭上了眼睛。

魏如风轻轻仰起头，望着窗外灰色的天空，眼神迷蒙。苏彤的话在某一刻打动了他，想自己以前低估了女孩子的细腻，对她太不温柔了。他能感觉出背后女孩的额头轻轻地颤抖，他想起以往苏彤那昂头挑衅的样子，脸上竟微微浮现出了一抹笑意。

魏如风抬起胳膊，分别握住了苏彤紧抓在他腰部的两只手。苏彤晕红着脸，低着头等他转过了身。魏如风俯下身子，在她耳边说："苏彤，对不起，我想过的日子，和你想的不一样。"

苏彤讶异地睁大了眼睛，魏如风松开了手，周围空气的温度仿佛突然间降低了。滨哥又推开门，有些急躁地催促着："你他妈快点儿！"

魏如风没再理苏彤，苏彤眼看着他塞了把短匕首到怀里，急匆匆地跑了出去。

魏如风拿外套的时候扫掉了桌上那个装着剩下提拉米苏的盒子，漂亮的点心掉在地上，失去了原先精致的形状。苏彤慢慢走过去，弯腰捡了起来，她看着自己沾满甜蜜味道的手指，神色渐渐暗淡。

2。
暗战

魏如风和滨哥跑下楼，阿九已经在车上等一阵了，还没等车门关上就一脚踩下油门蹿了出去，嘴里嘟囔着："都说是急事、要紧事，结果就我一司机急，你们主角一个比一个能耗时间！"

滨哥坐稳了，看了魏如风一眼说："刚才那是你女朋友？"

"不是。"魏如风皱着眉答。

"哟，你也泡上妞啦？小心程秀秀跟你玩命。"阿九轻笑着说。

"滚蛋，我他妈和程秀秀没关系！"魏如风烦躁地说，他讨厌东歌里的人跟他开这种玩笑，不愿意和程秀秀变成暧昧的关系。

"全东歌，也就你自己认为你和程秀秀没关系，要不然程老板会让你跟着干事？你才多大啊，毛还没长齐呢！"阿九一边打方向盘，一边从后视镜看着魏如风说。

"阿九！"滨哥按住明显要翻脸的魏如风，怒斥道，"都他妈的给我闭嘴！晚了钟点，就是程秀秀来也不管用！"

阿九不再说话，车开得飞快。魏如风看着窗外急速后退的风景，心里一阵阵犯堵，苏彤的话在他脑子里转了个来回，其实她说的那些都没错，他是不愿意走这条路，不愿意天天跟个打手似的替程豪卖命，不愿意过这样进退维谷、眼睁睁看着自己腐烂下去的日子。可是苏彤把夏如画忘了，为了夏如画，让他怎么着他都愿意。

车到码头停了下来，途中老钟给魏如风打了电话，告诉他库号，几个人走到3号库。魏如风瞥了一眼，知道老钟都安排好了，库外面有两艘船在一起卸货，一拨是注册在东歌贸易公司下的，这是没问题的货；一拨是注册在一个叫东华贸易公司下的，那是程豪真正要的东西。程豪百分之六十的货船都在东华那边，东歌主要是游轮。这两家公司从表面上看没有关系，其实都是程豪在掌控，东华就是东歌的替身。

魏如风在码头干很久了，对门路熟得很。滨哥去了前头，他带着阿九往仓库后身的小门走去，两人一人一边坐了，魏如风掏出包烟扔给阿九，阿九犹犹豫豫地接了。

"借个火！"魏如风叼着烟卷说，阿九默默地扔给了他。

魏如风歪着头点烟，阿九在一旁看着，魏如风抬头瞟了他一眼，两人大眼瞪小眼都笑了。

"你他妈看什么看！"魏如风笑着说。

"看你小子也就那么回事！给程秀秀当小白脸，结果最后还是跟我一样看门，人家根本不带你好好玩！"阿九吐了口烟圈说，"唉，老子得混到哪辈子才能挣到大钱呀！"

"你才知道啊？"魏如风眯着眼睛说，"要想挣大钱就不能当小白脸，小白脸是技术活，我干不来。"

"你今年多大来着？"阿九突然问。

"我没岁数，不是跟你说过吗！"魏如风把烟头弹掉，踩了一脚说。

"哦，那你这日子过得够浑的。"阿九摇摇头说。

"瞎混呗。"魏如风茫然地看着前面说。

"可惜了你，本来挺好一孩子。"阿九瞅着他，眼睛里流露出少见的温和的光，魏如风愣了愣，抿着嘴唇快速地扭过了头。

阿九还想说点儿什么的时候，魏如风突然站了起来，他狠命推了阿九一把说："海关！"

阿九抬起头，果然有一队海关巡逻队向 3 号库过来了，他下意识地往后退，魏如风却开了仓库的后门，要往里跑。

阿九一把拉住他说："你去哪儿啊？"

"告诉老钟啊！"魏如风着急地说。

"你知道他们卸什么？"阿九的眼睛不自然地瞪圆了。

"废话！"

魏如风甩开他跑了进去，可他没跑两步就被按在了地上。魏如风觉得自己的胳膊快被拧脱臼了，他挣扎着回头看，吴强狠狠拍了他脑袋一下说："老实点儿！急着给谁报信去呀！"

"你轻点儿，疼！"魏如风使劲挣扎起来。

"你还怕疼？我以为你连挨枪子儿都不怕了！"吴强扭得更用力了。

"你凭什么抓我啊！"魏如风不挣扎了，安安静静地趴着说。

"我们前边海关检查，无关人员不许过去！"

"那你抓我干吗啊？我又不过去！"

"你不过去跑什么啊？"

"我听见有人叫我。"魏如风眨眨眼，被按倒的那一瞬间，他忽地害怕起来，他担心自己就这么被抓走了，而夏如画都不知道他去了哪儿。

"别瞎掰，站起来，手抱头，蹲那边去！"吴强气呼呼地揪起魏如风说。

魏如风抱着头，顺墙边蹲了下来。他远远看着那边老钟和叶向荣交涉着什么，几个海关的人检查了东歌所有箱子，和申报单一一比对，过了一会儿，老钟和叶向荣一起走了过来。

"怎么着?"吴强两眼放光地说。

"放他们走,东歌的货没问题。"叶向荣面无表情地说。

"啊?"吴强愣住了,魏如风松了口气,拍拍身上的土,站了起来。

"这检查真是很费时间啊,叶警官!"老钟举起表说,"我们老板肯定要骂我们了,唉,做生意不容易!我们得赶紧回去了!如风,去叫阿九开车来!"

魏如风答应了一声跑走,不一会儿阿九就开了车来,东歌的货已经重新装完了,一行人很快离开了3号库。

吴强愤愤踢了箱子一脚说:"靠!这算怎么回事啊!"

叶向荣抬起头,眼神凌厉地说:"东歌没事,东华有问题!"

这边一上车老钟就黑了脸,他一路上一句话也没说,直接回到东歌去找程豪。魏如风知道东华被扣下,心里惴惴的,连着两天没回家,在东歌等消息。他本来以为自己已经作好了一切坏的准备,然而在吴强按住他的那一刻,他还是害怕了,甚至连身体都有些发抖。魏如风觉得可能以前自己想的都是好的方面,比如可以保护夏如画的安全,可以让她不用为吃的穿的发愁,可以默默陪伴着她直到她离开自己。而坏的方面魏如风从没真切地感受过,这次的经历让他猛然发现,他并没有那么伟大、那么勇敢,他还有很多事没干,没叮嘱夏如画家里的钱放在哪里,没托阿九照顾她替她留好后路,没逼迫程豪让他放过她,没告诉她其实他还在爱她而且一直在爱着她。所以那些天,他一直想,即使被抓,他也要恳求警察,让他把这些事做完。

然而两天之后风平浪静,除了东华那边停顿了,东歌没受一丝影响。

原来那天叶向荣、吴强和海关一起仔细检查了东华贸易公司的货物,确认和报关单有出入,但是不像他们得到的消息那样,东华只是一箱货出了问题,数量也不大,最后只能按逃漏关税处理,罚了一笔款。

不过也不能算没收获,至少摸清了程豪这样连环套的走私模式,如果1149能够更深入地掌握走私的整个过程并拿到准确的交易消息,那么胜利就指日可待了。

但是,这次的事足以引起程豪的警惕。在他宽敞却不明亮的办公室里,程豪作出舍弃东华贸易公司的决断之后,掐灭了烟对老钟说:"查查吧,东歌里面进老鼠了。"

3。
对峙

　　在魏如风辗转反侧的那天，夏如画下了艺术课，在大教室门口被苏彤拉住了，她疑惑地看着这个陌生的女孩。苏彤却是一副早就熟识她的样子，笑了笑说："你好啊，夏如画。"

　　"你是谁？"夏如画打量着眼前个子不高、留着利落短发的女孩说。

　　"我叫苏彤，广告系的。你那个包，就是在咖啡厅和一男的聊天那次，是我捡的！"苏彤把背上的画板往上颠了颠说。

　　"哦，谢谢你！"夏如画礼貌地点了点头说。

　　"一起吃个饭吧，你没事吧？就三食堂怎么样？我请你！"苏彤指着窗外的食堂说。

　　"我……"夏如画有点儿犹豫。

　　"走吧。"苏彤往前走了两步，突然回过头说，"哦，对了，我认识魏如风！"

　　夏如画不自觉地就跟了上去，魏如风的名字从她口中念出来，就像是某种魔咒，蕴含意味深长的语调。

　　两个人在三食堂随便买了几个菜，苏彤很不客气，一边吃自己餐盘里面的，一边夹着夏如画那边的。夏如画抬着眼睛瞟她，苏彤撇着嘴角笑了笑说："你知道三八眼吗？"

　　"什么？"夏如画愣愣地问。

　　"就是朝上挑三下眼角，再朝下快眨八下！"苏彤学着挤眉弄眼，样子很古怪，夏如画"扑哧"一下笑出来，苏彤自己也笑，举着筷子说："你刚才偷看我时就那样，特勾人！"

· 夏如画红了脸，这女孩样子很机灵，不招人讨厌。

"魏如风是你弟弟？"苏彤看似不经意地问。

"嗯……"夏如画不自然地点了点头。

"家里只有你们姐弟俩？"苏彤接着问。

"嗯。"

"那天咖啡厅里那男的是谁啊？"

"一个……朋友。"夏如画想了想说。

"男朋友？"苏彤好奇地问。

"不是，不是！"夏如画忙摇头说，"他是警察！"

"警察？"苏彤瞪大了眼睛，盯着夏如画。

"没什么，他一直挺照顾我的。"夏如画匆忙地回答。

"管你们那片的警察？那他也知道你们不是亲生的吧？"苏彤没追问，低下头说。

夏如画猛地抬起头，苏彤还是那副了然于心的样子："他告诉我了。"

"我们……我们从小就在一起。"夏如画生涩地描述她和魏如风的关系。

"我知道。"苏彤点了点头说，"他没准儿从小就喜欢你了。"

夏如画的筷子"当啷"一声掉在了桌子上，她脸色苍白地凝视着苏彤。苏彤毫不在意地抹抹嘴说："你那么惊讶干什么？我知道时都没你惊讶，你们俩朝夕相处，别告诉我你不知道。"

"我们是姐弟，并不是你想的那样！"夏如画表情严肃，一字一句有些颤抖地说。

"我比你还想你们是姐弟！"苏彤忍不住高声回应。周围桌子的人都朝这边看了过来，夏如画紧紧抿着嘴唇，苏彤四处望了望，扒拉了两口饭说："走吧，出去聊！"

夏如画跟着苏彤走出了食堂，她看着苏彤瘦弱的背影有一种莫名的心慌。她隐隐感觉这个女孩不一样，和林珊、程秀秀都不一样。

出了海大校门，苏彤走到一辆路边小推车旁买了两个冰激凌，她递给夏如画一个，两个人靠在墙边舔着吃。

"还挺好吃的，魏如风要在肯定喜欢！"苏彤啧啧地赞叹说。

"他不爱吃甜食。"夏如画迫不及待地说，她心里甚至有点儿期盼苏彤的失落，从一见面开始，苏彤就站在了主动的一方，让她不知所措。

然而苏彤没露出一点儿失落的表情，她诡异地看着夏如画，仿佛她说出了什么惊天之语。

"你居然这么不了解他！"苏彤轻哼了一声，摇摇头说。

"真的，他从小就不喜欢甜的，我们在一起他从来都不吃！那种豆沙的小粽子，你知道吧？还有蛋糕、点心、巧克力，他只拿给我，给他都不要！"

夏如画终于明白了，她不喜欢苏彤那种明了一切的样子，不喜欢她说起魏如风时那种熟络的语气，这让她觉得心虚。因此她大声地喊，用看上去有些可笑的方式使劲证明苏彤说的是错的。

"哦！原来是因为你。"苏彤一点儿不生气，她笑了笑说，"魏如风还挺痴情的，可惜你一点儿也没领他的情。是因为你喜欢，所以他才说自己不喜欢吧！你们小时候那么穷，这种东西买得起两份吗？"

夏如画呆呆地望着她，手里的冰激凌慢慢融成了水，滴在她的衣服上。她感念魏如风是这样温柔地待她，然而也很伤心，因为最先感受到这种无微不至的竟然是苏彤，而不是她自己。

"你能走吗？我想自己待会儿。"夏如画看着烈日下的地面，幽幽地说。

"有些难受吧？我也挺难受的，替魏如风难受！他那么用心对你，你却只是自顾不暇地专注着眼前这一点点而已。真的太遗憾了，我才认识他几个月，却比你了解他。"苏彤语气冷冷的，她顿了顿，看着夏如画的侧脸说，"也更了解你们之间所谓的感情！"

"我们没你想的那么恶心！相依为命你懂吗！我们是以命换命的感情！"

夏如画愤愤地抬起头和苏彤对视，她的嘴唇上留下了一排齿印，带着些残忍的美感。苏彤毫不退缩，她凑前一步说："你没必要这么生气，反正你也不喜欢他。我说什么了吗？你就这么敏感！是你自己被所谓的恶心吓坏了吧？你害怕他的感情吧？你害怕别人的目光吧？你害怕自己丢掉好女孩、好学生的头衔吧？你用温情脉脉的姐弟关系把你自己好好地包装起来，扔他一个人在外面孤苦伶仃地备受折磨。你到底清不清楚他在干什么？你上学的学费是怎么来的，你有数吗？你知道他平时都是带着刀去东歌的吗？这就是你说的相依为命！是你相依，他为命吧！"

"不是这样的！你不懂！你不可能懂！"

夏如画疯狂地摇着头说，她脑中残破的记忆渐渐连成一片，贫困、死亡、雨夜、血腥、犯罪……她发现自己完全不能向苏彤说明什么，这些定死了的曾经，没法改变，也没法跨越。

"是吗？那你爱他吗？"

苏彤冷静的声音一下子穿透了往昔混乱的时光传到了夏如画的耳朵里，她呆住了，一动不动地靠着围墙，看着苏彤的脸越贴越近，甚至能清楚地看见她薄薄的嘴唇一张一翕："或者说，你敢爱他吗？"

夏如画张了张嘴，然而在苏彤如炬的目光下没能说出一句话。

"我敢，我爱魏如风！"

苏彤的眼睛就像闪光的星星，清亮地映出了夏如画悲伤的表情。两个人面对面站着，中间却仿佛隔了楚河汉界。夏如画慢慢地闭上了眼睛，与苏彤较量，她棋差一着，已有些溃不成军。

"所以我求你救救他！"苏彤紧紧握住夏如画的肩膀，闪着泪光说，"现在只有你说话他才能听进去！不管你找警察还是找谁，我求你带他去认罪！只要他没犯更大的错就总还有希望！你也是这么想的不是吗？学校图书馆里几乎所有关于法律的都有你的借书记录！知道我为什么这么清楚吗？因为那些书我也都借了、都看了！但我不怕！念了这么多年书，当了这么多年好学生，是非黑白你总能分出来吧！你应该明白，如果真的……真的是走私，那么越往后就会判得越重！他还年轻，还来得及。哪怕他判个十几二十年，我也等他！"

夏如画怔怔地看着苏彤黑白分明的眼睛，耳边不停地回旋着她的那句话，阳光迷蒙了她的眼睛，大片大片的金色射入了她的心里，让曾经黑暗的地方明亮了起来。

十几二十年，她也可以等的。

4。
我等你

见过苏彤之后，夏如画走回了家。几个小时的步行，她却没感觉到疲惫，因为一路上她都在想她和魏如风的事。夏如画想起了他们第一次见面，想起了他们从小到大紧握着的手，想起了他破旧的牛仔服，想起了豆沙馅的小粽子，想起了他沉默的背影，想起了他的吻，想起了他眼中的悲伤和绝望……想到最后，苏彤口中清楚迸发的那三个字，回荡在她的胸腔里，直泛起了酸疼的感觉。

站在家门口的那一刻，夏如画想，她是爱着魏如风的。

可能正是这样带着禁锢味道的爱，让夏如画内心煎熬，让魏如风走错了路。但是比起最终失去，夏如画宁愿选择煎熬。魏如风犯了错，但他还可以改，夏如画虔诚地想和他一起接受判罚。不管多久，不管多孤独，不管多无助，她都愿意等。

他们都不是坏人，相爱也不是坏事。他们只有这一点点的梦想，虽然和别人比起来很卑微，但是对他们来说很珍贵。夏如画偷偷期盼着，走过这个复杂的十字路口，也许很久之后，在没人认识的地方，他们能像最初那样携手，一直走到头。

夏如画回到家给叶向荣打了个电话，叶向荣接起的时候有些惊讶，而后很兴奋地说："如画，你是不是发现什么了？"

夏如画吸了口气说："我没发现什么。叶大哥，我想问你个事……"

"什么？你说。"叶向荣揣着胳膊赶走凑过来的吴强，紧贴着电话听筒说。

"如果……"夏如画顿了顿，下定决心，吸了口气说，"如果如风犯错了，你能帮他吗？"

"那要看他肯不肯认错了。"叶向荣沉吟了一会儿说。

"叶大哥，我能让他认错！求求你，你帮帮他好吗？"夏如画有些呜咽地说。

"如画，你别哭，先别着急。你放心，我愿意帮你弟弟，但是……"叶向荣突然停了下来，他和1149专用联络的呼机响了起来，这是局里刚特别给他们配的摩托罗拉汉显，上面清晰地显示着有消息的暗号：新盘给我留一张。

"这样啊如画，我现在有点儿急事，你等我给你打电话，咱们见面好好说，你也好好想想，我一定会帮你，但是我得知道究竟是怎么回事。如果这期间你发现你弟弟有什么不寻常的举动，你就立刻告诉我，好吗？"叶向荣一边看着呼机一边急急地叮嘱说。

"好……谢谢你，叶大哥。"

挂了电话之后，夏如画在他的劝慰下冷静了下来，她想应该先好好问问魏如风，他到底做到什么程度，大概会判几年，然后带着魏如风去找叶向荣自首。这样在叶向荣的帮助下量刑总会轻一些，只要不是死刑，就有希望。

这么想着，夏如画渐渐放松下来，多年来压在她心口的大石被她狠狠推开，虽然这个过程有着不可避免的疼痛和惶恐，但是那片埋在心底的阴暗见到阳光，温暖了起来。

魏如风是凌晨三点多回来的，知道码头的事被摆平后，他松了一大口气，就凑热闹和阿九、小宇他们一起喝了点儿酒，又把程秀秀送回了家，这才回来。

夏如画已经在沙发上睡着了，魏如风轻手轻脚地蹲在她前面，静静地看着她平和的面庞。他经常这么看，对她的每一根睫毛、每一声呼吸都那么熟悉。魏如风没叫醒她，从屋里抱了一条薄毯给她盖上，自己满足地回屋睡了。

第二天清晨，夏如画一睁眼就急匆匆地去魏如风的房间看他，见他好好地睡着，心里踏实下来。夏如画收拾了一下，去厨房做早点，煎小糖饼的时候，她又想起苏彤的话，以前她总是想都不想地煎一份，魏如风从未要求过什么，而她也就理所应当地认为魏如风不喜欢。这种深沉的爱让夏如画心里泛着酸地暖起来，她微笑着摊开一张薄薄的面饼，舀了一大勺糖放在上面。

厨房的声音吵醒了魏如风，他揉揉眼从房间走出来，靠在厨房门口说："姐，你上午没课啊？做什么呢？"

"我今天就下午一堂课。"夏如画调小火，擦了擦手说，"糖饼，马上就好了，你洗脸来吃吧。"

她抬头看见魏如风还裸着上身，脸偷偷一红。魏如风没在意，挠挠头说："做那个多费事啊！我下楼买点儿豆浆吧。"

"不用，还有牛奶呢。"

魏如风点头，洗漱好在餐桌旁坐下，他看着自己面前的一份糖饼，微微有些惊讶。

夏如画端着自己那份出来，魏如风咳嗽了两声，夏如画看他面前的糖饼没怎么动，有些失望地说："怎么了？不好吃？"

魏如风摆摆手，笑了笑说："好吃！"

他接着就夹起来咬了一大口，夏如画眼睛弯了起来。

"姐。"

"嗯？"

"那什么……今晚一起去看这个吧。"魏如风指了指桌子上的报纸说，那是夏如画订的晚报，昨天的，上面的广告画印着海平剧院要在今天上演歌剧《卡门》。

夏如画惊讶地看着他，他们从来没有一起做过像约会一样的事，只是依靠在一起过着普普通通的日子。

魏如风本来是看夏如画兴致好才说的，但见她半天不回答，有点儿黯然也有点儿害臊，说："你那天看这个新闻看得挺入神的，你不是学校话剧团的吗？今天也正好没课，我就说一块儿去看看。没事，你不想去就算了。"

"我去！"夏如画脱口而出，唬得魏如风一愣。

"我和你一起去！"夏如画又补充了一句。

魏如风耳根红了起来，他一边点着头一边把剩下的糖饼一口塞下，噎得咳嗽了几声。看他一副喜上眉梢、难以掩饰的样子，夏如画心里暖暖的。她看着魏如风，想着该怎么跟他说自首的事。她要让魏如风明白，对她夏如画而言，魏如风是独一无二的存在，不管他犯了什么错，她都会在原地等他回来。

就在夏如画刚想开口的时候，魏如风的大哥大响了起来。夏如画愣愣地盯着那个似乎会发出魔音的东西，眼神黯淡下来。铃音越来越急促，魏如风望了她一眼，还是皱着眉接起了。

"喂……嗯……家呢……这就去……新桥，我记着了……几点……好，还是阿九开车吧，我去找滨哥……我知道……好的。"

魏如风的对话很简短，但夏如画仍能听出不寻常，她抬起头，定定地看着魏如风说："什么事？"

"没什么。"魏如风没看她，擦了擦嘴准备往门外走。

"能不去吗？我想和你说点儿事。"夏如画站起来，拦住他说。

"时间不够……"魏如风看了看表说，"姐，我回来你再跟我说吧，很快的！"

夏如画黯然地垂下头，魏如风看她沮丧的样子很不好受，忙抄起桌子上的报纸说："真的很快！你放心，就是和滨哥、阿九去取趟东西。咱不是晚上还要看那什么门吗，我拿着报纸，这上面有电话，我让小宇帮我订票去！"

夏如画听他说只是取东西，稍稍放下了心，说："那你让阿九开车慢点儿。不着急的，那演出好多天呢。"

"嗯！我走了。"

魏如风急匆匆地往门口走，夏如画把他的钱包和钥匙递给他，魏如风打开门，刚迈出一步，夏如画又喊住他。

"哎！"

魏如风回过头看她，夏如画顿了顿说："别太晚，我等你啊！"

"哎！"魏如风脆脆地答应了一声，他笑着朝夏如画挥挥手，一蹦一跳地下了台阶。

夏如画一直看着他跑下楼才关上门，她回到餐桌前开心地吃自己的那份糖饼，可只一口就咳嗽了起来。

太甜了。

甜得她笑着流下了泪。

跑到楼梯口的魏如风却停住了，脸上的笑容渐渐消失不见，他点了根烟，吸了一大口，拨通了阿九的电话。

"你来接我吧，库号老钟在路上会告诉我，快点儿，很急！"

5。
勇气

夏如画中午就去了学校，她找到广告系，把苏彤叫了出来。

苏彤仍旧是一身休闲的打扮，背着她脏兮兮的画板。

"怎么，又丢包了？"苏彤调笑着说。

夏如画脸一红，摇了摇头说："没有，一起吃饭吧，今天我请你！"

苏彤有点儿诧异地看了她一眼，点了点头说："成，走吧！"

两个人又一起去了三食堂，打了简单的饭菜，苏彤仍旧不客气地夹夏如画盘子里的菜。夏如画看着她说："我想好了，我要带如风去自首。"

"你早就应该这么做了！没准儿他还可以少判点儿。你跟他说了吗？他怎么说？"苏彤不再动筷，郑重地问。

"还没有，我今晚或者明天就跟他说。"夏如画顿了顿，"另外，我还想和你说件事……"

"你说。"苏彤想，魏如风应该不会拒绝夏如画的要求，松了口气，又去夹夏如画那边的菜。

"我……我喜欢他。"夏如画的脸很红，声音因为紧张而有些颤抖，但是很坚定，"我会陪着他的。"

苏彤的筷子在空中顿住了，她愣了愣，随即夹起一块菜花说："是不是我跟你说的话刺激你了？你别勉强，亲情和爱情虽然就差一个字，但有本质的区别。"

"是的，你是刺激我了。但是我对他的感情，不是从你出现才开始的。"

夏如画静静地说。

"你承担得了吗？"苏彤放下筷子，猛地靠在座椅上说。

"其实我也想问你这句话，你承担得了吗？"

"我当然……"

苏彤的话还没说完就被夏如画打断了，她真诚地看着苏彤的眼睛说："爱他不是件难事，但是再爱也要能一起过日子才行。如果如风真的被判刑，那么不仅仅是等待。你现在还在念大学，你还有很长的路要走，很丰富的未来可选，你愿意背负着另一个人的罪度过那些年吗？你和我们不一样，你还有家人，你的家人愿意让你和一个少年犯在一起？哪天他出来了，他也不可能拥有现在的一切，要身无分文地从零开始，你能想象没住的地方、没吃的东西的那种恐惧和苦恼吗？苏彤，爱一个人就要把他整个儿地融入自己的生命中，不管好的坏的都要接纳，而这个过程可不只是美好，很可能痛苦万分。我是和如风一起长大的，我们曾经只能凑在一起吃一顿饭，我们都被人欺负过，我高中时的课桌上刻满了'乱伦'什么的字眼，他辍学在码头干活供我念书还被人克扣工钱。在这个世界上，我们太卑微了。所以我确实怕过，我怕被别人骂无耻，我怕我的旧伤被揭开，我怕如风离开我……即使我知道他做了那些事，但还是不敢面对。我现在和你讲这些，仍然很害怕，我的脚一直在抖呢，但是我不能不说。因为如风对我而言重要过一切，我不能因为自己而去禁锢住他，让他难受。也不能让他因为做错一件事，就把一辈子搭进去。我想会有人帮我们的，我们都要得不多。作这个决定真的要谢谢你，正是你的话提醒了我，让我勇敢了一些。苏彤，我和他就像是长在一起的两棵树，根都是连在一起的。他犯了罪，但我还是爱他，我们都破了禁忌，也许这是难以理解的，也许我们都走错了路，也许以后我们没有回头的机会了，但是，和他在一起，我愿意。"

苏彤安静地听完长长的一段话，夏如画的语气一直很平静，她明明可以插话，却说不出一个字来，自己想的辩解在时光荏苒的现实中显得那么无力，以至于后来她只能愣愣地看着夏如画，看着她和魏如风带着同样凛然决绝的神色，用相似的带着哀悼味道的口吻，向自己表示坚贞。

"不好意思，说了这么多，我总觉得应该告诉你一声。"夏如画低头笑了笑说。

"哦，哦，我知道了。"苏彤随便扒了两口饭说。

"下午还有课，那我就先走了。"夏如画看了看表说。

"嗯，拜拜！"苏彤茫然地挥挥手。

"拜拜！"

夏如画站起身走出了食堂，苏彤注视她慢慢走出自己的视野，她突然想起魏如风说过的话，她现在迈步的方向，也许就是去往魏如风想要的那种生活。而苏彤，却找不到自己的立场了。

和苏彤说完那些话，夏如画觉得轻松了些，上课时她想着晚上要和魏如风一起出去，心里既紧张又兴奋。陆元那堂课来晚了，他一边冲老师点头哈腰，一边跑到夏如画旁边坐下。

夏如画看他满头大汗，小声问："干什么去了？"

"买票！"陆元掩饰不住喜色地说，"晚上海平剧院要演《卡门》！今天是首场，票特别不好弄！我排了一上午队才买来了。怎么样？你去不去？"

夏如画看着他手里的票，笑着摇了摇头说："我有票了，你和别人去吧。"

"啊？你哪儿来的票啊？"陆元诧异地说。

"我弟弟帮我买的，今晚我们俩一起去。"夏如画的脸上不自觉洋溢着笑容，眼睛弯弯地说，"你不是很早以前就惦记着去看吗？咱们团里好多人都想去，你找别人陪你吧！"

"哦，好吧。"陆元有点儿勉强地笑了笑说，他的确很早就计划要去了，却是盼着和夏如画一起去的，而夏如画显然没发现他的小心思。

一下课，夏如画就急匆匆地收拾东西准备回去，陆元看她着急的样子，笑了笑说："怎么那么兴奋啊？不会是打着你弟弟的幌子去跟别人约会吧？小心被我撞破啊！"

"去你的！"夏如画心里扑通扑通的，红着脸说，"我想回家一趟，把这些课本放下，怕赶不及。"

"你回家啊？那正好，你带个小录音机吧。我也带一个，也不知道咱们谁的位置好，就都录一份吧，团里活动时作参考。"陆元说。

"行，那我先走了，晚上没准还能遇到呢！"夏如画点了点头说。

"嗯，路上慢点儿！"

陆元一直看着夏如画走出教室，而夏如画的脚步并未为他停留一下，他折起手里的两张票，默默地塞在了裤兜里。

夏如画很早就到海平剧院了，比演出时间足足提前了一个小时。她有种说不出的期盼和兴奋，一向平静的心也浮躁起来。

然而，天渐渐黑了，广场大钟的指针一点点地向七点整靠近，剧院里传出了入场广播的声音。夏如画的腿都站酸了，可魏如风始终不见踪影。

她隐隐地有一种不安，就像是什么东西正悄悄地向她走过来，她明明听到了脚步声，但又看不清那究竟是什么……

6。
纸条

魏如风从家里出来和滨哥会合，阿九也很快就到了。路上老钟打了电话，东西在新桥的一家工厂里，还是上回的货，那次因为海关检查而没按时间入库，买家要得急，不能再拖下去，很费周折地运到了市郊，今天就是买家提货来了。

三个人在车上也不怎么说话，具体的事谁都知道不要多嘴。魏如风拿出早上看的报纸，给小宇拨了个电话，告诉他时间地点，让他帮忙订晚上的戏票。

滨哥听他打完电话，笑了笑说："没看出来啊，你还挺有艺术细胞的。"

"是我姐要看，我陪她去。"魏如风脸有点儿红，侧过脸说。

"你跟你姐感情真不错。"滨哥伸出手说，"给我看看，什么演出啊？"

"他和他姐好着呢！有点儿什么都往家拿，不知道的还以为他跟他姐谈恋爱呢，绝对比对程秀秀还上心！"阿九调侃着说。

"滚蛋！"

魏如风拿着报纸拍了下阿九的脑袋，扭身递给滨哥，一张小的便笺纸从报纸中间掉了出来。

魏如风捡起来，滨哥接过报纸问："什么啊？"

"没什么，我姐记的电话。"魏如风将它团成一团，塞到裤兜里。

那的确是一张记着电话的纸，却不是夏如画记的。魏如风曾经也有一张，但他早就扔进了医院的垃圾桶里。那是叶向荣写的，纸上是他刚劲的字体，清晰地写着他的名字和电话号码。

车飞速地开着，滨哥翻报纸发出"沙沙"的声音，魏如风眼神空洞地看着前面。看见那张纸条的时候，他觉得自己的心仿佛猛地停止了跳动，连呼吸都困难了。他曾经那么担心被抓走，在害怕牢狱之灾前，他先害怕的是夏如画该怎么办，突然离开自己能不能好好地过下去。然而，这张笺条告诉他，夏如画不害怕他离开，而是在想怎么让他离开，她和那个警察竟然一直都在联系，而自己什么都不知道。

魏如风的额头靠在车窗上，冰凉的触觉一点点渗入他的身体里，他想过自己的爱沉重，也能感受到夏如画被什么束缚着。但他没想过，原来最初的爱到最后只成为她想甩开的包袱，这些年的倔强和不屈、努力和艰苦，在这一瞬间消逝如风，了无痕迹。

如风，魏如风苦涩地笑了笑，她亲自取的名字，果然是适合他的名字。

三个人到了新桥，滨哥先绕着工厂仓库转了一圈，再次确定几个门的位置。阿九闲得无聊，在大门口逗狼狗玩。魏如风坐在地上，一边抽烟一边等老钟电话。

滨哥绕回来也靠着他坐下，跟他对了个火。电话响起来，魏如风接起，是小宇的声音，那边很乱。小宇大声喊着："风哥！我买到了啊！哎哟，都是人，这票还挺抢手的！你怎么爱看这玩意儿啊！"

"行，多谢了，你去我屋里，抽屉里有几条烟，拿走抽去吧。"魏如风说，他其实一点儿都不爱看这些歌剧话剧，他欣赏不来，但是因为夏如画，他如此迫切地向往。如今他知道这没有丝毫意义，本来憋屈得想跟小宇大吼"把票撕了吧"，可他还是没能做到。即使心化成灰烬，里面也还是掩埋着夏如画的名字。

魏如风挂上电话，滨哥问："怎么着？"

"没事，是小宇。"魏如风把电话立在地上，蹲在一旁看着这个黑色的高级机器发呆。

"票买到了？"滨哥问。

"嗯。"魏如风点点头。

"成，你跟着你姐还能受点儿艺术熏陶。"滨哥笑着打趣。

"熏什么啊，我这样的顶多也就被熏黑了。"魏如风自嘲地说。

"那么瞧不起自己？你以后有没有什么打算？就在东歌混下去了？"滨哥掐灭烟头说。

"也就这样吧，过一天是一天。"魏如风灰心地说，在看到那张纸条前，他还抱着微小的希望，而如今他已经没有盼头了，"滨哥你呢？以后会到公司里去吧？"

"还不知道呢，有老钟在，我够呛。"滨哥摇了摇头说，"其实我也没想那么远，要是以后清闲下来，我就想用攒的钱开个小饭馆，我姐很会烧菜。"

滨哥仰起头，很温柔地笑了。魏如风看着他，突然觉得这个一向冷静甚至冷酷的人有着特别柔和的一面，姐姐这个称呼让他心里麻酥酥的，他有些向往地说："你也有姐姐啊？"

"嗯，有。"滨哥垂下眼睛，淡淡地说。

"那我能去蹭吃蹭喝吗？"魏如风咧着嘴嬉笑着说。

"行啊，来吧，我发你优惠券，给你常年打八八折。不过你得有命来啊，要是中间哪次翘了辫子，我可就管不着了。"

滨哥的玩笑话却让魏如风沉默了下来，两个人好像都想起了心事。魏如风捡起一根树枝，在地上画了个叉说："滨哥，你说咱们算什么啊？保镖？打手？从犯？狗腿子？亡命徒？"

"你说呢？你为什么亡命呢？"滨哥掐灭了烟说。

突然，大门口的狼狗狂吠起来。阿九那边传来了呼喊的声音，似乎出了什么事。魏如风站起来，往前走了几步，回头说："你为你的小餐馆，你的姐姐，所以你不该亡命。我现在没什么可为的了，所以就亡命了。滨哥，你等着电话吧，我到前面看看去。"

逆光的光晕在魏如风冷峻的轮廓上镶了一层金边，他跑跳的身姿有着少年特有的单薄。魏如风一步步地离开了滨哥的视线，影子被渐渐拉长。滨哥突然觉得，在那光与影产生的独特黑暗里，含着一种欲说还休的悲伤。

魏如风跑过去才看见，阿九是和几个年轻男子在争执着，其中有一个他还认识，是黄毛。当初魏如风到东歌之后，黄毛一直因为阿福的事对他耿耿于怀，后来魏如风渐渐出头，黄毛越发觉得在东歌干不下去了。那时候张青龙刚起步，招了不少人，黄毛就去他那边了。后来程豪和张青龙因为占库的事一直暗中对峙，黄毛也没再出现在他们面前，今天在这里碰到，自然而然地就有了点儿火药味。

魏如风拉住正在争执的阿九说："怎么回事啊？"

"他们非要从这儿过去！"阿九愤愤地顶着门说。

原来在工厂后身恰巧有一个地下赌场，黄毛他们常来这边赌赌小钱，就从工厂里穿过去。今天正巧来这里碰上阿九，他们都知道两边老板不是一路，就上来随便挑衅了几句。本来呛两声也就算了，可是黄毛见到魏如风心里就不忿起来，靠前一步说："咱们也都算是熟人，我们就从你们这穿一下，也不是大不了的事，你们不至于这么不给面子吧！"

魏如风伸出手拦住他说："确实不方便，对不起了。"

"你成心是不是？我就不信了，今天老子还就非得从这儿走了！"黄毛瞪着眼推开他说。

魏如风一把扭住他的手腕说："你别逼我动手。"

"靠，我就站这儿让你动！怎么着，你也想砍我几刀？你别以为我不知道你干的那点儿事！阿福怎么就死了？你姐没给他上坟去？好歹也是第一个男人……"

黄毛话还没说完，就被魏如风猛地撂倒，他红着眼坐在黄毛身上，一拳拳揍在他脸上，怒吼着："我他妈宰了你！"

黄毛那边的人没想到魏如风竟会突然下狠手，呼地围上来和他们打成一团。阿九一个人招架不住这么多人，朝魏如风喊："你别玩命，今天有要紧事呢！"

可魏如风好像没听见一样，围攻他的人最多。阿九眼看着有人抄起铁杆抡在他后背上，可他就像一点儿都感觉不到一样，不管旁边拳打脚踢，只是痛击黄毛，而黄毛早已说不出话，脸高高地红肿起来，看着只剩了半条命。

就在这边混乱不堪的时候，滨哥和厂里的几个工人一起跑了过来。阿九忙求救道："快点儿！撑不住啦！"

"跑！"滨哥跑过来，二话不说就拉起了坐在黄毛身上的魏如风。

魏如风一边挣扎，一边还伸脚踹向黄毛。阿九甩开身边的人凑到滨哥身旁说："跑什么啊？你别理他，他疯了，今天这事非让他搞砸了不可！"

"都他妈快跑！老钟来消息了！这地儿被警察盯上了！"滨哥拽住魏如风说。

魏如风愣了下来，阿九大骂一声，和滨哥一起左右架起魏如风跑到了车上。阿九发动车子说："到底怎么回事？那几箱货怎么办？"

"具体的不知道，是老钟他们说的，货只能不要了，咱们的人在那里会被牵扯上的！"滨哥皱着眉说。

"那咱们现在怎么办？"阿九慌乱地说。

"现在不能回东歌。"滨哥看了眼魏如风说，"喂！你没事吧？要不要去医院？"

魏如风脸色苍白地看着窗外说："没事，你帮我给小宇拨个电话，让他把票给我，然后把我送到海平剧院吧。"

"你还惦记着这事？你有没有脑子啊？"阿九从后视镜狠狠瞪向魏如风说。

"快点儿，要晚了。"魏如风看了看表，淡淡地说。

"得了，送他去吧，暂时应该也没什么事。"滨哥拉过魏如风的胳膊，魏如风朝后一躲，滨哥按住他说："你胳膊的伤，弄一下吧。"

魏如风的上臂被拉开了一个很长的血口，他粗粗擦了擦血迹就用衣服遮住了。他们绕着海平转了半圈，取了票开到海平剧院。魏如风抹了抹脸，费力地推开车门，有些踉跄地走了下去，他远远地看见夏如画孤独地站在高高的台阶上，焦急地左顾右盼。看见他的一刹那，夏如画笑了起来，向他使劲挥着手。

下车的时候，一个纸团从魏如风的裤兜里掉在了座椅上。滨哥捡起来，疑惑地打开，里面的字迹让他脸色一变，他看了眼前面开车的阿九，不动声色地把纸团塞到了自己兜里。

7。
谢幕

　　夏如画看到魏如风，心里总算踏实了下来，她高兴地迎上去，然而魏如风不像她那么愉悦，他紧皱着眉，看上去心事重重。

　　"对不起，晚了点儿。"魏如风掏出票说。

　　"没事，刚开始，你干什么去了？怎么身上弄这么多土？"夏如画拍了拍他衣服说。

　　"送东西，蹭上了点儿吧。"魏如风下意识地躲开夏如画的手，走在了前面。夏如画空举着胳膊，低落了下来。她感觉出魏如风因为某些事而躲着她，而那些事恰恰是最让她担心的。

　　入场时灯已经熄了，魏如风借着舞台上的光勉强摸索座位，有一个人不小心碰了他，他差点儿和人家吵了起来。夏如画忙拉着他走开，向周围的人小声道歉。坐下的时候夏如画渐渐感觉，她所期盼的夜晚一定发生了点儿什么，因此远非如她所愿般美妙。她侧过脸偷偷看着紧皱眉头、略显暴躁的魏如风，有点儿陌生也有点儿失望，她破壳而出的爱情遭到了冷遇。

　　音乐响起，《斗牛士之歌》雄壮而优美，舞台色调艳丽，卡门轻含烟卷，风情万种，一笑一动之间分外自信迷人。

　　"一定要小心，你会爱上我的！"

　　卡门的野性与妩媚深深地诱惑了俊美的军官唐霍塞，那顾盼的神采让夏如画想起了苏彤。她那宣誓一样的告白刺在了夏如画的心上，她隐隐害怕魏如风会因此动容，同时又有点儿嫉妒这样的大胆和热情。她想她自己永远不会像苏彤那样大声说爱，她的那份爱已经层层掩埋于岁月之中，和着生长的骨血，化作了一生一世的沉默陪伴。

　　"爱情是只自由鸟，不被任何所束缚！你不爱我，我也要爱你，我爱上你，你可要当心。当你以为把鸟儿抓牢，它拍拍翅膀又飞走了，爱情离开你，等也等不到，可你不等它，它又回来了。你想抓住它，它就逃避，你想回避它，它又来惹你！"

"卡门不能欺骗自己，她不爱你了，不爱了！"

"哦，我的卡门！让我来挽救你，挽救我自己！"

"为什么你还想要这颗心？它早已不属于你！"

"可是，我爱你！我愿做一切你喜欢的事情，只要你不离开我。亲爱的卡门，请你想想我们相爱的岁月！"

"不！我不会回到你身边了！"

"我最后问你一句：魔鬼，你不跟我去吗？"

"不，永远不！你要么让我死，要么给我自由！"

"是我！是我杀了我最爱的人！"唐霍塞高举被爱人的鲜血染红的双手，仰天长啸。

哈巴涅拉舞曲更加衬托出卡门的美丽，灼热奔放的爱倍显妖娆。夏如画想起艺术课上曾讲过的《卡门》最精彩的评语：悲伤与爱情，是永恒的老师。果然，爱化为匕首，卡门最终死在唐霍塞的剑下。

华丽的舞台和夺目的色彩迷蒙了她的双眼，隐隐泪光的折射让一切都模糊起来。夏如画深刻地感受着卡门的不屈，她与魏如风同样挣扎在追求爱的这条路上，她此刻也挥舞着一把剑，只不过她不是刺向魏如风的胸口，而是斩断纠缠他们的意乱情迷和罪恶阴霾。

夏如画看着魏如风，他看到一半的时候就睡着了，眼睛垂下来，手搭在座椅扶手上，整个人看上去比醒着时柔和很多。夏如画轻轻地覆住他的手背，这只手早在一见面时就紧紧握住了，她永远不会放开。她不想以后哀叹太晚，埋怨错过，她不想把魏如风交给任何一个人。不管他将迎来什么样的判罚，她都要陪着他一直到最后。

歌剧落幕时，魏如风被电话吵醒了，他怔怔地愣了好一会儿，才慢慢地接起电话。

"喂？"

"我，我想和你谈谈。"

电话是苏彤打来的，和夏如画见面后她心里一直很乱，她相信魏如风是会去自首的，也相信夏如画是会一直等他的，只是她不想就此成为局外人，不想从报纸或者从其他的什么地方知道这个消息。她要和魏如风见一面，要听他亲口允诺，要看他亲自走出东歌，那么即使以后再也不见，她也能心安。

魏如风顿了顿，有些感慨地说："你还真会挑时候，好啊，你找我来吧，我在海平剧院里呢，正好离你家近。"

"嗯，那我这就去，一会儿见。"苏彤松了口气，挂上了电话。

夏如画一直在旁边看着魏如风，魏如风冲她晃了晃手机，低声说："姐，我还有些事。"

"什么事？晚上回来吗？"夏如画担心地问。

"放心，只是见个朋友，晚上……不好说。"魏如风斜靠在座位上说。

"回来吧！我还有事跟你说呢！"夏如画说。

"行。"魏如风点点头。

"那我先走了！你可一定要回来啊！"夏如画背起包说。

"哎。"

夏如画随着人群走了出去，走出大门前，她看了魏如风一眼，她期盼魏如风也能回望她一眼，可是他没有。在渐渐空下来的剧院里，他一动不动地坐在那里，若隐若现的，不太真切。

苏彤到剧院门口时，人还没有散尽，她等了会儿不见魏如风出来，就混在人流中进到了剧院里。

魏如风仍然坐在那个座位上，他身边的人都走光了，远远地能看见他的一点儿背影。苏彤走到他面前，拍了他一下说："嘿！你谱儿还挺大的啊！"

魏如风挑起眼睛看了她一眼说："还行吧。"

"怎么跑这儿来了？"

"陪她看什么门。"

"哦，是《卡门》！"苏彤微微有些黯然，"没文化还充高雅！快起来吧，人家要关门了。"

后面的舞台大幕"刷"地拉上了，暗下来的灯光在魏如风脸上投下了小小的阴影，如同在他眼底描上黯淡的青色，他低声说："拉我一把。"

"啊？"

苏彤疑惑地低头看他，而魏如风没再回答她的问题，他慢慢地向前倾倒，就像失了所有力气一般。

"喂，你怎么回事！"

苏彤连忙扶住他，接触的瞬间她觉得手心里湿漉漉的，在昏暗的灯光下，她张开手看，那里分明是一片触目惊心的红色血迹。

"如风，你怎么流血了！你到底怎么了？"苏彤大惊失色。

"嚷什么嚷……下午出了点儿事……"魏如风呻吟着说，"扶我起来。"

"下午？下午出事你挺到现在？魏如风你不要命了？"

"呵呵……我也算陪她到最后了……"

苏彤眼睛红了起来，她慌乱地扶住魏如风，然而他们刚缓缓站起来，她就愣住了。魏如风的座椅靠背已经被染成一片血红，苏彤颤抖着搂住他的后背，整件衬衫的后半边都被血浸湿了。

其实那天下午，魏如风挨得最狠一下不是在胳膊，而是在侧肋。黄毛那帮人用一根尖铁杆直接削在了他身上，魏如风清晰听见自己的肋骨发出"咔嚓"一声。除了内伤，外面的伤口一直没有处理，他下车的时候就裂开了，然而看着夏如画兴奋的面庞，他想无论如何也要陪她看完，即使这可能是他生命中的最后一场戏。

苏彤因魏如风疯狂的爱而近乎崩溃了，她想不出怎么还会有这样的人，这么不把自己当回事。这种超越了死亡界限的执着令她绝望，她抹抹眼泪说："疯子！你这个疯子！你就一条命！什么都没有命要紧！你怎么能为了她连命都不要了呢！"

"命要紧，所以我让给她啊，我活着让她难受，难受得她都偷偷找警察了……其实不用这样的，她跟我说一声，我还会困住她吗……你说我这么死了，她会不会记我一辈子？会吧……可其实我不想这样，我也不想死，我想好好地活着……你还记得吗？我说我想过的日子你不知道……我原本想，再挣点儿钱就不干了，带她去一个很远的地方……很远很远……天气要好，不会下雨……最好是个小村子，只有十来人，谁也不认识我们……嗯，只要一间房就可以，种些花，养些小鸡、小鸭……像小时候那样，两个人永远在一起，到老到死……就这么……这么过一辈子……"

缓慢失血的感觉就像慢慢坠入冰窖，忍到终场已经超过了魏如风的极限，他觉得眼前的光渐渐消失，两眼一黑就瘫了下去。苏彤支撑不住，和他一起摔倒在地。她望着魏如风尚余一丝浅笑的苍白的脸，大声哭叫着："魏

如风，你醒醒！你坚持一下！睁眼！睁睁眼！来人啊！有没有人！救命！救
救他啊！"

剧院里的工作人员围了上来，他们打电话叫来急救，七手八脚地把魏如
风抬上了救护车。

苏彤一路上都紧攥着魏如风的手，他的生命体征十分微弱，手心冰凉，
能分明地感到生命力正一点点地流失。

到医院魏如风被搬下救护车时，他的嗓子咕噜了一声，没人听见他说了
什么。只有苏彤觉得他是在呼唤夏如画的名字，因为他的眼角落下了一滴泪。

夜里的海风寒冷入骨，吹透了苏彤的心，她跌坐在医院门前，放声大哭。

8。
转折

夏如画从剧院出来的时候碰见了陆元，他正站在大门口东张西望，夏如
画走过去拍了下他的肩膀说："嘿！干什么呢？"

"如画！"陆元惊喜地看着她说，"我还想能不能见到你呢！你弟呢？"

"哦，他还有事，我自己回去。"夏如画指了指里面说。

"那我送你回家吧！"陆元高兴地说。

"不用麻烦了，这儿有车直接到我们家门口的。"夏如画说。

"没关系，反正我也没什么事！正好路上还聊聊天！对了，你录了吗？"
陆元挥了挥手里的小录音机说。

"呀，我还没关呢！"夏如画掏出录音机按下了停止键说，"我来晚了，
开始那部分没录到，后面的全了。"

"怎么来晚了？"陆元疑惑地问。

"嗯……我弟弟有点儿事。"夏如画神色黯然。

"他年纪不大，还挺忙的。没事，我录全了，这磁带你先拿走听去！这回的《卡门》真是太棒了！原汁原味！最后唐霍塞和卡门的表演太精彩了，你还记得唐霍塞举起匕首的那段唱词吗？啧啧，真是绝望的爱啊！不过如果是我的话，我一定不会举起剑。"

陆元一路上都在兴致盎然地评价演出，夏如画一边听一边想今天魏如风有些反常的举动，有些心不在焉地应着："为什么呢？"

"我不可能用罪恶去成全自己的爱。"陆元笑着说。

夏如画有点儿恍惚，淡淡地说："罪恶的爱，太不幸了。"

"是啊，所以这是悲剧，以死告终。"陆元点点头，"如果爱，就应该清清白白的。"

"嗯，总会清清白白的。"夏如画仰头一笑。

那时候，陆元并不明白夏如画的意思，甚至觉得有些不知所谓，但是那一刻她的笑容干净而虔诚，他在心里一直铭记了下来。

回到家夏如画怎么也坐不住，她的右眼皮跳得厉害，这让她越来越觉得魏如风好像是瞒着她做了点儿什么事。

她沉不住气，给叶向荣打了电话，那张记电话的纸条不见了，她凭着记忆拨了几遍，但一直没人接听。夏如画想也许是她记错了，而这时间也太晚，叶向荣估计早就不在公安局了。

午夜时分，魏如风仍旧没有回来，夏如画闷闷地打开电视，一边看一边等他。就在她快瞌睡的时候，电视播放的海平晚间新闻让她猛地惊醒过来。播音员徐缓的声音诉说着下午在新桥工厂发生的一起聚众斗殴事件，镜头中的脸孔让她身上的汗毛都乍了起来。那是黄毛，她一辈子都不会忘了的脸。

被打脱形的黄毛和他身上的斑斑血迹让夏如画胆战心惊，看着黄毛奄奄一息的样子，又想到魏如风晚上莫名的烦躁，夏如画的心肺仿佛纠结在了一起。她慌忙站起身，跑到电话旁给叶向荣拨去，可是听筒那边只传来枯燥的"嘟嘟"声，始终没有人接听……

夏如画给叶向荣打电话的时候，刑警大队和缉私大队正聚在会议室开会。下午他们依照线报很快就赶到了现场，魏如风他们已经开车跑了，青龙那伙人拖着受伤的黄毛没跑远，被扣了下来。可是还没进工厂，叶向荣就接到 1149 的紧急消息，让他们别查！

　　这个局面让所有人都有些摸不着头脑，计划安排了这么久，如今目标就在眼前却又说不能动，谁都不知道到底发生了什么。最后叶向荣请示了侯队长，出于对 1149 安全的考虑，这次行动决定暂停，所有人收队回去。叶向荣留了个心眼儿，把黄毛那帮人也带了回去。

　　一路上刑警队和缉私队的人都没什么好脸色，回到局里叶向荣就钻到了侯队长那里。侯队长说 1149 不是那么轻率的人，一定还会有消息。两人正对着抽烟，吴强就走了进来，把刚审完黄毛那伙的笔录往桌上一扔说："是魏如风下的手！可真够狠的，那黄毛也就还剩一口气，现在还抢救着呢！有魏如风就说明东歌的人下午肯定去那个工厂了，那里面绝对有问题！咱们这么撤回来太窝囊了！"

　　"他干的？"叶向荣皱着眉说，"这小子也忒玩命了！"

　　"咱们有卧底在里面，宁可保守也不能冒进。"侯队严肃地说。

　　"这卧底消息准不准啊？那 LSD（一种致幻剂）和枪支弹药的消息会不会就是程豪放的烟幕弹？咱们要这么放他一马又一马，还有破案那天吗？"吴强沮丧地说。

　　"我相信 1149 的判断力，程豪肯定还是在捣鬼！"叶向荣攥紧了拳头。

　　屋里安静了下来，突然，叶向荣和 1149 联系的专用呼机响了，侯队和吴强都精神一振。叶向荣忙看传呼消息，念道："老钟说不是新盘。"

　　"什么意思？"吴强焦急地问。

　　"妈的，工厂里那批货还不是正品！ 1149 是怕咱们一无所获又打草惊蛇！咱们肯定也被程豪那边盯上了！估计是一出动，那边就得到了消息，所以他们撤得这么快！ 1149 的处境很危险，那老狐狸闻到味儿了！"叶向荣愤愤地说。

　　"那怎么办？要不就先把那批货起了吧！"吴强一拍桌子。

　　"不行！"侯队长喝住了他，"走私毒品这个线索太重要了，不能随便掐断！幸亏你们没贸然进工厂，现阶段 1149 应该还不会有什么事，咱们要压下这次行动的所有消息，给程豪造成假象，让他放松警惕！吴强，你去通知电视台协助咱们，今天下午的行动就说是严打，逮捕聚众斗殴的流氓团伙，算在你们带回来的那帮小子头上，别让他们出去漏风声。另外，让盯工厂那边的所有的点都撤下来。向荣，你跟这个案子跟得太紧了，已经引起了程豪的注意，今天起你专门负责和 1149 联系，其他的外勤一律交给三组他们做！晚上开会，详细研究下一步的行动！"

"是！"叶向荣和吴强一起敬了个礼。

从侯队长那里出来，叶向荣就急匆匆地往三组跑。吴强喊住他说："老叶，魏如风那边怎么处理？你不是说，夏如画现在已经决心让魏如风和咱们合作了吗？怎么现在还这样啊？这事到底行不行啊？"

"我看魏如风是鬼迷心窍了！他肯定没听他姐的！现在先别动他，回头一块儿算账！"叶向荣想起夏如画带着哭腔的恳求，叹了口气说。

夏如画给叶向荣拨了一个小时的电话，终于疲惫地放下了听筒，她刚靠在沙发上，电话铃就响了起来。平时清脆的声音在午夜里显得十分尖厉，夏如画的心狂跳了起来，她忙乱地拿起电话，碰翻了桌子上的茶杯。而电话里的声音差点儿让她失去了呼吸，苏彤完全嘶哑的吼声清晰地从听筒中传了出来：

"你他妈的怎么老占线！快来市医院！如风不行了！他不行了！"

9。
放弃

夏如画是光着脚到医院的，她什么都顾不上了，两只拖鞋在路上早跑掉了。

手术室的门前已经围了不少人，苏彤联系不上夏如画时用魏如风的手机给小宇打了电话。小宇吓得不轻，又找不到滨哥、阿九，干脆把程秀秀叫来了。程秀秀听说因为钱不够所以还没开始抢救，差点儿把医院急救室给砸了。她交押金时几乎是把钱扔过去的，冲大夫喊如果救不活魏如风，他就等着陪葬。

夏如画被护士搀进来，她的双脚早就磨破了，走在水泥地上一步一个暗红色的脚印。可夏如画仿佛没觉得疼，见到苏彤马上甩开护士跑了过去，紧紧抓住她说："如风呢？他在哪儿？他在哪儿！"

"里边……抢救呢。"苏彤呆滞地指指手术室，送来医院的时候，魏如风已经几乎没有心跳了。

"怎么回事……他怎么了……晚上还好好的……"夏如画眼神涣散地喃喃自语。

苏彤咬紧嘴唇，她猛地站起来抽了夏如画一个耳光说："好？他今天下午就受伤了！只是为了陪着你到最后，他硬挺到晚上！你到底懂不懂他心里的感受？你能不能别让他为你这么玩命？能不能别给他希望又让他绝望？你以为是别人害了他吗？他这根本就是自杀！因为他觉得他活着让你痛苦、让你困扰，所以他宁愿去死！夏如画，你到底是要救他还是害他？到底是爱他还是要他的命？"

夏如画的脸印上了一个血红的掌印，那是魏如风的血，虽然早已冷却，但她还是觉得烫，一直烫到了她的心。她抬眼越过苏彤，愣愣地看着那扇紧闭的门。她想过很多，但从没想过魏如风有承受不住，以致放弃生命的一天。她还没来得及带他自首，还没来得及给他讲阿尔卑斯山，甚至还没来得及说爱他呢。

夏如画的泪水和着魏如风的血蜿蜒流下，她回想起从剧院走出来时魏如风似有似无的微笑，她让他一定回来，他笑着说"哎"……原来他骗了人，在那时他已经疲惫怠地放手了。

程秀秀看着夏如画脸上的血痕，抬手替她抹了去。她还清楚地记得魏如风对她说女孩子不要见血，从那以后她再也没有惹过事打过架，可是如今这个不让她见血的人自己躺在血泊里，甚至不知道以后还能不能开口说话。而这些都只是为了眼前这个女人，这个和他明明是姐弟关系，却被他隐秘爱着的女人。她渐渐红了眼睛，手移到夏如画的颈间，越缩越紧。夏如画也不挣扎，仿佛想借着程秀秀的手，就这么死了。

小宇眼看苗头不对，忙死命拉开程秀秀，夏如画跌坐在地上，程秀秀揪着小宇歇斯底里地大叫着："他能不能醒？能不能活过来啊！到底怎么回事！

是谁干的？你告诉我是谁干的！"

"我也不知道……听说好像是警察去了，滨哥和九哥一直没回东歌……"小宇茫然地说。

"能是谁干的！就是你爸！是东歌！你们全算上！是你们一个个地逼他走到这一步！如果没有你们，他和夏如画早安心地过日子了！你不是喜欢他吗？我也喜欢！但我知道他要什么不要什么，他不要我，我就离开！你要是真喜欢他，就放他一条生路！"

"你懂什么！"程秀秀喝住苏彤，"你以为他为什么在东歌干？你以为光魏如风和夏如画两个爱得死去活来就能过日子吗？他不干这个？不干这个他们没准儿早饿死了！你连见都不会见到他，更轮不上现在对我大喊大叫！"

苏彤被她说得瞠目结舌，魏如风只不过要份工作活下去，却因此越陷越深。然而无论多么纯美的爱情，也禁不起罪恶的荼毒。某日某时，一旦作出选择，就不能回头。

"我们宁愿饿死。"坐在地上的夏如画突然冷冷地说，"我和他的事，你们谁也管不着。"

程秀秀和苏彤一起看向她，她身上散发出寒冷的气息，仿佛在她和魏如风之外的地方，竖起了简单而坚固的壁垒，她们再也无法靠近一步。

最初听到警察这个字眼儿，夏如画就打了个寒战。叶向荣怎么也拨不通的电话，黄毛奄奄一息的面孔，魏如风在剧院里苍白的脸在她脑中一闪一闪的，就像是把她闷在了水里，断了她的呼吸。而随后程秀秀的话只是在水里再加一层冰，翻出前尘往事，让她彻底死心罢了。

夏如画就在那一刻笃定了，她不会再相信任何人。不管是叶向荣还是程豪，不管是苏彤还是程秀秀。躺在手术室里的魏如风让她放弃了所有的信念和幻想，她想原来多少年过去了还是一样，就像奶奶刚死的时候，除了彼此，他们始终无所依靠。旁人伸出的手到最后都变成了他们的伤口，不管善意还是恶意，结果都是让他们愈加伤痛，甚至濒临死亡。

所以，除了魏如风，她什么都不要了。

魏如风是在隔天下午醒过来的，他还带着氧气罩，看见夏如画后，他的眼睛弯了弯，嘴里发出含混不清的声音。

"哎。"夏如画一边笑一边哭了出来。

苏彤站在旁边,着急地问:"他说什么?"

夏如画温柔地看着魏如风说:"他叫'姐'。"

魏如风看着她,微微点了点头,苏彤的眼睛瞬时湿了,扭过身狠狠擦了擦。

调养了几天,魏如风就出院了,这次所有的住院费用都是夏如画用家里的钱结的,虽然程豪和程秀秀都送了钱来,但夏如画都原封不动地还了回去。

魏如风和夏如画回家的那天是个雨天,他们一起坐公共汽车,谁也没有带伞。下车的时候,魏如风自然地举起手臂遮在夏如画的头顶,漫天的雨水中,唯独留下了那一掌间的温暖。夏如画紧紧地拉住了他,两个人在雨中一路互相搀扶,蹒跚着走了回去,从远处看就像一个人一样。

魏如风被伤痛折磨得很憔悴,上楼时他不住轻轻地喘息。夏如画扶他在床上躺好,去厨房熬红糖水。端出来时,她惊讶地看到魏如风坐在她房间的门口,魏如风朝她笑笑说:"姐,你睡会儿去吧,我在门口,不用害怕。"

外面淅淅沥沥的雨一下浇在了夏如画心里,这么多年,只要下雨,魏如风一定会回家陪她,如果她睡不着,魏如风就坐在她门口。十七岁烙下的伤疤让他们彼此寂寞地度过了很多个黑夜,而夏如画再也不想这样下去。

"进屋来,把糖水喝了。"夏如画把他拉进了自己的屋里。

魏如风有些局促地在夏如画的注视下喝光了糖水,他抹抹嘴说:"你睡吧,我就在外面……"

"魏如风。"夏如画喊住他。

"嗯?"

"我爱你。"

魏如风愣愣地站在了原地,他望着夏如画,眼睛里漂浮过无数的神色。

"爱了很久很久了,爱得难受死了。"夏如画笑着流下了泪。

窗外的闪电使整间屋子陷入若隐若现的光芒中,魏如风的面孔模糊不清,他久久没有反应,在夏如画怔怔地抬起头的刹那,他突然冲过去,搂紧夏如画狠狠地吻了下去。

羸弱的身体混合着紊乱的气息,魏如风吻得贪婪且霸道,近乎窒息的感觉让夏如画眩晕。她任由自己就此沉沦,在用尽全身力气的拥吻里,她确定他们在活着,在爱着。

　　两个人十指紧紧相扣，可能从相遇起，他们稚嫩的指尖就被红线牵住，这条线注定了他们一生的爱与罚。漫漫时光就像一条河，夏如画和魏如风站在两岸遥遥相望了很多很多年，任凭它匆匆而过，他们都矗立不动，命运是神秘的摆渡人，他们终是带着一身伤痕，走到了一起。

　　雨横打在窗上，夜风仿佛带着呜咽的声音，魏如风躺在夏如画旁边轻轻地说："我爱你。"

　　"我知道。"夏如画攥紧了他的手。

　　"我其实怕死。"

　　"我知道。"

　　"可我更怕你离开我……"

　　"我爱你啊……"

　　魏如风和夏如画已经分不清是谁的泪水落在了谁的脸上，他们像初生的婴儿一样蜷缩在一起紧紧拥抱，吸取彼此身上的温暖，仿佛那就是生命之源。

　　夏如画抚摩着他温润的、散发着勃勃生命力的肌肤说："如风，咱们逃吧。"

　　"好。"魏如风闭上了眼睛。

　　那年，夏如画二十一岁，魏如风不详。

Chapter 6

二十二岁 …… 告别红颜

来不及，来不及啊。
任由时间从指尖溜走，
可是他们，怎么才能一起走呢？

1。
逃离

　　魏如风和夏如画决定逃离海平，逃离这个让他们相遇，又让他们苦痛的城市。

　　他们开始真正地规划生活，只属于他们两个人的生活。他们算了算存款，存折里的钱有几万元，但是夏如画坚决不要这些钱，她按魏如风每个月工资1500元钱算，扣除家用后留下了1万元，剩下的都原封不动地锁在了抽屉里。

　　魏如风买了一张中国地图，他们把它铺在地上，趴在上面仔细研究要逃去哪里。夏如画在自己喜欢的地名上画上圈，临洮、邯郸、洛阳、兰州，时不时指给魏如风看。而魏如风在寻找最好的去路，仔细测算着海路和陆路的距离。

　　那段日子是他们长大以来过得最平静的日子，也是他们最快乐的日子。为了留足够的钱远行而节省，他们每天都在为同一个未来打算。想象着在地广人稀的土地上的逍遥，想象着永远不分离的美好，想象着相爱相守的平安，魏如风和夏如画很满足。比起旁人，他们其实从未格外地贪恋过什么。

　　人活一世，做不尽的事太多太多。最初可能只想吃饱饭。吃饱之后就想安全地活着。活得安稳便可以寻找自己想要的，至少在冻僵时可以互相取暖的另一个人。找到后再一起生下子嗣，延续香火，完成自然的使命。当这些都获得了，就想比和自己一样的其他人吃得更好一些，活得更安全一些，身边人更完美一些，孩子更出息一些，这便是追逐金钱和权力的由来。终于有了这样的地位，发现金钱与权力不再那么重要，就开始思考，越是如此就越被别人仰视。这个时候低下头，看看他们，就想自己还要做什么呢？无论做什么都好像有些倦了，活着不就已经够了吗？

　　而挑拣一件今生最想做的事，执着地做下去，其实很容易。对于魏如风和夏如画来说，这件事就是在一起，活下去。

　　但是他们都遗忘了，在人生轨迹上无法忽视的那些人和无法抹去的那些阴霾。

叶向荣终于腾出时间给夏如画打电话的时候，夏如画却已经紧紧封闭了内心，放弃了对他的信任。上次警方的行动让魏如风在生死边缘走了个来回，夏如画没勇气也不可能再尝试一次。接到叶向荣的电话，夏如画很冷漠，她客气地答谢了叶向荣的关心，并言之凿凿地向他保证，魏如风除了曾经打过架，没做过任何一件违反法律的事。

叶向荣没想到夏如画竟然转变得这么快，他很不解甚至有些生气。他告诉夏如画，如果真的发生什么就一切都来不及了。夏如画轻轻笑了笑说，再也不会来不及了。

这条线索就此中断，叶向荣气闷地挂了电话，其实夏如画从来不是关键性的线索，但是叶向荣从最开始就想帮她走出魏如风带来的困扰。不仅因为他们年纪都很小，还因为夏如画始终温和善良的性子，让他没来由得心疼。可是她的主动放弃让叶向荣也跟着动摇了，魏如风就像风筝一样一直漂浮在他心里，那根线若隐若现，而他最终狠心放开了手。

叶向荣在紧锣密鼓地安排，程豪也没有一丝一毫放松警惕。虽然在新桥工厂的货被安全地送了出去，但他还是更加谨慎了。屡屡出现在他面前的叶向荣让他直觉有什么不对劲，他总觉得身边有一双眼在盯着他，而他怎么也没能逮到这个目光，这就像根刺一样梗在他的喉间，分外难受。

海平市对走私犯罪的侦查力度日趋强大，在东华被查之后，程豪已经感觉难以平衡，他打算把手里最后这批货出手后就暂时停手。程豪有着自己独特的眼光，他想海平的便利交通会使地皮更加值钱，因此他决定再走一笔大数之后，投入现在初现端倪的房地产市场，这样既能把钱洗白，又能不再涉险，可以说是最好的选择。

然而，他手中最后的也是最贵的东西并不好出，这是一批国家明令禁止的化学药剂LSD，类似于毒品的致幻剂，是从欧美过来的。同时，缅甸的老主顾又订了一批军火，开价十分诱人，程豪便跟着走了一批枪支弹药。因此，这是有着巨大利益又十分棘手的买卖。

为了确保万无一失，程豪的船和库都只存合规的货物，不再接任何有问题的单子。同时，他为了程秀秀的安全，不顾她的反对，开始替她申办出国手续。做好这一切之后，他并不急于详细计划出货时间，而是在东歌中暗自观察起来，在一切开始之前，他要让那双令他难受的眼睛，永远闭上。

程豪守株待兔等来的第一个人是阿九，他进程豪的办公室时有些紧张，坐在沙发上手足无措，程豪亲自给他点了烟，他才踏实下来。

"程总，我想跟你说个事……"阿九吞吞吐吐地说。

"你说。"程豪很亲切地笑了笑。

"就是那天在去新桥的路上，如风晚上不是还要和他姐去看歌剧吗？他拿了份报纸，里面夹着一张纸条掉了出来。我瞥了一眼，上面好像有那个警察，叫什么叶向荣的名字……"

"哦。"

"那个……也不是什么大事……"阿九顿了顿，看着程豪的眼睛说，"没准儿是我看错了……"

"我知道了。"程豪不置可否地说。

"那我出去了。"阿九站起身说。

"你来东歌几年了？"程豪突然问。

"啊？"阿九茫然地转过身，"大概四年了吧。"

"嗯。"程豪点点头，阿九看了他一眼，转身关上了门。

他下到二楼时，正好碰上滨哥，滨哥叫住他说："你替我去楼下盯一会儿。"

"你有事？"阿九问。

"哦，找程总。"滨哥往上指了指，走上了楼梯。

滨哥敲门进了程豪的办公室，程豪还在吸刚才和阿九说话时的那半支烟，腾起的云雾遮住了他的眼睛，看不清他望向哪里。

滨哥走过去，把一张皱巴巴的纸条展开放在程豪的桌前。程豪扫了一眼，那上面写着叶向荣的名字和一串电话号码。

"魏如风受伤那天从他兜里掉出来的，不是他的字迹，上面的电话确实是市局刑警队的，我打了一次。"滨哥垂下头说。

"永滨，你怎么看？"程豪捏起那张纸说。

"不好说。"滨哥面无表情地说。

"替我去医院看看他，跟他说不急着上班，另外把老钟叫来。"程豪掐灭了烟说。

滨哥应声而出，把老钟叫了进来。老钟疑惑地说："程总，这几个小子怎么个个神秘兮兮的啊？"

"呵，因为这个，你看看，魏如风的。"程豪把那张纸团成一团扔给老钟。

老钟接过来打开一看，大惊失色地说："是……是他？"

程豪脸上的笑容隐了去，他冷冰冰地说："你去找人，盯一下夏如画。"

"盯夏如画？那魏如风？"老钟不明所以。

"有夏如画在手上，魏如风能怎么样？"程豪冷笑着说，"我倒想看看，这蛇被焐活了，究竟怎么张嘴咬人。"

2。
流毒

魏如风受伤休养的那段日子十分悠闲，滨哥带了话让他不用着急回东歌，他自然乐得逍遥，每天专心陪着夏如画。

夏如画去上课时，他就在家帮忙收拾东西、洗碗、洗衣服、晾被单。在琐碎的家务事中，他感觉好像又回到了小时候。

那时他怕被再次遗弃，所以总抢着去干活。夏如画开始还拦着他，后来却不再管他。直到有一次，他午睡醒来，发现夏如画正在水池旁边洗他已经洗过的碗。原来他总是着急，刷不净油渍，而夏如画总要偷偷地把他没洗干净的地方重洗一遍。每天都要做这样麻烦的事，但夏如画从没说破，因为她发现了魏如风的心思，她想让他笃定她是永远不会抛下他的。

那天午后的阳光绚烂非常，在光芒中，夏如画的脸分外柔和美丽。她穿着妈妈遗留下的衬衫，隔一会儿就要用下巴往上撸撸袖子，后背衣服上的小破洞在阳光的照射下能看见清楚的毛边。那一刻，魏如风觉得自己的心里也打开了一个洞。夏如画如同阳光一样，洋洋洒洒地流淌进来，照亮了里面所有阴暗的缝隙。

时光荏苒，然而那时那刻的温柔感动，一直好好地放在魏如风心底。

敲门声打断了魏如风的往昔回忆，他以为是夏如画回来了，忙应声打开门，却看见程秀秀眼神复杂地站在他面前。这些天来更加尖削的下腭显出她不肯妥协的个性，魏如风无奈地退回一步，把她让了进来。

"肋骨怎么样？还疼吗？"

程秀秀捧着魏如风的杯子，一边喝水一边问。进来的时候，魏如风张罗着给她倒水，可是家里只有他和夏如画的杯子。程秀秀指定要他那一只，他刷了刷，给她泡了杯茶。但程秀秀并没因此而开心，这个家里的东西，除了魏如风的，就是夏如画的。生活使所有纠结的关系融合，而她哪怕再用力地握着魏如风的杯子，也只是个客人而已。

"还成吧。"

魏如风远远地坐在程秀秀对面，程秀秀发现他的疏远，凑过去拉他衣服说："让我看看，还青不青……"

魏如风见她挨过来，忙闪开身子，碰到了程秀秀端着的茶杯，热茶溅出来，程秀秀轻叫一声，捂住了手。

"疼！"程秀秀皱着眉，委屈地说。

"我给你拿块湿毛巾来。"魏如风站起身，去卫生间浸湿了毛巾，拿出来递给程秀秀。

"你替我敷。"程秀秀把手伸到魏如风面前。

魏如风不答话，只是把毛巾放在了她面前的茶几上。

"魏如风，我是为你才烫着了！"程秀秀恼怒地喊。

"你不拉拉扯扯就不会被烫着！"

程秀秀没想到他竟然说得这么不留余地，羞愤地咬着牙说："好，好！你用不着这么嫌弃我，我在你面前待不了两天了！告诉你，我爸要让我出国了，我就要走了！"

"哦，挺好的。"

魏如风垂下眼睛。程秀秀盯了他很久，恨恨地说："你这回心里踏实了吧？你巴不得我走吧？”

"出国对你有好处，我们也想出去，还没有机会呢！”

"你怎么不留留我？”

"秀秀，我会送你的。”

魏如风的一句话，一下子让程秀秀软了下来，她又想起了初次见面时魏如风把她拦在身后时的样子，幽幽地说："那你……还会在东歌吧？”

魏如风沉默不答。

"如风，你听我的，伤好了就回东歌。我爸不着急让你回去，是因为有人怀疑你……我就是来提醒你这个，你知道，最近警察查得很严。"程秀秀有些着急，她偶然偷听到她爸和老钟的话，虽然不很清楚，但大概意思让她心凉。

魏如风皱起眉说："怀疑我？”

"我也不知道怎么回事，我明白你不会的，可是我爸那边……所以你赶快回去吧！省得惹他们说闲话。"程秀秀烦躁地说。

"我没有。"魏如风回答得仿佛丝毫不以为意，但语气中带着难以忽视的坚定。

"你当然没有！要不都不用我爸，我就直接弄死你了，省得看不见难受，看见还难受。"程秀秀眼睛里闪着泪光说。

魏如风淡淡地说："姑娘家，别成天死啊活啊的。”

"你只有这时候把我当姑娘。"程秀秀撇撇嘴，却笑了。

"秀秀，谢谢你，你回去吧。"魏如风没仔细看她的笑，站起身说。

"有你这么往外轰人的吗，着什么急啊？"程秀秀不高兴了，瞪着眼说。

"她要回家了。”

"你姐？”

"夏如画。"魏如风直接说出了名字。

"那怎么了？"程秀秀赌着气说。

"我不想她不高兴。"魏如风没有丝毫忸怩地开口，自然的态度反而让程秀秀愣住了。

"成，我走！"程秀秀咬紧牙站起来。

魏如风送她到门口，替她打开了门。程秀秀贴近他时突然扭过头，她狠狠地咬住了魏如风的肩膀。魏如风一声不吭，任由她在上面留下痕迹。

"我怎么就不能对你再狠点儿呢……"程秀秀流着泪紧抱着他说，"在医院的时候，我掐着夏如画，我真想就使点儿劲把她掐死算了！你怎么就那么喜欢她呢？如果没有她，你会不会喜欢上我啊？"

"没有她就没有我，你再动她一下，我就不客气了。"魏如风凌厉地看着他说。

"你别客气！你他妈最好干脆杀了我，栽在你手里我认了。"程秀秀狠狠地抬起头说。

"我会送你的。"魏如风拽下她的手，毫不犹豫地关上门，把她留在了外面。

送走程秀秀，魏如风在肩膀的伤口上贴了块纱布，伤口不浅，他别扭地坐在沙发上，点了一根烟，手指微微有些发抖。

程秀秀的话让他害怕了。他想如果程豪知道夏如画偷偷联系警察的事，那么不用等叶向荣帮他们，程豪肯定就把他们做掉了，就像阿福一样，触犯程豪的利益之后，马上不明不白地消失。

夏如画向他诉说她当时为什么找叶向荣时，带着一种惊恐的语气。她一遍遍重复，再也不会了，再也不会相信任何人了。而魏如风这才明白自己误会了夏如画的初衷，第一次觉得那伤受得可笑。自首那个词让魏如风心动了，他活得太疲惫，爱与恨都很累。可是他和夏如画已经永远丧失了这个机会，程豪的怀疑震慑住了魏如风。他是不会让他们这么轻易自由的，他们的路从头到尾只有一条。

晚上夏如画准点回来，她笑着扔下书包，跑到魏如风身边说："如风，今天老师说……"

"咱们走吧！"魏如风拉住她，郑重地说，"不能再等了，要离开海平，越快越好！"

"啊？"夏如画有些发愣。

"我在码头找船，咱们往南走，先到人多的地方落脚，等避过风头再去西边人少的地方！"魏如风指着地图，比画来比画去。

夏如画的目光随着他的手指晃悠，地图上大片的蓝色是海，大片的青黄色是陆地，很多陌生的名字都不好听，她没有画出来过，是她从未想去的地方。

逃离迫在眉睫，夏如画感觉出了沉重。其实夏如画进门时想跟魏如风说实习的事，还有半年多她就可以毕业了。而现在就走，她肯定终生都回不到校园。他们又要从头开始，找最简单的工作，过最简单的生活，在茫茫人海中隐姓埋名地奔波。不能说他们不畏惧这样的境况，他们都早早体会过世态的炎凉，明白那将是一种怎样的生活。但是，即使是如微尘般的日子，在触手可及的地方，能有另一个人温柔相伴，一起体会着快乐和烦恼，那么就永远不会寂寞。想到这里夏如画微微笑了，流浪是专心的极致，有他在就好了。

"你愿意吗？你愿意跟我走吗？"魏如风恳切却略微慌张地说。

她抬起头看着他的眼神，坚定地说："愿意。"

魏如风的眼睛慢慢亮了起来，他抱住夏如画，轻轻地吻了下去。窗外夜色悄然而至，而夜色越深，就越能看见这个城市笼罩着的繁华的烟雾。在这层烟雾之中，谁对谁错不再分明，喜怒悲欢渐渐模糊。

唯一能看清的就是那双眼，唯一能握住的就是那双手，他们紧紧依靠着彼此，相携而行。

3。
对不起

魏如风陪夏如画去上了一堂大课。

那天他去码头确定了航程，时间尚早，他想夏如画还有半天课，就顺道去了她的学校。

走进大学校园还是有种格格不入的感觉，魏如风进去才知道原来大学要比中学大很多，原来教室只有编号没有班名，只凭系别和专业根本找不到她到底在哪里。他愣愣地在教学楼里转，一间间教室地看。

找了四十多分钟后，他被一个女生叫住。女生正在上自习，看他转来转去的，好心地问："同学，你是找人吗？"

"对，可我不知道她在哪个教室。"魏如风遇见救星，忙求助说，"我要找中文系的，你知道他们在哪儿上课吗？"

"那你就一间一间找？除了上大课，平常都是上一节课就换一间教室啊！"女孩诧异地说。

"啊？"魏如风傻呵呵地愣住了，要是这样，他上哪儿找夏如画去！

"再说，中文系还分几个年级呢！你找的人叫什么名字啊？"女生问。

"夏如画，她今年就要毕业了！"

"她？早说啊！我认识！我们都是校话剧团的！走吧，我带你找去！"女生笑了笑说。

魏如风忙不迭地道谢，女生打量着他说："你是她弟弟？"

魏如风顿了顿，说："我是她男朋友。"

"啊？她交男朋友了？你们才刚好吧？没听她提过喜欢谁，她倒是常说她弟弟呢！"女生又多看了他几眼。

"是啊！"魏如风会心地笑了笑。

走到中文系的教学楼刚好是课间，女生很热心地把夏如画喊了出来。夏如画看见魏如风时惊呆了，她愣愣地站在一旁，只顾着冲魏如风傻傻地笑。女生捅了她一下，小声说："你男朋友真痴情，满学校地找你！你们好好聊吧，我走了。"

夏如画红了脸，魏如风有点儿不自然地挠挠头，说："找了半天，总算找到了，我看着像学生吗？"

"像！"夏如画开心地说，"进来陪我上课吧！"

夏如画和魏如风一起进了教室，两人坐在最后一排。夏如画抑制不住心底的兴奋，脸晕红一片。魏如风有些拘谨地拿起她的书看，小声说："你们老师会不会把我撵出去？"

"不会！这么多学生，他记不住的。"夏如画笑着说。

"那不会提问吧？"魏如风有点儿发憷地看着夏如画的课本说。

"要是提问，我告诉你！"夏如画指了指她手里的笔记本，一边记一边自信地说。

魏如风抬头看，那上面记得很满，娟秀的字迹非常整齐。他又看了看自己手里的书，同样用红蓝铅笔画了线，很仔细地标注着。魏如风知道夏如画从小就爱念书，而他却不得不让她的学业半途而废，带着她以逃离的方式偷偷摸摸地离开她从小生活的城市。除了极度的爱，他没有其他任何东西可以回报她，也许这爱有些难缠、有些自私、有些霸道，但魏如风还是不想放开，夏如画是他很久以前就认定了刻在骨子里的人。

"姐，船找好了，大后天走。"魏如风压低声音说。

夏如画仍在记着笔记的手停住了，她抬起头，黑板、老师、同学、教室仿佛突然一下子离她远了。魏如风悄悄地握住了她的左手，掌心的温暖填满了夏如画心里小小的失落，她嘘了口气，挺直背说："好。"

那节课的时间仿佛过得很慢，老师说的每一个字夏如画都记下了，这是她有生以来最认真的一次课堂笔记。而她的左手一直被魏如风握着，内心的波澜使她不自觉地用力，魏如风一声不吭，任由她在自己的手心留下一排弯月形的指印。

陆元走进教室时看到的就是这一幕，夏如画在写着什么，而魏如风一动不动地坐在她身边。虽然他们看上去和教室里其他的学生没什么不同，但是不知道为什么，陆元觉得他们身上有着一种安详的气氛，把他们从人群中间剥离开了。

那段时间陆元已经开始找工作了，所以经常会翘几堂课，如果有和夏如画一起上的大课，都是夏如画帮他占座。可今天魏如风坐在了那里，陆元一边被老师数落着一边赔笑地往那边走。夏如画抬起头冲他笑了笑，他也同样笑了笑，随便找了个地方坐下了。一种淡淡的失落感随即涌了上来，原来他一直看重的夏如画身边的座位，在她眼中只不过是个普通板凳而已。

下课后，夏如画和魏如风一起收拾东西往外走，路过陆元身边时，夏如画停下来问："面试怎么样？"

"还好。"陆元轻轻地笑了，"不过这科估计要挂了，你看刚才我进来，老师就差直接在我的学号后面画零分了。"

"我把笔记给你吧。"夏如画把怀里的本递给他说，"到今天的，都是全的，后面的你找别人问问看。"

"那你呢？"陆元接过来，翻看着说，"你把笔记给我了，你拿什么考试？"

"我不用了。"夏如画微微摇了摇头，眼神却让陆元看不清楚。

三个人一起结伴往外走，下到一层时，苏彤迎面走了过来。她背着画板，眼睛下一圈青色，十分疲惫的样子。她看见魏如风和夏如画，一下子愣在了原地。

"怎么？认识？"陆元问。他们三个神色各异，气氛稍稍有些尴尬。

"我朋友。"魏如风答。

苏彤揉揉鼻子说："你来啦，正巧，我要找你呢。你跟我去那边吧，我有点儿事要说。"

魏如风顿了顿，低头对夏如画说："那你等我会儿？"

"嗯。"夏如画看着苏彤，而苏彤却没什么表情。

"你们聊你们的，我陪画画坐那边等。"陆元指着教学楼前的长椅说。

魏如风点点头，跟着苏彤往楼后面走。一路上她也不说话，瘦小的身子被画板遮了大半，外套不修边幅地随便系在腰间，看上去落魄而萧索，让人有点儿心疼。

魏如风对苏彤多少有些怜爱，这种感情细细碎碎，说不清楚，可以解释成各式各样的答案，但是，他能肯定的是，这不是爱。爱情是无须解释而一锤定音的，就像他对夏如画那样。

"你们俩在一块儿了吧？"苏彤走到一个花坛前停下，漫不经心地坐在栏杆上说。

"嗯。"魏如风坐在她旁边说。

"她不是看你难受，所以才安抚你吧。到时候你别傻帽儿似的，又被人一刀捅了，抬到医院去。"苏彤仿佛毫不意外。

"不是，你应该知道的。"魏如风说。

苏彤轻哼一声，一边打开画板一边涩涩地说："那你们现在怎么办？你决定了吗？"

"我们……要离开海平了。"魏如风抬起头说。

苏彤的手顿住了，她怔怔地看着魏如风说："什么时候走？"

"大后天。"

"礼拜四？"

"嗯。"

两个人都沉默了下来，苏彤的手指有些微微颤抖，她使劲地撑开画板的绳子说："魏如风，那是不是今天我没遇见你，你就这么走了？"

"不是。"魏如风看着她说，"我会告诉你的。"

魏如风没有说谎，在海平市里，他只有一个可以相信并需要告别的朋友，那就是苏彤。

"你们算是逃跑吧？那以后都见不到了吧？"苏彤的声音沙哑起来。

"对不起。"魏如风轻轻地说。

苏彤撇撇嘴，其实"对不起"与"我爱你"是一样地沉重，说"对不起"的那一个不一定不伤心，因为每一个"对不起"都辜负了一个良苦用心。

"得了，少来这套。"苏彤跳下栏杆，按住魏如风说，"你站着别动，帮我个忙，让我画幅画。"

魏如风不明所以地看着她。苏彤打开画板，指着一幅未完成的画说："就这个，不会很久的。"

那幅画里画的就是这个花坛，一个男孩坐在栏杆上，看身形能看出是魏如风，只不过面部还没画完，人物没有表情。

魏如风默默点了点头，苏彤跑到他对面，坐在一张小凳子上，拿着铅笔一边比画一边涂抹说："我从夏天起就画这个了，你看这些花，开了又谢了，可我一直只画了一半。你不知道，我同学见了都说我神经病，明明只有花坛，我却硬画了个人在旁边。我就吓唬他们说，这是个鬼，只有我能看到，你们都看不到。哈哈，有意思吧！"

魏如风望向她的眼神渐渐柔和起来，他想，在那些夕阳西下的傍晚，苏彤一个人坐在这里画着不存在的人像时，心底一定是很寂寞的。

苏彤看着他眼里的波光，渐渐地停下了，她细声说："如风啊，你知道吗？我刚上大学的时候就想，我一定要找到一个人，他可以上课替我占座，陪我买颜料画纸，去三食堂抢最好吃的菜留给我，傍晚和我手拉手地在学校里转悠。而我呢，要为他画一幅画，一定要画得非常好看，这样老了以后还可以拿着去跟别人显摆。我遇见过一个很帅的男孩，我们俩一起度过了一段很好很好的日子。我觉得这很简单，想知道是不是爱一个人，其实只要十分钟就够了。我见到你，只用十分钟就确定了。可我知道你永远不会留下来陪

我的，因为你遇见我早就超过了十分钟。魏如风，我从来都没跟你说过'爱'
这个字，可是，我真的爱你啊……我爱你！我爱你！我爱你我爱你我爱你我
爱你我爱你……"

魏如风静静地听着苏彤的诉说，她仿佛要把一辈子的"我爱你"一口气
说尽，只是她并没发现，这么多个"我爱你"连起来说时，"你"和"我"
之间，恰恰少了一个"爱"字。

苏彤的眼角流出了一滴泪，笔下少年的目光因她颤抖的手而更加迷蒙，
完成最后一笔时，花间吹起了一阵微风，恍恍惚惚中，她好像听见了魏如风
轻轻的叹息。她知道，自己最终还是失去了这幅画里的如风少年。

成全是一种尴尬的大度，没有谁愿意舍弃自己的幸福。然而一个人只能
给一个人幸福，给其他人的则是不幸。

写着他呼机号码的便笺，"小红莓之恋"的搅拌棒，半块已经发毛的提
拉米苏，被他的血染红的衬衫……

小心收藏的这些东西，苏彤决定今天都要统统丢掉。

爱情诡异而美丽，两个人天长地久的背后很可能是另一个人的抱憾终生。

"圆满"这两个字，奢侈得可笑。

4。
谢谢你

陆元陪着夏如画坐在长椅上，海平已近深秋，傍晚时分略有凉意，陆元
把自己的外套给她披上，怕她无聊，给她讲起了求职的趣事。

夏如画一边环视着校园一边仔细地听着，她知道自己没有机会去做和陆
元一样的事了，她的人生将在这里拐个弯，和魏如风一起去往另一个方向。

"如画，你有什么打算吗？"陆元很自然地问。

"可能要过和现在不一样的日子。"夏如画隐晦地说。

"哦，是吗？其实我还真想象不出来你工作是什么样，我总觉得你不是要为生计奔波的人，你就应该过那种很享受的生活，悠闲而安静。每天早上起来，静静地看一本书，饮一杯茶，如果天气好，就到院子里晒晒太阳，浇浇花……"陆元憧憬地说。

夏如画想起魏如风，眯着眼笑起来："是啊，多好啊，可是等不到毕业了。"

"怎么？这么迫不及待？至少把论文写了呀。"陆元以为她开玩笑，不在意地说，"还有，要帮我写毕业致辞呢！"

"陆元，我毕不了业了。"

夏如画低下头，陆元惊讶地看着她，不明白地问："什么毕不了业了？"

"我要去别的地方了，不念书了。"夏如画淡淡地嘘了口气说。

"为什么？"

陆元有些茫然，夏如画笑了笑说："因为要去过你说的那种日子啊！"

"如画，你别开玩笑，我和你说真的呢！什么就不念了，那你以后怎么办？"陆元皱着眉，夏如画认真的表情让他慌乱起来。

"我说的是真的。"夏如画远远看见了魏如风和苏彤的身影，她站起身说，"陆元，有些事我没法跟你说，我想你可能也不会理解我，我知道这条路很难走，但是我有我要追随的人，我想一直一直跟着他。"

陆元顺着夏如画的目光看去，远处慢慢走近的魏如风让他心底猛地一颤，他仿佛明白了什么，但又觉得难以置信。

夏如画脸上的笑容温柔平静，陆元很想冲她笑笑，可是酸涩的无奈感在他心里狠狠打了个结，他站起来走到夏如画旁边说："是要说再见吗？"

"嗯，要说再见了。"夏如画仰起头，表情很坚定。

"还会再见吗？"陆元带着最后一丝期盼问。

夏如画的眼里泛起了一点儿亮光，她凝视着陆元，没有回答。她并不愚钝，对于这份感情她只是无以回报。

秋日的寒冷就这么一下子钻进了陆元的心底，他距离夏如画不过半个手臂的距离，然而他感觉再也拉不住她了。

魏如风一点点走近，陆元吸吸鼻子，看着他说："如画，其实看《卡门》那天，我本来想找到魏如风和他换票的，这样就能挨着你坐了。你说，如果我们那天换了票，你是不是就不会走了？”

夏如画缓缓地摇了摇头，说：“他是不会和你换的。”

陆元笑了笑，夏如画的幸福彼岸，他自始至终都没有机会到达。

魏如风走到他们跟前，很自然地紧了紧夏如画的围巾说：“回家吧。”

“嗯。”夏如画把陆元的外套递还给他，努力冲他笑着说，“六块钱，谢谢你。”

“谢什么。”陆元接过自己的衣服，同样努力地笑。他知道这三个字是夏如画能对他说的分量最重的话，只不过仍然没能填补她在他心里留下的那个空儿。

陆元和苏彤都没再说什么，他们把夏如画和魏如风一直送出了校园。在海平秋日淡淡的星光下，魏如风和夏如画默默消失在了夜色之中。他们仿佛牵起了手，可是再也看不真切。魏如风的黑和夏如画的白混成了一片灰色，就如同他们的未来，难以预见。而站在明亮处的苏彤和陆元，只能一动不动地看着他们慢慢走远。

那天以后，夏如画就不去学校了，留在家整理行李。魏如风说尽量不要带太多东西，那样走在路上不方便。夏如画也不想用这些程豪的钱买来的东西，她挑拣着两人平常的衣物装起来，还有一些老房子带过来的东西，比如她妈妈的旧衬衫、她奶奶的手绢。上学用的东西，还有话剧团的剧本，她狠狠心一件都没带走，唯一一盘她和如风看《卡门》时录的磁带，她实在舍不得，装在了旅行袋的夹层里。

魏如风把他们银行存折里的钱都取了出来，分放在两个信封里，他和夏如画一人带一个。他怕万一途中走散了，夏如画没有钱支持不下去。他考虑的远比夏如画多，而且面面俱到地想尽一切坏的可能。而这其中最让他忐忑的，就是程豪。

程豪给他的手机他一直没有开，而东歌的人也没来找过他。魏如风万分希望程豪暂时没想起他来，可是又总隐隐地觉得不对劲。他不敢消失得那么干脆，一直和滨哥打电话联系着，探探东歌那边的情况。

临出发前一天，夏如画让他下楼买手电筒的备用电池，他顺道转了个弯，去电话亭给滨哥打电话，作最后的确认。

滨哥的语气很平常，问了问他身体的情况。魏如风小心地答："还要换药，就觉得身上没力气，要是有事我就回去，没事我就多歇两天。"

"没什么事，你踏实养着吧。下次打架，别跟人家那么玩命。"滨哥说。

"要不是黄毛说我姐，我才懒得动他们呢！"魏如风冷哼一声说，"你们最近没去码头接货啊？"

"没有，程总最近没船进来，他这些天都没来东歌，去外地开会了。哦，对了，程秀秀明天的飞机，她要去美国，你不送送去？"滨哥问。

魏如风听到程秀秀的消息，愣了愣说："嗯，我给她打电话吧。"

"她就在这儿呢，我叫她过来接吧。"

滨哥大声喊着程秀秀的名字，没一会儿，程秀秀的声音就传了出来。

"我，我一直在等你电话呢！"

她有些喘，好像是疾跑过来的，魏如风轻叹了口气说："这不是打了吗？"

"我以为你忘了……我都差点儿去你家找你了。"程秀秀哽咽着说，"美国的签证本来不好办，我爸急托了人，我没想到竟会这么快……"

"几点的飞机？"

"六点钟，你来东歌吧，钟叔开车送我们去。"

"好。"

"如风，你会来吧？"

程秀秀一向跋扈的语气这时却充满了恳求的意味，魏如风顿了顿说："嗯。"

"那我等你！"程秀秀高兴地说。

魏如风挂了电话，从公用电话亭走出来。他站在楼下，看着楼上他们房间的灯光，点了一根烟。

他不会去送程秀秀了，明天晚上九点，他和夏如画将坐"天河"号轮船离开海平。他不可能在这个紧要关头离开夏如画，对程秀秀，他只能辜负。

魏如风深吸了一大口，扔掉烟头一脚踩灭，他手里掂着电池，向楼门口走去。就在他差一步进入公寓楼的时候，楼门的阴影处闪出了一个人。

魏如风的手停在半空，电池掉在地上发出了清脆的声响。老钟弯腰捡起来，笑呵呵地说："如风，跟我回趟东歌吧。"

5。
不会太久

　　魏如风跟着老钟上了车，车上还有两个眼生的人，魏如风坐在后座，被他们夹在中间。

　　路上他不动声色地问："钟叔，这么晚怎么来我这儿了？晚上要接货？"

　　"程总找你。"老钟简单地回答。

　　魏如风没再吭声，滨哥刚跟他说程豪不在海平，现在老钟却说程豪找他，虽然不知道这葫芦里卖的什么药，但可以肯定，一定是哪里出了问题。魏如风看着车窗外，后背出了一层薄汗。

　　老钟领着魏如风直接上楼去程豪的办公室，进门前魏如风暗暗吸了口气，他握住门把，往里推开，然而让他惊讶的是，屋子里一个人都没有，程豪并没出现。

　　魏如风不解地看向老钟，老钟也不理他，拿起电话拨了个号码，递给了他。

　　魏如风接过电话，程豪徐缓的声音从听筒里传了出来："如风，休息得怎么样啊？伤好了吗？"

　　"还成。"魏如风冷静地说。

　　"那就好，明天晚上你没什么事吧？我有东西要进来，你去接一下。"

　　"嗯。"

　　"让老钟把那张纸给你。"

　　程豪的语气并没有什么特别，魏如风以不变应万变，一个字都不多说。他看向老钟，老钟似笑非笑地把一张满是褶皱的纸条放在他手里。

　　看清那张纸条的时候，魏如风的脸刷地一下白了，那是从报纸里掉出来的写着叶向荣电话的纸条，是夏如画与叶向荣联系的铁证。他不知道怎么竟然会在老钟手里。

　　"程总，这是个误会，我没有对外面说过什么，他……"

　　魏如风慌乱的解释还没说完就被程豪打断了，他仿佛一切成竹在胸，并不在意地说："如风，你不用说什么。明天你去西街码头接货，老规矩，老钟会提前一点儿告诉你库号。这次只去你一个人，消息也只有你一个人知道。如果明天一切顺利，那么不用你说，我只当这张纸条没存在过。如果明天出了问题，那么……"

程豪顿了顿，魏如风的呼吸有些急促起来，他产生了很不好的预感，因而分外紧张。

"对了，如风啊，我记得我没少给你钱啊，你怎么才买'天河'号三等舱的船票？过日子不用那么省，你姐身体不好，受得了吗？"

魏如风心里一直紧绷的弦在那一刻骤然断开，他颓然地坐在凳子上，手不可抑制地颤抖起来。

"你……你放过我姐！"魏如风恳切地对程豪说。

"等着你明天的好消息，我的人就在你们楼下呢，一切顺利的话，他可以开车送你姐去码头！"

程豪干脆地挂了电话，屋里安静下来。魏如风握着发出忙音的听筒，一动不动地呆坐着。老钟走过去，从他手里接过听筒，挂在电话底座上说："你今天晚上就睡这儿吧，明天我联系你。"

老钟从外面掩上了门，他没有把魏如风反锁住。程豪跟他说过，没必要那样，魏如风一定不会跑。

老钟很佩服程豪，现在事情的发展和他计划的一模一样。发现那张写着叶向荣名字的纸条时，老钟主张以防万一干掉魏如风，就像当初对阿福一样，神不知鬼不觉地直接灭口。而程豪并不赞成，他一边放任魏如风和夏如画逍遥，一边暗中跟踪调查他们。在这段时间里，除了得知他们要逃走外，并没有发现他们和警方有什么联系。他比老钟谨慎很多，于是他想到另一种可能，魏如风并没有替警察做事。如果轻易处置了魏如风，那么警方真正的卧底就潜伏了下来。

那批货在手里越焐越热，而东歌内部依然扑朔迷离，程豪因此走了这看似凶险实则置之死地而后生的一步棋。他让魏如风单独去接这批走私药品，如果他真是警方的卧底，那么只要把夏如画握在手里，他绝对不敢轻举妄动。如果他不是警方的卧底，那么真正的卧底也绝不会得到这批货的消息。而把货安置妥当之后，所有证据都会随之消失，到那时程豪金盆洗手，不管谁是卧底，程豪都不怕了。

老钟开始还觉得程豪这个做法太过大胆，而程豪的一句话就解除了他的怀疑。程豪隐隐笑着说："你还记得魏如风是怎么来东歌的吗？"

"怎么来的？"

"为了夏如画，他为了夏如画什么都肯干。"程豪抚摸着桌子上的插花说，"这就是我为什么爱用这些小孩子，他们的目的单纯，优点和缺点一目了然，脑子里充满了幻想，贪恋爱情，贪恋虚荣，贪恋不属于他们的世界，尝到一点儿甜头就再也放不下，凭着小聪明就以为什么都可以做到，而到最后，不过是在我手心里转了个圈。"

程豪握紧了手，鲜艳的花朵顿时被他捏碎，花瓣衰败在他的掌心，红得触目惊心。

老钟现在想起来还觉得那画面太过诡异，这样的程豪让他畏惧。

老钟走了后，程豪的办公室里只剩下了魏如风一个人，他缩在程豪常坐的沙发里，呆呆地凝望着前方。

差一步，只差一步他和夏如画就可以离开海平，去过只属于他们的生活了。然而这短短的距离横着一座难以逾越的大山，程豪摆在他面前一道没有选择的选择题。事到如今，魏如风已经无法后退，只能前进。他难以预知以后会怎么样，他只知道，如果明天他顺利地接过那批货，那么夏如画就是安全的，仅凭这一点，就已经足够让他下决心了。

魏如风站起身，咬住嘴唇，拼命地让自己冷静下来，直到他的手不再发抖，才拿起电话，给夏如画拨了过去。

夏如画是带着哭腔接起电话的，她听到魏如风的声音马上抽泣起来："你去哪儿了呀？我看你半天不上来，下楼找了你一大圈，可是根本找不到你。我不敢乱跑，怕你给我打电话，可是又担心你，我就一直楼上楼下地跑……如风，你吓死我了……"

魏如风听着夏如画的哭诉，心里就像被刀割一样疼，他掩饰住慌乱起伏的呼吸，沉声说："怕什么，我这不是没事吗？"

"嗯。"夏如画吸着鼻子说，"你干什么去了？什么时候回来啊？"

"有点儿事要紧急打理一下，我今天晚上不回去了。"

　　夏如画顿时又紧张起来，魏如风的"有事"一直讳莫如深，是夏如画心底的顽疾。

　　"什么事？"

　　"明天要去一趟西街码头。"

　　"去那干什么？"

　　"应承一下，咱们要走了，不能出差池。"魏如风晦涩地说。

　　"啊，这样啊……"夏如画稍稍松了口气，"不会太久吧？"

　　"不会太久的，放心。"

　　"那我在家等你。"

　　"嗯，你好好睡觉去吧，别乱想，咱们明天还要走远路呢。"

　　魏如风细碎的叮嘱让夏如画感到温暖，然而不知道为什么，她心底总有种说不清道不明的淡淡哀伤。

　　"如风……"

　　"嗯？"

　　"没什么……"夏如画不想挂上电话，她贪恋魏如风的温暖，哪怕什么都不说，仅仅知道他还好好地在另一边。

　　"睡吧。"

　　夏如画细声细气的声音煎熬着魏如风的神经，他觉得自己快要坚持不住了。

　　"如风……"

　　"啊？"

　　"我明天给你煎小糖饼吧，你可一定要回来吃饭啊。"

　　"成！"

　　"那，明天见。"

　　"你先挂吧。"

　　断线时"嘟"的那一声是凄凉的回应，往往会格外让人失落，所以每次都是夏如画先挂，由魏如风来承担这种小小的寂寞。

　　"如风……"

　　"哎……"

　　"我爱你……"

魏如风的呼吸一下子停滞了，他感觉眼前一片朦胧，泪水顺着眼角缓缓滑落，他深呼了一口气说："夏如画，我爱你！"

在空旷阴郁的房间里，绝望和悲伤伴随黑夜的寂寥一起袭来。魏如风挂上电话，咬着自己的拳头，蹲在地上泣不成声。

6。
烟雾

10月29日那天，海平起了雾，整座城市都模糊起来。

夏如画坐在窗口望着，她一宿都没合眼，兴奋、紧张和惧怕混合成了莫名的情绪，扰乱了她的心。她的右眼皮带着眼角的那颗痣一起不停地跳，老人们常说右眼跳灾，夏如画觉得这隐隐预示着不祥。

就这样一直等到中午，夏如画感到饿了才想起来答应给魏如风做糖饼。她煎了好几份，摆在桌子上微微冒着热气，却一口吃不下去。魏如风依然没有消息，夏如画也联系不上他，他昨晚走得匆忙，手机都没有带上。

夏如画觉得事情并不像魏如风电话里说的那么简单，要不然他怎么可能不跟自己打个招呼就一走了之？她想，一定是东歌那边出了什么事，可是究竟是什么，这样着急地让魏如风回去，她又猜不透。

越这样琢磨，她心里越发慌，无数坏的可能浮现出来，走私、犯罪、流亡，每一件事都让她心惊胆战。那种感觉很不好受，就像在心口上系了根绳子，既无法松口气，又不是完全沉底。时钟指向四点的时候，她再也坐不住了，她把晚上的行李归拢放在门口，环视了屋里一圈，打开门只身去了东歌夜总会。

夏如画到了东歌并没有进去，她怕遇见程豪，只是站在马路对面朝里张望着，想等魏如风出来。但是魏如风并没有出现，反倒是一个在门口抽烟的人看到她，走了过来。

"你是……魏如风的姐姐吧？"男人上下打量着她说。

夏如画局促地点点头，她去东歌时见过这个人，他脸上有道浅浅的疤，魏如风叫他滨哥，但他不如和阿九亲近。

"怎么站在这儿？来找他？"

滨哥朝东歌点点下巴，夏如画心里"咯噔"一下，心想魏如风果然是来东歌了，那么他去西街码头绝对不是应承，而是又被程豪派去接货了！

"能帮我叫他出来吗？"夏如画着急地说，她一定要拦住魏如风，不能让他再去以身试法。

"他不在。"滨哥摇摇头说。

"他几点钟走的？"夏如画的眉头紧紧皱了起来，神色慌乱地问。

"刚走。"

夏如画想应该还来得及拦住魏如风，也顾不上和滨哥说什么，扭头就走。滨哥猛地一把拉住夏如画说："你去哪儿？"

"我要去找他！"夏如画挣扎着，但她力气小，没甩开滨哥。

"你知道上哪儿找他去？"滨哥不以为然地轻笑着说。

"我知道！他就在西街码头！你放开我！"

两个人的争执引来路人的注视，滨哥稍稍松了点儿劲，拽着夏如画往另一边走。夏如画被他拖着，刚要奋力挣开，突然被人拍了下肩膀。夏如画回过头，看见阿九站在他们身后。阿九笑着跟滨哥打了声招呼说："滨哥，你放开她吧，不要紧的。"

滨哥犹豫着，渐渐松开了手。夏如画忙握紧自己的手腕后退一步，谨慎地看着他。阿九接着对滨哥说："你去忙你的，这里我看着。"

夏如画惊慌地看向阿九，阿九笑了笑，俯在她耳边小声说："如风叫我来……我送你们走。"

夏如画心下一颤，猛地抬起头，定定地望着阿九，阿九暗暗向她使了个眼色。夏如画不由得朝阿九身边靠近了一些。

滨哥狐疑地看着他们，沉吟了一会儿说："那好吧，小心别坏事儿！"

阿九点点头，带着夏如画朝路边走去，他打开车门，夏如画迟疑了一下，还是坐了进去。

"如风……跟你说了什么?"夏如画上车就问。

"晚上九点,'天河'号,对吧?"阿九系上安全带,扭过头笑着说。

夏如画这才真正放下了心,她相信魏如风不会轻易和别人说他们逃跑的事,阿九既然知道,就说明是魏如风亲口托付的。

"行李还没拿吧?我现在送你回去拿行李,然后再一起去码头。"

阿九发动汽车,夏如画安心地说:"谢谢你了!"

阿九送夏如画回到了他们家,夏如画上去拿行李,她早收拾好了,东西也不多,她和魏如风一人就一个包,很快就拿了下来。阿九在楼下抽烟,夏如画叫他开后备厢,喊了两声他都没有答应。夏如画一直走到他跟前,他才反应过来,忙接过她手里的包,哼哈地客套着,可总有些心神不宁的样子。

夏如画上了车,阿九也不点火,只是开着车窗抽烟。夏如画靠在座椅上,有些紧张地问:"阿九,如风还跟你说什么了没?他这次去危险不危险?"

"没事,你放心吧。"

阿九没有多说,夏如画隔了会儿又嗫嚅地说:"那……你能不能带我去趟西街码头?"

"啊?你们在祁家湾上船吧?"阿九不明所以地说。

夏如画怔了怔说:"可如风他现在去西街了啊,你们东歌不是有事吗?"

"哦,对对对。"阿九慌忙点头说,"他是去了,咱们等他的消息就成。"

"你带我去一趟吧,反正咱们也要路过西街,不停都行,我就看一眼,我……还是有点儿不放心。"夏如画悄悄抓紧了自己的衣服说。

阿九回头看着她,夏如画的眼睛清澈见底,满是信任和恳求。阿九迟疑了一下,缓缓点点头说:"好吧,但是不能停啊!只路过!"

"嗯!"夏如画欣喜地说。

天色已经渐渐变暗,汽车飞驰而去。夏如画望向窗外,远处的云彩和烟雾缠绕在一起,分辨不清。东歌夜总会的霓虹招牌在这灯红酒绿的街区上非常耀眼,遮住了天边隐隐的那一抹白,更加辉映出黑夜的墨色。夏如画暗暗祈祷,她和魏如风能够一起度过在海平的最后一夜,在其他城市迎接新的光明。

阿九带着夏如画离开东歌的时候，程秀秀正在烦躁地等待着魏如风。她坐在程豪的办公室里，一边望向挂在墙上的大钟，一边给魏如风拨手机，可是始终拨不通，程秀秀气得把电话扔到地上。

老钟敲门走了进来，不动声色地看着地上的一片狼藉说："秀秀，到点了，咱们该出发了。"

"魏如风呢？他来了吗？"程秀秀期盼地站起身说。

"没有。"

"我等他！"程秀秀赌气地坐回座椅里。

"秀秀，再不走可就赶不上飞机了。"老钟指指表说。

"那就不赶了！他不来，我不走！"程秀秀红着眼睛说。

"秀秀，你怎么又别扭上了？你总得想想你爸爸啊！他为你办美国签证费了多少力？他摸爬滚打这么多年还不都是为你？你怎么能为个魏如风就辜负你爸爸的良苦用心呢？"老钟走到她身边，劝慰她说。

"他明明答应了我的！为什么不来？"程秀秀伏在桌子上哭了起来。

老钟拍拍她的肩膀说："你常和魏如风一起，他什么样，你应该比我清楚吧？他在东歌待的这些年，程总和你，包括这些兄弟都没亏待过他，可他还是只认他自己的一条道，从来没把东歌、把咱们放在心里。不是我说，秀秀，你别对他太上心了，要不等到将来，你恨他都恨不够。"

程秀秀听老钟的话，突然觉得他似乎隐瞒了什么，心里一紧，眼泪都停住了。她也不抬头，就趴在自己胳膊上说："钟叔，他是不是真的做了对不起咱们的事？"

"你先收拾一下，出来再说。"老钟眨眨眼，拉开房门，站在一旁等着程秀秀。

程秀秀默默站了起来，眼睛里已经没了泪水，她拎起包，深吸了口气说："行，那走吧。"

老钟和程秀秀一起走出了东歌，他们没让人送，老钟自己开车，程秀秀坐在后面，并没有再提要等魏如风的事。老钟稍稍放下了心，不时从后视镜看程秀秀。

程秀秀低头摆弄着指甲，仿佛不经意地说："钟叔，上回我爸说魏如风和警察什么的事，到底怎么着了？"

"没什么，有你爸在，他能怎么着？"老钟避重就轻地说。

"我爸没把他怎么样吧？"程秀秀吓了一跳，慌忙问。

"呵呵，这女孩大了，果然是男朋友比亲爹重要。你怎么都不问问，他没把你爸怎么样？"

老钟的话让程秀秀有点儿害臊，她别过脸说："我爸还能怕了他？"

"你别说，他这回真差点儿害了你爸！现在走出来了，我也不怕和你说，他指不定就是警察那边派来的！他丢的那张纸条上，写的就是办你爸的那个警察的名字和电话！"老钟愤愤地说。

程秀秀这才把事情的来龙去脉弄明白，她想起魏如风那天坚定地对她说"没有"，心里堵得难受，有种不好的预感。

"那现在他呢？到底怎么着了？"程秀秀扒住老钟的椅背，凑上前问。

"你爸对他算仁义的了，看见纸条没当时就处理了他。你也应该听说了，最后这批 LSD 多重要。你爸让他去盯货，他姐已经被人看住了，货要是有事，神仙也救不了他们，货没事就看他们的造化了。你要是真舍不得他，就求求你爸，你爸没事了，兴许一心软就放了他们呢。"

程秀秀听得一片心凉，她没想到事情居然那么严重。她是了解她爸爸的，程豪做事一向缜密谨慎，即便这次魏如风没出差错，单凭那张纸条，程豪也不会轻易放过他，以免留下后患。但她相信魏如风，她不愿意承认那个在血腥中捂住她的眼睛、着火时保护她、为她爸爸挨过一刀的、她一直全心爱恋的人会彻底背叛他们。

"钟叔，你知道魏如风在哪儿对不对？你带我去见他！"程秀秀紧紧抓住老钟的胳膊说。

老钟手一动，方向盘差点儿偏了。他急打方向盘说："秀秀！你闹什么呢！这是在路上，你还要不要命了！"

"带我去见魏如风！"程秀秀并不松手，大声喊道。

"不行！你知道他在哪儿呢，你就要去？他现在在跟货！要是他真是卧底，你就等于去自投罗网！"

"不！他不会是卧底！我就要去见他一面！我不能让我爸害了他！"程秀秀带着哭腔说。

"那你还顾不顾你爸了？这节骨眼上，你要是……"

老钟的话还没说完就停住了，他感觉到一丝诡异的金属冰冷感贴住了他的耳后。老钟难以置信地透过后视镜看着程秀秀，程秀秀喘着气，颤颤地举着一把手枪抵在他的脑袋上。

"秀秀……"

"带我去！"

"你别开玩笑……"

"钟叔，我这是真家伙！我爸临走前给我的，让我带着以防万一。你带我去见他，这枪到机场就锁在后备厢里，我不会跟我爸提一句。今天要是见不到魏如风，咱们就耗在这儿了，你看着办吧！"

程秀秀咬紧嘴唇，把枪往前顶了顶。老钟绝望地攥紧了方向盘，在路口狠狠掉了头。

老钟开着车绕过市局直奔西街码头，而此刻叶向荣带着刑警队员也正在奔赴西街码头的路上。冷静守候了几个月，他终于得到了1149的确切消息。电话中1149的语气前所未有地激动，甚至听起来有些发颤，他的话语依旧简单，但有着一锤定音的坚定：最快速度封锁西街码头！

7。
西街 "10 · 29"

魏如风迎着海风，站在西街仓库门口。

东歌那边没谁过来，干活的都是眼生的人，卸完货一拍两散，再无瓜葛。以前都是老钟亲力亲为，这次他没有经手，只是事先告诉魏如风每个步骤怎么做，魏如风也一句都不多问，老老实实按老钟的指示进行，根本不去思索。

他已经没什么可挣扎的了，他从一开始就丧失了跟程豪斗争的筹码。更确切地说，这根本不是一场赌博，魏如风只能依着程豪指的路硬着头皮走下去，他不能输也输不起，因为赌桌上摆的是比他生命还重要的夏如画。

魏如风摸摸怀里，那里面有一张船票、一个小指南针、一张被夏如画注满标记的中国地图，简简单单的东西却承载了他们对生活的渴望和对未来的期盼。如今所有的这些，只剩下一条勒在他们喉间的透明的线，而线的彼端紧紧握在程豪手中。

船已经入港，箱子基本都被卸了下来，数目全部对上了。魏如风紧绷的神经稍稍松了一些，他现在只要作最后的确认就可以转交给其他人继续处理。海面上闪烁着星星点点的渔火，魏如风闭上眼睛转过了身，远处灯塔的探照灯打在他身上，拉成一条长长的直线，而就在他的身旁，出现了一道和他平行的黑影。

魏如风慢慢抬起头，滨哥站在他的面前，眼神深不可测。

两人默默对视着，滨哥开口道："货齐了吗？"

"齐了。"魏如风点头。

"你验了？"

"验了。"

"LSD？"

"LSD。"

"有枪和弹药？"

"有枪和弹药。"

"把手举起来吧，我是警察。"胡永滨掏出枪，指向魏如风说。

"我知道，除了我，东歌不应该有人来这里了，除非那个卧底得到了消息。"魏如风眼中没有一丝激动，只有绝望空洞的哀伤，"我之前真没想到你是警察，你们都太会骗人了。"

胡永滨皱了皱眉，没有答话，一把拽住他，闪身躲在仓库的黑影里。

作为卧底1149号，他这几年来为了掌握可靠的证据，在程豪的眼皮底下可谓如履薄冰，随时都有可能遇到危险。其中最危急的一次就是程豪最近对内部的怀疑，因为如果此刻被他揪出，那么不仅他的个人生命安全会丧失保障，这些年来市局警察所有的努力也会付诸东流。就在这个时候，魏如风偶然遗失了那张写着叶向荣名字的纸条。胡永滨将计就计，故意让阿九看到这张纸条，利用他急于上位的心理，用他的嘴去告密，转移了程豪的注意力，从而化解了近在咫尺的危险。

　　算算日子，胡永滨确定程豪会在最近出手，但是他没想到程豪居然会走这步险棋。虽然他自己躲过了危机，但是关于毒品的消息密不透风，程豪和老钟都没什么动作，不露丝毫头绪。而就在他一筹莫展的时候，他注意到了魏如风。

　　最先让他觉得古怪的就是魏如风带着一丝丝探询之意的电话，但仅凭这点不足以让他怀疑到和这批货有什么直接关系，只觉得魏如风有点儿自己的盘算，兴许是不想在东歌干了。让胡永滨猛然惊醒的是夏如画的出现，他在东歌没看见魏如风，而夏如画却满脸焦虑地到门口来找他。这只能说明，魏如风被安排到了他看不见的地方，而且是保密的。他顺势套出了夏如画的话，西街码头这个地名一目了然，他几乎肯定，魏如风被派去接货了。

　　本来他想把夏如画保护起来，但是阿九突然出现。时间紧迫，他必须尽快通知叶向荣，并且不能让阿九看出端倪，只得让他带走了夏如画，自己比叶向荣还提前一步来到这里，进行最后的决战。

　　其实在这些年里，东歌中让他还存有一些念想的人就是魏如风。他的确在程豪的犯罪活动中起到了协同的作用，但是胡永滨相信他是误入歧途的。他从老钟偶尔的调笑中能隐约感觉到，在这对年龄不大的姐弟身上发生过一些痛苦的事，因此魏如风很多时候都透露出不情愿和自暴自弃的情绪。他落寞的身影和他对夏如画的真诚触动了胡永滨心底的柔软之处，令他为之微微动容。在他们身上，他看到了隐藏于犯罪行为之下的温暖情感，因此他想在最后时刻，拉他们一把。

　　"魏如风，你听着。你现在别出声，跟我出去，我们的人马上就要到了。你的问题我们会郑重审理，我们也会全力救出你姐姐……"胡永滨沉声说。

　　"我姐怎么了？"魏如风猛地抬起眼，脸色苍白。

　　"你先冷静点儿！你姐被阿九带走了。程豪不在海平，老钟和程秀秀去了机场，我们的人会把他们截住，所以不会出什么大问题。你现在必须配合我们的行动，必须投降！"滨哥注视着仓库动静，焦急地说，"如风，我以滨哥的身份跟你说一句，你不是没得选！你还有机会，你要为你们的以后想想！"

"滨哥，你不知道，你来了这里，我们就没有以后了……"魏如风轻喃着，他的眸子仿佛结了一层冰，目光没有一点儿温度。

胡永滨怔怔地看着他，魏如风猝不及防地推开他说："只要这里出事，他们就会杀了她。滨哥，你要是真想帮我就别拦着我，我得救她去，我答应带她走的！"

胡永滨伸出手，却只够到了他的衣角，魏如风玩命地向仓库外跑去。他的这个举动很可能为叶向荣的追捕行动带来很大的麻烦，仓库中已经有人看到了他们，警惕了起来。时间紧迫，再深刻的怜悯也只能放下，胡永滨深吸了口气，他闭上眼睛，扣动了手中的扳机。

清脆的枪声在仓库中发出诡异的回响，远处隐约传来了警笛声，然而一切都不能阻止魏如风的奔跑。在他心中只剩下最单纯的执念，跑出去，救夏如画。海波和暗灯交织成缥缈荡漾的光线，他逆光而行，并不止步。

老钟把程秀秀放在西街码头，他没有跟着程秀秀进去，他有种很不好的预感，觉得这回真的要出事了。程秀秀也不管他，把枪藏在包里就往里跑。

她刚摸到库里，就听见了胡永滨的枪声，那尖锐的声音刺穿了她心底的恐惧，她想到魏如风浑身是血的样子，手脚都颤抖起来。程秀秀顾不上周围的混乱，大叫着魏如风的名字，疯了一样往仓库深处跑去。

程秀秀没走多远就听见了魏如风的声音，他被突围进来的叶向荣抓个正着，按在了地上。

"叶向荣！你放开我！是我！我是魏如风！"

魏如风奋力挣扎，叶向荣紧紧扣住他的胳膊说："我知道是你！不许动！"

"你帮帮我！我求你帮帮我，你以前答应过我的，你说过我找你就行的！"魏如风急得两眼通红，语无伦次地说，"我姓魏，那天下雨，你说你一定会帮我，送我回家！你忘了吗？"

"我姓魏"这三个字一下子触动了叶向荣尘封的回忆，他从地上一把拽起魏如风，使劲盯着他看，眼前的英俊少年渐渐和十年前那个瘦弱的孩子合为一体。叶向荣难以置信地低喃："是你？怎么会是你？"

"叶向荣，你放开我，我要去救我姐，她还在程豪他们手里！我不会逃跑的，你让我做什么都行！我知道东歌的事也知道程豪的事，我都告诉你，但我求你现在放了我！我必须去，来不及了，来不及了！"

魏如风几乎给叶向荣跪下了，叶向荣拉住他，焦急地问："如画怎么了？她在哪儿？"

魏如风刚要说话，却被又一声枪响打断了，他痛呼一声，手臂软绵绵地垂了下来。叶向荣忙拉稳他，掏出了枪，指向他的身后。

程秀秀就站在那里，她的枪口冒着烟，身体因手枪的后坐力和极度的悲愤而有点儿趔趄。她颤抖地高举着枪，牙齿无法控制地发出"咯咯"的叩击声。

程秀秀没想到魏如风真的和叶向荣认识，没想到他为了夏如画真的想置她爸爸于死地，没想到自己为他奋不顾身地跑回来，却落得被彻底背叛的下场。那一刻所有的爱恋都化成了更为强烈的憎恨，她后悔、不甘、屈辱并且心疼。扣动扳机的时候，程秀秀流出了眼泪，她绝望地嘶喊："魏如风！我杀了你！我他妈杀了你！"

程秀秀的枪没有准头，但她豁出去了，面对着叶向荣，她竟然还往前走了几步。叶向荣拖着魏如风滚到一旁的箱子后面，子弹打入箱子后冒出了黑烟。叶向荣使劲吸了口气，面色凝重地问："你们运炸药了？"

魏如风捂着胳膊点点头，叶向荣脑袋"嗡"的一声，他一边转身跑一边大喊："卧倒！都卧倒！要爆炸！"

叶向荣回头伸手去按魏如风，但是他摸了个空。跑出仓库的那一刹那，在一片流焰的闪光中，他仿佛看见魏如风走向了程秀秀，程秀秀仍然举着枪，他拉住她冲她说了什么，程秀秀濒临绝望的声音隐约传来，而叶向荣并没听清。

随后，整个西街轻轻地颤了一下。

阿九和夏如画开车赶到西街码头的时候，那里已经被大火吞没。

警车、急救车、消防车挤在一起，各自发出不同的哀鸣。很多人胆战心惊地站在一旁，还有不少人声嘶力竭地呼喊着自己亲人的名字。

空气里散发着难以形容的焦味，夏如画痴痴地看着冒着黑烟的火苗，仿佛自言自语："如风在里面吗？"

"是……啊……"阿九瞠目结舌。

老钟是临时告诉阿九让他盯紧夏如画的,他很慎重地把阿九叫到一旁,让他随时听下一步安排,并没多说什么。阿九也没问,老钟的话里话外透着提点他的意思,让他觉得自己终于得到了认可和器重,心里格外舒坦。阿九一直守在夏如画和魏如风住的地方,夏如画从楼里出来时候,他给老钟打了电话。听说她并没带行李,老钟也没太担心,就让他务必跟紧。直到在东歌门口,看见她要从滨哥手下逃走,阿九才现身拦住了她。整个过程他都是糊里糊涂的,能隐约感觉到跟魏如风有关,而到底发生了什么,阿九并不清楚。所以看着眼前染红天际的大火,想着已经无处可寻的魏如风,他完全惊呆了。

阿九的手机突然响了起来,他手忙脚乱地接听,程豪的声音带着微微的嘶哑传到了他的耳中:"阿九,你开车带着夏如画离开海平!往南走!"

"程……程总,着……着火了,魏如风在里面,我……我……"阿九胆战心惊,语无伦次。

"我知道!你快带她走!路上我告诉你地点,和我会合!马上!"程豪的声音陡然拔高。

"可……可是……"阿九瞥了眼仿佛失去魂魄的夏如画,犹豫地说。

"阿九,秀秀也在里面。我现在没女儿了,你以后就是我的干儿子,我所有的东西都有你的一份!你,现在,马上,带夏如画走!"程豪的语气带着不容置疑的狠绝和诱惑。

阿九一下子愣住了,他抬起头,望着海港和大火,心里剧烈地翻腾起来。他有些恐惧,更有些心动,曾让他无比羡慕的东西,以后即将属于他,这种承诺让他难以抗拒。程豪的话就像魔咒一样,蛊惑了他的心。

"阿九!"程豪并没给他想太多的时间,紧紧逼迫。

"好!"阿九深吸了口气,瞪大了眼睛说。

夏如画跑向火场时,被阿九紧紧地拉住了。他敲晕了她,反剪她的双手,把她放平在汽车后座。锁上车门的那一刻,阿九故意忽略了夏如画脸上的泪痕,他的手有点儿抖,打了三次火才启动汽车。阿九狠狠踩下油门,汽车背离海平,飞驰而去。

而在夏如画最后的清醒意识里,无数的曾经转眼化作过眼云烟,无数的誓言最终一炬成灰。她只记得她孤独地站在绯红的火影中，而她的身边已经没有了魏如风……

8。
终身误

西街"10·29"大爆炸平添了不少亡灵，有涉及走私的嫌疑犯，有码头工人，有办案公安，有无辜的路人。而伴随着这个轰动海平的事件，程豪走私案基本上全面告破。

那天吴强在海平公路的收费站截住了老钟，老钟并没作太多的抵抗，老老实实地被带回了局里。只不过他仍在垂死挣扎，审讯的时候一直装傻，死不承认自己的罪行。直到叶向荣带着胡永滨进来，老钟才明白自己是躲不过了，他死死盯着胡永滨说："你行！有种！别说，穿上这身皮，还真像警察！"

"老钟，你现在坦白还来得及。"胡永滨不理会他的嘲弄，冷静地说。

"有什么可坦白的？你肯定是弄明白了才下的手啊！咱们也认识这么多年了，你说吧，要怎么指控我？"老钟斜靠在椅子上说。

"老钟，我问你，程豪现在在哪里？"叶向荣问。

"在青安开会啊！他知道。"老钟看了眼胡永滨说。

叶向荣狠狠一拍桌子说："你少废话！他已经逃离青安了！我问你，他可能藏匿在哪儿！"

"那我就不知道了，你们派的人没跟住吗？那可不行，比胡警官失职多了！"老中皮笑肉不笑地说。

叶向荣心里正烦，程豪确实巧妙地甩开了他们的侦查员，神不知鬼不觉地从青安消失了。现在证据确凿但主犯在逃，加上"10·29"的爆炸事件，

让这个案子别扭地悬在了那里，市里、局里、队里以及所有的办案警察压力
都非常大。和他们不一样的是，叶向荣还在心急如焚地担心着夏如画和魏如
风的事。魏如风在爆炸中心，基本没有生还的可能了。而按他的说法，夏如
画被扣在程豪手里，也是凶多吉少。叶向荣感觉自己有无穷的力量要去帮他
们，可是现实让他无处着手。老钟的话一点点地刺激着他，叶向荣的愤恨一
触即发，就在他跳起来要去揪住老钟时，胡永滨一把拉住了他，把他按在了
椅子上。

　　"我真没想到你对程豪这么忠心，但我要提醒你，你这么袒护他，有什
么意义？"胡永滨冷冷地说。

　　老钟哼了一声扭过头，并不答话。胡永滨接着说："你知道你和程豪最
大的区别是什么吗？很简单，那就是现在你坐在我们面前，而他不在。"

　　老钟抬起头，看了胡永滨一眼，又匆匆垂下，叶向荣发现他的神色有些
不安起来。胡永滨的语气没有变化，仍然一副淡淡的口吻说："你以为是自
己倒霉才被我们抓住的吗？你愿意认栽也行，我就说三件事：第一，你想想
他为什么给程秀秀一把枪，他防的总不会是警察吧？那把枪我们已经检测过
了，很有意思，上面有程秀秀和你两个人的指纹，如果程秀秀今天没用过那
把枪，那么我想那把枪会是在你这里吧？第二，他为什么没给你办和程秀秀
同一天的机票到美国？的确，他说的有一些是事实，签证很不好弄，货要到，
时间也没法安排，等等。但是，我要告诉你，你的申报资料从来没在海关出
现过。第三，老钟你应该比我更了解程豪吧？这次你把魏如风放得很开，大
于程豪想要的程度，是因为你也怕有万一吗？还用我继续往下说吗？程豪希
望你能留下，帮他处理这批货，你将计就计让魏如风留下，接货、等消息。
你们都是在找最合适的替罪羊吧？"

　　老钟的嘴微微张开了，神情和平时精明的样子相去甚远，可他自己都没
有发现，只是直直地看着胡永滨。胡永滨跟他对视，老钟渐渐开始微微摇晃，
接着就喘起气来。

　　叶向荣敬佩地看了眼胡永滨，转过头说："我问你最后一遍，程豪躲在
哪里？"

　　"我……我真不知道……"老钟脸色灰白地说，"他没告诉过我他具体
要去哪儿，可能已经出国了。"

胡永滨和叶向荣对视了一下，他们都知道，现在老钟肯定没有说谎，他的确不知道程豪去了哪里。

从审讯室出来，叶向荣点了根烟说："程豪没逃出去，我们一早就派人盯住了，最近都没有他的出入境记录。伪造证件的可能性也不大，他的照片已经发出去了，他现在肯定还在中国，就是他妈的不知道他具体藏在哪儿了！"

"你先别着急，他逃得了一时逃不了一世，这案子你已经办得很好了。"胡永滨拍拍他的肩膀说。

"还没抓住程豪算什么好？"叶向荣愤愤地说，"你也要注意点儿安全，我怕你身份暴露后会惹麻烦。"

胡永滨微微一笑说："放心吧，我自己有数。"

两人一起往侯队长的办公室走去，走到门口的时候，他们迎面遇上了吴强。吴强拉住叶向荣，塞给他几张照片说："在西街仓库现场找到程秀秀的尸体了，你们看看吧。她当时是背冲着爆炸点，应该已经往外跑了，但是……人已经没样子了。"

胡永滨怔怔地看着照片中那已分辨不出面貌形状的人，想着平日里程秀秀搭着他肩膀管他要酒喝的样子，心里有点儿苍凉。他又想到了一直隐忍着站在他身边，绝望地恳求过他的魏如风，低声问："那魏如风呢？"

吴强摇摇头说："目前还没发现……他们说，魏如风有可能比程秀秀还靠近爆炸点，所以……"

吴强的话让胡永滨和叶向荣都沉默下来，叶向荣的手不知不觉地攥紧了。他曾分别向这对姐弟承诺过，会帮助他们，而此刻他连他们在哪儿都不知道了。

阿九带着夏如画一路向南，他们没住过旅馆，阿九总是把车开到偏僻的地方打个盹，然后再等程豪的电话，沿着他说的方向前进。他怕夏如画在路上挣扎，因此一直绑着她，并不停地给她服用安眠药，甚至为了防止她逃走，连吃饭都只是给她灌些汤粥。夏如画一直昏昏沉沉的，几乎没有清醒的时候。她总是宛如梦呓般地在半梦半醒中呼唤魏如风的名字，这让阿九浑身的汗毛都竖了起来。

阿九没和夏如画有过什么交流，他不知道该怎么面对夏如画。那些天他几乎睡不着觉，一闭眼魏如风就出现在他面前，冲他竖拇指，笑着叫兄弟。每每这个时候他都会惊醒过来，再也无法入眠。要不是程豪时不时打来电话，他肯定撑不下去。

最终阿九带着夏如画在汉丰和程豪会合，三个人都不复当初的样子。从来衣着整齐的程豪只随便穿着一件旧衬衫；阿九眼底一片青色，满脸胡楂儿，而夏如画清瘦得只剩下一点儿重量，合着眼睛，几乎看不出生命的痕迹。见面后，程豪没和阿九多说什么，只是拍了拍他的肩膀，塞给了他一沓钱和一盒烟。阿九手里攥着他从不曾拿过的厚厚一沓钞票，心底却一片茫然。和程豪一起深一脚浅一脚地把夏如画搬入低矮残破的小屋时，阿九明白，他已经马入夹道，无路可退了。

夏如画是晚上醒过来的，外面下起了雨，淅淅沥沥的声音让她打了个冷战。她环顾四周，这里没一个她熟悉的东西，她不禁瑟缩起身体，把目光定格在程豪脸上。

"如……风呢？"夏如画很久没发出过连续的声音，嗓子有些嘶哑了，她舔了舔干裂的嘴唇说，"让他进来陪我。"

"你看，她长得像我吗？"程豪并没回答她的话，他举起手中的报纸，指着上面报道"10·29"案子刊登的程秀秀的照片，反问夏如画说，"眼睛和鼻子，嗯，好像是有那么点儿像。她还是像她妈，但比我们俩好看，从小就有人说她会长，挑我和她妈的优点。"

"如风呢？你让如风进来。"夏如画慌张起来，她小声地啜泣着说。

"她妈是生她的时候死的，那会儿我成分不好，穷得叮当响。她妈难产，大出血，市里的大医院不收她，我把她拉回镇子里，一路上她一直哭喊，但没一个人帮我们一把。镇医院值夜班的大夫过了好久才出来，他都没仔细看就说只能硬生了。她妈执意要冒险生这个孩子，结果秀秀生下来三个小时后，她妈就去了……她明明能活下来的，她那么喜欢孩子，却只当了三个小时的妈妈……从那时候起，我所有的感情就都交给这个孩子了，我发誓要连她妈的那份一起，把我这一辈子和她妈没过完的下辈子都用在秀秀身上。我要挣很多钱，我要秀秀再也不用过没钱的日子，我要她幸福，要让她妈含笑九泉！"

程豪的声音越来越大，他激动地颤抖起来，夏如画恐惧地躲向床角，而程豪一步步向她靠近。

"我的秀秀很出色，她漂亮、仁义、单纯。但是她死了！她都没活过她妈妈的岁数就死了！她居然和魏如风一起死了！"

"不！没有！如风他没有死！没有死！"

夏如画仿佛听见了什么可怕的魔咒，她疯狂地摇着头，大声嘶喊起来。程豪红着眼，把她按在床上，掐着她的脖子说："他死了！就是死了！炸死了！烧死了！化成灰了！连骨头都没剩下来！我说他死，他就得死！"

"为什么？为什么？"夏如画空洞的眼睛里流下了泪水。

"这要问你自己啊。"痛苦和得意两种表情同时出现在程豪的脸上，狰狞而扭曲，他的眼里跳跃着诡异的火焰，如同那晚西街的大火，在夏如画的眼中从模糊渐渐变得清晰，"我第一次看到你，你身上很脏，染着阿福的血，眼睛像破了的玻璃珠子，里面什么都没有，那种绝望的表情，就和现在一样……那让我觉得很有趣，你们的弱点就在我的眼前，脆弱得只要轻轻一捏就能毁掉。我告诉你，你们从来就没有选择的机会，有的人可以决定千千万万人的命运，有的人只能承受别人的安排。魏如风太高估自己了，他居然真的敢找警察！他居然连累了秀秀！我要让魏如风死了都感到绝望！我要为我女儿报仇！我要让你生不如死！"

程豪哈哈大笑起来，他的手越掐越紧，窒息的痛苦使夏如画的神志渐渐涣散，极大的悲痛使时间和空间错位了，雨水和火焰混合在一起，一边犹自在下，一边犹自在烧。夏如画觉得自己心底的一根线随着魏如风湮灭的生命而断掉了，窗外一道闪电打过，命运轮回，她仿佛又回到了那个改变她一生的夜晚。

夏如画奋力地挣扎起来，突然爆发的力量大得惊人，程豪被她击中了眼角，血顺着他的脸滴下。

他手一松，夏如画翻身爬下了床。她却并不逃跑，只是怔怔往窗边走去，趴在窗台上笑着说："你看，天黑了。如风就要回来了，他答应过我的，不会很久。外头下雨呢，我要拿伞去接他。对了，你快走吧！他回来会拿刀砍你的。"

夏如画走到程豪身前，手指轻飘飘地划过他的肩膀说："一下子，把这里割出血……"

　　夏如画"咯咯"笑着转过了身，她猛地回过头，无比认真地说："我们要到老到死都在一起的，我们真的幸福过，一定有一天，我会再见到他！你信吗？我信！"

　　程豪痴痴地看着她，任由鲜血迷了双眼。报纸里的程秀秀静静地躺在地上，孤傲地瞥着她的父亲，血滴晕染在她的脸颊旁，如同绽开了一朵妖冶的花……

　　那年，夏如画二十二岁，魏如风不详。

Chapter 7

二十六岁 ...... 花开半夏

在那个夏天之后，他们终于遗落在时光深处，
瑰丽的色彩悄无声息地消失，
谁也记不清他们是否真的绽放过……

1。
落魄

　　程豪和阿九带着夏如画最终一起逃往了甘南，那里有程豪很早以前置备
的一间房子。这房子没有任何人知道，他一直交给当初闯荡海平时认识的朋友
打理。那个人姓郭，原来是个技工，跟程豪一起在码头调运汽车，结果在一次
意外中，被拖车砸伤了一条腿，落下了残疾。郭子在海平混不下去了，无奈只
好回到甘南老家。他家里没人，日子过得很苦，临走前还是程豪替他准备的路
费。后来程豪有了点儿钱，一转念就把他老家的房子给盘下了，名字还是郭子
的，表面上是帮了旧日兄弟一个忙，实际也是为自己留了一条秘密的退路。

　　郭子对程豪感激涕零，他嘴很紧，这些年都没跟别人提过房子的事，只
说手里的钱是工程老板赔的，单留出一间房，是给他在海平打工的弟兄留着
回老家娶媳妇用的。平时程豪从不找他，他也不去主动联系程豪，自己一个
人养了几头猪，这么多年过得很平静简单。

　　程豪他们到甘南的时候，天已经擦黑了。郭子打开门看见程豪，惊异地
愣住了，随即赶紧闪开身，把他们让进了屋。阿九背着昏昏沉沉的夏如画，
郭子张罗着给她找床新被，程豪拦住他说："不用了，让人看了惹眼，我们
都不讲究，和平常一样就行。"

　　郭子诺诺应着，忙活了一阵后，程豪坐下拍拍他的肩膀说："郭子，我
得在你这儿住一阵子了。"

　　"住住！这房子本来就是你的，我们这里人少，住得又都远，你放心。"
郭子递给程豪一杯水，说。

　　程豪若有所思看着他，郭子拄着拐，关上窗户说："这破地方早晚温
差大，我看秀秀像是病了，我给你们关严点儿，别吹了风。"

　　"她不是秀秀。"程豪垂下眼睛说。

　　郭子尴尬地咧咧嘴说："我见她还是小时候呢，现在可认不出来啦。"

　　"秀秀要是见到你，估计也认不出来了。你还记得吗？小时候她总找你

要糖吃呢。"程豪笑了笑，心底却疼了起来。

"记得，那孩子从小就水灵，现在肯定更出息了。她还好吧？怎么没跟你一起来？"

"她还好，我送她去美国了。"程豪涩涩地说。

"你就是有本事！"郭子由衷地赞叹道。

"我们几个也要走，不过走之前还有些事要办，所以这些天得麻烦你。现在出国麻烦，国家管得严，你也别往外说。"程豪喝了口水，慢吞吞地说。

"程哥，你就别和我客气了，你知道，我嘴最严，你办你的事，我一个字都不会往外说。"郭子很郑重地说，程豪冲他点了点头。

三个人就此安顿下来，警方并没有查到这里，对程豪来说，至少暂时是安全的。

只是夏如画的情况很糟糕，她在十七岁那年就受到过强烈刺激，已经留下了心理和生理的双重创伤，而这次的刺激更加强烈，已经彻底摧毁了她的精神。强烈的痛苦压抑了夏如画的精神，她非常自闭，每天除了必要的生存活动，就只是抱成一团，缩在墙角。程豪曾故意说一些话来刺激她，甚至动过手，但她一点儿反应都没有。

夏如画的这种状态让程豪很烦躁，所以年底的时候程豪给她吸食了LSD。迷幻剂的作用终于让夏如画宛若死灰的生命有了些活气。她对 LSD 产生了强烈的依赖，并开始时常出现幻觉，和程豪说着完全不着边际的话。

她混乱的意识深深拒绝着时光的冲洗，忽而春夏，忽而秋冬，回忆和现实交织成了一场迷梦，她犹自坚信魏如风会回来找她，因而深陷其中，不愿清醒。

夏如画管郭子借了一合老旧的录音机，她每天都会听录下《卡门》的那盘磁带。当初因为疏忽忘记关掉录音键，所以磁带里还保留了一小段她和魏如风的对话：

"姐，我还有些事。"

"什么事？晚上回来吗？"

"放心，只是见个朋友，晚上……不好说。"

"回来吧！我还有事跟你说呢！"

"行。"

"那我先走了！你可一定要回来啊！"

"哎。"

夏如画最爱听魏如风的那声"哎"，她一遍遍地倒带回去，小心翼翼地捧到耳边，认真地听。这时候不管谁在她身边，她都会很高兴，乐颠颠地把录音机凑到别人跟前，说："你听，他说'哎'，如风答应了我的，晚上就回来！"

有一回程豪不耐烦地把录音机扔到了地上，夏如画简直就要和他拼命。阿九费了很大劲才把她的手从程豪脖子上拽开，连LSD都不能吸引她了，最后还是郭子把那段录音重放了一遍，夏如画才安静下来。

平常夏如画只穿行李里带的魏如风的衣服，宽大的衬衫挂在她不到九十斤的身体上，晃晃悠悠的，她小心地挽起袖子，不让任何人碰。就连吃饭的时候，她都使劲抻长脖子，保持着怪异的姿势，怕食物掉在衣服上，掩盖住魏如风的味道。

看到她这个样子，程豪总会故意说些残忍的话："人都死了，哪儿有味道啊！"

夏如画认真地摇摇头说："如风他没死。"

"他早变成灰了，摆在你面前，你都认不出来。"程豪轻蔑地说。

"变成灰我也能认出来他，他摔坏过膀子，左肩膀比右肩膀高，肋骨骨折过，是左边的第四根，胳膊上有一块烫伤的疤，半个手掌大，我都记着呢。"夏如画细数着魏如风身体的特征，好像他就在她眼前一样。

"你认得，也是死人！你别指望他找到你！"程豪恶狠狠地说。

"如风他没死，他说了要回来。"夏如画坚定地说。

对话又回到原点，程豪禁锢着夏如画，夏如画禁锢着自己的心。

这样的场景令阿九渐渐失去了耐心，他觉得这里每一个人都是病态的，郭子是身体有病，而程豪和夏如画都是精神有病。每天和这些病人在一起，阿九非常压抑，对过去的恐惧和对未来的茫然几乎要把他逼疯。他不止一次地问过程豪，他们要怎么办。程豪总是说，他在筹划出国，他只带着阿九，要把夏如画留在这里自生自灭。

话语间程豪隐约提醒阿九，让他不要轻举妄动，如果他对程豪起了二心，那么他就一个子儿都拿不到。程豪始终没告诉阿九他的钱究竟在哪里，只是说等安顿下来，自然有他一份。

但是阿九已经分辨不出自己对所谓的金钱和异国有多少渴望了，他留下来更多的是不得已，走出第一步就已经无路可退。最初他还为魏如风的死而痛苦，总觉得自己多少也参与了那场大火，带走如画更是对不住他。后来阿九完全麻木了，甚至想魏如风反倒解脱了，他不用品尝逃亡的滋味，一了百了。

逃亡比死亡更残忍，死亡是无法避免的结局，是所有人的终点，而逃亡则是一种生无可恋、死无可顾的无边落魄……

2。
牢

程豪的罪行被彻底揭开，海平市有史以来最轰动的特大走私案终被侦破。天网恢恢，疏而不漏，在这场旷日持久的战役中，正义战胜了邪恶。

那年冬天，侯队长光荣退休了，"10·29"的案子给他的警察生涯画上了一个圆满的句号。海平市电视台法制报道栏目还制作了一期特辑，片名就叫"警魂"。

侯队长上班的最后一天，刑警队所有队员一起为他办了场酒席。侯队喝了不少酒，他把胡永滨叫到了自己跟前，亲自给他戴上了警帽，颤颤巍巍地向他敬了个礼。胡永滨的泪水一下涌了出来，一个大男人就当着那么多人的面，泣不成声。在叶向荣的印象中，他一直是1149，一个有点儿颓废、敏锐谨慎的卧底，冷静得不带丝毫起伏的情绪。而在那天，虽然他哭得失了样子，叶向荣却觉得他比谁都更像是个铁骨铮铮的警察。

海平市公安局向全国通缉程豪，叶向荣正式接过了侯队长的班。原来一直和程豪有过节儿的张青龙最近炒起了房地产，有人举报他资金来源不明，刑警队和缉私队又忙碌起来。叶向荣同以前一样，工作十分认真，全心投入。唯一不同的是，叶向荣的力量中蕴含着一股以前从没有过的深切的悲痛。而这悲痛的源泉，正是夏如画和魏如风两个人。

叶向荣把他第一次调查时收集的夏如画和魏如风的照片嵌在相框里，放在了自己的家中。夜深人静的时候，他们的面孔总是轮番地在他脑子里转悠，一个怔怔地望着他说：“等着你，叶向荣！”一个哀伤地低吟：“叶大哥，求求你！”这两句话就像刺一样，深深戳在叶向荣的内心深处。

那时候，他认为自己在他们面前是无敌的，但他小看了人性的弱点，也低估了少年的苦痛。老钟在后来陆陆续续的审讯中，把他所知道的关于程豪的事都说了出来。在他的叙述里，叶向荣终于知道了七年前的那桩强奸案，知道了他们隐秘绝望的恋爱，知道了魏如风受制于程豪的原因，知道了为什么夏如画在最后时刻放弃了相信他。

原来他从来没能帮过他们，在他们最需要帮助的时候，出现在他们面前的是带着他们越走越远的程豪。他们太小、太傻，生活际遇的偏差不像上学时犯的错，他们根本就没有机会写检查悔过，也来不及作出正确的选择。

通缉程豪的时候，并不涉及阿九和夏如画。因为至少在“10·29”案发时，阿九仍然在程豪的走私系统之外。虽然那天胡永滨看见阿九带走了夏如画，但那并不是绑架，夏如画是自愿跟着阿九离开的，而他们是不是和程豪在一起，没人能确定。

叶向荣自费刊登了寻人启事，接待他的恰恰是陆元，他在那家报社实习，当了记者。他知道叶向荣的身份，所以并没有告诉叶向荣自己和夏如画的关系，只是暗暗守候着这则寻人启事的消息。但是很长时间过去了，仍然没有一点儿蛛丝马迹。

陆元和苏彤一直没断了联系，他们彼此约定，永远等着夏如画和魏如风的来信，只要有了消息，就一定要通知对方。“10·29”的大案让他们俩心惊肉跳，他们最清楚那天是什么日子，然而他们不知道夏如画和魏如风逃到了哪里。

新闻报道了这个案子之后，苏彤就去西街码头了，她呆呆地站在海边望着，现场被拉起了警戒线，远处的大海浩瀚无边，无奈感随着海潮一起涌现在她心底。在这片她最熟悉的城市的海岸，她却找不到她最想找到的人。

那时他们谁也想不到，魏如风和夏如画分别身处怎样的境地。

就这么又过了几年，夏如画的神志已经非常混沌了，她把她房间里的墙都涂满了，密密麻麻地写着和魏如风的过往。有时她记不清了，就跑出来问程豪和阿九，纠结于那些对话究竟发生在早晨还是黄昏，魏如风说的是"好"还是"可以"。

程豪觉得烦了就把她锁起来，他身上 LSD 的存货早就没了，而夏如画已经被药物侵蚀透了，看着她变得迷蒙的神情，程豪觉得快到了结的时候了。

偶尔清醒时，夏如画也偷偷溜出去走走，虽然程豪他们发现后还是会把她锁几天，但并不像最初那样紧张了。因为附近本来就没多少人，见过她的都知道她脑子坏了，没有谁会相信她说的话。而且程豪知道她不会跑，他随口说让夏如画老实跟着他，就带她见魏如风。夏如画把这句话视为福音，天天盼着程豪带她去找魏如风，根本不会自己逃开。

那天夏如画见院门没锁，就迷迷糊糊地走了出去。甘南山脚下有一座小庙，夏如画在庙前的一棵大树下遇见了一个算命的老太太，她面前摆了一张纸，上面写着："偶开天眼见红尘，方知身是眼中人。"

夏如画走到她身边好奇地张望，老太太费力地抬起混浊的眼睛，指了指眼前的小凳子说："小姑娘，要算命吗？算算吧，很准的！"

夏如画坐在她面前，老太太拉过她的手，攥在手里说："问什么？姻缘、事业、财运……"

"我想找个人，我不知道他去哪儿了。"夏如画殷切地说。

"哦。"老太太点点头，掏出一张粗糙的纸说，"把他的名字写上。"

夏如画接过纸，一笔一画地写下了魏如风的名字，捧起来交给她。

老太太看了看，又递过来说："把你的也写上。"

夏如画又写上了自己的名字，和魏如风并排，挨得紧紧的。

老太太闭上眼，想了很久，慢慢睁开眼说："你可以见到他。"

"那他在哪里？"夏如画开心地笑着说，"我找他去！"

老太太并不回答，顿了顿说："你见没见过血光？"

"见过。"夏如画不由得一哆嗦，血光她见了很多次了。

"那……你们只能再见一面！"老太太又闭上眼睛。

"为什么呀？"夏如画沮丧起来，笑容凝固在了脸上。

"他名字沾鬼气，来路不明，去路也不明。你们俩本是冤亲债主，三世一轮回，三生见一面，可是错走奈何桥，他追着你来了人间。你见了血光，便破了咒……可惜可惜，你们就只有再见一面的机缘了。"老太太狡黠地望着她，昏黄的眼睛闪着莫名的光芒，"不信你想一想，他离开是不是为了你，你来这里是不是为了他，你们俩是不是孽缘呢？"

夏如画怔怔地看着她，一声不吭。恍惚间她又想起了很多事，魏如风刚遇见她时脏兮兮的样子，她第一次喊出他名字的样子，他告诉她爱她的样子，他在雨天为她撑起伞的样子，她最后一次见到魏如风的样子……

"喂？小姑娘，你还没给钱哩！"

夏如画缓缓站起，没理会她的呼喊，扭身离去。老太太不复刚才的冷静，站起来揪住她，管她要三元钱的命理钱。而夏如画就像听不懂她说什么一样，只是眼神空洞洞地越过她，看向远处。

阿九出来找她的时候，看见她正在和老太太拉扯。他忙过来，问清缘由，不耐烦地扔给了老太太三元钱，拉起夏如画说："人都他妈死了，还算什么算啊！"

"没关系的。"夏如画晃晃头说。

"什么？"阿九不知所谓地问。

"只要抬起头，我们就能看到同样的天空吧？想起我，他会觉得幸福吧？不管在哪儿，我都还能遇见他吧？"夏如画自言自语，"我要等着见他，只要一次，再一次就够了。"

夏如画眯起眼睛，干燥的风吹乱了她的头发，甘南低矮的云层中照耀下的一束天光，打在夏如画的身上。那种独特的光芒让她的身体仿佛变透明了，就像要消失一样。

阿九看着她，一瞬间怔住了，直到那束光重新被云彩遮住，阿九才转过头，一把拽住她，愤愤地骂了句："神经病！"

阿九带着夏如画回到了郭子家，意外的是郭子竟然正在收拾东西。程豪坐在门边抽烟，阴森森地抬起眼问："你们去哪儿了？"

"她跑出去了，我抓她回来。"阿九最害怕程豪这种若有所思的阴沉模样，忙向他解释。

"你去收拾收拾东西吧！一会儿咱们就离开这儿了。"程豪的语气不容置疑。

阿九张大了嘴，这么长时间过去，他已经对走出甘南绝望了，以为就要在这个荒僻空旷的地方一直躲下去。他根本没想到程豪出其不意地作出这个决定，忙点点头，飞快地跑回自己的房间，生怕他反悔似的。

夏如画也是一副开心的样子，她想程豪兴许是要带她找魏如风去了，她乐呵呵地坐在窗台上，跟着电视里的歌哼唱："几度风雨几度春秋……"

程豪看了她一眼，深深吸了口气，这首歌是《便衣警察》的主题曲，曾经风靡一时。但是电视中并没有播这个电视剧，而是在播一个叫"警魂"的法制特辑，程豪刚刚看完这个节目，里面有关于他自己的影像，罗列着无法饶恕的罪名。

程豪知道甘南这个地方再也待不下去了，虽然这里人少，但万一哪个人认出了他，那就会是灭顶之灾。他叫来郭子，让他马上收拾一下，傍晚就走。郭子不明所以，但看程豪神色紧张，知道一定出了什么事，忙答应着操办起来。程豪怕郭子知道太多，拿起遥控器去关电视。屏幕上记者正在海平市公安局办公大厅采访侯队长，他身后有一个海报栏，上面贴了一些警察的照片。程豪看着那些照片愣住了，他一动不动地盯着电视，手轻轻地颤抖了起来。

那上面有一个他非常熟悉的人——胡永滨。

3.
落花有恨

程豪他们很快整理好了东西，除了要紧的钱物，其余的都没拿走，看上去就像要去镇子里转一转，而不像要出远门。

　　夏如画特意穿上了一件魏如风留下的白衬衫，她仔细地挽上袖子，扎起头发，一点点抹平裤子上的褶子。然后又打开她最初带来的包，把平时她不离手的磁带、衣服小心放进去装好。

　　阿九嫌她慢，要过去拉她，程豪拦住阿九说："别管她，让她弄吧。"

　　夏如画冲程豪笑了笑说："我是要去见如风了吧？"

　　她清瘦的面庞因笑容有了点儿娇艳的颜色，程豪看着她，恍了恍神。

　　第一次见面，程豪就觉得这个女孩子很漂亮，而命运的坎坷使她的美丽更添了一点儿宿命的妖艳，正是这种妖艳打动了他，开始了他对她和魏如风命运的操控。程豪的潜意识里，是对夏如画有过其他想法的，只是后来所有的这些都被西街码头的那场大火掩盖。他恨极了造成这一切的魏如风，因此辣手摧花，残忍地把夏如画弄成了现在这个样子。

　　可是现在他知道了，尽管程秀秀是因为回去找魏如风而死的，但西街的事并不是魏如风做的。看见胡永滨的照片的那一刻，程豪想立时回到海平，一枪崩了他。他恨胡永滨让他这么多年功亏一篑，恨魏如风连累他女儿命丧黄泉，但是对夏如画他恨不起来了。他甚至觉得，现在只剩下夏如画是仅有的且属于他的。

　　程豪走到夏如画身边说："我带你去找他，你跟着我，以后用不着这些东西了。"

　　夏如画歪着头，若有所思地看着他问："你不是骗我吧？"

　　"不骗了。"程豪拉起她说，他想如果还有机会，以后可以过另一种生活。

　　几个人开车上了路，到了小庙那边有了商店，程豪让郭子下车去买点儿水和吃的。等他走远，程豪扭过身对阿九说："这次出去，我是要办一件事，办成了咱们就真的要走了。"

　　"走？"阿九怔怔地说。

　　"走，出去，去国外。"程豪看着他，坚定地说。

　　"真的？咱们真能出去吗？"阿九的声音因为抑制不住的兴奋而微微颤抖。

　　"当然，你以为我只有郭子这一条出路吗？"程豪轻哼一声。

　　"那是那是！"阿九笑着说，"咱们去办什么事？"

"到时候我自然会告诉你，你也不要跟郭子说，我只能带一个人走，他那样子不方便。"程豪看着远处正在买东西的郭子说。

"嗯！我知道！"阿九忙不迭地保证。他知道程豪想甩开郭子了，之所以带上郭子走，是怕警察找上门，他透露出他们的行踪。想着程豪的冷酷和缜密，阿九突然觉得有些冷。

夏如画坐在一边，并没注意听他们的对话，她摇下车窗往外看。方才给她算命的老太太还坐在那里，她面前坐着一个穿红衣的妇人，很紧张地听着她细细诉说命数。

"你见没见过血光？"老太太问。

"血光？"红衣妇人皱着眉仔细想，一拍手说，"啊！有！我前两天做饭切了手指！流了很多血……"

"你和你丈夫只能再见一面。"老太太没等她说完就开口道，"你们本是冤亲债主，三世一轮回，三生见一面，可是错走奈何桥，他追着你来了人间。你见了血光，便破了咒。可惜可惜，你们就只有再见一面的机缘了。"

这一段话她说得无比流利，红衣妇人顿时脸色苍白，喃喃地说："怎么……怎么会这样？"

"我有个法子破开，你还要不要算？"老太太眯着眼睛说。

"要算！要算！您快说！"妇人焦急地说，见老太太不动，忙又塞了五元钱到她手里。

老太太垂眼笑了笑，附在她耳边细细说了些什么。妇人不住点头，站起身欢喜地走了。

夏如画打开车门走下去，程豪慌忙追上她说："如画，你去哪儿？快回车里！"

夏如画也不理他，径直走到那个老太太面前，她从裤兜里掏出夏奶奶留下的手绢，一点点展开，把里面所有的钱都倒在了写着"偶开天眼见红尘，方知身是眼中人"的那张纸上。

老太太一直眯着的眼奇迹般地瞪圆，和刚才毫无生气的样子判若两人。

"谢谢啊，谢谢！"她紧紧抓着钞票说，"姑娘，你一定好命！我一眼就看得出！"

程豪挡开老太太的手，紧紧拉住夏如画说："回去吧，咱们要走了。"

夏如画听话地跟着他，笑了笑说："破开了，我能见到如风了。"

程豪在一旁，看着她的笑容，把她的头发捋到了耳后说："对，破开了。"

郭子买回东西，放在了后备厢里。阿九不自然地看了他一眼，又透过后视镜看了看坐在后面的程豪和夏如画，程豪催促地扬了扬下巴，阿九忙踩住油门，绝尘而去。

海平又到了盛夏，空气里泛着一股大海的腥味，太阳很晃眼。胡永滨从车里下来，抬起胳膊挡住阳光，走进了一家花店。

"给我拿束菊花，要白色的。"胡永滨冲店里正在弯腰剪花的女孩说。

"好的，您稍等……"女孩笑着抬起头，一下子愣住了。

"Linda？"胡永滨诧异地问。

Linda 张着嘴，难以置信地看着穿着一身警服的胡永滨说："怎么……是你？"

"是我。"胡永滨点点头，两个人都沉默下来。

"这样啊……怪不得呢。"Linda 惆怅地笑了笑说，"程豪出事后，我就到处打听你的消息，可是怎么也找不到你。我听他们说西街那场大火把魏如风和程秀秀都烧死在里面了，特别特别害怕，怕你也跟他们在一起。我以前从来不看新闻，那段时间天天守着电视，我就想知道，有没有你的事……原来是这样，我真蠢，早就应该想到的。"

"你现在还好吧？不唱歌了？"胡永滨垂下眼睛说，听了 Linda 的话，他心里有一丝微微的酸疼。

"东歌被封以后就不唱了，我也没什么本事，正好我小姨开了个花店，我就过来帮帮忙。"Linda 没有化妆，原先那些前卫的装饰都去掉了，素净的脸上微微有些发红。她熟练地剪完几枝花说，"你怎么样？现在肯定不错吧？这是给谁买花啊，还挺浪漫的。不会是女朋友吧？女警察？那可不能送白色的花啊。"

胡永滨摇了摇头说："给我姐姐扫墓。"

"哦。"Linda 顿了顿，抽出几枝菊花，仔细地包起来。

"我一直是卧底警察，来东歌之前我也办过一个大案子，我姐姐就是在那次行动中死的。"胡永滨坐在一旁的小凳子上，缓缓地说，"我妈死得早，

我从小是我姐带大的。当卧底那段时间，除了负责我的领导，我必须向所有
人隐瞒我的真实身份。那时我姐以为我真的学坏了，特别伤心，她也不骂我，
只是半夜一个人偷偷哭，我听着就像心被碾碎了一样。说真的，我动摇过，
我真不舍得让我姐那么伤心。我怕我姐在我死了以后才知道真相，那对她太
残忍了。那时候我一直觉得，我也许就会这么死了，被当成罪犯打死，而不
是作为警察牺牲。但我还是一个警察，即使别人都不知道，我自己也坚守着
这个身份，我不能因为我自己的情绪，影响整个案子的侦破。所以我只能每
次都想，以后一定要堂堂正正地穿上警服，让我姐看看。可惜最后我姐也没
能看到我穿警服的样子，抓捕行动之前我暴露了，我姐被他们抓走了，我晚
到一步，眼睁睁看着她没的。她很勇敢，试图骗过那些人跑出来，但没成功。
我姐被救出来的时候只剩一口气了，她就跟我说了一句话：'小滨，太好了，
你是警察！'"

胡永滨的眼圈红了，他的喉结上下起伏着，隔了一会儿才接着说："做
卧底，是我的职责和使命，也是我姐姐最后的骄傲。Linda，你可以怪我，但
我无怨无悔。"

Linda静静地整理着花束，她的眼角悄悄溢出了泪滴，眼泪落在菊花的
花瓣上，就像露珠一样。她把花递给胡永滨说："这些你都拿去，我不要钱
了，算我送你姐姐的。"

胡永滨迟疑地接过花，说："谢谢，我还是给你……"

"我不怪你这么做，但我想问你一句话，你实话实说，别骗我。"胡永
滨还没说完就被Linda打断了，她幽幽看着他，眼睛里含着悲伤的期盼说，"那
时候你总管着我，不让我抽烟。到底是做样子给别人看呢，还是真担心呢？"

胡永滨愣了愣，随即淡淡一笑说："是真担心。"

Linda猛地抬起头，布满泪痕的脸露出了释然的欣喜。

"谢谢你，和我在一起的时候，你至少有一点点是真的，胡永滨。"

Linda冲他笑了笑，把花递给了他。胡永滨也笑了，他接过花走出了花店，
Linda望着他的背影喊："我现在已经不抽烟了！"

胡永滨回过头，朝她挥了挥手里的花。

Linda站在门口，一直看着他打开车门，发动了汽车。她轻快地走进屋里，
笑着一边哼歌一边给花喷水。

外面突然传出了一声急促的刹车声，Linda 门口的花篮被震倒了，她慌忙跑出去扶。路上的人都朝马路中间看着，Linda 往前走了几步，人群的缝隙中露出了一点儿熟悉的白，她的心剧烈地跳了起来，脚步渐渐有些趔趄。Linda 拨开两旁的人，胡永滨开的那辆车出现在她眼前。车子就翻倒在她门前的十字路口，隐隐有一股汽油味，破碎的车窗边，她包好的那束菊花散落开来，白色的花瓣沾上了血……

4。
坠地无声

胡永滨不是意外死亡，那场车祸是谋杀。他的车被人动了手脚，刹车失灵，拐弯的时候和另一辆汽车相撞。他的车底盘还被人绑了一个汽油罐，翻车以后很快起火，根本来不及救人出来。

这场火几乎点燃了整个海平市公安局，已经退休的侯队长亲自参加了胡永滨的葬礼。胡永滨的脸因为灼烧而毁容了，只能用党旗遮住，侯队踉踉跄跄地走过去，抱着他的尸体痛哭失声，在场的人无不动容。

叶向荣那几天都没合眼，他根本不敢合眼，他至今仍清楚地记得在那间地下室里，胡永滨指着 1149 的门牌说自己也是警察的样子。那时的他们一起开始征途，可是走到现在，只剩下了他孤身一人。胡永滨车子上影影绰绰的火苗和西街的那场大火一起焚蚀着叶向荣的心，他迫切地想抓捕程豪归案，不仅是为了他肩负的正义职责。他要那些为之付出生命的人最终安息，否则他会一直饮恨，永生不得安宁。

叶向荣没日没夜的工作很快取得了进展，在排查了那天胡永滨经过的所有地方后，有一名目击者提供了一个非常重要的线索——他说那天经过花店那边的时候，看见一个瘸子掉了东西，他在车底下够了半天，因为他腿脚不方便，所以目击者还特意多看了两眼。

叶向荣根据目击者的描述，连夜制出了嫌疑犯的画像，发送到了海平市各个单位。吴强那几天熬得眼睛都肿了，这个消息让刑警队很振奋，他拍着桌子大叫，就是掘地三尺也要把这个人挖出来。叶向荣也很兴奋，他明白，在这个瘸子背后，隐藏的一定是程豪。只要顺藤摸瓜，一定能抓到罪魁祸首。

叶向荣也把图片发给了陆元，第二天报纸上就登出了对嫌疑犯的描述，并向全市通缉。

苏彤看到报纸后给陆元打了个电话，忧心忡忡地说："前几天新闻报的牺牲的那个警察，我在东歌见过，他以前肯定是个卧底。你说，是不是程豪回来了？"

"现在警方好像也是这么怀疑，已经全市布控了。希望这次程豪能落网，这样也许如画他们还会回海平。"陆元压低声音说。

"他们……可能不会回来了。"苏彤叹了口气说，"我不知道程豪的事如风参与了多少，但是他既然执意要走，应该不会那么简单。不过我想至少他们能有个消息，也让人心里踏实些。"

"嗯，我也旁敲侧击地问问。那个姓叶的警察只登过如画的寻人启事，但从来没登过如风的。"

苏彤听了心里一紧，感觉不太好，说："反正这些日子你留意点儿，一定不要告诉别人他们俩的事！"

"我知道。"

陆元挂上了电话，闷闷地坐在椅子上。他一直都有些嗔怪魏如风，他觉得夏如画受的这些苦都是在为魏如风赎罪。这是种无边无尽的隐忍的爱，因而让陆元心里很难受。好几次见到叶向荣，他都想要说出魏如风的事，可是最终还是没有。因为虽然背负着沉重的禁忌，但是他们在残酷中带着纯美、判罚中带着救赎。夏如画是那么坚定，她心甘情愿地追随着魏如风，陆元不想违背她的心意，尽管他自己不明白，这样的情感是幸还是不幸。

叶向荣通过各种途径发出了消息，结果却令他失望。那张模糊的图像如石沉大海，除了目击者的那一点儿线索外，没有任何人再浮出水面。眼看着日历又翻了几页，叶向荣急得起了满嘴的疱。他也不回家了，天天守在刑警队，一边部署更详细的侦查，一边捧着厚厚一摞程豪的资料仔细分析。

他废寝忘食，全部心思都扑在了案子上，脾气日渐暴躁，弄得新进的刑警大气都不敢出。吴强实在看不过去，去食堂打了一盒饭，亲自送到他的办公室说："老叶，吃点儿东西！"

"不吃！"叶向荣头也不抬，继续捧着档案看。

吴强走过去，一把抢过他手里的资料。叶向荣猛地抬起头，眼睛都急红了，大声喊："你他妈还给我！"

"看他妈什么看！看多少遍也是这些，你都能背下来了吧！你不吃饭就能抓到程豪了？就能告慰永滨了？就能对得住魏如风了？就能……"吴强顿了顿说，"就能找回夏如画了？老叶，你冷静点儿，当年侯局怎么教训咱俩的？我们为什么做警察？天网恢恢，疏而不漏，我就是这么干的，所以这话我信，你难道不信吗？"

叶向荣挺直的背脊慢慢弯了下去，他靠在椅背上，缓缓地说："我心里难受……"

"我知道。"吴强拍了拍他的肩膀。

两人默默地坐着，办公桌上的电话突然响了。叶向荣接起话筒，一个怯怯的声音传了出来，对方好像下了很大决心，喘气声很重，颤抖着说："叶警官……我是阿九……如果我自首的话，能不判死刑吗？"

叶向荣一个激灵站了起来，他把话筒紧紧地贴在耳朵上，尽量放缓语速说："阿九，只要你愿意自首，一切就都还有希望！你现在在哪里？夏如画还在你身边吗？你们是不是一直和程豪在一起？"

"是……叶警官，我知道你们在找郭子，就是他把滨哥车上的刹车油管弄坏了。但是郭子死了……程豪干的，他有枪……他马上就要走了，我觉得他会把我也弄死的。叶警官，你救救我。他让我开车，去祁家湾码头，我走兰新路，车牌是73097，你们跟上我，一定要救救我！"

阿九急促地说着，他十分恐惧，一直瞄着外头的动静。程豪的身影在窗边闪了一下，阿九慌忙挂断了电话。

程豪推开门，狐疑地看着阿九说："你干什么呢？"

阿九故作镇定地说："没干什么，收拾了一下，正准备找你去呢。"

程豪看着微微晃动的电话线，走过去摸了摸听筒，那上面还带着余温。

他转过头，盯着阿九问："你打电话了？"

阿九心底一慌，不动声色地说："打了，天气预报。"

"晚上海况好吗？"

"还行，小雨，四级风。"

程豪看着他，拿起听筒，按下了天气预报的号码，阿九觉得心都快要跳出嗓子眼了。听筒里隐隐传来预报员的声音，程豪的表情渐渐柔和下来，他挂上电话说："你别怪我，现在这节骨眼上，我必须谨慎点儿，以防万一。咱们是一根绳上的蚂蚱，你记住了。"

阿九忙不迭地点点头，暗自庆幸自己中午看了天气预报。程豪看了看表说："走吧，去祁家湾。"

他们走出了房间，程豪把夏如画带出来，三个人一起下楼。阿九走在最前面，夏如画在中间，程豪最后。下到最后一级台阶时，夏如画没站稳，程豪牢牢地扶住了她。阿九看了他们一眼，默不作声。

不管程豪说得多么好，他都已经不能相信程豪了。他有一种直觉，程豪的确只会带一个人走，但那个人是夏如画，而不会是他。

胡永滨的事是程豪让郭子去做的，他懂机械，下手利落，而且一个瘸子也不容易被怀疑。可是程豪没想到叶向荣动作这么快，通缉的事把郭子吓住了，这些天的报道让他隐约知道了程豪犯的事，这远比他最初想的严重，因此一直紧紧跟着程豪，生怕被他甩掉。而他不会想到，这样只会让程豪更加觉得要尽早除他灭口。

郭子是在第二天晚上被程豪开枪打死的，他死的时候没有闭眼，嘴微微张着，仿佛还在诧异为什么。程豪和阿九一起去处理的尸体，阿九很清晰地看见了郭子的死状。子弹从他左太阳穴附近射入，耳朵附近的皮肤都被烧黑了。阿九想起了自己很早以前看的一部关于意大利黑手党的电影，他们党内的死刑判决就是这样，以在左太阳穴附近开枪作为独特的标志。那时候阿九觉得这样很帅很酷，他和大多数男孩一样怀着江湖侠义的美梦，渴望逃离束缚，叱咤风云。然而当真正面对血淋淋的现实时，他完全被震骇住了。

阿九把装了石头的尸袋扔进了大海里，深蓝色的水波只溅起了一朵浪花，就把郭子吞没了。没人知道他曾经也努力地奋斗过，没人知道他从甘南来，没人知道他帮了程豪却最终死于他手。

阿九踉跄地返回程豪身旁，月光下他的脸色透出残忍的白，程豪向他伸出手，阿九却没有握住。

这条无尽的逃亡之路，他再也走不下去了。

5。
夏伤

叶向荣接到阿九的电话后，以最快的速度集合了警力。因为夏如画还在他们手上，所以追捕的警车都没有开警灯，叶向荣统一负责。祁家湾码头由吴强部署，如果程豪逃过追捕，那么在上船之前一定要扣住他。

坐在车上，叶向荣有着一种从没有过的亢奋和紧张。窗外城市的风景飞驰而过，叶向荣呼吸着自己最熟悉的带着大海气味的空气，想起了这个案子发生最初侯队长对他说的话。这么多年过去，直到这一刻，他才真正深刻地体会到自己的使命。那不仅仅是抓捕罪犯的职责，不仅仅是维护生命财产安全的宣言，不仅仅是法律条文的规定，而是一种源自内心的浑厚的力量，刚强而坚韧。

叶向荣握紧了手里的枪，夏如画轻淡如菊的笑容恍然出现在他眼前。他想，这次一定要帮她，连魏如风的那份一起。

阿九开着车，眼看就到兰新路了，从后视镜上看，并没有警车的影子，他的手心冒出汗来，方向盘因而有些滑。程豪仿佛感觉出了他的心慌，突然凑到他耳边说："开快点儿，如果待会儿有情况也不要停！"

阿九听见后边传来了一声"咔嗒"的金属声，这个声音他曾经听过，是程豪手枪的上膛音。阿九点点头，咽了口唾沫，一狠心踩大了油门。

　　夏如画很安静地坐在车上，混沌的时光磨灭了她的感知，她没有恐惧也没有盼望，她仿佛很仔细地在看外面熟悉的道路，但是她的眼睛里没有任何神采。

　　汽车遇到红灯停了下来，程豪低声咒骂了一句。夏如画下意识地往旁边躲了躲，瞥了眼街边。

　　时间在那一刹那定格住了，来来往往的人群中闪出了一个颀长的身影，他从背面看有些消瘦，走路时左肩膀比右肩膀高一些，一晃一晃的。

　　夏如画的眼神渐渐聚拢起来，这个人她认得的，她跟程豪说过，就是化作灰尘也能认得的。

　　夏如画猛地打开车门跑了下去，阿九和程豪都没有想到。程豪探出身子，一把没够到她，焦急地大喊："如画！回来！"

　　夏如画丝毫不理会他的呼喊，踉踉跄跄地往马路中间走，两旁过往的车辆纷纷按起喇叭。程豪也跳下了车，跑了几步，拉住夏如画。夏如画疯狂地挣扎起来，她含混不清地说："你放开我！我见着他了！你让我找他去！"

　　程豪还没说话，就看见了从旁边车子上下来的人，那些人眼睛直盯着他，手摸向了腰间。程豪在他们中间看见了叶向荣，还没等叶向荣开口，他就死死勒住夏如画说："你们别过来！再走一步我就杀了她！"

　　叶向荣慌忙挥手，所有人都停住了。周围的路人看见有人掏出了枪，吓得四散逃开。警察们渐渐控制住现场，程豪拿枪抵着夏如画的头，四处张望着。

　　夏如画眼看着那个人渐渐地走远，更加躁动起来，她一边掰开程豪的手一边哭叫："如风！魏如风！"

　　夏如画凄厉的声音穿透了整个街市。程豪和叶向荣都被这一声对亡灵绝望的呼唤震慑住了，程豪手一松，夏如画挣开他向前跑了几步。

　　隔着一层层陌生人的面孔，那个人终于回了头。夏如画看着他，露出了小女孩一般的笑容。

　　她慢慢伸出手，刚要向他迈出一步，身后却响起了一声清脆的枪声，随后好几声枪声一同响起，而夏如画已经听不真切了。

　　她和程豪展开成一个奇怪的角度，散落两旁。她的脑侧汩汩流出了血，顺着眼角的泪痣，一滴滴落在地上，犹如哭出的血泪，绽开了妖娆的花。

　　夏如画倒下时没舍得闭眼，远处的那个人在她的眼眸中，一帧一帧地消失。她仰躺在地上，头发像锦缎一样散开，黑色的发、红色的血，仿佛一幅破裂的画。

远处那个人怔怔地望着倒在地上的夏如画，身旁的一个中年人推了他一把说："如画！还不闪开点儿！"

"威叔，你叫这伙计什么？"和他走在一起的瘦子说。

"如画啊。"威叔捡起掉在地上的铁丝说。

"他怎么叫这名字？女里女气的！"瘦子纳闷地问。

"别提啦，他是西街爆炸那天我从海里救上来的。别人都有亲属，就他没有，我估计是家里人都没了。我问他什么，他也都不知道，好像被大火吓住了，嘴里不停地喊'如画，如画'，只有叫这个名字他才有反应。我都救了他，总不能把他轰出去，正好店里缺个人，就把他留下来了。"

"唉，也挺可怜的。"瘦子摇摇头说。

"如画！走啦走啦！真是的，什么都不记得，倒喜欢凑热闹！"威叔大声喊。

瘦子回过头，指着他惊异地说："威叔你看！他……他怎么啦？怎么哭了？"

在那个叫如画的男子脸上，清清楚楚地挂了两行泪。威叔走过去说："都跟你说别看了！非看！吓着了吧？"

"我这里……"男子捂着胸口心脏的位置说，"疼……"

"疼个屁！又没打着你！快走！小心警察来抓你！"威叔吓唬着他，把铁丝塞给了他。

男子一哆嗦，像是在害怕什么。他向夏如画倒下的地方望了一眼，疑惑地、不舍地、哭着望了最后一眼，终究还是扭过头，慢慢走远。

程豪已经被击毙了，这个显赫一时、让叶向荣侦查了几年的人就这样躺在了他脚下。可叶向荣没低下头看他一眼，他跌跌撞撞地越过了程豪的尸体，走到夏如画旁边跪了下来，颤抖地抱起她，轻声呼唤着："如画……如画……"

程豪最终还是没放过她，他开枪射中了夏如画，血染红了她素净的脸庞，就像一抹胭脂，带着美丽却残酷的色彩。她仍然在微微喘着气，但是眼前已经一片漆黑了。

在她生命最后的微光中，所有的一切都消失不见，只余下了魏如风的样子。

"咱们明天还要走远路呢。"

"你愿意吗？你愿意跟我走吗？"

"姐，这不是别人的错，是我自己的错。"

"谁再敢说我姐一个字！我就把他也从这里扔下去！都给我记住了！姐，咱们回家！"

"夏如画，我那天说的是真的！我说爱你是真的！"

"我爱你！"

"豆沙太甜，我不爱吃。"

"我绝不会让你饿死！我们俩要一起活得好好的！"

"姐，你是觉得我可怜吗？"

"姐，别哭了，以后我再送你，送你好多好多。"

"就在眼角，你揉揉！"

"魏什么？"

"不为什么……"

魏如风慢慢变小，最后变成了夏如画初次见到的那个小男孩。他就站在那里，站在时光深处，站在生命尽头，静静地、静静地等着。

夏如画微微笑了笑，眼角的痣如同她生命最后的泪，闪着血色的光。她想，她终于可以和魏如风永远地在一起了。如果真的三世一轮回，那么她一定会在某一个雨天再见到他。到时候，她一定会一早告诉他，她真的真的在爱着他，一直在爱着。

夏如画轻轻地闭上了眼睛，天空飘起了雨，雨珠落在叶向荣的脸上，和泪水融在了一起……

夏如画终年二十六岁，魏如风不详。

尾声

　　在海平市，辉煌如夜晚第二轮明月的东歌夜总会已经破败不堪。张青龙在东歌对面修起了一座比东歌更豪华、更气派的夜总会，东歌的招牌在夜幕下被崭新的光辉遮住，原来那么流光溢彩的霓虹，也渐渐黯然失色。

　　程豪的时代，已经终结。即使茶余饭后，也没有谁会再提起那个曾经荣耀一时的名字，当年的爱恨情仇早已遗落失在漫漫的岁月中，被人们淡忘了。

　　叶向荣现在调查张青龙，证据已经收集得差不多了，虽然和程豪的案子不尽相同，但本质上是一样的。他们都太贪婪，而贪得越多，输得也就越多。

　　连续多日加班后，叶向荣终于休息了一天，他去Linda的店里买了两束花，Linda很有默契地给他包好。他每次来都要这两种，一束是白菊，一束是雏菊。等着她剪花的时候，叶向荣一直看着挂在墙上的照片。那是阿九在东歌夜总会拍的，Linda还是摇滚歌手的打扮，打着唇钉，抽着烟，胡永滨在吧台擦着一只杯子，望向镜头的眼睛有点儿脱离尘嚣的清透。立体的人在相纸上让叶向荣微感陌生，但是从Linda的眼神里，他能感觉到那段日子真正存在过的痕迹。胡永滨既是1149又是滨哥，在活着的人的记忆里，他被保留为最令人感念的样子。

　　拿着花出来，叶向荣开着车去了海平墓园。他先去了胡永滨的烈士公墓，墓碑上，身穿警服的胡永滨显得坚毅且正直。叶向荣把白菊放在墓前，摘下警帽，朝他深深地鞠了一躬。

　　他想起自己有一句话一直没告诉他，以前是忘了，后来是来不及了。他对着墓碑上的照片，喃喃自语："永滨，你是一个好警察。"

从烈士公墓出来，要绕过一个小山坡才到人民公墓，叶向荣走到那里时暮色已浓。在纵横交错的坟墓中，他走到了一块小小的墓碑面前。那是一座新坟，青灰色的石头上还留着鲜艳的红字，碑文很简单：魏如风、夏如画，生则同衾，死则同穴。

这是陆元为他们安置的安息之所，叶向荣想帮忙，但被他拒绝了。他知道，陆元是怪他的，怪他在最后一刻都没能拯救夏如画。

叶向荣没对陆元解释什么，是的，他已经帮不了他们了，但是他把他们两个人的音容深深刻在了心底。他们的存在让他明白了每一行法律条文之间都有着些许的空白，在那里埋葬了很多文字无法救赎的、痛苦且不为人知的人生。而作为一个警察，他要用毕生的努力，去守护所有这些本该好好活下去的生命，去捍卫国法和正义，这就是他的职责。

叶向荣捡起地上的松枝，掸了掸墓碑上的浮尘。他把那束雏菊放在他们名字下面，静静地注视着。前尘往事似画如风，他们青春中的苦痛和幸福都化作了一抔黄土。然而叶向荣想，他们并没有消逝，只要还有人记着，记着那年夏天的爱与罚、年少与忧愁，那么他们就还是存在的。

叶向荣在那里站了很久，直到暮色四合他才扭转了身。他答应了在福利院里的那对姐弟，晚上会去看他们，给他们讲故事听。

这次，他不会失约了。

叶向荣的身影渐行渐远，夏半微醺的风拂过，暗香袭人，黄色的花瓣散落在了地上，陪伴着墓碑上的名字，缓缓凋零。

番外：某年某月，某时某人

壹·死亡很近，回忆很远

我叫苏彤。

二十六岁，已婚，有一个女儿。在广告公司做设计。

大概在 1993 年与死者偶然相识。

我捡了她的手提包。

最后一次联系是四年前。

在学校遇见的。

对，我们同校。

魏如风？

不是很熟……

我从海平市公安局走出来的时候天已经黑了。

快入秋的海风凉飕飕的，裹紧外套，却还是会觉得冷。

几个女学生笑着走过去，她们穿着裙子，背着画板，丝毫感觉不到冷。可能年轻时，有足够的热量去忽略温度，我上大学那年，遇见魏如风的时候，不也是这样的吗？

不禁又回想起那位警察的盘问，他一定不知道我曾经在海大对面的咖啡馆见过他，就是从那时开始，我无意间闯入了那两个人的生活，继而喧嚣，继而退场。我以为从告别他们的那天起，我就再也不会刻意去想那时候的事了。可是今天，在警察的询问中我又把有限的时光层层剥开，有种恍如隔世的感觉。

原来那天的再见已经成了永别。

原来他已经死了那么久。

原来我已经嫁作人妇。

原来夏如画也死了。

原来我们谁都没能逃远……

我紧了紧衣领，背对着公安局大楼前挂着的警徽，一步一步慢慢走远。

夏如画的死，我是从陆元任职的报纸上看到的。

那上面头版头条报道了逃犯程豪被警方击毙于街头的新闻，里面有一句话是这么写的："据警方证实，另一名死者为程豪的情妇夏某。另据知情者称，此次二人正计划秘密出境，目前该案正在进一步调查中，西街码头'10·29'大案全面告捷。"

黑色铅印的照片，让夏如画的美丽大打折扣，她的眼神哀怨忧伤，仿佛透过纸面，直看到我的心里。

记忆中总是带着淡淡忧愁的容颜和这张照片怎么也对不上，我记得在那间咖啡馆第一次和夏如画见面的时候，她明明不是这样子的。虽然她总是蹙着眉头，但是眼睛很干净，在那一潭深黑中隐隐能看到无法撼动的坚定。可能是太美丽了，美丽得带着诱惑色彩，让人不自觉地想侵略。所以胖妹夸赞她的时候，我却选择了嘲弄。想想我其实是嫉妒的吧，尤其在见到魏如风之后。

跟她把话挑明那次，不是我有多少自信，恰恰相反，是因为我绝望了。我眼看着自己喜欢的人走上一条不归路，却没能力劝住他。再不甘心也没用，我只能求助于夏如画，只有她的话，才能改变魏如风的决定。

她那时的表情我现在还记得，她像一只受伤的小动物，傻傻地用柔软的皮毛保护着自己珍贵的食物，即使力量是那么微小，也隐忍着绝不放弃。那时候我就觉得，这样的女子啊，自然会有人想捕获，也有人想保护。

后来，我的命运就和那两个人纠缠到了一起。他们总是做我意料之外的事情，间接地让我的人生不圆满。而在这个过程中，几乎消耗了我生命大半的喜怒哀乐……

在海平剧院那次，我本来是想好了所有的台词的。我要让魏如风亲口告诉我他的决定，明确地知道他已经扭转了未来的方向，然后再仔细说出自己的心意，即使不被接受，也要姿态优雅地转身，完成我不平凡不美好却仍然骄傲的初恋。

结果呢，他满身是血地倒在了我怀里。我发誓，我从来没有过那样的恐惧。如果可以以命换命，我那时大概会毫不犹豫地选择去死。直到现在，我举起左手都仿佛会隐约地看见血迹，殷红殷红的，暖暖的，从我的手指缝中流过，一滴一滴地砸在我心里，宣告不屈与忠诚。

我是真的真的觉得悲伤了，爱情与死亡，这两个词之间，距离是多么远，又是多么近！

就是从那个时候开始吧，我认命地放弃了我的恋爱美学。绝对不是什么成全，也不是什么承认，更不是为了突显男女主角的坚贞。

我很委屈，我的爱情就像被他们胁迫一样，和着眼泪和鲜血，别扭地退位。

其实魏如风不是对我不好。

他可以和我调侃，开不着边际的玩笑；他可以在我面前毫不掩饰地吃大堆巧克力，然后眯着眼睛安心睡觉，像只满足的猫；他可以容忍我不停地抱怨高等数学、微分、积分，开车带我去吃大餐；他可以不相信任何人，但唯独对我说心里隐秘的话。

他可以为我做很多。

但是，为了夏如画，他可以不要命。

我与他之间永远差那么一点儿，伸出手，却抓不住。

也可能正因为如此，所以即使他们从我的世界彻底消失，我还可以有模有样地活得好好的。

而她呢？

死了。

我低下头看手中报纸上冰冷的宋体字，那上面的铅印慢慢模糊，不知不觉间，我竟然已经泪流满面……

放下报纸，我就给陆元打了电话，可是他的手机一直没人接听，我一着急，干脆请了半天假去他的报社。

说来惆怅，和这位现在也算鼎鼎有名的新闻记者结识，还是因为在学校里的那次偶遇。那天我们一起送他们远行，一起体会着诀别的味道，一起保守着他们的秘密。

看着他们慢慢消失在黑暗的尽头，我还是有点儿不甘心，我想陆元应该也一样。

"别看了，影子都没啦。"陆元笑着说，他笑起来很好看。

"你不是也在看？"我却实在笑不出来。

"我习惯了啊。"

又是一个认命了的人，我颠了颠肩上的画板，伸出手，正经地说："握手吧，我也习惯了。"

他惊讶地看了看我，然后哈哈大笑。

"我叫陆元，陆是大写的六，元是一元钱的元，你可以叫我六块钱。"

"苏彤。"我大方地点点头。

"为了共同的习惯，我建议咱们可以去小撮一顿！"陆元指了指校内餐厅说。

我打个响指，欣然应允。

于是我们一起转身，往与那两人相反的方向走去。

生活多少会有点儿宿命的提示，总之，他们消失在黑暗里，而我们走在了灯光下。

不过那个时候，我不会想到，多年之后，依旧是我们看着他们的背影为之送行。只是这一次，竟然是阴阳永隔了。

到了报社，那里竟然一片混乱，离很远我就听见了编辑室里陆元的怒吼声："谁写她是程豪的情妇？是他妈谁写的！你采访警方了吗？你了解她吗？你知不知道她是什么样的人？她是被绑架的！她是被害死的！"

我忙走了进屋，拉住正在大吵大闹的陆元说："陆元！你冷静一下！"

"我没法冷静！我告诉你，你也冷静不了！魏如风也死了！他们那天根本就没逃走！魏如风在西街码头被烧死了，夏如画被程豪绑架了！他们，他们都死了！"陆元红着眼睛，绝望地嘶吼。

我一下子愣在了原地，看到夏如画的死讯后我就有种不好的预感，但没想到原来这预感早在几年前就已经应验，那个人就像他的名字一样，竟然已经消逝如风。

"陆元，咱们走吧。"我拽着他的胳膊，低声说。

"他们……"

陆元指着报纸还要说什么，我猛地抬起头，流着泪说："你还管他们什么！夏如画死在街头，难道你等着让警察给她收尸，替她火化吗？"

陆元扭过头怔怔地看着我，我心里乱得很，抹了把脸转身走了出去，陆元狠狠地把报纸扔下，跟着我一起下了楼。

　　陆元开车带我到了海平市公安局，路上我们商量好，因为怕他见到夏如画控制不住情绪，所以由我去认领夏如画的尸体，他去跟警方了解具体情况。

　　我接受了叶向荣的例行询问，问到魏如风的时候我骗了他。我怎么会跟魏如风不熟呢？他的眼梢眉角，他的只言片语我都印在了心里，但这是我们之间美好的秘密，我不会告诉任何人，现实也不允许我告诉任何人。虽然他已经死了，但他毕竟还是有罪的，而我要继续活在这个世界里，为了避免不必要的麻烦，我只有选择沉默。

　　当天陆元没能告诉我魏如风究竟是怎么死的，他问了叶向荣爆炸案的始末之后，就和警察一起去冷藏室了。我站在一旁看着他一寸寸地掀起了染了血色的白罩单，夏如画跟从前完全不像了，她非常瘦，锁骨突出，单薄得像个孩子。陆元的手一直在抖，他温柔地蹭去遗留在夏如画脸上的血迹，仔细抚摩着她已经完全冰冷的肌肤，轻轻地呼唤她的名字。

　　然而在这个冰冷的房间内没人能回应他，他跪在那里，紧紧抱住他深爱的女子号啕大哭。

　　那天我没有陪他到最后，我要回家，要给丈夫做饭，给女儿讲故事。男人可以不娶，女人不能不嫁。就像夏如画对我说的，我过着和大多数人一样的日子，做着和大多数人一样的事。

　　看着她安静的遗体，我终于明白当初她的确是为我着想的。

　　最终我们默契地给他们合葬，陆元固执地拒绝了叶向荣提供的所有帮助。我能理解他，虽然我知道那个警察尽力了，他眼中的悲痛不比陆元少，但还是忍不住埋怨。死亡是最大的界限，注定的结局没有留给活着的人任何机会。

　　魏如风尸骨无存，灰飞烟灭，按警察的说法，DNA也不是万能的，在那种现场，他们什么都提取不出来。夏如画死的时候穿着魏如风的衬衫，也就勉强算得上有衣冠冢。墓地是我和陆元一起选的，下葬那天只有我们两个人，看着那用衬衫包裹着的骨灰盒深埋地下的那一刻，我抑制不住，哭了出来。我想起了那句话：尘归尘，土归土，让往生者安宁，让在世者重获解脱。

　　他们真的就此化作尘埃了。

　　陆元准备了大束的白玫瑰，他亲自掩土、立碑。碑铭也是他描的，那小心深情的样子，不像是给亡人绘字，倒像是给情人画眉。

　　一直待到傍晚，陆元都不肯离去，他孤独的身影让我格外心酸。

"走吧。"我对默默蹲在墓前的陆元说。

"你说他们幸福过吗？"陆元怔怔地问，"在这么短的人生中，真正地幸福过吗？"

一刹那我想起魏如风的眼睛，他深邃的眼神中，永远有一丝淡淡的温柔，我想那是他在黑暗日子里，仅有的守候和希望。

"他们曾经幸福过，他们本该一直幸福着。"

"那他们后悔过吗？"陆元收拾好笔墨，红着眼圈站了起来。

我看着那两个人的名字说："他们还没来得及后悔。"

"他们和咱们告别的时候，没想到会这样吧。"陆元叹了口气说，"那时候他们也许是想着要好好活一回的……现在没人知道他们最后是怎么想的了。叶向荣说，他们俩谁也没留下遗言，如画那时候已经不清醒了，她只喊了声魏如风的名字……"

我拍了拍陆元的肩膀，他抹去眼角的泪，冲我淡淡一笑说："让你笑话了。我想起她就难受，这几年她太受罪了。叶向荣说他们一直关着她，给她吸 LSD，那是迷幻剂，最后她的精神已经错乱了。过几天我要和他们一起去趟甘南，如画回海平之前一直在那里，应该还有点儿遗物。"

"你想开点儿吧，到了那边，别太难过。"我说。

"嗯，走吧，我送你回去，孩子也快从幼儿园回来了吧？"陆元掸了掸手上的土说。

我看看表说："我老公应该已经把她接回来了。"

"我觉得你现在挺好的，真的。"陆元看着我恳切地说，"至少能放下，过自己的生活。"

我笑了笑，没有答话，我们一起并肩走出了墓园，天边的浮云映着霞光，如同镀了层金。我暗暗想着陆元的话。

我放下了？

就算放下了吧。

陆元一直把我送到我家小区门口，和他道了别，我顺路又买了些菜。

可能是前一阵子有毒农药的新闻传得沸沸扬扬，最近菜市里检验得更加仔细了。有的菜干脆不让再卖，那些菜农于是提了价，普通的菜也平白涨了钱。

我去的时候，旁边一位相识的主妇正在和小贩计较，几元几角地吵闹不停。

见我过来，便一把拉住以壮声势，抱怨得更加起劲。小贩最终落败，让了零头。

她欣喜地付了钱，一路向我传授他们南方人的买卖经："他们贼着哩，你当是菜少才涨价？早上遛狗我看见了，他家的车全放了进来，后筐里有的是！呵，真以为什么都能涨？水电煤气，白面汽油……算下来都提了价！薪水却不加，我家那位给的家用也少。哎哟，女人就是得算计着过啊。"

我心不在焉地应着，路过一家蛋糕房说要买点儿东西，匆匆摆脱了她。总觉得和她这样的人待久了，就真的沉溺于柴米油盐了。

那家店里有几个女高中生，正说笑着讨论明星，我在她们旁边看着面包的价钱和生产日期，这样的对比又让我觉得方才的挣扎可笑。如今的我早已不是当初沉溺于图画的艺术少女，梦想稍纵即逝，手中的大小塑料袋才是人生。

拿出磨掉颜色的钥匙，打开家门，闻到熟悉的气味，看着女儿乐颠颠地向自己跑过来，我终于心安了。浮生若梦，平凡也好，琐碎也好，能紧紧抱住的，才是真正属于自己的。

女儿今天格外高兴，她拉住我的手，带着糯糯的鼻音说："妈妈，妈妈！给你看个好东西！你闭上眼睛！"

我乖乖地闭上眼睛，微笑地等着她变出可爱的戏法。

"你看！"她抓着一把五颜六色的东西在我面前晃了晃。

"什么啊？"我抱起她问。

"糖果！"她满足地摊开手说，"漂亮吗？"

其实那只不过是些廉价的水果糖，连好看的糖纸都没有，用透明塑料皮包着，泛着浓浓的香精味。

"谁给你的啊？"我问她说。

"旁边五金店的叔叔。"

"哦。"我回想了一下，却不记得有这么个人。在街里玩，邻里间小孩子比大人们还要熟悉，"跟叔叔道谢了吗？"

"谢了！"她一边说一边剥开一颗吃。

"别吃了，吃多牙会长虫，妈妈替你保管好不好？"我抓住她说，那些糖果色素肯定不少，我想还是不要吃的好。

"妈妈，我不吃了，可是我想自己保管。"她有点儿委屈地看着我说，"因为那是叔叔送给我的礼物，我知道你嫌不好，可是叔叔他没钱的，这是能给我的最好的了。"

我诧异地看着女儿，欣慰于她的懂事和善良，看来即便是廉价的糖果，也可能会有着不一样的意义。

女儿看我不吱声，就撒娇地摇晃我的胳膊说："好不好嘛，妈妈，我保证不偷吃！"

"好。"我笑着把糖还给她说，"那你要好好地保管哦！"

"嗯！"她开心地使劲点了点头，小心翼翼地捧着糖果走开了。

看着女儿小小的身影，我隐隐约约记得，自己以前好像也做过这样的事。

关于那个人的一片纸、一件衣、一点儿痕迹，我都珍藏着。甚至那块被他碰掉的提拉米苏，我都一直放到长毛。

因为能得到的太少了，心有缺口需要弥补，所以才会有珍惜纪念的意义。

现在想想，那些东西大概也是他能够给我的最好的了……

贰·他们很近，我们很远

过了一段时间，陆元才又找到我。他比前一阵竟又消瘦了，看他这个样子，我也不知道怎么安慰才好。有些事情，除了自己谁也无能为力。

陆元从甘南拿回了点儿东西，还拍了不少照片。他从包里把那些东西掏出来时，眼睛红通通的。他先递给我几张照片，那上面是破旧的墙壁，却用木炭密密麻麻地写满了字。他指着那些字轻轻地说："你信吗，苏彤？如画出不去，就在墙上写了几年这些东西，都是她以前和魏如风的事，好多好多都重复了，一行压着一行，但是她写得很认真，只要是魏如风说过的话，就都是一样的内容，可见她自己默默想了多少遍。这些年来，她根本就是在重复和魏如风在一起的回忆……夏天可以变成冬天，春天可以变成秋天，今天可以变成十二岁，明天可以变成十九岁，只是，谁都不可以成为魏如风。魏如风只有一个，一直一直在她心里，她一直一直在等……"

后来我已分不清他是在对我说，还是在对谁说，那天的陆元很不安静，他从包里拿出每一样东西、每一张照片都会讲很多话，一遍一遍细细地解说夏如画的生活。一会儿说她平时在这里睡觉，一会儿说她曾经被绑在这里，一会儿说她从来不穿自己的衣服只是套着魏如风的衬衫，一会儿说她吃的药太多，瓶瓶罐罐看着都让人心疼……

最后陆元拿出了一盘磁带，他放在随身听里，递给了我一只耳机。磁带因为时间久远而发出了嘈杂的杂音，在歌剧的末尾，我听到了掩埋在我内心深处的久违的声音。

"喂？"

……

"你还真会挑时候，好啊，你找我来吧，我在海平剧院里呢，正好离你家近。"

……

"什么事？晚上回来吗？"

"放心，只是见个朋友，晚上……不好说。"

"回来吧！我还有事跟你说呢！"

"行。"

"那我先走了！你可一定要回来啊！"

"哎。"

……

听见他答应一定要回来的那一声温柔的"哎"，我终于悄无声息地哭了出来。

陆元按下停止键，摘掉耳机说："这是我们看歌剧那次偶然录下的，我没想到如画会一直留着。叶向荣审讯阿九的时候才知道她还留下了这一盘磁带，你难以想象她听了多少遍，就是魏如风的这个承诺，让她执拗地等着。这么多年，她一直认为魏如风还活着，她太爱他了。"

的确，她太爱他了，所以从一开始，我们就都输给了他们。

回想起当初那些困扰我的情绪，现在看来其实我一直在珍藏着。无论是魏如风的冷漠，还是夏如画的怯弱，我都是喜欢的，只是到了现在，我已经来不及告诉他们了……

后来陆元把那盘磁带转录给我一份，他让叶向荣托关系，最终买下了甘南的那处房子，而那些夏如画留下大量手稿的墙壁的照片，则由我保管了。我想好好地整理一下，毕竟这些文字就相当于那两个人的一生，而他们的生命中还有长长的一部分是我没参与的。我想从头看看，看看我究竟错过了什么，看看他们是怎么走向了末路。

我花费了相当长的时间才把那些照片大概按序排好，陆元说得没错，这里面有太多太多的重复了。我无法想象夏如画是在怎样的一种混沌状态下写下这些的，竟然一写就是很多年，而且写的还是这么让人心疼的东西。

从头到尾看完，我发现，我的确有很多都很不清楚。比如夏如画十七岁时那次改变她一生命运的强暴，比如魏如风为什么走入东歌夜总会，比如程豪是多么残忍阴险……

隔着重重光阴，我有些可怜时光那头小小的他们。

夏如画的奶奶捡来如风的时候可能只想着小男孩的处境可悲吧，她会想到这个男孩会带给自己的孙女怎样的人生吗？

如果魏如风的亲生父母还活在世上，他们会知道自己的孩子度过了怎样的岁月，怎样不甘心地死去吗？

如果那个人贩子有点儿良知，他会把这么小的孩子带离家乡，让他最终陷入难以抽身的泥潭吗？

如果林珊能友善一些，而不是恶毒地排挤夏如画，那么夏如画会丧失对光明的渴望吗？

如果阿福知道自己要付出生命的代价，知道很多人的人生都会因为自己一时的淫欲而万劫不复，他还会对初恋的女孩犯下如此罪行吗？

如果当初魏如风冷静一点儿，没有拿起刀，如果他报警，如果那之后不管是警察还是社会上活得好好的其他什么人，向他们伸出援手，帮一帮他们，他与夏如画是不是还能慢慢地过上正常的生活？

如果程豪放过他们，为那个几乎和她女儿一样大的女孩子做件善事，把对她的兴致变成一种保护而不是一场残酷的戏弄，那么夏如画是不是会真心地冲他微笑一次？

如果魏如风救了程豪之后就毅然退出，如果程秀秀没有自私地留下他，而去说服了父亲，那么他们是不是就可以不一起死而一起活着？

如果叶向荣能打开夏如画的心扉，能说服魏如风，能更早地发现程豪的阴谋，是不是就不会有西街大爆炸？

如果胡永滨在得到证据之前拉住魏如风，劝导他去自首，他是不是就能留下一条命？

如果阿九好好地想一想，想想贪欲后面要背负的重罪，想想他和魏如风之间的情谊，那么他会不会放弃？还会不会劫走夏如画？

如果程豪在程秀秀死后能放下屠刀，能放过夏如画，那么他还会不会逃亡？会不会最终暴尸街头？

如果，如果……

可惜这世上什么都有，就是偏偏没有如果。

在某个年代的某个城市，某些人注定了某些悲剧……

就在我深陷于过去种种时，生活把我拉回到了正轨。

我又怀孕了，算算日子，竟然恰恰是夏如画死前那几天。

生命逝去的遗憾终究会慢慢淡去，取而代之的是对新生的憧憬。女儿信誓旦旦地说肯定会是个小弟弟，这样的企盼让我适时停止哀愁。

夏如画写在墙上的文字被我抄录成册收藏了起来。我选了一个漂亮的箱子，深蓝色纸板，上面印有银色的字：BEAUTIFUL COLLECTION。我把它放在了储物柜最下面一层，遥遥地望了它一眼，拉上柜门了事。

想想这个把月总在忙以前的旧事，不管是对女儿还是对老公好像都有些怠慢。所以我晚上早早地回了家，到超市买了不少东西，打算好好地做几个菜补偿他们一下。

操弄了大半的时候老公来了电话，说晚上有应酬，不知到几点，不要等他了。我无奈地看了看那一桌子的菜，叮嘱了两句也就作罢。

女儿不知怎么的，今天也玩得格外久，眼看天擦黑才磨蹭地进门。她仿佛很没有精神，招呼都没打就回了房间。

我有些生气，走过去看，她竟然在哭。

"怎么了？和小朋友吵架了？"我坐在床边轻轻抚摩她的头发。

"妈妈！"她扑过来钻到我怀里，哭得更大声了。

"到底是怎么了，乖，告诉妈妈。"我担心起来，女儿胆小又听话，很少闹得这样厉害。

"妈……叔叔……呜……叔叔他搬走了。"女儿哽咽地说。

"哪个叔叔啊？为什么搬走呢？"我放了点心，柔声问她。

"就是送我糖果的叔叔……如画叔啊……"

"如画……叔？……"我的脑子嗡的一声，心突突地跳了起来，猛然觉得哪里有什么不对。

"就是他，他们老板不要做五金了，如画叔说要去外地……他答应我周末走，会再送给我糖果，可是今天我看他们就不在了……呜呜。"

女儿细细的呜咽却让我一阵阵地发颤，我拉起她，有些激动地问："乖，那个如画叔什么样子？多大年纪？快告诉妈妈！"

女儿看我的样子有些害怕，止了哭，断断续续地说："他个子高高的，头发到这里，比妈妈大……"

小孩子的描述没有重点，我焦急地问："家里人呢？他有没有说过他有姐姐什么的？"

"没有听他说，他脑子不好使的，以前的事情都不记得了……啊，对！只记得如画这个名字，我觉得挺好听，可他们总笑话他呢。如画叔眼睛不太好，耳朵也不好。威叔总骂他笨，说当年在西街码头白救了他……但是如画叔是好人！我喜欢他。妈妈，你认识如画叔吗？"

听到这里，我已经失了神，我觉得有什么东西从我身体里涌了出来，它堵在我的心口，闷闷的，黏黏的。记忆随之肆意流淌，把那个名字拉扯出来，然后笑着轻轻地叫："如风，如画……"一遍一遍在我耳边呼唤，越来越清晰，却又越来越遥远……

我不顾女儿的呼喊，跌跌撞撞地冲下了楼。那个五金店离我家很近，拐过一个街角就是，我颤抖着走进那个屋子，抚摩着那小小的玻璃柜台，那有些铁锈的窗架，从里间到外间，一步一步，走来走去。

魏如风来这里多久了呢？他也是每天都这样忙忙碌碌地走来走去吧，也摸过这些柜台，打开过这些窗子。

他有没有见过我呢？看见我嫁了人、生了子，一本正经地过起了平凡的日子；看见我去买菜、倒垃圾，从小女孩变成女人再变成母亲；看见我深夜的时候睡不着觉，站在我为他作的画前，一直一直地看。

一定看见过吧！也许哪天曾擦肩而过也说不定。可是他都没有叫住我，任由我为他担心这么多年，任由我明明离他这么近却不能和他说一句话，任由我在他面前变老变丑，任由我们从开始到最后一直错过……

真无情啊。

他果然把我忘掉了……

哦，也不对。

他把自己都忘了呢！

可是记得那个名字，如画，如画叔……

可笑，

太可笑了……

女儿找到我的时候，我正在笑。

一边笑一边流着泪。

女儿吓得抱住我，不停地喊妈妈。我蹲下来，把她紧紧揽在怀里。

天慢慢黑了下来，街上人很少，在空荡荡的五金店一角，我抱着幼小的女儿放声大哭。

很悲哀。

原来我从未走入过他们的故事。

从来没有……

七个月后，我顺利生下了一个男孩。女儿很开心，天天叫他弟弟。

两年后，儿子学会叫妈妈，我随老公搬离了海平，彻底了结了与这里相关的一切前缘。

三年后，女儿上学，我又把那个深蓝的箱子拿了出来。

我决定把这些事好好地记下来，老了之后讲给我的孩子们听。

故事很长很长。

从出生到死亡，从年少到苍老，从善良到凶残，从忠诚到背叛，从正义到邪恶，从守护到杀戮，从纯爱到原罪，从判罚到救赎，从爱到恨……

也许怀念的人能看见。

也许忘记的人能看见。

也许灵魂能看见。

也许凶手能看见。

也许经历的人能看见。

也许悔恨的人能看见。

也许那个叫如画的如风，能看见……

我回过头，墙上挂着多年来我不曾离身的画，在画里，曾经的温柔少年，依旧清淡如风。

独家收录：

弟弟，再爱我一次

也不知在黑暗中究竟沉睡了多久
也不知要有多难才能睁开双眼

这是一个多美丽又遗憾的世界
我们就这样抱着笑着还流着泪

我是这耀眼的瞬间
是划过天边的刹那火焰
我要你来爱我不顾一切
我将熄灭永不能再回来
一路春光啊
一路荆棘呀
惊鸿一般短暂
如夏花一样绚烂
这是一个不能停留太久的世界

——朴树《生如夏花》

今天，我坐在这里，距离我第一次见到他的时候整整二十年了。然而，我闭上眼睛仿佛还能见到那个满身雨水的小男孩怔怔地看着我。那目光并没有因为时间的累积而模糊，反而穿过绵长的时光深深地烙印在我的心里，永世不忘……

1。
弟弟

我的父母早早就过世了，我跟身体虚弱的奶奶相依为命，十三平方米的小卖店是我们生活的唯一来源。但是我没觉得有任何的不幸，如果没去过天堂，地狱也是好的。

最初让我体会到幸福感的是奶奶捡来的东西，没有额外的钱去买，捡就是最好的替代方式。于是我有了断臂的娃娃，不合脚的胶鞋，还有一个弟弟。

他来的那天，风雨交加。

我从窗子望见奶奶拉着什么回来，我以为又捡回了礼物，高兴地在门口迎着，于是，我见到了他。这个场景是我回想过无数次的：他破衣烂衫，脸脏得看不清楚容貌，眼睛却十分明亮，不说一句话，水珠从睫毛滴下，他不眨眼，只是怔怔地看着我。很奇怪，当时我没有一点儿惊讶，好像预知了他会在这个时候走进我的生命一样。

“洗脸吧。”

“嗯。”

这是我们的第一次对话。

“好几天了，睡在垃圾堆那边，太可怜啦！”奶奶一边咳一边说，“一起过吧，好歹是个仔。”

“你叫什么？”我望着一盆黑水和他变戏法一样越来越清晰的眉眼说。

“魏。”他低语。

"卫？阿卫？"我问。

他摇摇头不说话。奶奶拿着饭过来说："是姓魏，没名字的。"

我转转眼睛说："那叫如风吧！我叫如画，很衬的！"

他点点头，我出奇地高兴，因为他很听我的话。

晚上，奶奶在我们原本不宽敞的屋子里挂了道帘子，弟弟睡在了我的床上，我和奶奶睡另一边。

上床的时候，我揭开帘子对如风说："害怕吗？害怕就到我们这边来！"

如风摇摇头说："不怕。"

我"哦"了一声转过身去，想吓唬他一下，又突然从帘子那边钻了出来，大声地喊了一嗓子。如风吓得缩成了一团，背靠着墙惊恐地看着我，清秀的小脸变得惨白。我没想到他会吓成那样，内疚不已。

晚上奶奶睡着了，我悄悄地把手伸到他那边，小声说："别害怕，把手给我，我拉着你睡！"如风开始并没反应，我的手心在被窝外面有点儿凉了，刚想收回来，如风却轻轻地拉住了我。我很开心，紧紧地攥着他的手，不一会儿就睡着了。

是夜，我们相识的第一晚，就这样手拉手地度过。

那年，我十二岁，魏如风十一岁。

2。
只有一个

我是附近最漂亮的女孩子，这是我之所以没感觉不幸的另一个重要的原因。人不应只看外貌的，但长得好的人会让人更愿意了解内在，于是更容易被发现优点，也就更容易被大家喜欢。我就是如此被街里的男孩子们宠爱着。

　　然而，越长大，我身边的朋友越少。他们渐渐都不再来小卖店找我了，只有邻街的阿福还总是兴冲冲地跑来，送给我各种玻璃珠子。直到有一天，连阿福也不来了，而我也终于发现了这个问题的答案。

　　那天我在巷口看见了如风拦住阿福，我刚想走过去，却听到如风说："别来我家了。"

　　"为什么？你姐是街里最漂亮的女孩子！我很中意她！"阿福笑着说。

　　"别来找我姐了。"如风说。

　　"阿风啊，你好福气的！我要是能天天和她睡一间屋，死了也心甘啦……"阿福仍继续说着，但他还没有说完，就被如风打倒在地上。

　　"你疯啦！"阿福怒气冲冲地爬起来，挥起拳头就向如风打去，转眼间两个人就扭打成了一团。我惊讶地站在一旁，却没想过去拉开他们，因为我看到虽然阿福比如风高大，却是如风占了上风，如风打得狠，拼命的狠。还有，就是我想知道，如风为什么为了不让阿福找我而和他打架。

　　不一会儿，阿福就告饶了，如风的脸也肿了起来，他不依不饶地说："别再找我姐，不然我见一次打一次。"阿福连连答应，战战兢兢地走出小巷，看见我居然都没敢说一句话。

　　我没瞧他一眼就走到如风身边，摸摸他肿胀的脸说："疼不？"

　　如风摇摇头，避开我的手。

　　我有点儿生气，讨厌他不理我的态度，板着脸说："干吗打阿福？"

　　他不说话，我更生气，说："怪不得虎哥安仔都不来找我玩了，都是你干的吧！"

　　如风抬起头，望着我，一字一句地说："姐，只有我一个不好吗？"

　　他的眼神很纯净，纯净且坚定。

　　我和他对望。

　　只有如风一个人吗？虽然他不爱说话，但我和他在一起却比和爱谈天说地的阿福在一起舒服，而这种舒服是无处不在的。

　　他会攒好几个月的钱，买我最爱吃的豆沙馅粽子回来。其实我从来没说过自己喜欢豆沙，能有粽子吃还挑选馅料是很奢侈的事情，只是很久以前那次吃粽子，我唯独吃了两只豆沙的，他便默默记下。

　　他会每天在学校门口等我下学，很自然地拿过我的书包，为我撑伞，踮起脚尖把奶奶给他的围巾围在我脖子上。

他会在我撅着嘴洗碗时，走到我身边把我挤开，粗手粗脚地在池子边干起来。当我不小心把盘子摔坏的时候，他会大声对奶奶说："是我做的！"

我突然发现，原来瘦瘦小小的如风一直站在我身边，当虎哥、安仔、阿福都不在时，他永远站在那里。而我，很开心看到他这样子。

"好，只有你一个！"我笑着捧着他的脸说，他很害臊似的躲开我的手，但眼神里是说不尽的快乐。

隔日，阿福妈见到奶奶啐道："你家养了只狼崽！"奶奶没说如风什么，她总是不说他的，只是时不时地摇头。

此后，再也没有谁来找我了，我也渐渐不再和别人打交道。

那年，我十三岁，魏如风十二岁。

3。
离开

奶奶没有任何征兆地离开我们了。

开始她只是有些感冒，不停地咳嗽，我劝她去医院，但她死活不肯："明日就好了，去花什么钱！你以为那些大夫就医得好？还不是骗你白花好些个钱！不如多喝些水哩！"

奶奶的"明日"迟迟不来，末日却终于临近。那天傍晚我们放学回来，奶奶已经在弥留之际了，她盯着弟弟看了很久，最后看了我一眼，叹了口气，没说一句话，睁着眼睛就离开了。我当夜哭得死去活来，如风一直攥着我的手，片刻不离。

后来我想，那时奶奶和如风可能有了些所谓意念上的交流，而奶奶在临终前读懂了他的意思，也预见到了我们的未来。

办完奶奶的丧事，我从未感觉到的生活压力，真实而残酷地摆在了面前。

以前只是穷，没有好的享受，但可以吃饱穿暖，十三平方米的小卖店加上奶奶零星替别人做杂活的收入，还能让我和弟弟无忧无虑地长大。但奶奶去世后，小卖店没人照看已经不能开张了，我和如风混混沌沌地过了几个月，终于到了弹尽粮绝的时候。我们没有钱，家里的存货已经被吃光了，我望着空空如也的货架第一次感到了饿肚子的难受。

"如风，我要去找个活儿。"我收拾了些东西推门走了出去，如风紧跟着我出了门。

我盲目地在巷子里转，没有地方要我这样的零工。天黑透的时候下起了雨，各家小店都打了烊，我一无所获。我觉得很无助，一天都没有吃东西，很饿，淋着雨，浑身都湿透了。我想起奶奶，我想我大概也快死了。如风始终不说话，默默跟在我后面。

"别跟着我了！"我扭身冲他喊，"跟着也没用，我找不到工作，我们要饿死了，我们怎么办？你说我们怎么办？……"

我语无伦次了，我真的不知道该怎么办，眼泪像决堤一样混着雨水流下。

如风猛地抓住我的双肩，斩钉截铁地说："姐，我不念书了。明天我去找事做！我决不会让你饿死！"

我一边哽咽，一边惊讶地望着他。

不知道从什么时候开始，如风已经高过我半个头了，原来瘦瘦小小的他竟然变得很强壮。还有，他的唇边长出了毛茸茸的胡子，而我也鼓出了小小的胸脯。我们都长大了，从男孩子与女孩子向男人与女人跨进。命运不容选择，时间不能重置，现在的我们即使没有了奶奶，也要独立地活下去。

如风的手臂很有力，我的肩膀在他手里显得格外单薄，他眼神坚定地看着我，我张张嘴却没能说出什么。在现实面前，我比他软弱很多。

回家的路上，如风走在我旁边，我感觉不是那么饿了，也不哭了。我想，那个在巷子里快乐嬉戏的小女孩终究不可避免地成为过去了。如风也不再是在我身边默默恳求的小男孩了。

我突然间感觉，我们虽然走在同一条路上，但未来已经不知不觉地把我们分开了一点点。至少，他已经从我身后走到了我身边。

那年，我十五岁，魏如风十四岁。

4。
两个人的世界

弟弟辍学后在一个工地找了份工作，他个子高又强壮，包工头很爽快地就接受了他。弟弟干活很努力，挣的钱好歹够我们活下来了。我继续在女校上学，很顺利地升上了本校的高中。我念书很刻苦，因为我知道是弟弟的付出才让我有了穿校服的权利，而我自然要将这份权利发挥到极致。我对如风说，我一定要念大学，然后毕业挣钱再送他去念书。他总是笑笑不说话，我知道他并不讨厌念书的，以前上学时他的名字永远在优生榜上，辍学是迫不得已。

偶尔如风收工早，也会像以前一样到我们学校门口来接我，照例接过我的书包，再从怀里掏出各式各样的点心给我。

女校门口的男生是最引人注目的，不久临桌的林珊就在我耳边碎碎念："夏如画，总来校门口等你的靓仔是谁啊？是男朋友对不对？"

我答道："他是我弟弟。"

"哈！是弟弟！好赞哦，这么帅的弟弟！他有没有女友啊？介绍给我好不好？"林珊兴奋地说。

"介绍给你做什么？"我问她。

"当然是发展一下，交往看看了！"林珊一边照镜子一边说，"他挺配我的，是不是？"

"交往做什么？"我继续问。

"夏如画！"林珊惊讶地说，"你真是从画里走出来的啊！拍拖你懂不懂？就是谈恋爱啦，拜托，你交没交过男友啊？"

"没有。"我说。

"你没交过男友？这么靓的女生没人追吗？"林珊开始大呼小叫，"也是，你太闷了，一天也不说几句话，只知道做功课，哪有机会认识男生！这样吧，你把你弟弟介绍我，我再介绍好男生给你，怎么样？我保准找个你中意的！"

"我不要。"我对她的热情很不适应，我平时和她并不熟稔，和班里的其他女生也是一样。

"好了，下次你弟弟来一定要叫我！"林珊念念不忘如风。

"好吧。"我随口应道，这件事我根本没放在心上。

从此以后，每次放学林珊都盯着窗外的校门，生怕与如风错过。她还天天问我关于如风的事情，什么他的生日、血型、喜爱的颜色、偶像等等。但很多问题我都回答不上来，在我们的生活中，我们尚没有喜好的资格。

终于，不久后的一天，当如风高大的身影出现在校门口时，林珊总算美梦成真。她把我拉到卫生间，重新化了妆，又把制服的裙子折短了点儿，对着镜子照了又照，兴奋地说："如画，好看吗？"

"好看。"我望着林珊精致的脸蛋说。我从来没有化过妆，衣服也基本只有一套校服，对于漂亮我并没有什么追求。然而看着林珊美丽的样子，想想她即将款款地走向如风，我心里突然有点儿难受。

我也照了照镜子，镜中的自己因为营养不良有点儿瘦弱，脸色略显苍白，大大的眼睛很茫然，五官的线条很美，却没有身边人来得新鲜。

"林珊，我好看吗？"我问道。

"好看！美死啦！幸亏你是如风的姐姐！好啦，快带我去吧！"林珊把我拖出厕所，我最后望了镜子一眼，镜中那个夏如画表情很哀伤。

如风看见我从学校里出来很开心地笑了，每次见到他笑，我都从心里暖起来。他接过我的书包，我问他："今天累不累？"

"不累。"如风说，"姐，你猜我今天给你带了什么？"

我说："不知道，什么呢？"

他神秘地从破旧的牛仔服中掏出一个纸包递到我面前，笑着说："小粽子，豆沙的！"

"哇！"我开心地叫着，"好久没吃过了！"

林珊不耐烦地咳嗽了一声。

我和如风一起扭头看她，我压根儿忘了她的存在，而如风则根本就未看其他人一眼。

"如风，这是林珊，我的同学。"我介绍道。

"你好，叫我林珊就好啦！我常听如画说起你的，你是他弟弟如风，对吧？"林珊可能觉得我的开场白太干瘪，干脆自己出马了。

"你好，"如风淡淡地跟她打了个招呼，扭头对我说，"姐，回家吧。"

"哦，好。"我应道。

"一起吃个饭吧！旁边的那家叉烧很棒的！干吗那么着急回家！你家不是只有你们姐弟俩吗？"林珊拦住我们说。

"我们没时间。"如风冷冰冰地说。

我敷衍了林珊几句就和如风走了，不知道为什么，我心里美滋滋的，一路上哼着歌。

"怎么这么开心？"如风问。

"没什么。"我剥开一个粽子，自己咬了一口，剩下的塞到如风嘴里。

他皱皱眉说："豆沙太甜，我不爱吃。你快吃，别喝风啊。"

5。
吵架

晚上回到家，我简单做了点儿饭，如风吃得很香。

我望着他，发现他真的是英俊的那一类，个子比前几年又高了，现在已经超过了180厘米，可能从小就干活，手长脚长的，身形很挺拔，眉宇间多了幼时不曾有的霸气。

如风见我看着他出神，有点儿不自在地说："看什么？"

我一边擦桌子一边笑着说："今天你见的林珊，夸你帅呢！她还想和你交朋友。"

半晌，他都没回话。我抬头发现他以一种极哀伤的表情看着我，和我下午在镜子中看见的自己一模一样。

"怎么了？"我不知所措地问。

"所以你今天下午安排我们见面吗？"如风冷冷地说，他从未这样跟我说过话。

"她想跟你认识，所以我……怎么了？"我更加慌乱。

如风猛地站起来，碰翻了凳子，说："你觉得有意思吗？无聊透了！"

他抓起外套走了出去，我在屋里愣了半天，呆呆抓着抹布一动不动。我不知道他为什么突然变成这个样子，他从来没发过脾气。我觉得自己被他抛下了，以前除了他工作我上学，我们都是在一起的，而现在却只有我一个人在这孤零零的房子里。

我不知道该怎么做，只好坐着等他，我想等他回来让他好好发顿脾气。但是我明白让他发发脾气并不是我苦等他的目的，我有一种深深的恐惧，我怕他再也不回来了，那是我根本不能想象的处境。

半夜，如风回来了，身上带着股酒味。

我见到他便再也憋不住心里的委屈，扯了扯嘴角哭了起来。

如风一下子慌了手脚，他坐到我旁边说："姐，你怎么还不睡？你别哭，你……"

我哭得更大声了，使劲捶着他说："你怎么能扔下我一个人！你要是不回来我怎么办！"

如风猛地抓住我的肩膀，盯着我的眼睛说："姐，我一辈子都不会抛下你一个人的！"

他认真的样子让我想起我们一起饿肚子的那个夜晚，那天如风拯救了绝望的我，而今天他又一次让我从孤单的恐惧中走出来。如风总会恰如其分地出现在我需要他的地方，每次都是。

肩膀被他抓得酸了，我轻轻挣了一下，挂着泪笑着说："不许跟我生气了，更不许喝酒！"

如风没松开手，反而更用力，他说："你也要答应我，不管怎么样，都不能把我抛给别人！不许扔下我一个人！"

我突然感到他目光的灼热，这种热度透过他的手传到我全身，让我有种被点燃的感觉。

"我答应你。"我恍惚地应道。其实我并不明白他的这个要求到底意味着什么，他的态度和平时很不一样，我觉得有一些事情在我懵懵懂懂时发生了，如风一定懂得了一些我不懂的东西，至少目前我还不懂，或者说我还没准备好。

如风如释重负，露出了孩子般灿烂的笑容，他比我更害怕变成一个人。我们是不能分开的，少了一个，另一个就根本不知道怎么活下去。

林珊对于她和如风的第一次正式会面很不满意，第二天她决定抛开我，直接和如风一对一见面。

林珊来到了如风的工地，在阳光的照耀下赤裸着上身的如风让林珊目眩神迷。

"如风！"林珊喊。

如风慌忙扔下手里的沙袋跑了过来说："什么事？我姐出了什么事吗？"

"如画她没事。"林珊说。

"哦，那我回去干活了。"如风的态度顿时冷漠了下来。

林珊一把拉住他说："你先别走！我有事啊！"

如风挣开她的手说："对不起，你的事跟我没关系。"

林珊没想到他竟会如此冷漠，她从小到大还从未遭到这样的冷遇，她含着眼泪说："你怎么这样呢！我来是想请你吃顿饭的，交个朋友不好吗？"

如风不为所动，仍旧冷漠地说："你想和我交往是吗？"

林珊红了脸，使劲揪着裙子没有应答。

如风接着说："你喜欢我什么呢？只是长得还好吗？我们不是一个世界的，你永远走不到我这里，所以算了吧。"

林珊很不甘心，她说："那我有什么不好呢？你的世界怎么了，连一个女孩都容不下吗？"

如风低下头幽幽地说："那里有个人。"

林珊大怒说："说得好听，原来是有女朋友了？既然有就直说好了，这么逗人玩显得很帅吗？"

如风说："随便你怎么说吧，总之我们不可能。"

林珊说："别小看人了！谁要和你在一起！"

林珊抽泣着跑了，如风突然想起了什么，喊道："喂！你等一下！"

林珊以为还有转寰余地，站住了脚。

如风说："别跟我姐说你来找我了。"

林珊彻底死心了，她回头喊道："谁还会记得你！这辈子我都不会提你的名字！"

第二天上课，林珊问我："你弟弟有女友？"

我不明所以地说："没有啊。"

"哼！你被蒙在鼓里罢了！"林珊说，"你这个不解风情的姐姐，跟你说了也不管用！"

林珊没听如风的话，愤愤地将她去找如风的事全都讲给我听，我默默低下头，那些话就像在我心里扔了颗石头。

好像从十三岁以后，在童年和少年的分界线上，我就没再和外人亲近过，我的世界里只有如风，他也一样。而现在，在他那边真的多了一个人吗？所以那天他才会莫名其妙地发了一顿脾气？

整整一天我都混混沌沌的，晚上下起了雨，如风迟迟没有回来。平时他也有收工晚的时候，我都是在家等他的，可今天我坐不住了，心里很不安。我知道林珊的话让我震动了，我不愿意看见如风身边站着任何一个旁人。

我决定去巷口接如风，我拿起一把伞，开门出去。

我没想到，在开门的一刹那，我的命运彻底改变了……

6。
毁灭

我开门的时候恰巧有三个阿飞驾着机车从狭窄的巷子里飞驰而过，随着一声尖锐的刹车声，我们摔作一团。

"靠！没长眼啊？"三个男人中为首的那一个站起来指着我骂道。我的腿好像被撞伤了，身上已经被大雨淋湿，沾了很多泥，狼狈不堪。我挣扎着爬起来，低着头忙不迭地说"对不起"。

　　另外两人也站了起来，其中染黄头发的不客气地推了我一把，我又摔到了地上，伤腿被重重地碰到，我疼得动弹不得。

　　"滚开！"就在黄毛准备再给我补一脚的时候，为首的人喝住他。

　　"你是夏如画？！"他诧异地说。

　　我惊讶地抬眼望他，辨认了好久，失声叫道："阿福？！"

　　阿福挽起我说："没认出是你啊！多少年没见了！"

　　我疼得轻哼了一声，阿福说："伤到了吧？我扶你进屋！"

　　阿福揽着我的腰进了屋，却迟迟不愿放开，我觉得有点儿别扭，轻轻拨开了他的手。

　　湿透的校服衬衫使我已渐渐发育的身材暴露无遗，阿福毫不掩饰地盯着我的胸脯说："如画，你比以前更靓了！"

　　我尴尬地侧着身子，默默不语，隐隐感到一种恐惧。

　　阿福坐到我身边说："腿疼不疼？我帮你看看。"说着就把手伸向我的裙子。

　　我急忙闪开说："不用了！你们还有事吧？不用管我，快去忙吧！一会儿如风就回来了，他给我看就好。"

　　阿福哈哈笑了一声，对他的两个小弟说："她是我的初恋情人呢！当初她弟弟还为她跟我打了一架。"

　　黄毛吹了声口哨说："阿福哥好眼光！"

　　阿福肆无忌惮地靠过来，我紧贴着墙无处可躲，他把手放在我大腿上说："我上过的女人，哪个不好？"

　　我使劲推开他，喊道："别碰我，滚出去！"

　　阿福狞笑道："今天老子犯桃花，是你自己送上门的，我怎么会放过？"

　　两个小弟识趣地走了出去，黄毛带上房门说："阿福哥，动作快点儿啊！今晚程老大还有事！"

　　我惊恐地望着阿福，我知道他想做什么了，从未有过的恐惧浸透了我的全身。

　　阿福毫不费力地把我压在身下，受伤的腿使我根本无法挣扎，我使劲地大喊却被雷雨声淹没。他一把揪扯开我的衬衫，破裂的棉布如同我丧失的贞洁，再没有什么可以保护我了。

　　"妖精！"阿福惊呼，他抓住我的手臂挺身刺入。

闪电之下，我清清楚楚地看到他因兽欲而兴奋得变形的脸。

"如风！"在被他穿透的一刻，我大叫。

接着我便看到了如风。

阿福未来得及抽动一下就倒在了我身上，如风的刀穿过阿福划破了我的小腹，我的身体刹那间被染红。

如风提起阿福的尸体扔在地上，他脱下 T 恤裹住我，把我抱在怀里，我一句话都说不出，只是静静地流泪。

门口被如风打倒的两人被屋内的血腥场面吓呆了，黄毛对躺在地上动不了的另一个小弟说："我……我去找程老大！"说罢就一瘸一拐地跑了。

如风紧紧抱着我，眼睛血红，额上暴起青筋。

我望着阿福的尸体说："你把他杀了？"

如风点头，从未流过泪的他竟然默默掉下了眼泪，他使劲地抓着我的肩膀，好像想把我按到他的身体里去。

如风的眼泪滴落在我脸上，滚烫地晕开，我淡淡地说："我们就一块儿死在这儿吧，好吗？如风，我们一起死吧。"

"好！"如风说，他坚定地望着我，我感到分外地安宁，可以比拟死亡的安宁。

我们互相搂抱着，像两个没有生命的石雕，所有活着的希望与勇气都消失了。我当时只是想，我们要一起死了，就这么一起死了也挺好的，这样就永远都不会分开了。

不久门口传来了阵阵的机车轰鸣声，房门被踹开了，很多人站在门外，一个身材高大、面无表情的中年男子走了进来。

"老大，就是这小子干的！他杀了阿福！"黄毛从中年男子的身后走出，指着如风喊道。

中年男子从阿福的尸体上跨过，走到我和如风面前。我并未觉得害怕与慌张，也许是因为当时我虽活着却跟死了没什么两样，否则他身上散发的那种逼人的气势，不会让我毫无感觉。

他掏出了枪对准如风，我想如果他杀了如风，我就拿起地上的刀自杀。

他没有开枪，却慢慢地把枪口对准了我。如风猛地震动起来，他一只手把我搂得更紧，另一只手按住了枪管。

想先把我杀掉吗？也好，我先死的话就不用那把刀了。想到这里，我不禁微微一笑。

没想到中年男子竟然放下了枪，他望着我对黄毛说："我最讨厌这种事情，把阿福的尸体处理掉！做干净点儿。"

黄毛大叫道："大哥，你要放过他？他杀了阿福啊！"中年男子冷冷地看了他一眼，黄毛马上噤声。

中年男子转过身，背冲着我们说："明天早上十点来东歌夜总会找我。"

黄毛更加吃惊，不禁又喊道："大哥，你想让他入伙？"

中年男子打断黄毛："今晚就到此为止，别让其他人知道！"

他冷冷地瞥了眼如风，说："你有种！我很欣赏你，不过你要明白，如果你不来，就算我放过你，警察也不会放过你。"

如风一直坚定的表情迷茫起来，而我也终于把已毫无生气的目光聚焦到这个人身上，就好像魂魄又回到了我身体中一样，今晚发生的一切在我脑中渐渐清晰。随着天空一声雷鸣，我猛地抽搐，晕倒在如风怀里。

那年，我十七岁，魏如风十六岁。

7。
东歌夜总会

那个雨夜之后，阿福就像从来没在这个世界出现过一样消失得干干净净。没人来追捕如风，因为他跟随了那名神秘的中年男子——程豪。如风是抱着一种复杂的心情投奔他的，他感激程豪的救命之恩，却又暗暗忌惮他的老练。如风清楚自己选择了一条什么样的路，这条路使他看见了生活的希望，也看见了未来的黑暗。

　　程豪的帮派是这一带纷繁混杂的帮派中新近崛起的一支，他有着非凡的见识和冷静的头脑，所以创建帮派没过多久，通过几单买卖，他就在这片辖区闯出了点儿名堂。东歌夜总会是他第一个产业，也是他的总部据点。程豪的确很器重如风，很多大买卖他都让如风经手，如风本来就成熟冷酷、机警能干，混入黑道后更显露出了他的天分。在程豪的培养下，如风很快就成了他身边的得力助手之一，而且是其中年龄最小的一个。

　　而我，经历了残酷的强暴后彻底消沉了下去。如果原来我的性格算是安静内向，那么现在则完完全全地变成了阴郁。如风很细心地呵护我，不让我有一点点的触动，也没有任何人再向我提起那件事，黄毛和另一个小弟甚至为此被清出了东歌。但是每逢雷雨，我都会像那晚一样痉挛并大声地哭喊，不让任何人接近，直到昏死过去。大夫说，这是因为受了强烈的精神刺激，恐怕医不好。

　　每当这样的雨夜，如风都会默默地在门口守候着我，我在屋里大声地哭，他则在屋外静静地流泪。门框上的斑斑血迹，是他用拳头无望地捶打所留下的。他为没能保护我深深自责，那种无能为力比我更痛苦，然而他默默地连同我的痛苦一起承担了下来。

　　我曾经有一段时间不敢看如风，我怕看到他那纯净而坚定的目光，我认为自己承受不起了。我早就知道，我比他懦弱，懦弱得多。

　　但是不管怎么样，还是要活着。我们没有饿死，没被程豪杀死，那么就要活下去，因为我们一直是这样紧紧依靠着对方，为了活着而坚强地活着的。

　　人其实就是这样，并不是为了什么高尚的理想、远大的目标而活着，而是在活着的某些时候恰巧有了这些而已。

　　如风渐渐忙起来，但他仍旧会照顾到我的一切。他不能经常到学校接我了，所以他派了一名叫阿九的小弟天天护送我放学回家。学校里的老师学生大概都知道我和社会上的帮派扯上了关系，他们都更加地疏远我。我早已习惯，只要有如风，就不孤独。

　　但是不知道为什么，傍晚一个人在家的时候，我会很想念如风，我会想他现在在做什么，和什么人在一起，我会时不时地看表，估算他什么时候能回来。这种思念像生命力顽强的种子，在我心中慢慢滋长，直到有一天我实在无法忍耐这种不能名状的痛苦，我决定去东歌找他。

如风晚上不让我出门，我胡乱地装了个饭盒当作借口，走出了家。

我摸索着走到了东歌，闪亮的霓虹灯让我有点儿睁不开眼。我好奇地走进大门，挤在形形色色奇装异服的男女中间，有点儿让我喘不过气。我不喜欢这里震耳欲聋的音乐，不喜欢混杂着烟酒味的浑浊的空气，更不喜欢人们对我指指点点的态度，我的脚步越来越慢，甚至想回头逃走了。这就是如风每天工作的地方吗？

在这种地方，一个穿着校服、拎着保温饭盒的女孩足以引起大家的注意。不少人吹起了口哨，一个穿着赛车服的男人笑眯眯地走到我身边说："学生妹，一起过来 high（高兴，兴奋）吧！"

我警惕地退后一步，咬着下唇紧紧抓着饭盒一言不发，他的样子让某些回忆浮现。

"好嫩啊！Linda，最近流行穿校服吗？"赛车服对身旁一个坐在吧椅上穿着超短裙的妖艳的女孩说。

那个叫 Linda 的女孩从吧椅上蹦下，从上到下地扫了我一遍，轻蔑地说："是 SM（Sadism & Masochism，即性虐与被虐待）的新玩法吧！"

赛车服哈哈大笑，他揽着我的肩膀说："来！喝一杯！算我的！"

"放开！"我惊声尖叫着把他推倒在地。

赛车服勃然大怒，他一爬起就挥手向我打来，我闭上眼睛。

"住手！"阿九不知从哪里跑了过来，他一把推开赛车服说，"滨哥你疯了！这是风哥的阿姐！"

滨哥不甘心地说："哼，他还有姐姐，这么嫩，哪儿看得出！"

Linda 慌忙挽住我说："对不起，阿姐！我们不知道的，你别对风哥讲啊！你来找他吗？他在那边！"

我顺着 Linda 手指的方向看到了如风，他站在远处高高的台子上，周围簇拥着很多人，显然他是焦点，在人群之中格外耀眼。他身边站着一个高挑的鬈发女孩，女孩在他耳边说了些什么，如风点了点头，他又指着舞池中对女孩说了些什么，女孩轻轻扶着他的肩膀笑得花枝乱颤。

我心里像被针刺了一下，突然间觉得如风站在那里是那么从容，而那个舞台却离我如此之远，仿佛是我永远无法到达的。

"阿姐你怎么了？脸色不好啊！"Linda 说，"我去帮你把风哥叫过来吧。"

"不用了！"我拉住她说，"我没什么事，先回去了。"

就在这时，如风好像注意到了这边的骚乱，他看到了我，慌忙从台子上跳下，那个鬈发女孩跟着他一起走了过来。

"你怎么来了？都这么晚了怎么不说一声！"如风满脸焦虑地说。

"你这么晚没回，我给你带来点儿宵夜。"我小声嘟囔。

"什么宵夜啊！外面这么黑你自己走过来的？这边很乱、很危险你知不知道！"如风生气地吼道，他显然不能接受我蹩脚的借口。

我低着头不说话，旁边的人都被如风吓得不敢插嘴。

鬈发女孩打破了沉默，她盯着我问："阿风，她是谁啊？"

如风愣了一下，结巴地说："她，她是……"

我望着如风，一字一句地说："我是他姐姐。"

我的声音很冰冷，谁也没注意到如风轻抖了一下。

鬈发女孩的眼神立刻柔和起来，她拉着如风说："算了，阿风，你阿姐也是担心你啊，让阿九送她回去就好了。我们接着商量那件事吧！阿九，你快……"

"秀秀！"如风打断她，他拨开她的手说，"明天再说吧，我先跟我姐回去了。"

秀秀愣住，尴尬地抬着手。

"不用了，你们接着谈吧，阿九送我就好！"我说完转身就向门口走去。

"姐！"如风喊我，我加快了脚步。

我不敢回头，因为眼睛里已经充满了泪水。那个和别人有说有笑的如风，让我心酸得想哭。

在大门口，我不小心撞到了一个人。

"对不起……"我低声道歉，闪身躲开。

那人一把抓住了我说："别忙着走嘛。"

我抬起头，看见一张似笑非笑的脸，我感觉自己的心脏突然停止了跳动，瞳孔慢慢散开……

8。
生死之间的吻

那个人是黄毛。

"放开她！"追着我赶来的如风说，他的语气令黄毛刚才的勇气消失了一半。

黄毛把我甩给了如风，说："魏如风，今天你没那么好运气了！"

如风揽我入怀，我稍稍缓了口气，惊恐地望着黄毛。

秀秀也跟了过来，她冷冷地对黄毛说："你敢回来这里闹事，最好想一想后果！"

黄毛好像很怕她，不由得微微退了一步。

"秀秀啊，是我让他来的。"一个微微发福的六十岁上下的老头在一群打手的簇拥下从黄毛身后走了出来。

"祥叔……"秀秀花容一变，如风向前一步挡在秀秀面前。

祥叔本来是这片辖区的老大，但近几年随着程豪的崛起，地位已经渐渐有被取代之势。两人之间因为争夺地盘结了梁子，祥叔吃了不少暗亏。不过慑于祥叔多年的势力，程豪尚未敢再进一步，而祥叔也没有什么动作。但是今天，他敢直接闯到东歌，显然是来者不善。

祥叔瞥了如风一眼，嘿嘿冷笑道："秀秀，你老爸呢？叫他出来吧！"

"祥叔，你带这么多人来，恐怕不好说话吧！"如风沉稳地说，形势仿佛很不利。

祥叔恶狠狠地说："这里还没有你出头的份儿！"我不禁打了个冷战。

"当然有！"一个洪亮的声音响起，程豪走了出来，我一辈子都不想再见的人今天一个个地出场。

"爸！"秀秀兴奋地说，这时我才知道，原来她是程豪的女儿。

程豪走到如风身边时以极快的语速低声说："待会儿看准机会带着她和秀秀走！"

我吃了一惊，但如风脸色未变，只是拉着秀秀退后了几步。

不知什么时候，东歌周围的小巷中如同鬼魅般地出现了很多手持棍棒的

打手，看来祥叔是早有准备的，他想今晚直捣黄龙灭了程豪。街上的人见到
如此情景，都慌忙散开了，繁华的街面一下子变得杀气腾腾。

"姓程的！今天我是来替阿福讨个公道的！"黄毛依仗着祥叔大声说。

听到阿福的名字，我脸色即刻变得苍白，没想到他们今天竟然以此闹事！
如风把我搂得更紧，他眼睛里像是要喷出火来，我看见他的手慢慢握住了腰
间的枪。

"道上混，做生意，不能不讲个义字！你占了祥叔的地盘，坏了道上的
规矩，这些祥叔都不跟你计较！但是，你拿兄弟的命当垫脚石，我决不能放
过你！阿福不就玩了个……"

"不！"我掩面大叫。

一声枪响。

黄毛还没把他准备好的话说完，就倒在了地上，血从他的额头汩汩流出。

我睁大眼睛，大脑一片空白，躺在地上的尸体渐渐和两年前的尸体重合
在一起。

如风和程豪都举着枪，程豪的枪口微微冒着白烟，程秀秀惊讶地望着她
爸爸，一切都让人感觉措手不及。

祥叔得意地挥了挥手说："上！"

打手们立刻举着棍棒冲了上来。

"走！"程豪推开秀秀冲了上去。

东歌的人拥出来护住程豪，两拨人砍杀到了一起。

如风拉着我和程秀秀从东歌后门跑了出去，躲过了一些人的追杀，我们
跑进了一个小巷里。

天空下起了小雨，我渐渐地有些跑不动了，如风停下来对程秀秀说："你
在这里等我一下！别让他们发现！"

程秀秀拉住他哭着说："你上哪儿去？你别抛下我！"

如风镇定地说："我要把她送到安全的地方，你在这里等我，我马上回
来！相信我！"

程秀秀安慰地点点头，如风抱起我向小巷深处跑去。

如风把我放在巷子尽头的一个垃圾堆边，他在我身边摆了些纸袋说："在
这里待到天亮，听到外边没动静了再出来，然后回家里等着我，千万不能被

他们发现！明白吗？"

我茫然地点点头，如风把他的外套脱下来裹在我身上，不舍地看了我一眼，站了起来。

我突然回过神，抓住他说："如风，你别走！"

如风转过身，他不敢看我的眼睛，长长呼了一口气说："程豪救过我们，我现在必须回去。你放心，我不会有事。"

"那你带我一起走！死也要死到一起！"我猛地站起来，死死地攥着他的手。

如风的背抖了抖，雨水滴答滴答地打在我们身上，黑夜显得格外阴沉，我们又一次站在了生死之间。

沉默片刻，他咬咬牙甩开了我的手，向前跑了出去。

"不要！"我声嘶力竭地喊，我追赶着他摔倒在地。

如风渐行渐远，我泣不成声。

我知道，今夜他要离开我了，而且很可能从此走出我的生命。

然而，已经跑到巷口的如风突然站住，他扭身跑了回来，我欣喜地望着他，他紧紧地把我抱在怀里。我们狠狠地拥抱，仿佛要把对方吸到自己身体里。

就在这一刻，在那条肮脏的小巷里，在砍杀搏斗的雨夜，如风捧起我的脸，深深地吻了下去。我呆呆地望着天空，一种奇特的感觉慢慢涌出，我从未有过这样的感觉，从头到脚都酥软了，原来两个人嘴唇的接触竟然那么美妙。

月光交织着泥泞的雨水，我慢慢闭上眼睛。

这是我们的初吻。

如风的吻贪婪而热烈，他使劲吸吮我的唇，我被他吻得快要晕厥。

不知过了多久，他终于松开了我，我们望着彼此呼呼地喘着气。

"夏如画。"如风第一次这么称呼我。

"嗯？"我仿佛在梦中。

"我爱你！"如风盯着我的眼睛坚定而低沉地说。

他起身向巷口跑去。

雨水不见了，月光不见了，一切一切犹如瞬间消失，我坐在地上望着如风慢慢远去的背影，耳边轰鸣着那三个字：

我爱你。

9。
原来

程豪没有死，死的是祥叔。

是如风干的，据说他的枪法特别准，一击毙命，祥叔死的时候都没合眼，也许他根本想不到自己会死在一个少年手里。

祥叔名下的产业自然归给了程豪，从此以后，程豪名副其实地成为整个辖区的大佬，而如风也一战成名，成为程豪手下令人生畏的少年一哥。这些好像都在如风的计划之内，他彻底报答了程豪的同时，也收获了金钱与地位。

如风为了保护程秀秀受了很重的伤，他在医院里躺了整整三个月。好在有程秀秀和 Linda 的细心照顾，他恢复得很好。而我，却一直不敢面对他，他的吻和他的表白让我不敢应对。

我不知道爱是什么，在我心里，世界上的人只分为两类，如风和我是一类，其他人都归于另一类，甚至没有性别的区别。爱情产生于男女之间，一想到把如风当成男人看待，我就莫名地慌乱。男人是想把我压在身下的面目狰狞的人，阿福使我变成女人也给我留下如此的概念。和如风也这样吗？想到这些，我就再也继续不下去，尽管我并没觉得厌恶。唯一肯定的是，和如风接吻确实很美妙，这种美妙我平生未遇，因而我总是有意无意地舔舔自己的嘴唇。

如风出院那天我才算真正地与他面对面。

吃完晚饭，我们坐在床上，我第一次感觉十三平方米的家竟然是那么的狭小。我们俩都沉默着，我一直低着头，不敢与如风目光相接。

就这么待了很久，我说："伤刚好，早些睡吧。"

我起身拉过隔在我和他床中间的帘子，如风猛地站起，抓住了我拉帘子的手。

我紧张地看着他，他的目光无比温柔，我的心怦怦地跳着。

如风低下头，又一次吻了我，我的身体在他怀中微微颤抖。

他的吻慢慢变得霸道，从我的唇游走到我的耳根、我的颈子，如风的呼吸渐渐急促，他起伏的胸膛把我压在墙角。我突然害怕起来，两年前就是在这里，阿福轻易地夺走我的贞操，也因此而丧命。

"不……不要！"我推开如风，像一只受惊的小动物。

如风紧紧攥着拳头，背对着我，拼命压抑着自己已然爆发的激情。

我脑子中飞快地找寻着话题，我根本不知在这样的情况下该做什么，该怎么办。

"秀秀好像很喜欢你。"我若无其事地说，这是我最近的心病，却没想到会在这种时候脱口而出。

如风的脸很不自然地扯动了一下，就像被什么东西击中。

"秀秀很漂亮，人直爽……"我低声说，微微泛酸。

"我说的是真的！"如风打断我。

我逃避他的话，接着说："Linda 也挺用心……"

"我说爱你是真的！"如风抓住我的双肩大声地喊。

我没敢看他的眼睛，慢慢地低下头。

如风的手缓缓放开，样子像是被判了死刑。

他哀伤地说："原来，我对你而言，只是这样……"

如风跑了出去。

我颓然坐在床上，望着敞开的房门，眼泪慢慢滑落。

原来，究竟是怎样呢？

我没力气思考"原来"，也从不曾期待"后来"。其实我想的很简单，一切都可以任意改变，只要和如风在一起，彼此依靠，默默生活。

然而，他到底还是走了。

心口强烈的疼痛让我的想法渐渐清晰，不管怎么样，我绝对不能失去他，不要成为一个人！

我毫不犹豫地冲出家门。

10。
她不是我姐姐

那晚，如风在东歌喝得烂醉，程秀秀把他扶到了自己的房间。

程秀秀是喜欢如风的，然而究竟是从什么时候开始的，她却说不清楚。

也许是第一次见面，所有小弟中只有如风显得那么俊朗，很听她爸爸的话却执意不理会她；又或是她第一次见到她爸爸杀人，他挡在吓哭的自己身前说女孩子不要见太多血；或是因为他不可捉摸，狠的时候好狠，拔出枪对准祥叔眼都不眨，温柔的时候又好温柔，把她送给他的巧克力一层层包好，说是要回家带给姐姐尝。

当爱情发生，探究原因就变得多余，程秀秀轻轻吻了如风一下。

如风缓缓睁开眼。"为什么不爱我？"他痛苦地说。

"爱啊，怎么会不爱？"程秀秀在他耳边温柔地说。

"她为什么不爱我？"如风抓住程秀秀说。

程秀秀顿时脸色苍白，她尖叫着："她？她是谁？她是谁?！"

如风好像终于看清眼前的人，他从床上爬起，冷冷地说："我走了。"

程秀秀从身后紧紧抱住如风说"不要！别走！阿风，我爱你，我爱你啊！"

"秀秀，放手吧。"如风说。

程秀秀转到他身前，手指颤抖地撕扯着他的扣子，嘴里不停地说："不，我不让你走，不让！不让！"

如风任她把衬衫脱掉，他神情落寞地说："只要这样吗？这样就够了？"

程秀秀停住，伏在如风胸前失声痛哭："为什么这么对我？为什么？"

窗外一道闪光，如风猛然一惊。

"怎么了？"程秀秀哽咽着说。

"外面是不是下雨了？"如风紧张地说。

"是啊，怎么了？"程秀秀被如风的样子唬住。

如风推开她跑了出去，任凭她在身后高声呼喊，他头也不回。

雨水冲刷着我的身体，找回如风的坚定信念支撑着我蹒跚地走着。一道闪电划过，我战栗地跪在地上，我的精神已在崩溃边缘。

一辆黑色的轿车停在我身边，车上款款走下一个少女，她走到我身边撑起伞。

我抬起头，是程秀秀。

我抓住她问："如风，见到如风了吗？他在哪儿？"

程秀秀狐疑地看着我："你怎么了？如风疯了似的在找你！"

我踉跄地站起来，自言自语："我要去找他！"

又是一道闪电，我尖叫着蜷缩成一团。

程秀秀拍拍我说："你没事吧？"

我打开她的手，目光涣散地说："别碰我！"

程秀秀不耐烦地对司机说："把她抬上车！"

司机过来拉我，我拼命挣扎，不停地喊："求求你！求求你，阿福！不要！不要！"

"阿福？"程秀秀低喃，她好像明白了点儿什么，她一把扯住我说，"阿福怎么了？你不要他什么？"

"不要！"

"什么不要？你说啊！快说啊！"

天空响起一声惊雷，我应声昏倒在地。

"程秀秀！"如风跑了过来，他抱起我，我微喘了一口气，瑟缩在他怀里喃喃地喊着"不要"。

如风狠狠地甩了秀秀一个耳光。

"就是她，对不对？你爱的人就是她，对不对？"程秀秀嘴角淌着血指着我大喊。

"我警告你，你别想动她一根手指！"如风冷冷地说。

"动她怎样？阿福失踪得莫名其妙，是因为她吧！就是因为她，东歌差点儿被人毁了！我跟我爸差点儿死在祥叔手里！"程秀秀喊。

"我杀了你，"如风的声音让程秀秀仿佛瞬间被冻住，"你敢碰她，我就杀了你！"

"魏如风，你疯了！你们是姐弟啊！"程秀秀歇斯底里地哭喊。

"她不是我姐姐，"如风说，"我们没有血缘关系。"

程秀秀痴痴地跌坐在地上，如风抱着我向远处走去，消失在一片雨雾之中。

那年，我十九岁，魏如风十八岁。

11。
只有一个名字的通讯簿

　　如风回到了我身边，带着他沉默而深厚的爱。

　　我们搬离了十三平方米的房子，住进了程豪名下的一处高级公寓，分室而居使我逃离了夜晚的尴尬。如风没跟我再提起那天的事，我解释不出那天晚上我那种撕心裂肺的感觉和奋不顾身的冲动是为什么，这是我从未有过的感受，有时我甚至希望如风能继续探究，但是他没有。

　　程豪的胃口越来越大，他的产业遍布整个辖区，小到洗头屋，大到地下赌场。如风变得更加冷峻，也更加忙碌，他经常夜不归宿，但如果下雨，他一定会回来的。

　　住在装饰精美的大房子里，我反而常常怀念那一贫如洗的小屋，舒适的生活并没有让我感觉幸福。如果没有如风在身边，一切都黯然失色，我和屋里的名贵雕塑没什么区别，甚至还没有它们生动。

　　摆脱了饥饿与贫穷，富足却让人茫然。

　　我毫不费力地考上了Ｔ大，念管理，其实学什么对我而言并没意义，当初我执着地想再让如风读书的念头已渐渐模糊，我和如风的未来都是模糊的。

　　在大学里，美丽仍然令我成为焦点，但是这并没有改变我的孤僻，我已经习惯了人们赞叹的目光，也习惯了一个人的孤独。没有谁敢打我的主意，每天准时接送我的黑色保姆车和戴着墨镜的彪形大汉让人望而却步。

　　然而，就是在这样层层保护中，作为风景的人依旧会被眺望，苏彤就这么望着我，走入了我的生活。

　　那天午后，我在一间冰激凌店打发时间，店里的两个高中女生偷瞄着我窃窃私语。

　　"苏彤！那女的好靓啊！"其中一个胖胖的女孩说。

　　苏彤说："是不错，可惜比我差了点儿！"

　　胖妹大笑："你？未免差太远了吧！"

　　苏彤狠狠瞪了她一眼说："女人，不光是长相，智慧也是一种美！"

　　胖妹不理她，迷恋地说："如果能长成她那样，就算是个白痴我也愿意！"

　　苏彤不以为然："你看她，目光呆滞，一副哀怨的样子！红颜薄命，肯定活得不开心！"

　　胖妹打了她一下说："都是你说的！人家走了。"

　　"喂喂，别闹！"苏彤拉住她的手说，"她刚才是坐在那儿吗？有个手袋，是不是她的？"

　　我买了外带食物，却把手袋忘在了座位上。这是我无比后悔的一次马虎，我宁愿丢一个小小的手袋，也不愿因为它使我差点儿丢掉了比生命都重要的东西。

　　胖妹赶紧走了过去，她拿起手袋说："是她的！追不上了怎么办？"

　　苏彤说："看看包里有没有通讯簿什么的。"

　　胖妹打开手袋，啧啧地说："嗯……课本，哇！T大的！夏如画，名字很好听！……有个记事本。"

　　苏彤翻开记事本，脸色一变："好奇怪……"

　　胖妹忙抢过来看，她惊讶地叫："天哪！通讯簿上怎么……怎么只有一个人的号码！"

　　苏彤沉思着默念："如风……"

12。
苏彤

　　苏彤她们到了一个电话亭："麻烦 Call（呼叫）99699……苏彤……夏如画的手袋在我这里，请复机。谢谢！"

几秒钟后，如风就打了回来，他语气焦急："你是谁？她在哪里？她手袋为什么在你手上！"

"她把包忘在了冰激凌店，我们捡到了。你是她朋友吗？能不能来替她取一下？"苏彤说。

如风松了口气："是这样啊，你在哪儿？等我一下，我马上就去。"

苏彤说了大致方位便挂上了电话，她对胖妹说："真古怪，那男的紧张得不行！"

胖妹说："是她男友吧？"

苏彤摇摇头说："不像……说不清。"

不一会儿如风就开车到了这边，胖妹紧紧抓着苏彤的手臂兴奋地低语："我的天！太帅了吧！"

苏彤迎上去："你是如风？"

如风说："对，我是。她的包呢？"

苏彤把手袋递给他说："在这里。"

"谢谢。"如风接过包转身走向汽车。

"等一下！"苏彤叫住他，"就这么走了吗？我们等了这么久，至少要请宵夜吧！"

如风停住，他冷冷地望着苏彤，苏彤笑盈盈地跟他对视。

胖妹被如风的气势吓住，她轻轻拉了拉苏彤说："你干吗呀？……"

"上车吧。"如风说。

苏彤拽着胖妹欣然坐上了如风的车。

Linda惊讶地看着如风带着两个女孩走进东歌，如风身边是从来没有女孩子的，她忙扯过滨哥说："你盯着他们！我去告诉秀秀！"

"不就带了两个马子嘛！干吗那么紧张！"滨哥不屑地说。

"你少啰唆！你敢带两个来给我看看！"Linda匆忙跑远。

"这就是传说中的东歌啊！哇噻！我没想到真的能进来！苏彤！你看耶，那人穿了三个鼻环！"胖妹兴奋得大呼小叫。

苏彤则并未显示出太多的诧异，她观察着人们对如风恭敬的态度，心中默默盘算。

"我还要一份翅皇羹！"胖妹拿着菜单，她已经点了很多。

"'小红莓之恋'，一份乳酪蛋糕，谢谢。"苏彤对侍者说。

"'小红莓之恋'，拿破仑饼。"如风的目光一直放在苏彤身上。

苏彤微微一笑："看不出来，你竟然喜欢吃甜食！"

如风不自然地低下头，他点了一根烟，把烟盒摆在了左边，与打火机形成了个十字。

苏彤瞥了一眼，不动声色地轻轻用搅拌棒搅拌着饮料。

"夏如画是你女友吗？"胖妹一边大吃一边说，"她好靓啊！"

"不是，"如风面色一变，他长吐了一口烟圈，有些落寞地说，"她是我姐姐。"

"哇！是姐姐，你们长得不像啊。不过都是俊男靓女！"胖妹说。

如风的脸色更加难看。

"不是吧。"苏彤突然开口。

她盯着如风的眼睛笑眯眯地说："你们不是亲姐弟吧。"

胖妹惊讶地望着苏彤，苏彤脸上浮现出狡黠的笑容。

如风目光中露出一丝寒气，他突然拔出枪抵住苏彤的额头。

"说，你到底是谁！"

胖妹塞满食物的嘴大大地张开，她不可思议地望着如风，没敢叫出声音。

苏彤脸色苍白，她深吸了一口气说："你不用一再试探我了。我不知道你把我当成了什么人，但我绝对不是他们中的一员！我，苏彤，只是一名学生而已！"

苏彤从书包里掏出学生证递到如风面前。

如风看着证件上那张灿烂的笑脸微微一愣，他收起枪说："对不起，你们随意玩吧。"

如风走了出去。

胖妹咽下口中的食物，使劲拍着胸口说："他……他刚才拿的是枪吧？啊？是真的枪吧？"

苏彤的腿微微发颤，她举起"小红莓之恋"一饮而尽，自言自语："他们还真复杂得有趣……"

如风一出门便迎来了程秀秀。

"怎么，还是放弃你'姐姐'了吗?！"程秀秀冷笑着说，"那两个女孩，比较喜欢哪一个呢？"

"最近不太平，有人在暗暗动手脚，"如风说，"她们跟她接触，我怕会出事儿。"

程秀秀松了口气，又酸酸地说："就那么在乎她吗？"

如风没有回答，他顿了顿说："秀秀，算了吧。"

"我不！"程秀秀望着如风的背影狠狠地甩头而去。

13。
陆元

"同学！"

在图书馆，一个文质彬彬的男孩笑着喊我。

"什么事？"我望着这张陌生而英俊的脸有些紧张地说。

除了如风，已经很久很久，没有人跟我说过话了。

他拿过我手里借的书，说："萧伯纳？你也喜欢戏剧吗？"

"还好。"他自然的态度仿佛我们是故交，这让我略略放松。

"太好了！"他高兴地说，"我还怕你对这些不感兴趣呢！"

"你有什么事？"他兴奋的样子让我匪夷所思。

他说："夏如画，我叫你如画可以吧？我注意你很久了！加入戏剧社吧！我觉得没有人比你更适合了！"

"戏剧社？"我怀疑地看着他，"对不起，我……"

我已经习惯拒绝和陌生人说话，而且和他说的话，已经过多了。

"千万别说不！"他打断我的话，"我和他们打了赌的，要是你不来，我就糟糕了。"

"打赌？"这样的字眼让我备感新鲜，如风从来不和我谈这些的。

"是啊，"他不好意思地笑了笑，"我发誓要让你加入戏剧社，不然……"

他苦笑了一下："这个月的活动经费就都靠我了。"

他英俊的脸上的古怪表情让我不禁笑了起来。

他也笑了起来，说，"如画，你比我想象中的还要美好！"

阳光透过窗户照在他的脸上，更加映衬出他干净而灿烂的笑容，在恍惚间我仿佛见到了如风小的时候，那时他的笑容也是这样的，让人浑身都暖洋洋的。可是，现在的如风没有了那样的纯真，他的眉目间更多的是阴霾和戾气。

"那么就这样说定了！下次活动我会叫上你！"他把书还给了我，跟我道别。

"等一下！"我叫住他。

他期盼地看着我说："怎么？"

"你……你叫什么？"我问。

他微微一愣，显然有些吃惊我竟然不认识他。的确，陆元是我们这一届的风云人物，恐怕除了我，T大里没人不认得他。

"我们同班啊！我叫陆元！"

"陆元……"我默念。

"来我这里吧！"他自信满满地说，"我不会让你逃走的！"

他向我挥了挥手，跑出去的时候高兴地跳了起来。

这个男孩给我留下了很好的印象，他亲切而真诚，至少让我觉得安全。这是我第一次和正常的男生打交道，幼时的记忆太过久远，而长大之后我所遇到的则全部不是一般人。

阿福，带给了我无尽的伤害；程豪，让我有一种莫名的畏惧；阿九、滨哥他们又是混黑帮的打手。而如风呢，和他们全都不一样，他的一举一动、每字每句都能牵动我的神经，我隐隐地清楚这是为什么，不管怎么说，这恐怕更谈不上普通。

陆元则是无数大学生中的一个，带着阳光的香味和青草的清新，简简单单地和我说着话，做生活中应该做的事。大概每个我这样年龄的女孩子都会有这样的际遇，然而这是我从未接触过的。

于是，我像躲在壳子里的蜗牛，偷偷地向外伸出了一点触角。

14。
跟踪

　　每天在家门口，学校门口，甚至便利店门口都能发现鬼鬼祟祟的跟踪者，是一件让人很难受的事。而遇见如风后，苏彤就一直在经历这样的生活。

　　其实也不是跟踪的手下技术差，如果是胖妹也就罢了，苏彤那么机巧，任谁都难轻易骗过她。她忍耐几周后终于爆发，拉住假装蹲在女厕所外抽烟的某小弟说："告诉魏如风，明天让他亲自来。"

　　第二天如风如约而至。放学的时候，他准时出现在苏彤校门口。

　　周围的女生频频侧目，窃窃私语地从他身边走过，而他却只目不转睛地看着苏彤一人。

　　后来苏彤告诉我，莫名其妙地，那时她竟然脸红。其实这种心情我最可以理解，因为当年站在我们学校门口的如风，也会让我脸红。

　　苏彤没有睬他，径直走了出去，而如风默默跟在她身后。

　　苏彤溜遍了大小商店，尽兴地讨价还价，买了面巾、便笺、小肉包等一大堆杂物，好在辖区不够大，否则不知道她还会逛多久。如风只是跟着她，不说话，也没打扰。两人一前一后，仿佛陌路。

　　最后苏彤拐进了小巷停了下来，如风隐隐看着她从书包里掏了什么，那种姿势他很熟悉。

　　苏彤举起手猛地转身，如风已经掏出了枪对准她。

　　可是，苏彤手里什么都没有，她只是比着手枪的手势，纤细的食指对准如风黑乎乎的枪口。

　　"乒！"苏彤假装扣动扳机，俏皮地笑了。

　　"对不起。"如风怔了一下，收起枪。

　　"第二次了，向我举枪。"苏彤指着自己说，"我就那么像坏人？"

　　如风没说话，盯着她看。

　　"估计该调查的已经调查了，今天来亲自跟着我，大概已经确认我没什么背景了吧。"苏彤笑了，"那么，果然是因为太在乎那个人了。"

"喜欢姐姐，好像挺痛苦的。"她眨了眨眼。

"明天你七点早课。"如风当作没听到，冷冷地说。

"你这么担心她，难道她以前发生过什么不好的事情？"

"现在已经十点钟。"

"她知道你这样子吗？"

"公车没了。"如风看看表。

"她喜欢你吗？……"

"学生这么晚回家不太好，打车回去。"如风终于打断她，打开钱夹抽出几张钞票。

"我对她真的没什么兴趣。"苏彤没接过钱。

"那很好。"如风的手仍然举着，"成绩不是优等吗？乖乖念书就对了。"

"我想的是……"

"回家！"如风说得斩钉截铁。

苏彤看看他，一把抓过钱，随手拦下了一辆的士。

车开到巷口，却又倒了回来。

车在如风身边停下，苏彤摇下车窗，微笑着说："刚刚你没让我说完，我其实想说，现在我对你很有兴趣！"

15。
世界变拥挤

比起陆元，苏彤来得更加直接。

放学之后，我在校门口被她拦住。

"夏如画！"她叫住我，"我等你很久了，你们学校好大！"

眼前的女孩个子不高，长得也算不上漂亮，但是她的眼睛很明亮，炯炯有神，充满灵气，让我不禁对她有种特别的感觉。

"你是谁？"我问。

阿九走了过来，警惕地看着她。

"我叫苏彤，我认识魏如风！"苏彤冷冷地对阿九说。

我和阿九都吃了一惊。

"你的手袋是我捡到的。"苏彤说。

"谢谢你。"我明白了些。

"有时间的话，一起吃饭吧！"苏彤微笑地邀请我。

"不可以！风哥要我每天放学就送如画姐回家！"阿九替我拒绝。

苏彤狠狠地瞪了阿九一眼，她突然想到了什么，笑着说："也可以啊！那么就去你家吧！"

"这……"我犹豫着，我没遇到过这种情况。

"好了，毕竟我也是如风的朋友啊！"苏彤盯着我，眼神有些奇怪。

"好吧！"我抢在阿九之前说，她意味深长的样子和提及如风时的语调，使我毅然决然地应允了这个不速之客。

阿九愤愤地替她打开车门，苏彤满意地上了车。

在自家的客厅里我却格外地不自在，我隐隐地感觉苏彤在观察我。

"可以给我倒杯茶吗？"苏彤说。

"哦。"我起身。

"没有朋友来你家玩过吗？"苏彤一边环顾四周，一边说。

"没有。"我递给她红茶。

苏彤饶有兴趣地看着我说："那你平时做什么？不去逛街吗？"

"不去，"我说，"我从商品目录上买东西。"

"家里只有你们姐弟俩吗？"苏彤说。

"是的。"

"他这么晚都不回来，就只有你一个人？"

"是的。"

"你不做些什么吗？"

"看书，"我奇怪她怎么问了这么多琐碎的问题，"或者睡觉。"

苏彤一副了然于心的样子，她说："嗯，看看相册可以吗？我想看看如风小时候的样子。"

"相册？"我愕然，我只有很小时候的几张照片，而如风则根本没有，我们甚至没有一张合影。

"没有。"我突然有点儿高兴，因为只有我一个人知道如风小时候的样子，苏彤不会知道了。

苏彤好像看穿了我的想法，她笑了笑说："你们的生活还真不正常！"

她的不以为然让我失落。

"如果没什么事……"我实在不想跟她相处了，不知为什么我对她有点儿忌惮。

"有事！"她打断我，"我来找你是有事的。"

我莫名地紧张起来。

苏彤站起了身，她向前走了几步，猛然转过身说："我喜欢魏如风！"

她盯着我："我想应该告诉你。"

我惊讶地望着她，她微笑着跟我对视。

我的心口开始强烈地绞痛，奇怪的是还伴随着一点点的恐惧。

苏彤不一样，她和林珊、Linda、秀秀都不一样，我清楚地明白这一点。

大门突然打开，如风走了进来。

"你来干什么？"如风冲苏彤喊。

"没什么，"苏彤毫不畏惧地说，"跟你姐姐聊聊天。"她特别强调了"姐姐"这两个字。

如风就像被点了穴，呆呆地站在原地。

"我不吃饭了，如画姐！我会再来看你的，再见！"她冲我眨了眨眼，拿起书包潇洒地走了出去。

我和如风面面相觑。

我们两个人的世界，突然变得有点儿拥挤。

16。
棋败

尽管我是如此不情愿，苏彤还是堂而皇之地出现在了我面前。

"如画姐，借厨房用用好吗？我想做些点心！"苏彤跑来我家说。

"做什么点心？"我对此刻看上去天真无邪的她无可奈何。

"提拉米苏！"她开心地说，"这是我最拿手的！可以给你留一块，不过只能留一块哦！"

"送人吗？"我问。

"嗯！我想送去给如风！"她说，没有一点儿含蓄羞涩。

我的心又疼了一下。

"他不喜欢吃甜食。"我迫不及待地说，心里暗暗企盼她的失落。

然而苏彤没露出一点儿失落的表情，她诡异地看着我，仿佛是我说出了什么惊天之语。

"你居然这么不了解他！"苏彤摇摇头。

"胡说！"我讨厌她那种明了一切的样子，这让我觉得心虚，"他从小就不喜欢！我们在一起他都不吃的！豆沙的小粽子，还有花式蛋糕、点心、巧克力，他都拿给我，给他都不要！"

我大声地喊，用可笑的方式使劲证明苏彤是错的。

"原来是因为你。"苏彤居然笑了，"是因为你喜欢，所以他才说自己不喜欢吧！"

我呆呆地望着她，如风是这样温柔地待我，然而最先感受到这种无微不至的竟然是苏彤而不是我。

烤箱"叮"一声响起，提拉米苏的香味飘了出来。

"你走吧！"我不想再看她一眼，"我一会儿还要去上课！"

"有些难受是吗？但是很遗憾，我的确比你了解他。"苏彤说，"也更了解你们之间的那种……微妙的感情！"

"你走！"我彻底地愤怒了。

"如画姐，你没必要发脾气。"苏彤走到我身边，"因为你并不爱他吧。"

"你不要替自己找借口，这跟亲情和世俗都无关，你自私到以为世界上只有你们两个人，你是不会在意别人的看法的。虽然不知道为什么，但我能看出来，你没勇气爱。你习惯了接受他的守护，习惯了一个人自怨自艾。你想过他是怎么想的吗？他想要什么吗？这也难怪，你根本不知道什么是爱情，尚且还不会爱吧？不是吗？"苏彤步步逼近。

"你……你乱讲什么！"苏彤的话像是给了我一记闷棍。

　　我的确并不深刻地明白爱是什么，爱有怎样的表现。"爱"这个无比美好的词汇显然离我已经被破坏的、不美好的生活太遥远了。但是我明白，对如风，爱与痛是并存的，有多强烈的爱就有多剧烈的痛。每次我走向他，就被命运狠狠地触痛，我不得不退回原地，蜷缩起伤痕累累的身体，然后再由他默默收拾我的狼狈。如果一切真的注定了，那么从一开始我就是无能为力的。

　　"难道不是吗？那么，你爱他吗？"她的鼻子快要贴到我的脸上，我清楚地看见她薄薄的嘴唇一张一翕地响亮地蹦出那几个字，"你敢爱他吗？"

　　我张了张嘴，在苏彤如炬的目光下却没能说出一句话。

　　"好了！我走了。"苏彤脸上满是得意，"再见啊，如画姐！"她蹦蹦跳跳地走出大门。

　　面对如同有读心术一般的苏彤，我承认，我更加不敢了。

　　楚河汉界，棋差一着，与她较量，我已有些溃不成军……

17。
带我走

　　当苏彤穿着学生校服，拎着点心袋走入东歌的时候，如风的心被轻轻地撼动了。他点燃一根烟，远远地望着这个眼睛明亮的女孩子。不得不说，苏彤的出现重新唤起了如风的回忆，在那一刻，他仿佛见到了曾经的我。

　　然而，苏彤要比我从容得多。

　　"不好意思啊，"Linda 拦住苏彤，"未满十八岁不准入内。"

　　苏彤完全没把她放在眼里，她笑笑说："我来找魏如风。"

　　"找谁也不行！拜托，小姐，你还穿着校服哩！被警察看到我们生意便没的做了。"Linda 不让步。

　　"Linda，让开。"如风走了过来。

"你跟我来。"他对苏彤说。

Linda不甘心地退到了后边，苏彤微笑着跟着如风进了他的房间。

"你的房间很干净！"苏彤环视四周说。

"来做什么？"如风问。

"送这个给你！"苏彤递来便当袋，"我亲自做的！"

如风打开说："就为这个？提拉米苏？"

"这个不够吗？"苏彤调皮地反问。

如风尝了一口，说："味道不错。"

"我就知道你会喜欢！"苏彤笑，"平时没人给你做点心吧！她竟然真的以为你不喜欢。"

如风顿住，放下了点心。

"知道提拉米苏是什么意思吗？"苏彤深情地望着如风说。

如风茫然地摇头。

"带我走。"苏彤一字一句地说，"在意大利语里，提拉米苏就是'带我走'的意思。"

如风躲避着苏彤的注视，低下头走到窗边。

"你不喜欢这样的生活吧，这根本不是你想要的，不是吗？看看你，每个表情、每个动作、每句话都透露出你不快乐，你不想做。可惜，你身边的人没一个懂得你！"

苏彤一口气说了出来。如风一言不发，默默地抽烟。

"但是我明白！我了解！我看到你的第一眼就知道了，所以我接近你，也接近她。我和你的过去没有一点儿关系，我庆幸自己没有！如风，我可以陪伴着你，一直陪伴着你做你真正想做的事！留下来有什么意义呢？带我走，从这个破地方走出去！"

苏彤从身后紧紧抱住如风，她用额头抵着如风的背，柔声说："带我走吧！你其实并不讨厌我的，对不对？"

如风轻轻仰起头，他望着窗外灰色的天空，眼神迷蒙。

苏彤闭上眼睛，如风身上有股好闻的味道，让人想象不出在如此污浊的地方会有这么清新的味道，她微笑着享受，这一刻对她而言弥足珍贵。

"风哥！"就在这时，阿九闯了进来，他尴尬且愤怒地望着他们。

苏彤重新坐到沙发上，如风回过神，他紧张地问："你怎么这么早就回来了？她呢？"

"如画姐被人带走了……"阿九说。

如风狠狠地抓住他，目露凶光："你说什么！"

阿九慌张地说："是如画姐自己跟他走的！他们好像是同学！"

苏彤饶有兴趣地望着如风。

如风松开阿九，一把抓起外套说："走，去Ｔ大！"

"等等！"苏彤开口，"你监视她吗？你知不知道这样对自己的姐姐很可笑？你为了什么呢？你为的什么她知道吗？她想知道吗？"

如风冷冷地说："你很聪明，但是也很自以为是，你不会明白我们之间的事。至于我真正想做什么……你根本不知道！"

如风走了出去，阿九神气地跟在他身后，苏彤的脸色渐渐暗淡。

18。
相信

带走我的人是陆元。

"如画，没忘记我们的约定吧？"下课后陆元叫住我。

我仍在回想着苏彤那个我没能回答上来的问题，没有听见陆元的话。

"如画，你不舒服吗？"陆元焦急地问，"要不要我送你去医务室？"

我陌生地看着陆元："你是？"

陆元苦笑："原来连我都忘了。"

"陆元！"我终于回过神。

"谢谢你记得我！"陆元很开心的样子，"今天戏剧社活动！一起去吧！"

"嗯？……"我犹豫起来，当真正要踏出那一步时，我才发现自己对"另一个世界"根本一无所知。

陆元关切地问："怎么？有什么事吗？"

有事？没错！是有事！苏彤看透了我的心思不算，还像一只小蛀虫跑到了我内心深处连自己都未敢轻易碰触的地方尽情吞噬。她见到如风了吧？他们在一起做了什么？我总是不由自主地担心这些，心乱得备感煎熬。

"如果是有心事，那么我可不放你走！"我的表情被陆元尽收眼底，他好像明白我在想些什么了。

"你看，人的心就这么大，"陆元比画着，"如果不放些新的东西到里边，那么旧的就会一直不走。"

"好吧！"我被他说动了，的确，跟他说话的这一会儿工夫，我暂时忘了那个恼人的小姑娘。

我告诉阿九"我有些事情"，不用他等了，阿九诧异地望望站在我身边的陆元，匆忙赶回了东歌。

我走入戏剧社引起了一阵骚动。

"不愧是陆元！连夏如画都能被你打动！"

"说说看！用了什么花招？不会是出卖色相吧！"

"这可以记入 T 大今秋大事记了！"

"她真人更漂亮！"

社员们七嘴八舌，一片喧哗。

"好了好了！"社长摆了摆手，他暗暗朝陆元竖起拇指，"夏同学，作为新社员介绍一下自己吧！"

"介绍？"我很不习惯这种嘈杂，不安地看着陆元。

"不用了吧，如画她……"陆元替我解围。

"切！什么时候竟然已经称呼'如画'啦？"

"陆元，你都知道了，可我们还不知道啊！"

"不许偷偷在社内进行私人活动的！"

大家不依不饶。

"既然她不想说，陆元也不答应，"社长出头，"那么就提问吧！夏同学来回答，这样好吧！"

"夏同学是否单身？"

"夏同学，何时何地为何被陆元说动的？"

"夏同学，是双子座吗？双子座都让人琢磨不透，特立独行！"

我茫然不知所措,这辈子我还没一下子面临过这么多问题。

"夏同学,"一个男孩站了起来,"传闻你是某位大佬的地下女友,这是否是实情呢?"

空气仿佛瞬间凝固,所有人都安静了下来,好奇而紧张地望着我。

我脸色骤变,扭身跑了出去。

我都做了些什么呀!像小丑一样站在他们面前!我的触角狠狠地缩了回去。

"如画!"陆元追了出来。

"你不用说了,"我冷冷地看着他说,"我不会回去了!"

"我没想劝你回去,他刚才的话太过分了!"陆元说,"但是,如画你不能逃避生活,真正的生活!"

陆元的样子很认真,他接着说:"我不知道是谁,出于什么目的把你保护起来,把你远远地放在一个安全的角落,不让任何人接触。但是我感谢这个人,因为他把一个最纯粹的如画放在了我面前,像一张白纸一样……"

原来如风想把我变成一张白纸啊?让沾满尘埃的我变成一张白纸吗?像什么都没有发生,一张空空如也的白纸吗?

"但是如画,人生不应该仅仅是一张白纸啊!"陆元的眼神变得很温柔,"那上面要有颜色的!而且会是五彩缤纷的!可能有漂亮的,也有不漂亮的。但是不管怎么样,都是属于你自己的色彩!和我一起好吗?让我跟你一起拿起画笔!相信我!"

陆元的脸有点儿红,他向我伸出手。

"相信我!"这熟悉的三个字在我脑中轰然炸开,我的目光穿过陆元,飘入遥远的时光中……

那时我才十二岁吧,淘气地偷偷跑到王阿婆家的二层阁楼,却被反锁在了里面。

第一个发现我不见的就是如风,他找到了我,却没有钥匙,没办法放我下来。

天渐渐黑了,我呜呜地哭了起来。

如风咬咬嘴唇说:"姐,跳下来吧!我接着你!"

我望望下面，有点儿害怕："可以吗，阿风？"

"相信我！"如风的眼神很坚定，他向我伸出那时还并不强壮的手臂。

然而这坚定地向我张开的小小的臂膀给了我莫大的勇气，我闭紧双眼纵身跳了下去，如风牢牢地接住了我，自己却跌倒在地上……

现在我仿佛又无助地被锁在一个阁楼上，而站在我面前向我毅然伸出双臂的却是另一个男孩。

当初不惜伤到自己而牢牢抱紧我的他呢？此刻是不是正向苏彤伸出双臂呢？

"请相信我！"陆元紧紧地抓住了我的手。

我的目光渐渐聚拢到他身上，他真诚地望着我，我却依旧茫然。

"放开她！"一个冰冷的声音响起。

是如风。

他看着陆元的眼神让我想起了那个夜晚。

"阿风……"我惊讶地说，我没想到他会出现在这里，他没和苏彤在一起吗？我甚至有点儿开心，却忘了自己还被陆元牵着。

"你是谁？"陆元并未被如风吓倒，他冷静地回应。

"叫你放手，听见没有！"阿九走上来愤怒地拽住陆元，陆元望着阿九，脸色变得苍白。

我甩开陆元，冲阿九喊："阿九，你干什么！放开！"

阿九没有理会我，陆元说："如画，没事，他不敢把我怎样。"

阿九使劲卡住他的脖子说："你再废话，我现在就打爆你的头！"

"阿九，你放开他！快放开！"因为愤怒和焦急，我声音有些发颤。

阿九没见过我这个样子，他犹豫地看着如风。

"放开他。"如风说，表情有些凄凉。

阿九不甘心地放下了手。

"晚上……早些回家。"如风转过身说，"阿九，我们回去吧。"

"如风！"我着急地高喊，他却没有回头，背影像一只受伤的兽。

"他是谁？"陆元轻轻揽着我的肩膀问。

"弟弟……"眼泪顺着我的脸颊滑落，"是弟弟……"

"弟弟"，多么温情的两个字，为什么现在会觉得那么心疼呢？

那年，我二十岁，魏如风十九岁。

19。
不幸福的摩天轮

游乐场里灯光绚烂，苏彤坐在旋转木马上开心地笑着，画面美丽而不真实。

对于苏彤，如风多多少少有些怜爱，可能是因为她读懂了如风的心声吧，也可能是因为她的无畏感染了如风，或者仅仅是因为她可以在如风难过的时候微笑着陪伴在他身边。

这种感情细细碎碎说不清楚，可以解释成各式各样的答案，但是，唯一能肯定的是，这不是爱。

爱情是无须解释、一锤定音的。

比如如风对我。

"喂，来这儿只是坐着喝可乐，未免太无聊了吧！"苏彤跑了过来。

如风说："会去抢着玩旋转木马的，只有你这样的小孩子！"

"谁是小孩子！你才比我大几岁呀！"苏彤撅着嘴说。

如风一愣，的确，他比苏彤没大几岁，却仿佛不是一个年龄段的人。

他后来跟我说，那一瞬间他想到了我。他想也许原本我也可以这样的，可以这样快乐地笑，和一大堆朋友一起来这样的地方，甚至可以喜欢一个像陆元那样的男孩，谈一次普通的恋爱……

那天从T大出来，他一直守候在门口，然后默默地尾随我，看着我和陆元一起回家。他不知道究竟能不能给我幸福，这让他有些茫然与无力。

但是，他不想放手，即使是这样，他也不想把我交给其他任何人。

"陪我坐那个吧！"苏彤拉了拉如风的衣角恳求，"摩天轮！"

"好吧。"她决然且企盼的眼神让如风不禁应允了她的请求，能答应她的事情太少太少了。

苏彤走在前面，她的背影看上去小小的，却显得格外地坚强。

摩天轮的小屋离地面越来越远，苏彤的眼神也越来越迷离。

"今天我笑得有点儿累了呢。"苏彤无奈地笑着说。

"对不起。"如风说。

其实"对不起"与"我爱你"一样沉重，说"对不起"的那一个不一定不伤心，因为每一个"对不起"都辜负了一个人的用心良苦。

"一直想着她吧，"苏彤幽幽地说，"虽然和我在一起，却一直想着她吧？"

如风望着窗外没有回答。

"知道吗，你想起她的时候眼神都是不一样的，所以我第一次见你们，就知道你们不是亲姐弟。如果只是姐姐和弟弟，是不会像你这样的。"苏彤缓缓地说，"你提到她，连语气都变了。'她'这个字，还真有魔力，只可惜，'我'却不是'她'！"

"苏彤……"如风想说些什么，苏彤却像没听见一样继续说着："如风，你知道吗？想知道是不是爱一个人，其实只要十分钟就够了。我见到你，只用十分钟就确定了。"

如风苦笑，他怎么会不知道呢？他后来细细密密地告诉我，第一次见到我的那个瞬间，他就知道了。

他知道我就是他要的那个女孩，那个在黑夜里温柔地握住他的手，虽然被伤害却仍纯洁，要和他一起死，轻轻地喊他如风的女孩……

"可是，你遇见我早就超过了十分钟……哈哈，我以为我能带你离开那里的，却没想到你和我一样，爱得如此固执，还真是……让人讨厌呢！"苏彤深深地叹了口气，空气中满是悲哀，"我从来都没跟你说过爱这个字，可是如风，我好爱你啊！……"

苏彤一边说一边流泪，她的手指摸索着如风的面庞。眉毛、眼睛、鼻子、唇……她竭尽全力地爱这一切，可是这一切不属于她。

如风哀伤地看着她，霓虹从窗外照入，苏彤的泪眼显得更加明亮。

"我爱你！我爱你！我爱你我爱你我爱你我爱你……"

　　无论多么坚强的爱，也有承受不起的一刻，这一辈子的"我爱你"，今天说尽。

　　苏彤哽咽得双肩不断颤抖，如风默默地把她揽在怀里。

　　"我真傻……'我爱你'是不能连着说的，如果这样，'你'和'我'之间不就少了个'爱'字吗？"

　　苏彤轻轻把头靠在如风肩上，慢慢地闭上了眼睛。

　　一个人只能给一个人幸福，给其他人的则是不幸。

　　摩天轮缓缓地转着，为什么每个游乐场有了云霄飞车、海盗船、勇敢者这些新奇有趣的游戏，却还要有这个慢吞吞的大轮子呢？因为有些人希望在这里面，在这绚烂如童话般的世界里，忘却时光的速度，一直缓缓地转下去，越慢越好……

20. 一起回家

　　和那里成九十度的位置，我和陆元在一起。

　　我从没有来过这样的地方，坐在摩天轮里感觉很梦幻，下次一定要和如风来看！

　　我微微一怔，每当遇到开心的事，或是悲伤的事，第一个想起的便是如风，想和他一起分享，这么理所当然，因为，一直都是一起的啊！

　　但是，我现在身边的人不是如风。

　　"很美是吗？"陆元笑着说。

　　"很美。"我说。

　　美得让人想哭。

　　陆元望着我写满落寞的脸，微微叹了口气："魏如风是了不得的人物，所有人都劝我不要再招惹你了。"

我吃惊地看着他。

"你……爱他吧？"陆元有些不甘地说，"那天哭得那么伤心，是因为爱他吧？"

我默默地低下头。

"也许这个时候我应该祝福你们，但是我不会！"陆元说，"因为我知道你们在一起不会幸福！你如此厌恶暴戾、厌恶凶残、厌恶邪恶，他却是不折不扣的黑社会人物啊！"

我的头更低了。

"你没发觉吗？你们其实已经分开了。你喜欢看书，喜欢戏剧，他能陪你一起做你喜欢的事吗？他能懂得你的心情吗？如画，你要明白，你们不是一类人。"

不是一类人？已经分开了？我和如风吗？

陆元的话深深刺痛了我。

"如画，你应该过那种悠闲安静的生活。每天早上起来，静静地看一本书，饮一杯茶，如果天气好，就到院子里晒晒太阳，浇浇花……不用担惊受怕，不用寝食难安，过普通而又美满的生活。这些他不能给你，但是我可以的！如画，我可以让你过这样的生活！"

陆元期盼地望着我说。

多么令人向往的生活啊，可是，如果没有如风，就算再好，对我而言又有什么意义呢？

摩天轮到了终点，陆元的幻梦也到了终点，他幸福的彼岸，我并不能到达。

"走吧，我想回家。"我说。

陆元望着我的侧脸，无奈地说："我送你。"

"如画姐？"

苏彤清脆的声音响起，我转过身，看到了我最不愿意看到的一幕。

如风和苏彤在一起，他们在一起！

我觉得自己的心脏快要停止跳动了。

"你们……"苏彤狐疑地看着我和陆元。

"你好，我叫陆元，是如画的朋友！"陆元很大方地说。

"你好，我叫苏彤。"苏彤同样彬彬有礼，她担心地瞥了如风一眼。

如风只是盯着我看，我强忍着眼泪低着头。

"和如风一起来玩吗？"陆元笑着问。

"嗯，是啊。我们刚坐了摩天轮。"苏彤说。

"是吗？好巧啊！我们也刚从那里下来！"陆元惊叹地说。

他们开心地聊着天，就像许久未见的朋友刚巧在这里碰见，而我和如风却像不相识的陌生人，默默地站在他们身旁。

就这样了吗？我和如风，最终一个向东，一个向西？

"姐，回家吧！"

如风突然说。

那两个人的谈话戛然而止，我抬起头，惊讶地看着他。

如风走到我身边，紧紧拉住我的手说："一起回家吧。"

这是我听到过最动听的话语，就像是上帝的福音。

"好！"我坚定地答应。

游乐场的五彩灯光在我们身后继续闪耀，余下的两个人尴尬地望着我们的背影消失在一片绚烂夜色中。

后来如风对苏彤说："对不起了，苏彤，我不能放开她，我不能把快要哭出来的她留在别人身边。"

后来我对陆元说："对不起了，陆元，我还是要跟着他走，不管那是一条什么样的路，我要跟他一起回家。"

21。
不要走

清晨，我一边做早餐，一边偷偷地看如风。

他安静地读着报纸，偶尔喝两口茶，阳光照在他三分之二的侧面上，更显得他俊朗非凡。

很久没有感受过这么惬意的早晨了，没有任何人的打扰、只属于我们两个人的早晨，甚至都让我有些不安了，我真的很害怕失去这种微小的幸福感。

如风突然咳了起来，茶杯被打翻。

"怎么了？"我忙问。

如风摆摆手，继续吃我做的布丁，我特意做的，因为苏彤的话。

"不好吃吗？"我问，略略有些失望。

"很美味！"如风马上回答，他一口把剩下的吃光。

我微微笑着，如风就是这样，总是让我安心。

"嗯……"如风沉吟了一下说，"今晚一起去看这个吧。"

他拿起报纸上的广告说："皇家剧院，歌剧《卡门》。"

如风仿佛有些害臊，他用报纸挡着脸，假装不看我。

我惊讶地看着他，我们从来没有一起做过这样的事，像约会一样的事。

"怎么？不想去吗？我看你盯着这页广告看了很久了。"如风有些黯然地说，"还是，晚上有事呢？"

"我要去！"我急忙说。

"我要和你一起去！"我又补充了一句。

如风愣愣地看着我，我很激动，脸蛋红扑扑的，眼睛里满是期望。

"干吗开心成这样？"如风温柔地说。

"我怕……你会留下我一个人。"我低声说。

想想那天晚上看见如风与苏彤在一起的场景，至今心里还会隐隐作痛。如果当时如风不拉我回家，我根本不能想象我之后会怎样。

如风轻轻抓住我的肩膀，认真地说："我再说一次，我决不会扔下你一个人的！决不！"

许久以来，我心里空落落的那一部分终于被如风填满，眼睛有些湿润了，这样的感觉，大概就是爱吧！

"怎么哭了？"如风担心地替我拭去眼角的泪珠。

我忙说："没有事的，我只是……"

我抬起头，看见如风怔怔地看着我。他的脸离我很近，我甚至能清楚地数清他的睫毛。

　　我们彼此凝视，如果可以，我希望我们能永远这样，即便仅仅是互相望着。

　　"我走了。"如风好像下了很大决心似的说。

　　"好……"我有些失落。

　　"等着我！"如风走到门口，突然回头说，"等着我，不要走！不要跟任何人走，好吗？"

　　"我等你！"我大声地回答，等，当然要等！哪怕一生一世。

　　我回到餐桌前开心地吃自己的那份布丁，只一口，就全部吐了出来。

　　太甜了。

　　甜得我笑着流下了泪。

22.

等待命运前来

　　上课的时候，我满脸洋溢着笑容。

　　陆元看着我发呆，那天我与如风远去的决然，让他明白我们原来是相爱的。

　　但是他依旧不懂，我和如风生活在两个环境中，除了那没有血缘的姐弟关系，完全没有任何交集，这样的爱算是爱情吗？依靠什么维系下来？还是仅仅是亲情的延伸？可是如果不是爱情，那我们为什么会这么执着，宁愿牺牲一切也要紧紧握住彼此的手，发誓永不分离？

　　不过陆元有种很强烈的感觉，他告诉过我的，他强烈预感我和如风的爱情恐怕会很惨烈。因为如果说如风是黑，那么我就是彻彻底底的白。而我们的未来，便像这两个颜色混合起来的一片灰色，无法预见。

　　他担心我承受不起，也担心他没办法把我从中救赎，因为看样子，我仿佛根本不想解脱。

"如画，今晚皇家剧院上演《卡门》，一起去看吧！"下课之后，陆元叫住我。

"对不起，如风说要带我去看，我不能跟你去了。"我抱歉地说。

"他？"陆元很惊讶，歌剧与如风，他实在联系不起来。

"对啊！陆元，你说错了，他可以陪我做我喜欢的事情！真的！"我开心地向陆元宣布，完全忽视了他的心情。

因为我确实很在意他说的我和如风不是一类人的那句话，也许正是那句话触动了我心底的隐疾，所以我才如此在意。

尽管我可以不顾一切地爱他，但是如风的那条路的确很黑暗，让我不能轻易看到光明的方向。

"是吗？"陆元望着我开心的样子，难过而又无奈地说，"那祝你们玩得开心。"

"嗯！也祝你开心！你不是很早就想去看那个了吗？"我笑着跟他道别，一刻都不想耽误，我答应了如风要等着他的。

"开心？会开心吗？很早就想去，是盼着和你一起啊！"

陆元望着我的背影轻轻地说。

我那时其实听见了，却不想停下脚步。当初我并未发现，对于爱情，我竟然如此自私。也许这样不顾他人的自私注定会被命运惩罚，假如我肯为陆元稍候片刻，也就不会发生后来的事情了。

回到家里，我兴奋地等着如风归来，平时我是最擅长等候的了，静静地坐一天也是常事。可是今天我有些坐不住，可能是这种幸福感太过强烈，我不时地望着墙上的钟，企盼时间走得快一些，再快一些。

然而，天渐渐地黑了，我站在窗边，腿都有些酸了，如风却始终不见踪影。

我隐隐有一种不安，就像是什么东西正悄悄地向我走过来，而我又说不清那是什么……

23。
假如遗忘

我望穿秋水，终于盼来了如风的身影。

他行色匆匆，看上去不是很开心，我的心情也随之低落下来。

一路上我们都没说什么话，受苏彤的诱导，我也开始揣测如风的想法，我想可能他并不喜欢看歌剧，只是勉强陪着我而已，对他来说这样的事情未免有些多余。

他很忙，然而恰恰忙的都是我不喜欢的事。

陆元的话开始在我脑中盘旋："你们其实已经分开了，你们不是一类人！"

我有些害怕真的会如此，因为如风和苏彤在一起时显得那么轻松，我怕陆元一语成谶。

入场时人潮汹涌，如风叉着腰站在一旁，脸上很不耐烦。我小心翼翼地闪躲着拥挤的人群，而他却不时地推开我身旁的人，差点儿和一个男子吵了起来。

我渐渐感觉，我所期盼的夜晚，远非如我所愿般地美妙。

皇家剧院很气派，装潢精美，我和如风坐的包厢位置很好，我不住地四处张望，感觉很新鲜。好几次，我都想和如风说点儿什么，比如那墙上镀金的天使，华丽的绛紫色绣花幕布，斜对面包厢里一个女人漂亮的羽毛手包，但是我都没能说出来，如风冷漠的样子让我欲言又止。

音乐响起，《斗牛士之歌》雄壮而优美，舞台色调艳丽，卡门轻含烟卷，万种风情，一笑一颦之间分外自信迷人。

"一定要小心，你会爱上我的！"

卡门的野性与妩媚深深地诱惑住俊美的军官唐霍塞，那顾盼的神采让我想起了苏彤。

面对这样的妖娆与痴情，有谁能逃过？

我偷偷瞥了一眼如风，他面无表情地看着台上，眼睛微微垂着，仿佛快要睡着。

他终究还是不喜欢，我轻轻把手中的宣传彩页折起。

"爱情是只自由鸟，不被任何东西所束缚！你不爱我，我也要爱你，我爱上你，你可要当心。 当你以为把鸟儿抓牢，它拍拍翅膀又飞走了， 爱情离开你，等也等不到， 可你不等它，它又回来了。 你想抓住它，它就逃避，你想回避它，它又来惹你！"

《哈巴涅拉舞曲》更加衬托出卡门的美丽，灼热奔放的爱使唐霍塞最终抛弃了纯洁善良的米凯拉而拜倒在她裙下。我一直欣赏卡门对爱情不屈的追求，此时此刻，我却为米凯拉深深地叹息。

"卡门不能欺骗自己，她不爱你了，不爱了！"

"哦，我的卡门！让我来挽救你，挽救我自己！"

"为什么你还想要这颗心？它早已不属于你！"

"可是，我爱你！我愿做一切你喜欢的事情，只要你不离开我。亲爱的卡门，请你想想我们相爱的岁月！"

"不！我不会回到你身边了！"

我含着眼泪沉浸在剧情中，高尚的爱情却让人变得卑微，无论当初怎样情深义重，一旦失去，便终是两两相忘。

我不禁偷偷地望向如风，他轻托着头，似乎在想着些什么。

有一天他会不会也会这样把我忘掉？

会吗？

24。
随卡门谢幕

突然，如风的手机响起，邻座的人厌恶地瞪着他，他仍旧旁若无人地接起。

"喂……我在皇家剧院……嗯……来找我吧，好吗？"

如风轻轻地说，语气温柔，甚至，有点儿恳求。

是谁？是谁让刚刚还毫无生气的他变得如此温柔？

我已无心看戏。

"我最后问你一句：魔鬼，你不跟我去吗？"

"不，永远不！你要么让我死，要么给我自由！"

悲伤与爱情，是永恒的主题，逝去的爱是匕首，卡门最终死在唐霍塞的剑下。

"是我！是我杀了我最爱的人！"唐霍塞高举被爱人的鲜血染红的双手仰天长啸。

爱情，有时让人不寒而栗，我脆弱的心有些承受不起。

大幕落下，人们一边议论一边纷纷离去，如风却迟迟没有起身。

"你先回去吧，我有些事。"如风说，他没有看我。

"什么事？"我问。

"没什么。"如风皱着眉说。

"好吧。"我起身走了出去，我企盼如风能再跟我说些什么，但是他没有，只是静静地坐在那里，一动未动。

我并没有走。

女人对爱情具有与生俱来的敏感嗅觉，我想有一些地方不对，那个电话让我决定在门口静候如风要等的人。

我的心跳得很厉害，我隐隐地预测到了答案，但是仍然不死心。未知是种残酷的诱惑，结果很可能是血淋淋的，但人们还是禁不住想把它看透，我也如此。

更何况，我那破壳而出的爱情，已经一发不可收拾。

比起剧院内的温暖梦幻，门口显得十分萧索，人们慢慢地散开。我瑟缩地在门口等着，固执地寻觅那个我熟悉的人影，于是我终于看见了她。

是苏彤。

个子小小的她在人群中是那么显眼，那双炯炯有神的自信的眼睛就像卡门的一样。

而她是否也如同卡门，最终夺走了如风的心？

是不是这样就叫错过，当我伸出手，而如风却已转身。和我相比，苏彤才是一直陪伴着他的那一个，我只能哀叹太晚太晚。

或者应了陆元的话，我和如风其实早已分开。

苏彤跑进了剧院，我望着她的背影，再也站立不住。

不是说好了吗？不会留下我一个。现在却守在别的女孩身边，让我孤零零地站在这里！

不证实不甘心，而证实后便是彻彻底底的伤心。我蜷缩成一团，任凭眼泪流下。

"如画？"

我抬起头，看见陆元。

"怎么就你一个人？如风呢？"陆元疑问。

听到如风两个字，我顿时心如刀绞。

"怎么了，如画？你哭了……"

不等陆元说完，我就扑到他怀里号啕大哭。

我还是被伤害了，如风的爱太过深沉，我那绵薄的羽翼恐怕难以支撑。

陆元温柔地抱住我说："如画，还是把他忘了吧！"

忘了？难道如风出现在我生命里就是要我最后把他忘记而已吗？

然而，我又怎么能忘记呢！

25。
他想做什么

苏彤找到如风，剧场里的人已经散尽，他仍然坐在座位上。

"怎么了？干吗找我上这里来？"苏彤疑惑地问。

"我刚和她看了《卡门》……"如风说。

"又是她……"苏彤黯然地嘟囔，"那她呢？"

"哦，我让她先回去了。"如风说。

"你让她自己回去？为什么？发生了什么事？"苏彤很惊讶。

"我好像……好像没办法送她回去了。"如风苦笑。

这时，苏彤发现如风脸色苍白，额头微微有些汗珠。

"喂，你怎么了……如风！"苏彤扶稳略向前倒的他。

手心湿漉漉的，张开一看，那里已经是殷红一片。

"你受伤了？如风，你受伤了！"苏彤大惊失色。

"下午出了点儿事……"如风呻吟。

"下午？你下午就受伤了吗？你……你就一直这样陪着她？看什么狗屁歌剧？！"苏彤眼睛红通通的。

"我以为没事的，但好像比我想的严重些……"如风说。

其实入场的时候如风的伤口就裂开了，他怕我担心，也不忍让那么开心的我扫兴，于是就这样一直忍着，直到终场。

"疯子！你这个疯子！"苏彤语无伦次地哭着大喊，"你这么干为什么！为什么啊！她知道吗？你流了这么多血，连命都不要了！你为什么啊！"

"你没看到她期盼的样子……高兴得都快哭出来了，我怎么能……留下她一个人呢？"如风眼神迷蒙地说。

"什么啊！这究竟是什么啊！这就是爱吗？因为她喜欢吃甜，所以便说自己不喜欢；因为她怕雷雨，所以每逢雨夜就守在她门口；因为她喜欢歌剧，所以就算受伤也要陪她看完；因为她不敢爱，所以就把自己的爱收起，等候她迈出这一步……因为她，命都不要！"

苏彤使劲地喊，可如风已经回答不了她了，苏彤抹抹眼泪，扶起如风说："走，我送你去医院！"

可是如风太过高大，两个人摔倒在地。

"叫阿九他们过来吧，你陪我说会儿话……"如风说。

苏彤慌忙拿起如风的手机，颤抖着拨通了阿九的号码。

"好了，如风！再坚持一下，他们马上就到了。"苏彤说。

如风没有应答，他的眼睛半眯着，好像快要睡着了。

"如风，不要，别把眼睛闭起来！"苏彤摇摇如风，她满脸都是泪水，不停地哽咽。

"苏彤，对不起……"如风望着苏彤低声说。

"除了对不起，就不会跟我说点儿别的吗？"苏彤哭着说。

"苏彤，你还记得吗？我说我真正想做什么，你根本不知道……"如风停顿一下，他的半边衣服已经被鲜血染红。

"别说了，等好了，站得直直的再告诉我。"如风的样子让苏彤很害怕，她不敢想象，却分明地感觉到如风的生命在一点点流失。

如风没有理她，继续说："其实你猜得差不多，我的确不想在东歌做下去……我真正想做的，是带她到一个很远很远的地方……很远很远……天气要好，不会下雨……最好是个小村庄，只有十来人，谁也不认识我们……嗯，只要一间屋就可以，种些花，养些小鸡小鸭……像小时候那样，两个人永远在一起，到老到死……就这么……这么过一辈子……"

如风慢慢闭上眼睛，嘴角还留着一丝笑容。

"傻瓜，你要活到那一天才可以啊！"

苏彤望着如风宁静的面庞喃喃自语，泪如雨下。

26.
就是这样的爱

"如风呢？他在哪里？"

程秀秀带着一票人赶到医院，一把抓住浑身是血的苏彤问。

"里边……"

苏彤呆滞地指指手术室，送来医院的时候，如风已经几乎没心跳。

"阿九，你下午不是和他一起吗？怎么出了这样的事？"

程秀秀恶狠狠地瞪着阿九说。

"我也不知道！"阿九紧紧抱住头说，"本来一切都好好的，不知从哪里泄露了风声……警察就冲了进来……肯定有人暗算我们！我看见风哥好像受了伤，可他说没事……他说晚上还要和如画姐出去……"

"别让我知道是谁干的！要不然我一定让他死全家！"

程秀秀的目光像刀子一样。

"货呢？"滨哥问。

"货？"苏彤噌地一下子站起来，"这个时候你还想着货！你们还有人性吗？程秀秀，你那么喜欢他，可你知不知道，如果不干这个，他现在活得好好的，安心地跟夏如画在一起！你们，是你们一个个地逼他走到这一步！如果你还算是爱他的，那求求你，放过他吧！"

"你懂什么！"程秀秀喝住苏彤，"你以为黑社会是什么？戴着墨镜开着跑车，随便拿支枪就等着钱飞过来吗？可笑！在道上混，拼的就是命！你以为如风没放过别人的血吗？他不干这个？不干这个，他和夏如画早死了！你连见都不会见到他，更轮不上现在对我大喊大叫！"

苏彤瞠目结舌，的确，无论多么醇美的爱情，也逃不过命运的摆布，某日某时，一旦做出选择，就不能回头。

"歇会儿吧，去换身衣服，女孩子不应该见太多血的。"

程秀秀淡淡叹了口气说，这是如风曾经对她说过的话，秀秀默默望向苏彤，两人似乎有了默契。

聪颖灵巧如她，英气冷峻如她，本来都是美的、好的。只可惜，这样的两个女子也还是攻不破如风那简单而坚定的爱。

认定了，就是了。

就是这样的爱，纠结在我和如风的生命中，无法分割，不能放弃。如果有一天不爱了，那么一定是死了。

"这是第几次了？"程秀秀红着眼睛问。

"第三次。"滨哥说。

"我一定要把这个人揪出来！"程秀秀冷冷地说，"东歌之中，肯定有内鬼！"

阿九猛然跳起，大声喊道："谁？谁他妈敢算计到风哥头上？我要他命！"

人们惶恐地互相望着，剑拔弩张。

就在这时，一直亮着的"手术中"的红灯熄灭了，所有人的目光都集中在那扇门上……

27。
忘不了，丢不掉

我呆呆地坐在冰冷的地板上，如风一夜未归，我也一夜没有合眼。

我不知道以后我该怎么办，没有如风的爱，生与死便没有区别。对于陆元，我想我已经没有了再爱的能力。

门铃响了起来，我愣了很久才去开门，面对如风会让我痛苦，他已经不属于我，而我却如此地爱他。

然而，出现在我面前的是苏彤。

"我来拿如风的东西。"她冷冷地说。

东西？如风要搬出去了吗？我更加心如死灰。

在如风的房间里，我一件件收拾起如风的衣物，再一件件地转交给苏彤。

就像是一种仪式，如风从我这里消失，然后在她那边重生。

"裤子。"苏彤背冲着我，我看不清她的表情。

我默默地把一条如风的长裤递给她。

"内裤。"苏彤说。

我猛地一颤，最终还是慢慢地、无比不情愿地把如风的内衣袋交到苏彤手上。

哀莫大于心死，我渐渐听清自己心碎的声音。

苏彤紧紧地抓住那个袋子，她的后背微微颤抖。

"你就不问问吗？他为什么没回来？为什么要我来替他拿这些东西？"

苏彤转过身，她满脸泪水，愤怒地冲我喊。

"要是他死了呢？再也不会回来了，你也就这样子吗？夏如画，你总有一天会后悔！"

苏彤狠狠把装内衣的袋子扔在地上。

"他怎么了？你说他怎么了？"我意识到了事情不对，抓住苏彤问。

"昨晚，你们一起看那个歌剧之前，如风受伤了！他一直陪你看完才被人送到医院，现在还没有醒……"苏彤哭着说。

她向我诉说昨夜的血与痛，告诉我他说了什么，惦记什么，想要什么。

原来是这样，原来是这样——

所以我一直觉得不安，所以他来迟了一些，所以他看得快要睡着，所以他让我一个人回来，所以他叫苏彤去了！

"他现在在哪儿？"苏彤的声音"轰"的一声震碎了我所有的猜测与慌张，我疯了一样地问。

"同和医院，你快去吧，让他睁开眼，让他看到你，让他好好地活下来……"苏彤推开我说。

我跑了出去，没有穿鞋。

苏彤默默地走出我和如风的家。

成全是一种尴尬的大度，没有谁愿意舍弃自己的幸福。

只是，不知不觉间，苏彤想让他快乐一些，再快乐一些，即便他笑着的时候自己却在哭。

写着他呼机号码的便笺，"小红莓之恋"的搅拌棒，半块已经发毛的提拉米苏，游乐场的两张打孔门票，被他的血染红的衬衫……小心收藏的这些东西，今天回去要统统丢掉。

而对他的那份爱呢？

这个……恐怕永远也丢不掉了。

爱情诡异而美丽，两个人天长地久的背后很可能是另一个人的抱憾终生。

"圆满"这两个字，奢侈得可笑。

28。
第三个吻

九天九夜，我一刻不离地守护在如风身旁，甚至差点儿被医生扶上隔壁的病床。

终于，如风睁开了眼睛。

"姐……"他笑着说。

我的眼泪即刻涌出。

"你要是敢就这么死了……"我哽咽得说不出一句话，紧紧地把他抱在怀里。

如风回到家里的那天是个雨天。

从出院到进家门，所有手续都是程秀秀办理的。我一直紧紧地拉着如风的手，这双手今生我再也不想放开。他也仿佛感知到了我的心思，始终坚定地站在我身旁，不离半步。

"早些睡吧，这些天都瘦了。"如风拍拍我的肩膀，其实他要比我憔悴得多。

"我在门口，不用害怕。"如风温柔地说。

"不要走！"我叫住他。

如风疑问地看着我问："怎么了？"

我走到他身边，踮起脚尖，轻轻地吻上如风的双唇。

这是我们的第三个吻。

我的吻实在太过青涩，甚至碰到了他的牙齿。

如风呆呆地看着我。

我红着脸，轻轻抓住他的衣角说："别走了……好吗？"

我不敢看他的眼睛，心跳得很快很快，我真的很紧张，紧张得微微发抖。

但是，我很清楚自己在做什么，从来没有这么清楚过。

如风久久没有回应，我不禁抬起头，一瞬之间，他狠狠地吻了下来。

还是那么贪婪，还是那么霸道，还是我的如风。

不一样的只是我，我再也不会躲开。

如风把我压在身下，他紧紧地抱着我，不停地吻我，我也不停地吻着他。

他的肩膀、他的胸膛、他的手指、他的肌肤……我庆幸拥有这一切。

"我爱你！"

如风低吼，他的声音在我耳边振荡，就像穿越了生命。

他仿佛用尽全身力气地要我，我们十指相扣，如同相识的第一夜。

可能就是从那时开始，一条名为"爱"的红线便紧紧地把我们捆住。

这条线注定捆住我们一生一世。

在最后的那一刹那，我们都哭了。

泪水永远是爱情神圣的祭品。

时间就像一条河，我和如风站在两岸遥遥对视。

任凭它匆匆而过，我们都矗立不动。

也许，就这样相望了百年。

命运是神秘的摆渡人，今夜，他使我们终于相逢。

我想，就这样哪怕一生只有一次，哪怕即刻死了，我也心甘……

那年，我二十一岁，魏如风二十岁。

29。
活下去，和他一起

我想象不出还有什么能比每天在如风怀里苏醒更加美好。

睁开眼睛的第一件事，便是急匆匆地寻觅他，发现他还在自己身边睡着，心里涌出的那种安心和幸福感是无法形容的。

有时候，他会突然醒过来，我就急忙闭上眼睛假装还在睡着，但是睫毛忍不住不断地扇动。他便凑过来吻我的眼睛，直到我终于笑出声。

有时候，我会在他起床后拉住他，不让他走，委屈地望着他，再换来他的拥抱。

有时候，他会不好意思地塞两个纸包到我手里，我欣喜地打开，却发现是两件夸张的内衣。他惊愕地红着脸，小声嘟囔："店员说这个是新款……"我偷偷地笑，他也笑，结果我们就一起什么都不穿。

有时候，我会为他买格子衬衫和亮色的 T 恤，他穿一周都不要换下来。

有时候，他会把我从厨房赶走，我笑着任由他把那里弄得一片狼藉，再把他没洗干净的盘子重洗一遍。

有时候，我会要赖不干家务，然后惊讶地看着他把床单拧成麻花，再把黑色和白色的衣服一起扔进洗衣机，最后变成一团灰色。

有时候，他会偷偷跑来我的学校，不顾别人的注视，在教室外面抱起我，告诉我他突然很想很想我，然后就来见我。

有时候，我会拉他到图书馆，让他帮我翻文献抄论文，装作是学生情侣，让阅览室里所有的人艳羡。

有时候，他会晚些回来，我就执拗地等着他，直到不知不觉地睡着，醒来的时候却已经在他怀里。

有时候，我会早晨在院子里饮茶，他醒来见不到我，紧张地穿着睡衣光着脚出来找，然后紧紧地把我抱在怀里。我就告诉他我永远在这儿，哪里也不会去。

有时候，我们会一起躺在沙发上翻看旅游画册，我们都很中意一个美丽的地方，那是个很古老的村庄，在阿尔卑斯山下，全村只有二十六个人，每家都养几只羊，有做羊乳酪的传统手艺。如风说我们以后就要去那里，他会做很好吃的羊乳酪，再也不回来……

我细细密密地记清其中的每一个细节，甚至忘记了过去，忽略了未来。不知道别人的追求是什么样子，对于我，这些已经足够。

人生只活一世，做不尽的事太多太多。

最初可能只想吃饱饭，吃饱之后就想安全地活着，活得安稳便可以寻找自己想要的、至少在冻僵时可以互相取暖的另一个人，找到后再一起生下子嗣，延绵香火，完成自然的使命。当这些都获得了，就想比其他人吃得更好一些，活得更安全一些，身边人更完美一些，孩子更出息一些，这便是金钱和权力的欲望的由来。终于有了这样的地位，发现金钱与权力不再那么重要，就开始思考价值，越是如此就越被别人仰视。这个时候低下头，看看他们，就想自己还要做什么呢？无论做什么都好像有些倦了，活着不就已经够了吗？

挑拣一件今生最想做的事，执着地做下去，其实很容易。

我的这件事就是，活下去，和他一起。

30。
不会太久

由于上次警察的介入，程豪收敛了很多。

但是生意不能不做，沉寂了一阵之后，东歌又开始蠢蠢欲动。

爱情、毒品和金钱，无论沾上哪一样，都戒不了。

人就是这样，最具有惯性。

比如，到现在我还能想象出，那天在程豪的房间里，程豪、程秀秀，还有如风是怎样地分坐一角，三个人各怀心事、沉默不语……

"我觉得那个人不可靠！人人都知道东歌上次出了岔子，这会儿还敢来，而且是这么大宗……"程秀秀终于开口，她担心地对程豪说，"爸，我看还是算了吧！"

程豪深深地吸了口雪茄，他打开窗帘，阳光刹那间洒满整个屋子，他的眼睛不禁微微眯了起来。

"如风，你看呢？"程豪望着窗外说。

"你既然想做，就做。"如风陷在大大的沙发里说，他轻揉着眉头，样子很疲惫。

"那么，还是你去吧。"程豪说。

"爸！"程秀秀惊叫，"上次如风就差点儿没命！这次，绝对不行！"

"东歌做的事，怎么能这么小气！"程豪冷冷地说，"现在外面的人都看着，我们要是不动，其他人就会动！如风，你懂吧？"

程豪走到如风身旁，他轻轻拍了拍如风的肩膀说："这样，你以后在东歌，会做得更好！"

程秀秀的眼神充满惊喜，她想她也许可以永远理所应当地站在如风身边了，因为看来不久之后程豪会让如风分管东歌。

如风却没有任何的表情，他站起身说："好吧，我去。"

程豪满意地点点头。

程秀秀兴奋地说："我和如风一起好了！"

"不行！"

程豪和如风同时断然拒绝。

"这件事，我想一个人来做。"如风说。

程豪笑笑说："你别给如风捣乱啦。"

"哦……"程秀秀有些失望。

"对了，我想这次还是早些下手吧。"程豪说得漫不经心，"最好能把'那个人'引出来。"

"我知道了。"如风深吸了口气说，"我现在就去办。"

程秀秀忧心忡忡地望着他走出房间，虽然很高兴父亲能够信任他，但还是担心他的安危。这次的买卖，确实不太一般。

如风从程豪那里出来后便给我打了电话。

"喂。"

"嗯。"我手上黏糊糊的，费力地接听。

"做什么呢？"如风说。

"做了好吃的！你猜是什么？"我笑着说。

"嗯……不知道。"

"豆沙的小粽子！你今天什么时候回家？"我已经做了一下午。

"我今天……不能回去了。"如风的声音有些低沉。

我顿时蔫了下来："怎么了？有事吗？"

"事"这个字对于我和如风来说讳莫如深，我们都不去深究那究竟是什么，心底的顽疾，深究就是痛。

"嗯，有些事。"如风说。

"哦，那我给你留到明天吧，不过就不好吃了。"我说，不禁流露出些许失望。

"不用了，我要出去一阵，最近可能都回不去。"如风说。

"啊？这样啊……"我愣了很久说，"去哪里？"

"西街，不会太久，放心。"如风的语气很舒缓，但还是不能解除我的忧虑。

"你……要小心啊。"

"我不会有事的，不过可能这一段时间不能和你联系，你要照看好自己啊。那些营养药片还是要吃，知道吗？"

这样细碎的叮嘱让人感觉温馨，然而我有种淡淡的哀伤。我希望每天都能看到他，早上送他走，然后晚上盼着他回家。可是，我们偏偏经常分离。

"好……"

"别一个人乱想。"他仿佛猜到了我的心思。

"如风……"

"嗯？"

"没什么……"

有时候就是这样，明明没什么事情，但就是不想挂上电话，哪怕什么都不说，只要知道他还好好地在另一边。

"好了，"如风温柔地说，"等我回去……到时候再说吧！黏的东西别吃太多，晚上早点儿睡，乖。"

"如风！"我急忙喊。

"怎么？"

"我爱你……"

不知道为什么，我有点儿想哭。

"我也爱你！"如风说得很认真。

"……"

"你先挂吧。"

每次都是这样，他都要我先放下电话。断线时"嘟"的那一声是凄凉的回应，往往会让人失落，而如风总会替我承担起这种小小的寂寞。

"哦。"我应着，却仍旧执拗地拿着话筒。

"挂吧。"如风心疼地说。

"我等你回来！"我大声地说，虽然我知道这样不吉利，但还是忍不住哭了。

"不会让你等太久的！"如风坚定地说。

是的，不会太久，我应该相信，我们已经在一起了，不是吗？

整整十年都过去了，这短短的几天有什么可担心的呢？

31。
烟雾

如风一遍遍地巡视盘点，阿九跟在他身边四处张望。

"靠！他们要这么多货，想打仗啊！"阿九拿起一支枪骂道，"弄得程老大这么紧张！"

"他们是本地人。"如风笑笑说，"本地会打仗吗？"

"这里有什么仗可打！"阿九说。

"也许是要转到境外。"如风说，"不过做这么大一批，咱们之前都没听到风声，他们绝不一般。"

"哈，道上的人没谁敢在咱们眼皮底下动手！"阿九自傲地说。

"谁说的？"如风抚摩着手里的枪说，"当初谁能想象我们可以撼动祥叔呢？"

"这……"阿九一时语塞。

"没准你就是明天的程豪，程豪就是昨日的祥叔。"

如风举起枪瞄准远方。

"我……我哪能变成程老大。"阿九怔怔地看着他，扯扯嘴角说，"倒是你……程老大那么器重你，风哥，你肯定行的！"

"在东歌吗？"如风的手端得很平，他半眯着眼睛说。

"是啊！所有人都看得出来，程老大下面的位子非你莫属了。"阿九仿佛很羡慕地说。

如风突然扣动扳机，一块玻璃应声而破，散落在地上的碎片闪烁着迷离的光。

阿九被吓了一跳，他紧张地说："风……风哥？怎么了？"

"没什么，"如风收起枪说，"货还不错。"

阿九嘘了口气，有些手足无措。

如果说程豪给人的感觉是威严，那么如风则更多的是一种神秘。这种神秘在纷繁的人群中独树一帜，淡泊而犀利，让人不敢接近。

"阿九，"如风说，"你来东歌四年了吧？"

"风哥你还记得？"阿九诧异地说。

"不会不甘心吗？"如风问。

"怎么会！"阿九慌忙说，"风哥你这么照顾我，跟在你身边我没话说！"

"我不是这个意思。"如风扔了根烟给他说，"你为什么来这里呢？"

"混条生路呗！"阿九接过烟，坐在一个箱子上说，"攒点儿钱给我老爸买块地皮。我老爸啊，最想开间店，你猜卖什么？牛丸！哈哈……"

如风笑了笑说："那现在呢？开没开张？"

"还没……"阿九的笑容暗淡下去，他目光坚定说，"不过，总有一天，我会送他一间店的！不，十间！开满全辖区，到处都是我家的连锁！"

"加油啊！"如风拍拍他的肩膀说，"我一定去捧场！"

阿九望着如风，眼波流动。他张张嘴想说些什么，却最终没说出口。

如风深深地吸着烟，那团烟雾笼罩着他，从肺至心。

阿九想着如何能做下去，而他却想着如何能不做下去。

两人沉默了一阵，阿九犹豫了一下说："对了，风哥，那个……到底在哪里交易呢？"

如风面无表情地说："到时候我会安排。"

阿九疑惑地问："不用事先准备吗？"

如风说："现在还不用。"

阿九说："那我怎么做？"

如风说："这个你先不要管。"

"什……什么？"阿九大惊，"风哥，我……"

"没别的意思，"如风把烟熄灭说，"我想让你去做另一件事。"

32。
一边纪念一边哀伤

在如风紧锣密鼓地忙碌的时候，我临近毕业了。

毕业典礼是很重要的纪念，真正的青春就此告别，从此之后天各一方，再见面的时候可能已经青丝变白发，甚至，有些人再也不会相见了。

所有人都在期盼和准备着，纪念册的那一页要留下谁的名字，谁会来送花，最后和谁说一直藏在心里的话。这么重要的一天，没有人愿意错过，我也不愿让如风错过。

更何况，我已经很久没有见到他。

我没有料到事情会这么严重，如风的谨慎和小心前所未见，阿九也越来越得力，忙得不亦乐乎，甚至已经无暇来照顾我。然而，越是这样我就越害怕，我的右眼总是跳个不停，隐隐约约向我预示着不祥。

我一遍遍地给他拨号，却一遍遍地不能接通，我决定自己去东歌找如风，让他来参加我的毕业典礼。

可能是那种面临关键时刻的特殊氛围，连我都能感觉出整个东歌和往常不太一样，每个人都装作无所谓的样子，却反而更加显出他们的紧张和谨慎。

我先碰到了 Linda，她眼睛发直地冲我走来，却没有看到我。

"Linda。"我叫她。

"如画姐，你怎么来了？"Linda 这才回过神。

"我来找如风，他……"我还没有说完，远处的一个人冲她做了个手势，Linda 就心不在焉了。

"对不起啊，如画姐，我现在有事必须走，不陪你了，你在这里随意玩吧！"她慌忙离去。

Linda 走后，滨哥匆匆从里面走了出来。

"滨哥！"我拉住他，他一样没看到我。

"你？你怎么来了？"滨哥疑惑地问。

"我找如风。"我说，"他在吗？"

"风哥现在不在。"滨哥看看表说，"他这些天都在祁家湾。"

"又去了祁家湾？不是在西街吗？"我黯然地说，如风的飘忽不定更加让人担心。

"你有什么事？我帮你转告他吧。"滨哥说。

"我……我明天毕业典礼，帮我告诉他我等他来。"我说。

但是看情形他是来不了了。

"就这些？"滨哥问。

"嗯。"

"好，我告诉他！"

"谢谢……"我还没有说完，滨哥就跑了出去，他也一样没时间敷衍我。

我走出东歌的时候，天色已经渐渐变暗，远处的云彩像火焰，点燃天际，红得壮观。东歌夜总会的霓虹牌在这灯红酒绿的街区上分外耀眼，它遮住了天边最后的那一抹白，更加辉映出黑夜的墨色。

我站在门口，东歌门前的人总是络绎不绝，他们进进出出，各有所谋，各有所获。

当初的阿福也是这样吧，从这个大门走出，然后片刻之间破坏了我的人生，葬送了自己。

而如风却仿佛代替了阿福走进这里，追随阿福曾经追随的人，做着阿福日后会做的事情。

恍惚之间，我觉得有些东西玄而又玄。

夜色越深，就越能看见这个城市笼罩着的繁华的烟雾。在这层烟雾之中，谁对谁错不再分明，喜怒悲欢渐渐模糊。

唯一能看清的就是如风的那双眼，唯一能握住的就是如风的那双手。

我深吸一口气，大步流星地向远处走去。我们一定要离开这里，去阿尔卑斯山下的那座小屋，再不回来。

只是，我不知道，我们究竟什么时候才能到达。

33。
毕业典礼

毕业那天阳光明媚，我穿着学士服的样子很美，引来了一阵赞叹。

陆元作为毕业生代表发表毕业感言，站在台上的他仪表堂堂、富有朝气。这更加让我想起了如风，原本他也可以这样，鲜艳蓬勃，青春激扬，势不可当，甚至比陆元还要出色。可是，他身上始终附着黑暗的腐朽之气，一点点吞噬他的锋芒。

"分别竟在相逢路，无为泪沾襟！同学们，请不要忘记那些歌，那些花，那些梦想，那些誓言！挥手告别过去吧，人生如画，我们的未来不是梦！"

全场响起了热烈的掌声，陆元深深地望向我，我由衷地为他鼓掌。

散场之后，同学们欢呼雀跃，有的人痛哭流涕，有的人热情相拥，鲜花和泪水汇成一片。而我，却孤零零地站在一旁。

如我所料，如风没有来。

"如画，送给你！"陆元从人群的包围中挤出，他捧着一大束花站在我面前说，"祝贺你毕业！"

这么多年过去，他的笑容依旧灿烂，我有些感动。

"谢谢。"我说，"但我不能收。"

"哈哈，我就知道。"陆元笑着说，"还是想收到他的花吧！"

我不好意思地低下头。

"怎么？他还没来吗？"陆元环顾四周说。

"他有些事，可能赶不过来了。"我不由得轻皱眉头。

颦，是用在美丽女子身上极隐秘香艳的一个词，不过香艳只是在旁人眼里，对于爱慕她的男子来说，就算再美，恐怕也不愿欣赏愁容。

"那么我就不客气了！"陆元说，"我送你吧，然后一起去吃饭。"

我犹豫着，心里还在为如风担心。

"好了，不要总是拒绝我啊！"陆元的笑容真的让人很温暖。

"好吧！"我应道。

"如画姐！"

我们还没走远，阿九就气喘吁吁地跑了过来，他捧了一束夸张得吓人的花，几乎有他半个身子大，他似乎很匆忙，样子有些狼狈。

"如画姐，风哥……风哥让我送这个给你！"他把花递给我说。

他不会忘记的，他怎么会忘记呢？我的如风，不是永远都这样吗！

我兴奋地抱过已经凌乱不堪的花，眉头即刻舒展。

陆元望着我刹那间绽放的笑颜，无奈地摇摇头。

"风哥还说，让我带你去一个地方等他，他办完事情就赶过去找你！"阿九说。

"什么地方？"我问。

"去了你就知道了！"阿九神秘地笑着说。

我转向陆元，有些不好意思地说："陆元，我……"

"我知道啦，你快去吧！"陆元仿佛并不在意，他努力掩盖自己失落的样子。

"谢谢你。"我感激地说。

这三个字我很久以前就想对他说了。我希望它的分量能重一些，再重一些，重到能填补我在他心里留的那个空儿。

陆元望着远去的我，手中的花慢慢低垂下来。

即便再不甘，不是对方心里的那一个，那么终究也只能留下她的背影而已。

34。
终身误

"到底去哪里？"我坐在车上问。

阿九愣愣地注视着前方，没有回应，这一路上他都心神不宁的。

"阿九？"我疑惑地看着他说，"你怎么了？不舒服吗？"

"啊？没事！"阿九说，"如画姐，你刚才说什么？"

"我说咱们……"我还没说完，阿九的电话响了起来。

"喂……果然是他……嗯，知道了，别忘了你答应我的事！"

阿九挂上电话，喜笑颜开。

"是如风吗？"我忙问。

"不是。不过你放心，时间还没到，风哥今天一定会回来找你的！没准还能早点儿呢！"阿九看看表说。

"他到哪儿找我？咱们到底去哪里啊！"我问。

"就是这里了。"阿九突然停下车，笑眯眯地看着我说。

我打开车门，目瞪口呆地看着眼前这座屋顶竖着十字架的小教堂。

这个教堂并不宏大，甚至有些破旧和简陋，大约是抗战时建的，之后也没好好保护。青藤遮住了它半边的墙壁，彩色玻璃是已经暗淡的旧色，十字架在夕阳下显得古老而斑驳。

然而，没有哪里比这更符合我的心意。就像几世之前来过，连气味我都感觉熟悉。如果让我选择一个证明我和如风永世不分离的地方，我一定会选择这里。

没有世俗和喧嚣，远离快乐与悲伤，只是这样静静地相守。

生则同衾，死则同穴。

阿九满意地看着我快要流泪的脸说："如画姐，快进去看看吧！风哥找了很久，他说你一定喜欢！"

教堂内已经布置妥当，圣坛看上去庄严而肃穆，不久之后，我就要在这里宣布我一生中唯一的心愿：无论贫穷还是富有，无论伤痛还是疾病，和他在一起，不离不弃。

"我本来说找个大地方，好好弄弄，可是风哥非选在这里！还说只要你们两个人就够！真是！"阿九望着教堂褪色的穹顶说。

我不好意思地笑笑，我和如风的默契阿九怎么会懂得呢？

没有礼服，没有宾客，没有祝福，没有礼乐，可是这些又有什么重要的？爱情不是表演给别人看的典礼，天地为证，千百年修来的缘分，有他，我已经足够。

"他什么时候回来？"我问阿九。

"办完就回来，你放心，这次绝对不会出问题！"阿九正把那束花插到一个大花瓶中。

"祁家湾离这里远吗？"

"祁家湾？"阿九茫然地问。

"不是吗？我说他在西街，可滨哥说他在那里。"我盯着圣坛上的银烛台说，那对烛台泛着银色的光，美得耀眼。

一声清脆的破裂声，我回头望向阿九。

花瓶掉在了地上，红色的花瓣散落一地，格外扎眼。

"你……你已经告诉滨哥了，他在西街？"阿九的声音像鬼魂一样充满哀怨。

"是啊……怎么了？"我突然感觉到一种阴冷的气息，它沿着左手无名指象征盟誓的那根纤细的神经，从指尖到心尖，慢慢结冰。

"滨哥……"阿九眼神涣散，充满绝望，"是内鬼……"

35。
平行线

"滨哥？你怎么来了？"一个小弟拦住滨哥说。

"我给风哥带话。"滨哥推开他走了进去。

"喂！先把手机交出来！"那个小弟追着他喊。

大门"咣"的一声被滨哥推开，房间里只有如风一个人，阳光从滨哥身后射入，他们两个人的影子被拉成了两条长长的平行线。

"什么事？"如风望着他，眼神深不可测。

"夏如画让我来告诉你，她今天毕业典礼，想等你去。"滨哥看上去讳莫如深。

"哦。"如风转过身说，他的神情十分安宁。

"不过……"滨哥掏出手机递给如风说，"还是给她打个电话吧，大概她要等很久了。"

如风接过手机，按住关机键，扔给了追来的那个小弟。

滨哥诧异地看着他，如风笑了笑。

"好呛！这么大的火药味！"程秀秀掩着鼻子走了进来，她看看四周说，"没有窗子吗，如风？"

"你怎么来了？"如风皱着眉说。

程秀秀没有回答，她打开一只箱子，惊愕地说："你怎么装了这么多……"

"放手！"如风大叫。

程秀秀不明所以地看着他，她没见过如风这个样子。

"水果当然要密封好，"如风放下箱盖说，"来这种地方有什么好玩的！快回去！"

"什么水果……"程秀秀一脸茫然。

"没什么，这里闷，你别玩太久了。"如风打断她说，"顺便带几个兄弟回去，告诉程老大，我和滨哥在这边盯着，一切还好。"

如风扶着程秀秀的肩膀向门外走去。

"等一下！"滨哥喝住他。

"怎么了？"如风笑着对他说，"还有什么事吗？"

"没有！"滨哥狠狠地转过头，黑着脸对程秀秀说，"路上当心！"

"听话，别让我担心。"如风低声对程秀秀说。

程秀秀面色微醺，她拉住如风说："办完差就给我信……知道吗？"

"知道了，快走吧！"如风关上大门。

程秀秀依依不舍地渐渐走远。

最后一丝阳光被挡在门外，黑暗的屋里只剩下如风和滨哥两个人。

滨哥举起枪对准如风的背。

"你知道我是警察？"

"刚刚知道。"如风冷冷地说，"你不该出现在西街。"

"夏如画告诉我的。"滨哥笑笑说。

如风微微抬起头，眼中闪过一抹温柔的哀伤。

"很遗憾，你今天恐怕见不到她了。"滨哥说，"我们的人就在附近！"

如风转过身，面对滨哥，他并未显出一点儿恐惧。

"很遗憾，你今天恐怕失策了。"如风举起自己的手表微笑着说，"时间已经到了，可是对方的人没来，看来有人早就知道你是警察，提前给他们报信了。"

滨哥懊恼地踢了一脚身旁的木箱，他向前逼近一步说："魏如风，我一直不服你。你知道为什么吗？"

如风眼中没有一丝表情，任由滨哥用枪抵着自己。

"我是看着你走入东歌的，这些年你干了些什么我比谁都清楚！我承认，你聪明，你很不一般，可以这么说，你的'智'有四十岁，可你的'心'呢？也就十四岁！你爱夏如画，爱得还算让人感动，可是为什么有着那么美好的感情，却会做出这样的事！为什么？"

"知道阿福吧？他并不是失踪。"如风终于开口，"是死了，我干的。"

"原来我还给你算漏了一桩！"滨哥苦笑。

"阿福强暴了她……那晚我就把他杀了。"如风眼神迷蒙，"如果我没有这么做，那么，警察先生，你会保护我们吗？"

如风的眸子仿佛结了层冰，滨哥突然感觉有些冷，冷得凄凉。

"不会，两个什么都没有的孩子，没准就这么一起死了。"如风冷笑，"因为我们是如此微不足道，微不足道到只想两个人一起活下去就好了。可是就算是这样，也不行。"

滨哥慢慢地松开了扳机。

"为什么一个人渣轻而易举地就能毁掉世界上最美好的人？"如风在滨哥的枪口下继续说，"为什么必须弱肉强食才能活下去？为什么多数人就代表正确？为什么立场就能决定是非？为什么你杀过人就是对的，而我杀过人就是错的？"

半晌，滨哥都没能回答上来，他叹了口气说："做了就要还，谁知道我会怎么样？谁知道在你手下会不会出现其他的如画如风？"

如风低下头沉默不语。

"你想没想过，这次程豪肯定把所有账都算到你头上，你应该比我更了解他吧！"滨哥收起枪说，"可我不想都算在你头上。"

如风茫然地望着他，黑暗之中的滨哥仿佛变得明亮起来，如风眼中的冰雪慢慢被融化。

"阿福的事就当我没听说过，但是我也不可能放过你。"滨哥敲敲木箱说，"这么大宗的货，够判个十年八年。花点儿钱请个好律师，出来后，带着她走远些。"

"为什么？"如风盯着他的背影问。

"我要解决真正的那个！"滨哥漫不经心地说。

如风望着滨哥的背影，轻轻地说："谢谢……"

36。
流焰

我坐在车上，安静地看着阿九疯狂地开车在高速路上疾驰。

在得知滨哥就是内鬼的那一刻，我的心仿佛瞬间冻结。

没有悲痛，没有哀伤，我失去了一切应该有的感觉。

然而，我知道，这的的确确发生了，就像早就预知了结果，当它到来的时候，只能静静地等待。

这种时候，已经根本不可能联系到如风，阿九打通了程秀秀的手机。

"你有没有和风哥在一起？"

"没啊，我刚从那出来，怎么了？"

"滨哥在那里吗？"

"在，到底怎么了？"

"你现在马上回去！告诉风哥千万不要交易！"阿九绝望地大喊，"滨哥是内鬼！他是警察！"

"你说什么？滨哥是警察？"程秀秀疑惑地说，"你怎么知道？"

"你不要管我怎么知道，我说的是真的，快回去！再晚就来不及了！"阿九几乎哭了出来。

程秀秀扔下电话，猛地掉头开了回去。

在西街。

外面一阵骚乱，门被撞开，警察冲了进来。

如风突然一把扯住滨哥，大喊："退出去！不然我杀了他！"

"你想干什么？！"滨哥措手不及。

"对不起，我答应了她，不会让她等太久……"如风在他耳边说，"今天，我必须回去！"

"你！"滨哥急得满头是汗。

"放开胡警官！不然我开枪了！"一个年轻的小警察冲在最前面。

如风冷笑一声，他踢开身旁的箱子说："你最好看清楚！虽然我买的是枪支，但还附送了不少弹药呢！就这些，足够半个西街为我陪葬！"

所有人不禁退后几步。

年轻的小警察还想说些什么，但是他什么也没说出来。

因为他已再也说不出话。

程秀秀举着枪站在门口，她鲜红色的裙摆随风飘扬，冷艳动人。

"你们谁也别想把他带走。"她的眼睛血红，像一只涅槃之前的凤凰。

"秀秀，你回去！"如风焦急地喊。

　　"我不！"她坚定地说。

　　这两个字她大概对如风说过很多次，因为他拒绝，所以她也就跟着拒绝。不，就是不，她执着于自己的爱情，永不反悔。

　　如风无奈地看着她，绝望地一遍遍地呼喊："你快走！秀秀，快走啊！"

　　程秀秀没有回头，爱上如风之后，就从未想过回头。那一刻，她可能甚至有些开心，此时的如风，眼睛里全是她的身影，而那哀伤的表情也是因为她才会有的。

　　不是早就决定了吗？生，一直默默地在他身旁；死，也要陪他一起。

　　"如风……"程秀秀微笑着走向如风，样子很美，倾国倾城。

　　空气中浮荡着血液的腥味，生与死变得分明。

　　一名警察在身后偷偷举起枪，枪口对准程秀秀。

　　"别开枪！"

　　"秀秀！"

　　滨哥和如风同时冲上去大喊。

　　一声清脆的枪响。

　　火光随之流动。

　　整个西街，轻轻地颤了一下。

　　惊恐，奔跑，纷乱，失色，尖叫……

　　滨哥最后回头望了一眼，程秀秀紧紧抱着如风消失在一片流焰之中。

　　当我和阿九赶到西街的时候，那里已经被大火吞没。

　　警车、急救车、救火车拥挤在一起，各自发出不同的哀鸣。很多人胆战心惊地站在一旁，还有不少人声嘶力竭地呼喊着自己亲人的名字。

　　"他在里面吗？"我面无表情地问，火焰烤得我的头发有些焦味。

　　"是啊……"阿九颓然坐在地上。

　　无数的曾经转眼化作过眼云烟，无数的誓言最终一炬成灰。

我孤独地站在流焰的影中，身边已没有如风……

37。
落魄

到现在，人们依然对西街大爆炸记忆犹新。那场大火平添了无数亡灵，很多人都尸骨无存。

其中，包括如风和程秀秀。

苏彤看到新闻后第一个跑到我家。

我打开门，她一把推开我冲了进去。

"如风！魏如风！你给我出来！"苏彤大声地喊。

她的声音在空旷的屋子里回荡，没有人回应。

我默默地关上大门。

"这不是真的吧？"苏彤颤抖着把手中的报纸展开，报纸的头版上赫然印着黑色的铅字：黑帮贩卖军火引起爆炸，匪首魏如风葬身火海。

她摇摇晃晃地走到我身边说："不是真的，对不对？啊？对不对……"

话未说完，苏彤已经泪流满面。

我迷茫地看着失魂落魄的她，目光没有焦点。

"你说话啊！"苏彤紧紧抓住我说，"这到底是怎么回事？为什么会这样？他怎么能，怎么能……死了！"

"你哭什么。"我淡淡地说。

"他死了！"苏彤慢慢滑落到地上，她声嘶力竭地喊道，"死了，再也不在了，不能说话了，不能笑了……"

"没有！"我低下头冷冷地看着她说。

"你说什么？"苏彤的泪眼突然明亮起来，"他还活着？他在哪儿？你见到他了？"

"如风不会死的。"我自顾自地说着，万分笃定。

苏彤的眼睛顿时暗淡了下去，甚至比刚才还绝望。

"他怎么会死呢？他答应过我会永远和我在一起的，真的！"我笑着说。

苏彤傻傻地看着我灿烂的笑脸，这张令很多人迷恋的脸庞并没让她觉得温暖，相反，她不禁打了个冷战，冷得刻骨。

"如画姐？"苏彤猛地坐起，她使劲地摇晃着我说，"你醒醒，快！难过就哭出来！哭出来！"

"哭什么？如风他没死啊！"我捧起苏彤的脸，轻轻拭去她未干的泪珠。

"你别吓唬我，如画姐，你没事吧？"苏彤紧紧抱住我说。

"他肯定没死。"我认真地说，"因为我这里一点也不痛。"我指指自己的心口。

我与如风心脉相连，神魂相契。

他是我心底的一根弦，只要一息尚存，这根弦就不会断。

或者，是我逼着自己认为，它没有断。

因为我不相信他就这么死了，我不相信说好跟我厮守终生、到老到死的人就这么死了。

我绝对不信。

"他说不会太久的，几天就回来，他还让阿九带我去教堂等他，他都准备好了，我们马上就能永远在一起了！"我的思绪乱乱的，如风的面容在我脑中忽而变大，忽而变小。

"今天他回来晚，我要去接他，外面都下雨了，他没有伞。"我跑到窗边，轻手轻脚地拉开窗帘，窗外一滴雨水都没有，"还好还好，阿福没在外面……"

"如画姐……"苏彤轻声呼喊我，她的脸色越来越苍白。

"呀，你看，天黑了，晚上他就回来了！"我推搡着苏彤说，"你快走吧，我要在这里等他！"

"天啊！"苏彤倒在地上号啕大哭。

绝望，远比死亡更残忍。

死亡是无法避免的结局，是所有人的终点。

而绝望则是一种生无可恋、死无可顾的无边落魄……

38。
大佬

在东歌，程豪为他们办了场很隆重的丧事，黑白两道来了很多人，我也被郑重地接了去。虽然很多人向我鞠躬，但我一点儿都不觉得这个葬礼跟我有什么关系，我好奇地看着表情凝重的他们，程豪阴沉地看着我。

葬礼结束后，程豪把我请到了他的房间。

五年过去了，我再次跟他面对面。

程豪的房间里弥漫着浓密的烟雾，黑色的色调加上腐朽的味道，仿佛不像人间。

他桌子上有一个相框，倒扣着放着，我轻轻拿了起来。

照片上的程秀秀一如往日地冷艳，她轻挑着眉，斜斜地望着我，飘舞的发丝映衬着她血色的红唇，无比娇媚。

这张鲜艳的面孔再也不会褪色，再也不会衰老。

她，已经永远地被定格在这一刻。

"我记不清她的妈妈是谁了。"程豪点燃一根烟说，"我本来连她都不想要。但是，当我看见她的时候，我知道，这个小姑娘就是我的女儿，是我程豪的女儿！"

程豪的眼里有些波光，我仍然看着那张照片。

他自顾自地说，我自顾自地看。

"我要让她在我身边，我要给她最好的，我要让我的女儿比任何人都幸福……"

程豪的手指不停颤抖，烟灰一片片地抖落在他的身上，一向冷静的他，面对祥叔、面对警察都不曾动容的他，现在却如此狼狈。

有些东西，没人输得起。

"可是，她死了！她和魏如风一起死了！"

哧的一声，程豪捏灭了手中的烟，一股皮肉的焦味飘了过来。

"如风没死。"我抬起头淡淡地说。

就算所有人都说他死了，在我心里，他还是没有死。

"他死了！"程豪走到我身边说，"魏如风死了！"

"没有。"我丝毫不理会他的疯狂，执拗地否认。

"死了！他就是死了！我告诉你，一个月前我就安排好了，今天办魏如风的白事！"痛苦和得意两种表情同时显现在程豪的脸上，狰狞而扭曲，"魏如风不可能活着，就算他侥幸回来，我也不会放过他！我和他不一样，有的人可以决定千千万万人的命运，有的人只能接受别人的安排。这个时代，决定让我生，让他死！魏如风，只是我的一个替死鬼！"

"为什么？"我怨恨地说。

"你要问你自己。"程豪望着我说，他的眼里跳跃着诡异的火焰，这让我想起那晚的大火，从模糊慢慢变得清晰。

"我当初为什么要救你们呢？你真的以为我欣赏魏如风吗？错了！他的确很好用，帮了我不少忙，但是为了活下去，比他还拼命的人有得是！"

程豪离我越来越近，我突然觉得致命的恐怖，我渐渐猜到了答案，后背汗毛都竖了起来。

"是因为你！"

程豪残忍地笑着，一语道破天机。

"你知道吗？那天我看见你，身上很脏，染着鲜红鲜红的血……眼睛像玻璃珠子，里面什么都没有，那种垂死的表情，就和现在一样……美极了！"

程豪掐住我的面颊，我不得不仰头看着他。

"从那天起，我就一直盼望再看一次，你绝望的样子。"程豪狠狠地亲吻我的嘴唇，"我要让魏如风绝望地死。而夏如画，我要让你绝望地生！你们，最终都是我的！"

命运太过强大，生命又太过脆弱。

恍然间，时间和空间都错了位。

雨水和火焰混合在一起，雨犹自下，火犹自燃烧。

我挥起手中的相框，狠狠砸向程豪。

血顺着他的额头滴下。

"如风天黑就回来，他会拿刀杀了你！"我笑着说，笑容和在程豪的枪口下的那个雷雨之夜一模一样。

"一下子……穿过你这里。"我用手点着他的腹部说。

程豪痴痴地看着我，任由鲜血迷了双眼。

照片上的程秀秀静静地躺在地上，孤傲地瞥着她的父亲，一脸不屑。

"老大！"

阿九突然推门闯了进来。

他惊讶地看着受伤的程豪和衣衫凌乱的我，目光顿时凛冽如刀。

"什么事？"程豪说。

"青龙的人来了。"阿九冷冷地说，样子像极了当年的如风。

"他们来做什么？"程豪平稳了一下情绪说。

"要货。"阿九说。

"什么？"程豪茫然地说，"那批货不是境外的人要的吗？不是已经办妥了吗？"

"不是，"阿九有些嘲弄地说，"那是青龙布的迷魂阵，他们现在就在东歌，找了很多同道一起，拿着咱们收定金的字据，说拿不到货就不走。"

程豪面色铁青地望着阿九，阿九神态自若地跟他对视。

我笑嘻嘻地看着他们，程豪的天，瞬间变色。

那年，我二十二岁，魏如风二十一岁。

39。
阿九

螳螂捕蝉，黄雀在后。

人只有一双眼，只能望着前面。

所以，不管做什么事情，不管得意还是失意，都要记得看看身后。

百密仍有一疏，而这一疏往往决定胜败。

程豪漏下的，就是阿九。

阿九发现滨哥是警察之后，并没有告诉任何人。他知道这个消息对整个东歌多么重要，对他自己多么重要。这么多年过去，他仍然只是个打手，虽然他对如风说无所谓，但是阿九其实并不甘心。

所以他谨慎地审时度势，他要把这件事情的价值发挥到最大。

最后，他在程豪、警察和青龙这三者之间选择了青龙。

阿九并不信任程豪，这个大佬太阴森敏锐，而且还有如风在他前面，阿九认为自己尚不能从这里得到他想得到的。

警察他没接触过，前路不明，他更加不信任。

而青龙，这条路虽然有些冒险，却是值得投入的。

青龙这些年来在黑道中有一些发展，也给东歌制造了一些麻烦，但是这还远远不能威胁到程豪的位置。他们一直嗅着气味蓄势待发，只不过程豪并没有给别人留机会。这个时候，阿九的到来，为青龙，也为他自己铺平了一条通天之路。

他们秘密商议，青龙出人伪装成境外分子，向东歌求购了大批军火。由于警方的行动，程豪的损失不在少数，这么大的买卖，足够让他渡过难关。所以阿九笃定，即便再危险，程豪也不会放手。

程豪上钩后，滨哥也坐不住了，可是如风做得很仔细，阿九又特别注意他，如果不是我的偶然失语，滨哥事前绝对得不到一点儿消息。

青龙根本就不会完成这笔买卖，本来阿九打算在交易之前匿名通知滨哥地点，估算时间差不多的时候再告诉如风，让他在慌乱中撤出。这样，那一大批军火就会落在警察手里，程豪一分钱赚不着，还要赔上一批一模一样的货物，这对东歌而言无异于灭顶之灾，而青龙暗度陈仓、釜底抽薪，就这么踩着程豪的头顶登上宝座。

所有这些都在阿九的计划之中，他唯一没能料到的，就是我无意之中提前告诉滨哥交易地点，而如风和程秀秀竟然因此一起命丧黄泉。

对此，阿九感到痛苦，但还并不懊悔。因为如果他不这么做，就不知道什么时候才能轮到他出头。况且他和如风的兄弟情义并不能超越他的欲望，黑道里的友情并非人们所想象的两肋插刀、肝胆相照，所有的一切都是黑的，友谊会那么光明正大吗？

但是，就凭如风拍着他的肩膀鼓励他为他爸爸开店，阿九也绝对不想让如风死。同时，他也不想承担如风的死所引起的他心底的那种难过。毕竟，死亡是不能逆转的。

直到他看到程豪和我在一起的场景之后，他终于找到了发泄怨恨的对象，他把这些都归罪于我们两个。

程豪的狠是罪过，我的美也是罪过。

办完如风和程秀秀的丧事，阿九就彻底脱离了东歌，以绝对功臣的身份堂而皇之地成为了青龙的一哥。青龙在东歌对面用程豪的钱修起了一座比东歌更豪华、更气派的夜总会。东歌的招牌在夜幕下被青龙的光辉遮住，原来那么流光溢彩的霓虹，也渐渐变得黯然失色。

程豪的时代，就此终结。

新陈代谢是永恒不变的残忍法则，没人对它质疑，即便是质疑，也无能为力。

如果不新陈代谢，就会死；而新陈代谢的最终结果，还是死。

新也罢，旧也罢。无所不能的人，其实只不过拼命在解读命运摆出的只有一个答案的多选题。

40。
牢

程豪没对我做什么，他已经没办法再对这样的我做什么了。

我的状况十分糟糕，程豪找了很好的医生来治疗我，可是没有丝毫效果。医生说，我以前就受过强烈刺激，已经留下了心理和生理的双重创伤，而这次的刺激更加猛烈，足以彻底摧毁我的精神，能保持现在这个样子已经很不容易了，基本上没有治愈的可能。

即便是这样，程豪还是不会放过我。

他失去了权力，失去了女儿，失去了如风，唯一剩下的，只有我。

所以，不管我是什么样子，疯癫痴傻，他都要把我握得紧紧的，死也不放手。

他总是像鬼魅一样站在远远的地方注视着我，看着我安静下来，看着我疯狂，就像欣赏困在笼中的百灵，不理会它是哀鸣还是欢唱，只是玩味这样的禁锢。

我的自由是虚空，程豪目光所及之处，皆是我的牢。

我坚持住在我和如风的家里，哪里也不去，Linda 一直照顾着我。

我每天都穿着如风的衣服，静静地坐在窗边或是院子里，等着天黑，等着如风回来。

如果不注意我空洞的眼睛，不提及如风，可能看不出我的异常。我依然是一个美丽的女子，美是我所有瑕疵的掩饰，也是我所有灾难的源泉。

我把我和如风发生的所有事情认真地写在纸上，然后贴在房间的每一个角落，到处都是纸片，到处都是回忆。这织就了一场迷梦，忽而春秋，忽而冬夏，我深陷其中，不愿苏醒。

"他说让我等着他，不要和任何人走。"我经常自言自语似的突然和Linda 说，"然后……你知道吗？"

"怎样呢？"尽管 Linda 听了无数遍，甚至都能背下来，但每一次她还是禁不住红了眼睛。

"然后……他就来啦！如风永远不失约的。"我望着窗外微笑地说。

"嗯，他会回来的。" Linda 像哄小孩一样地说。

陆元每隔一段时间就来探望我一次，如同第一次见面时那样，他总是带着他灿烂的笑容走到我的身边。只是，这个笑容背后不再是温馨，而是凄凉。

如他所料，我和如风没能逃脱宿命的安排，在抗争中，我们一起玉石俱焚。

而对陆元而言，最痛苦的是，他只能眼睁睁地看我凋谢，不能阻止，无能为力。

"如画，今天好些吗？"陆元温柔地说，"头还会不会痛？"

"不会。"我低着头继续写我和如风的故事。

"写到哪里了呢？"陆元问。

"遇到你了。"我笑着说，其实其中很多部分都是重复的，我已经写了很多遍。

"怎么写的？"陆元笑着说。

"'陆元的笑容很灿烂。'"我站起身递给他看。

"我当时是那个样子的吗？"陆元看着我写的纸片说。

"不是吗？"我忙拿过来说，"那是什么样子的呢？我怎么……怎么想不起来了？"

我按着头，脸色苍白。

"是的，就是这样！你没记错！"陆元轻轻搂住我说。

"那就好……"我顿时安心，关于如风，我不要忘记一点点。

陆元心疼地望着这依然娇艳却不再鲜活的容颜，自古红颜多薄命，大概就是这个意思。

"如画，跟我走好吗？离开这里吧！好吗？"陆元恳求着。

"那可不行。"我轻轻推开他，坐回到椅子上说，"我哪里也不去，要是如风回来找不到我怎么办呢？"

陆元望着我单薄却坚挺的身躯，无奈地默默离去。我没有看陆元一眼，只是静静地继续书写过往。

能拥有我的不是他，能拯救我的也不是他。

软禁我的是程豪，而困住我的却是如风。

心是锁，除了他，没人能放我走出囚笼。

我用这种病态的方式捍卫自己的爱情，拒绝时光冲洗，拒绝生命轮回。

就这样，一直写，写，写。

41。
十年

一年后。

当 Linda 打开门看到滨哥的时候，她浑身都颤抖了起来。

"你……你怎么还敢来这里！" Linda 狠狠甩了滨哥一个耳光。

"我来看看她。"滨哥站着，任凭 Linda 拳打脚踢。

"看她？" Linda 住手，"好，你最好来看看，看看她现在什么样子！"

Linda 把滨哥拉扯到我的房门外。

我穿着如风宽大的睡衣蹲坐在地上，身旁堆满了纸片，轻轻仰着头，一动不动地望着窗外。

"好好看看！看清楚！看仔细！" Linda 哭着说。

滨哥慢慢地低下了头。

我听见了声响，转过头说："Linda，陆元来了吗？"

"没有！没人来。" Linda 慌忙推开滨哥说。

可是我已经看见了他。

我慢慢站起来，一步一步地走向他。

我知道，就是这个人轻易地从我身边跑走，跑到如风那里，然后看着他在火中消失。现在我见到他，却丝毫没有恨意，一种迫切的愿望压倒了一切。因为他是那天最后一个见到如风的人，他肯定知道一切。

"如画，对不起……"滨哥看着我，满是歉意。

"如风没死，对不对？"我说，"他会回来，对不对？"

"他……"滨哥望着我，犹豫着。

我的心脉悬于一线，醒醒之间，滨哥的一句话足以决定我的生死。

Linda紧张地看着滨哥，使劲拉扯他的衣角。

"如风没死，他跟我说一定会回来找你！"滨哥目光飘忽，他望着我身后的窗户，仿佛在跟另外一个我们看不见的人对视。

"我就知道！"我笑靥如花地说。

Linda松了口气，偷偷抹去眼角的泪低声说："算你救了她一命！"

滨哥望着我的背影，轻轻地说："她就不能忘了吗？"

Linda突然想起了什么，她慌忙对滨哥说："你快走吧，这边到处都是程豪的人，你别让他逮到你，他不会放过你的！"

滨哥走到门口，回过头说："Linda，别跟着东歌做了，好吗？"

"不用你管！你走吧！快走！"Linda把他推出了门。

两天后。

新闻播报："今日凌晨，警官胡永滨途经兰新路时，遭到不明身份的歹徒袭击，身中四弹身亡，警方怀疑这次枪击袭警事件与一年前西街大爆炸案件有关，目前正在调查中……"

镜头切过，电视中身着警服的滨哥看上去安详而宁静。

Linda手中的咖啡杯掉在地板上摔得粉碎，她转身跑了出去。

从此之后，我再也没见过她。

三年后。

一位算命的阿婆坐在街边。

她面前摆了一张纸，上面写着："偶开天眼见红尘，方知身是眼中人。"

我走到她身边。

"小姐，要算命吗？"她费力地抬起浑浊的眼睛说，"算算吧，很准的！"

我坐在她面前的小凳上。

"问什么？姻缘，事业，财运……"阿婆说了一大串。

"寻人。"我说。

"哦。"阿婆掏出一张粗糙的纸说，"把他的名字和生辰写上。"

我接过纸，犹豫了一会儿，只写了一个"魏"字交给她。

她看了看，又递过来说："把你的也写上。"

我写好了交还给她。

她闭上眼，想了很久，慢慢睁开眼说："你可以见到他。"

我开心地笑着说："谢谢！"

"不过……"她顿了顿说，"你见没见过血光？"

"见过。"我答。

血光，我见了无数次。

"那……你们只能再见一面！"阿婆又闭上眼睛。

"为什么？"我的笑容凝固了，表情很不自然。

"他名字里占鬼气，来路也不明。你们本是孽缘，三世一轮回，三生见一面，可是错走奈何桥，他今次追着你来了人间。你见了血光，便破了咒……可惜可惜，你们就只有再见一面的机缘了。"阿婆狡黠地望着我，昏黄的眼睛闪着莫名的光芒，"不信你想一想，你们经历的事情，是不是他扰了你，你扰了他呢？"

……

"喂？小姐，你还没给钱哩！"

我缓缓站起，没理会她的呼喊，扭身离去。

谁扰了谁没关系，生生死死没关系，只见一面也没关系。

只要，只要让我再见到他，让他清清楚楚地站在我面前，让他再爱我一次。

一次就够。

六年后。

在一个很热门的电视采访中，我看到陆元。

此时，他已经是某个知名企业的管理者之一。

"陆先生，你知不知道，在今年我们组织的'女性最想嫁的十位单身汉'的评选中，你荣登榜首呢！"漂亮的女主持瞟着陆元笑着说。

"那是大家错爱了。"陆元说。

"能不能透露一下呢？为什么你正值黄金年华都没考虑要结婚，甚至连个女朋友都没有？"女主持一副很感兴趣的样子。

"呵呵，缘分不够吧！"陆元淡淡地笑了笑。

"传言说陆先生一直有一位心仪的女子，你每年都会送玫瑰去向她求婚，这是真的吗？"女主持很会提问，不动声色地就问到关键。

"是真的。"陆元说。

"她肯定是个绝色美人，不然怎么会让陆先生这么痴情！"女主持对他的回答很满意。

"她的确很美，是我见过的最美的女孩。"陆元的目光很温柔。

"那她一直没有同意吗？"女主持问，"这么优秀的男士她都不动心？"

"是啊！"陆元有些落寞。

"还有人说，那个女子背景不浅，你甚至因此受到过死亡威胁，这是你们不能结合的真正原因吗？"为了收视率，女主持孤注一掷。

"不是，"陆元皱着眉说，"她在等另外一个人。"

"哦？好像恋情很复杂啊。"女主持兴奋起来。

陆元没有看她，他对着摄像机说："那个人……如果还活着，就快点儿回来！你知不知道，你这辈子最大的罪，就是爱上她，然后再离开她！"

我关上电视，仰躺在沙发上。

一滴眼泪顺着脸颊以完美的曲线滑落。

如风，听见了吗？

你犯了罪，快回来偿。

七年后。

男人可以不娶，女人不能不嫁。

苏彤结婚了。

她新婚前夜，来到了我和如风的家。

门铃响起，我接起对视机。

"进来吧。"我说。

"不用了，"苏彤说，"我来告诉你件事。"

她还是那么地灵气逼人，只不过，那双炯炯有神的大眼睛却失色很多。

"什么事？"我问。

"明天……我结婚。"苏彤说，她的语气不像是告诉我喜事，倒像通知我丧事。

"恭喜你。"我说。

"我走了。"苏彤挂上话筒。

从黑白色的屏幕上我看见她渐渐走远，那小小的身影在我心里留下了不灭的痕迹。我期望她能彻底走出这里，走出我和如风夭折的爱情，走出她本不该经历的被蛊惑的命运。

然而，苏彤停了下来。

她蹲在路灯下面，放声大哭，肩膀一耸一耸，形成古怪的节奏。

忘不了的，原来还是忘不了。

九年后。

在街边，我又遇到那个算命的阿婆。她更加老了，眼睛已经睁不开。

她面前坐着一个穿红衣的少女，那个少女很紧张地听着她细细诉说命数。

"你见没见过血光？"阿婆说。

"血光？"女孩使劲回忆，的确，像我这样经常目睹生死的人太少太少了，"啊，有！我前日切了手指！流了很多血呢……"

"你们只能再见一面。"阿婆没等她说完就开口道，"你们本是孽缘，三世一轮回，三生见一面，可是错走奈何桥，他今次追着你来了人间。你见了血光，便破了咒，可惜可惜，你们就只有再见一面的机缘了。"

这一段话，她说得无比流利。

"怎么……怎么会这样？"红衣少女顿时脸色苍白。

她沮丧地付了钱，走的时候踉踉跄跄，还不小心撞到了我。

"小姐，要算命吗？"阿婆眯着眼对我说，她并没有认出我，"算算吧，很准的！"

我走到她身边，掏出身上所有的钱倒在那张写着"偶开天眼见红尘，方知身是眼中人"的纸上。

她的眼睛奇迹般地瞪圆，和刚才毫无生气的样子判若两人。

"谢谢啊，谢谢！"她紧紧抓着钞票说，"小姐，你一定好命！我一眼就看得出！"

人为财死，鸟为食亡。

钱，果真能买命。

十年后。

时间就这样慢慢走过，物换星移，街边市角变了颜色，人来人往变了嘴脸。

唯一不变的，是我的守候。

岁月疼惜我的美貌，它没在我身上留下丝毫痕迹，我仍如同和如风分别的那晚，眉点黛色，唇若朱砂。只是，那一缕已经长及脚踝的青丝无意中透露了我的年纪。

当年的爱恨情仇早已被人们淡忘，现在的辖区没人再知道魏如风是谁。

曾经辉煌如夜晚的第二轮明月的东歌已经破败不堪，如今是阿九的天下。

阿九做得很好，凡是有人气的地方就有阿九的股份，最出名的是他经营的牛丸店，竟然连锁了上百家。

阿九不遗余力地与程豪作对，比程豪更快，更狠，更凌厉。

他不只要程豪败，还要程豪惨败，一败涂地。

始于东歌，终于东歌。

东歌的招牌被摇摇晃晃地卸下那天，程豪来到了我这里。

我披散着头发，穿着已经破烂的如风的衣服站在窗前，模样大概像一只艳鬼。

程豪就这么望了我很久，我也就这么站了很久。

"走吧。"程豪对司机说。

"老大，你不进去看一眼吗？"司机说，"以后就难见到了。"

"不了，"程豪说，"明天，我带她一起走。"

我笑着看着程豪的车缓缓驶向远处，笑容是他最喜欢的那种。

美丽而绝望……

那年，我三十二岁，魏如风……如果活着，三十一岁。

42。
再爱我一次（大结局）

然后……就到了今天。

"大姐姐，你还在等你弟弟回家吗？"一个小男孩走到我身边说，他就住在附近，平时总是遇到我。

我的思绪被他唤回。

"是啊。"我笑着对他说，小男孩的样子很可爱，忽闪忽闪的大眼睛让我想起如风。

那个雨天，二十年前的今天，如风就是这么望着我的。

"他真不乖，让你等好久！"小男孩说。

"嗯！他不乖，等他回来，姐姐会好好地骂他！"我摸着他的头说。

"那他什么时候才能回来啊？"小男孩好像很怜惜我，再小的孩子，也一样喜欢漂亮的人。

"晚上，今晚就回来。"我说。

"骗人！你每次都这样说！"小男孩说，"天不是已经快黑了吗？"

"真的，不信你看那里！"我随手指向远处。

"就是他吗？真的回来了啊！"小男孩拍着手说。

远远的，一名男子朝我走来。

"咦？你弟弟怎么比你年纪大呢？他头发都白啦！"小男孩疑惑地说。

"他啊，可不是我弟弟。"我冷冷地说。

那个人是程豪。

"如画，我们一起走吧。"程豪走到我身边说，十年来，他第一次靠我这么近。

"不，我要在这里等他回来。"我把玩着自己的衣角说。

"我带你去找他。"程豪温柔地说。

现在他的眼中已经没有一丝威严，当初的霸气荡然无存，和无数普通的老人一样，他头发花白，后背微微驼了，显得慈祥和安逸。

"真的？"我挑起眼看他。

"真的！"程豪说。

"你骗我！"我呵呵地笑着，"你才不会呢！"

"我没骗你。他都安排好啦，说他在阿尔卑斯山下等你，让我来接你。"程豪恳切地说。

"你……你说什么？"我紧紧地抓住他，眼中波光粼粼。

阿尔卑斯山下的小屋是我们最后的约定和梦想。

"去阿尔卑斯山，去见如风！"程豪拉着我说。

"走吧！快走！"我跑向他的汽车。

"对了，"我突然转过身说，"我可以告诉如风，让他不要杀你了。"

程豪望着我的灿烂笑脸，独自惆怅。

我不是他的，开始不是，最终也不是。

这里已经没有什么是属于他的了，初踏这片土地的时候，他还有秀秀，而逃离这片土地的时候，他一无所有。

上帝不降福，菩萨不慈悲，贪得越多，输得越多。

最善的，最恶的，都是人。

他这样的人，却只能用欺骗的方式，如此低贱地、卑微地哀求着把我带走。

但是，他心甘情愿。

到如今，为了我，他心甘情愿。

坐在程豪的车子上，我焦躁不安。

我混混沌沌的，好像辨不清楚身在何时何地。

时光磨灭了我所有的感觉，到如今，我只是想见到如风。

他的拥抱，他的吻，他的指尖，他的眼梢眉角……

我迫切想要这一切，迫切得肝肠寸断。

程豪也很紧张，他不停地看表，擦汗。

阿九太狠毒，他认定不杀程豪，不足以立威。

他怕自己甚至没办法全身而退。

红灯愈来愈多。

司机狠狠地骂了一句。

我无意瞥向街边。

时间，定格。

我终于见到他。

就是那个人，化为灰，变作尘，我也一样认得。

他啊，就是我的如风。

爱抑或怨，温柔抑或苦涩，所有一切都被揉碎，铺天盖地地撒在我面前。以前有过什么，以后会有什么，我不顾，我不想，我不听，我不见。整个世界，从始至终只有我与如风。

我疯了一样打开车门跑了出去。

"如画，你做什么？"程豪大喊，"你回来！"

我丝毫不理会，没人能拦住我，天地不能，生死不能，谁也不能。

程豪也跳下了车，他在后边紧紧追赶着我。

"老大，小心啊！"司机焦急地大喊。

"如风！"我一边跑一边喊。

可是如风并没有理会我，他挤在人群中忽隐忽现。

"如风！"我哭着叫。

他继续往前走，而程豪却离我越来越近。

"魏如风！"我喊破了嗓子，那悲惨的声音穿透整个街市，刺人心扉。

隔着一层层陌生人的的面孔，他终于回头。

和第一次见面时一样，他怔怔地看着我，眼都不眨。

和第一次见面时一样，我伸出手，微笑着走向他。

"如……如画！"程豪气喘吁吁地拉住我，"你别走，别走好吗？"

"求求你，求求你啊……"他匍匐在我脚边，失声痛哭。

一声枪响。
两声枪响。
程豪慢慢倒在了地上。
我也慢慢倒在了地上。
我们展开成一个奇妙的角度，散落两旁。

对面高高的楼上，一个狙击手收起了枪。
"九哥，把这么靓的女的给杀了，真可惜啊！"他惋惜地说。
"你懂什么，越美的东西越是祸害。"阿九望着西边的天空冷冷地说。

弹孔像是一颗美人痣，落在我眉心，朱砂般通红。
倒下的时候我没舍得闭眼，于是如风就在我眼眸中，一帧一帧地消
失……
我仰躺在街心，头发像锦缎一样散开，血汩汩地涌出，转眼染红一片。
头发的黑，血的红，脸的白，颜色延展开来，格外炫目，如同被涂鸦过
的一幅画。

人生如画，画如人生。
命运，欲望，生命，时光，还有爱情……走到末路，我渐渐看清了它们
的神秘指纹。

"如画，还不闪远些！"一个胖男人使劲推了如风一下说。
"威叔，你叫他什么？"旁边的瘦子说。
"如画啊！"威叔说。
"他怎么叫这名字！"瘦子笑着问，"像个女仔。"
"嘿！他可有来历！"威叔神气地说，"西街大爆炸你还记得不？那火
烧得！三天三夜都不灭啊！他就是那时候我从火堆里救出来的！你没见他当
时的样子，浑身是血，手里还抱着半截死人胳膊，呀，恐怖得不行！救活之
后，问他什么都不知道，只是嘴里不停说着：'如画，如画，如画……'嗯，

估计是他亲人吧。我跟着重复了一次，他好像就清醒些了！到后来，你不叫他如画，他根本不理你！"

"别说了！听着瘆人！"瘦子拉着威叔说，"快走吧，来不及收工！"

"喂，如画！走啦走啦！真是的，半聋半傻还这么喜欢看热闹！"威叔大声喊。

"他……他怎么了？"瘦子指着如风说。

如风的脸上，清清楚楚地挂着两行泪。

"不是吧！没见过死人啊！又不是你娘，哭什么哭！"威叔惊讶地说。

"我这里……"如风按住胸口说，"很痛……"

"痛狗屎！快走吧，小心流弹打死你！这世道，唉！"威叔摇摇头说。

如风向我倒下的地方望了一眼，疑惑地、不舍地、哭着最后望了一眼。

终究，他还是慢慢走远。

天空突然飘起了雨，雨滴淋在我的脸上，感觉暖暖的。

我的眼前一片漆黑，所有的一切都消失不见，只余下如风的样子。

"不会让你等太久的！"

"不要走！不要和任何人走！"

"我决不会扔下你一个人！"

"姐，一起回家吧！"

"夏如画，我爱你！"

"只有我一个，不好吗？"

"你叫什么？"

"魏……"

如风慢慢变小，最后变成了我们初次见面时的那个小男孩。

他就站在那里，站在时光深处，站在生命尽头，静静地等着我。

如风，我会去，一定去。

去那个很远很远的地方，不会下雨，养些小鸡小鸭，到老到死，永远在一起。

最后的一刻，我偷偷笑了笑，慢慢地闭上了眼睛……

如果，
真的三世一轮回，
那么下次见面的时候，
弟弟，
请一定要，
再爱我一次……

后记

　　写完最后几个字的时候，北京下起了雨，外面有些冷，我心里也有些冷。

　　从开篇开始，我想大多数人就读出了悲剧的味道，我没想突兀地设计圆满，引用苏彤的话，"圆满"这两个字奢侈得可笑。

　　熟悉我的朋友可能知道，我在2005年曾经在网上发表过一个长篇小说，叫作《弟弟，再爱我一次》，那就是这篇小说的前身。

　　但是现在大家看到的《花开半夏》与《弟弟，再爱我一次》是完全不同的，除了主要人物关系我沿用了下来，两篇文字几乎没有一句话是相同的。之所以做了这么大的改动，还是因为这个题材。

　　《花开半夏》是根据一个真实案件改编的，雏形来源于我学生时代看的一本杂志。那本杂志里有一个寄信栏目，就是把写给其他人的信，在杂志上公开发表。我看到的就是一封二十岁左右的女孩子写的信，收信者是个已故去的男孩。字里行间能看出来，那个男孩是个少年犯，在一起涉黑案件中被伤害致死。因为男孩比女孩小一些，所以女孩叫他弟弟。最后一句话我印象很深，女孩说，弟弟，你答应我一定回来的，你忘了吗？

　　当时看完这封信我很唏嘘，还特意写了篇风花雪月的短篇，以手抄本的形式在同学间传阅，名字就叫再爱我一次，那就是我写过的第一篇小说。后来到了2005年我重新拿起了笔，为了纪念我最初的文字，我就用同样的题材扩充成了《弟弟，再爱我一次》。那会儿我只看中了这一段凄美的爱情，因而表现的也是爱与命运的主题。

　　但是到了今年，当我重新回想这个的时候，我有了不同以往的想法。

不管是杂志里的男孩女孩，还是魏如风和夏如画，他们的爱情之所以成为悲剧，是因为涉及少年犯罪。

有的朋友可能要问，真的有这样的事情吗？年纪那么小也会做这样的事吗？

我要说，有，真的有。

少年犯罪是一件灰暗且令人惋惜的事，但是它距离我们并不遥远。

看过《匆匆那年》的朋友应该都会记得，我在里面写了一个少年犯罪的案子，男孩李贺在与社会青年的斗殴中被弹簧刀扎中肝脏，死在了学校门口。这也是个真实的事件，是我上初中时同区的一间学校的事。我有一个朋友和死者还很相熟，他甚至告诉我，那天下午打架之前，死者也叫他去帮忙来着，但是恰巧他有事，就没过去。结果第二天，就传来了那人的死讯。后来我问他，如果你那天没事呢？你会去吗？他迟疑了一下，点点头说，会去吧，谁也想不到他会死啊！

少年时代谁想过会直面死亡呢？可少年犯罪就是这样，在想不到并没准备的时候突然发生。

原本我以为这是个极少的个例，可是没想到在网上关于《匆匆那年》的讨论中，我看到很多人说起这件事，这些读者都猜测《匆匆那年》确有其事，理由就是在他们学校，也曾经发生过"李贺事件"！我数了数，里面提到的学校至少有十几所，全国各地都有。

这样的结果让我讶异，我又回想起我高中时在学校的德育课上听到一个通告，一个少年黑社会性质的秘密组织"三合堂"被侦破，其中所谓的老大应该只有十七岁，而他的手下竟然有上千人！整个堂会像武侠小说一样呈树形结构，分布之详细，部署之周密，令人叹为观止。

后来在陆陆续续的关注中，我看到了更多这样的事，比如校园暴力，少年涉黑涉毒，等等。也是因为如此，我重新构思了整个故事，写出了现在大家看到的《花开半夏》。

《花开半夏》并不是一部说教小说，我还是在给大家讲一个故事，很认真地讲一个爱情与命运纠葛的故事。我要真切地描绘爱情的悲恸、命运的无常、人性的懦弱、法律的桎梏、罪恶的救赎。

在这个故事里有四个少年犯，阿福因淫欲种祸，阿九因贪欲种祸，程秀秀因轻狂种祸，魏如风因年少种祸。四个人的罪构成了整个故事，一步步地决定了最终的结局。

然而他们每一个人在最初都不是那么想的，阿福只是喜欢着夏如画，阿九只是想挣大钱，程秀秀只是想得到魏如风，魏如风只是想和他姐姐永远一起过下去，他们都不是为了犯罪而去犯罪，但是他们都做了错误的选择，走错了路。

其实像他们一样的年纪，我们每个人都犯过错，轻则口头批评、写份检查，重则请家长、警告处分。但是少年犯罪要怎么样去判罚呢？我觉得所有的量刑都很难准确地裁决。因为社会的压力无法衡量，心里的痛苦无法衡量，年华的错落无法衡量，未来的灰暗无法衡量。

而所有的这些必然凝结成唯一的结果，那就是人生悲剧。

在故事的最后，陆元问苏彤："他们后悔过吗？"苏彤回答："他们还没来得及后悔。"我因此心疼他们，因为他们来不及了。所有的青春和爱情都是美的，而魏如风和夏如画美得太过残忍。他们很努力地想要幸福，也曾经幸福过，只是没能一直幸福下去。

生如夏花，他们却只花开半夏。

现实中的幻梦，幻梦中的现实。纯爱中不该有原罪，判罚后我们都应救赎。我希望再也不会有魏如风和夏如画来令人感伤。

图书在版编目（CIP）数据

花开半夏 / 九夜茴著 . —长沙：湖南文艺出版社，2012.9
ISBN 978-7-5404-5710-5

Ⅰ . ①花… Ⅱ . ①九… Ⅲ . ①言情小说 – 中国 – 当代 Ⅳ . ① I247.5

中国版本图书馆 CIP 数据核字 (2012) 第 174246 号

上架建议：长篇小说·青春言情

花开半夏

作　　者：九夜茴
出 版 人：刘清华
责任编辑：丁丽丹　刘诗哲
整体监制：一　草
策划编辑：包陈斌
特邀编辑：华　艳　刘　霁
整体装帧：熊琼工作室
出版发行：湖南文艺出版社
　　　　　（长沙市雨花区东二环一段 508 号　邮编：410014）
网　　址：www.hnwy.net
印　　刷：三河市鑫金马印装有限公司
经　　销：新华书店
开　　本：640mm × 960mm 1/16
字　　数：316 千字
印　　张：20
版　　次：2012 年 9 月第 1 版
印　　次：2012 年 9 月第 1 次印刷
书　　号：ISBN 978-7-5404-5710-5
定　　价：29.80 元

（若有质量问题，请致电质量监督电话：010-84409925）

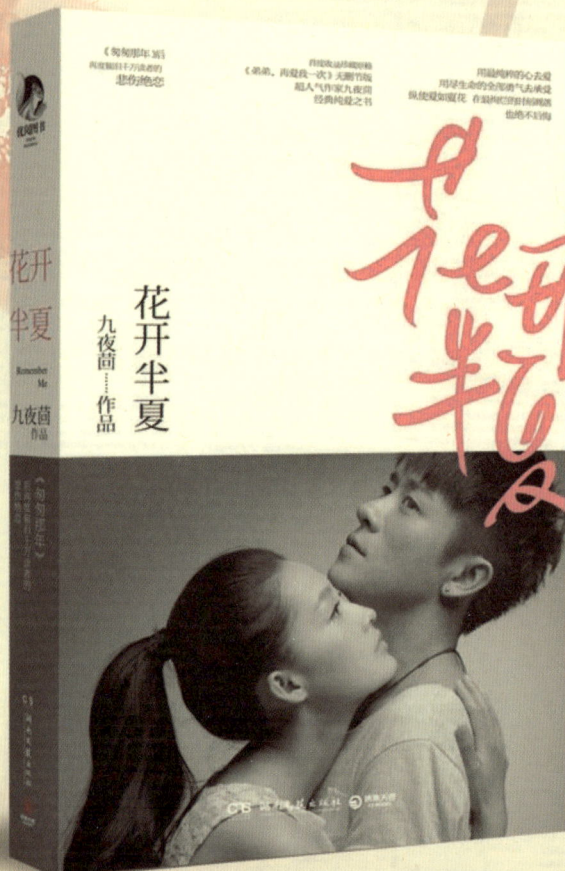